Ein Tausend Li
Der erste Schritt

Ein Roman über Kultivation

Buch 1 der Ein Tausend Li Reihe

Von

Tao Wong

Übersetzt von Tamara Lemke

Copyright

Ein Tausend Li: Der erste Schritt

Copyright © 2019 Tao Wong. Alle Rechte vorbehalten.

Copyright © 2019 Sarah Anderson Cover Designer

Copyright © 2019 Felipe deBarros Cover Artist

Übersetzt von Tamara Lemke

Ein Starlit Publishing Buch

Herausgegeben von Starlit Publishing

PO Box 30035

High Park PO

Toronto, ON

M6P 3K0

Kanada

www.starlitpublishing.com

Ebook ISBN: 9781990491191

Taschenbuch ISBN: 9781990491207

Gebundene Ausgabe ISBN: 9781990491214

Bücher der Ein Tausend Li Reihe

Der erste Schritt

Der erste Halt

Der erste Krieg

Die zweite Expedition

Die zweite Sekte

Der zweite Sturm

Andere Serien von Tao Wong

Abenteuer in Brad

Verborgene Wünsche

Die System-Apokalypse

Inhalt

Kapitel 1 5

Kapitel 2 16

Kapitel 3 28

Kapitel 4 38

Kapitel 5 52

Kapitel 6 76

Kapitel 7 88

Kapitel 8 102

Kapitel 9 116

Kapitel 10 127

Kapitel 11 139

Kapitel 12 150

Kapitel 13 161

Kapitel 14 176

Kapitel 15 193

Kapitel 16 206

Kapitel 17 222

Kapitel 18 241

Kapitel 19 251

Kapitel 20 263

Kapitel 21 274

Kapitel 22 281

Kapitel 23 302

Kapitel 24 322

Hinweis des Autors...327

Über den Autor...330

Über den Verlag..331

Glossar..332

Vorschau zu meiner anderen Reihe: Die Systemapokalypse 336

Kapitel 1

"Die Kultivation ist in ihrem Kern eine Rebellion."

Während er auf die Reaktion seiner Schüler wartete, die im Schneidersitz vor ihm saßen, fixierte der dünne, schnurrbärtige Lehrmeister diese mit seinem Blick. Anscheinend erhielt er nicht die erwartete Reaktion, und so warf der Lehrmeister die langen, schleppenden Ärmel seiner Roben mit einem schnaubenden *hmmmph* nach hinten und setzte seine Lehrstunde fort. Long Wu Ying, der seine Miene vollkommen neutral hielt, konnte sich ein innerliches Schmunzeln nicht verkneifen. Solch eine Aussage, ganz gleich wie kontrovers sie war, verlor einfach ihre Wirkung, wenn sie über ein Jahrzehnt hinweg täglich wiederholt wurde.

"Die Kultivation verlangt, dass man sich den Himmeln selbst widersetzt. Jeder Schritt auf dem Pfad der Kultivation führt euch auf dem Weg der Rebellion gegen die Himmel, gegen unseren König weiter. Nur durch seine Großzügigkeit und seinen Glauben an die Verbesserung des Königreichs ist es euch erlaubt, euch zu kultivieren."

Wu Ying musste sich anstrengen, um seine Gesichtszüge auch weiterhin neutral zu halten, als der Lehrmeister die Litanei fortführte. Normalerweise konnte er den Lehrmeister problemlos ausblenden, bis es wirklich an der Zeit war, sich zu kultivieren, doch heute fiel ihm dies schwer. Heute konnte er nicht anders, als dem Lehrmeister in Gedanken zu widersprechen. Die Kultivation der Dorfbewohner war eine rein praktische Entscheidung seitens des Königs. Die meisten Kinder würden bis zu ihrem zwölften Geburtstag zumindest die erste Stufe der Körperreinigung erreichen. Dies würde ihnen erlauben, noch stärker und gesünder heranzuwachsen, selbst wenn nur wenig Nahrung übrig blieb, nachdem der Staat, die Adeligen und die Sekten ihren Anteil eingezogen hatten.

"Die wohltätige Schirmherrschaft des Königs erlaubt euch die Kultivation, das Studium der Kampfkünste und die Erlernung von Selbstverteidigung. Nur dank seines Glaubens, dass jedes Dorf ein starker Teil des Königreichs sein muss, konnten wir die Größe erreichen, die wir nun haben!"

Natürlich hatte es nichts mit der Bestrebung zu tun, die Dorfbewohner zu nützlichen Soldaten auszubilden, die in den nie endenden Kriegen dienen sollten. Oder um damit sicherzustellen, dass das Dorf nicht seiner Ernte durch Banditen, deren Zahl scheinbar jedes Jahr zunahm, beraubt wurde. Oder mit der Tatsache, dass keine zweihundert Li[1] entfernt die Sekte des Sattgrünen Wassers über sie alle wachte und nach neuen Rekruten suchte.

"Nun denn, beginnt!"

Wu Ying atmete lange aus, da Meister Su endlich fertig war, und versuchte, seinen Geist auf die Kultivation zu konzentrieren. Es stand außer Frage, dass er seinen Lehrmeister respektierte, doch Meister Su war sehr pedantisch, daher wiederholte er jedes Mal ein und dieselbe Lektion. Selbst einem Heiligen würde es nach einiger Zeit schwerfallen, ihm zuzuhören. Wu Ying war zwar vieles, aber ganz bestimmt kein Heiliger.

Dass der Staat offenbar eine ambivalente Meinung über die Kultivation hatte, half dabei nicht gerade. Die drei Pfeiler eines Königreichs waren die Regierung, die Bevölkerung und die kultivierenden Sekten. Wies auch nur einer dieser drei Pfeiler einen Schwachpunkt auf, würde dies das Königreich verwundbar machen. Um die Stabilität eines Königreichs zu gewährleisten, mussten alle Pfeiler gleichermaßen stark, aufrecht und fest sein. Wenn auch nur einer der Pfeiler zu groß wurde, so würde dies letztendlich zum Zusammenbruch des Königreichs führen.

Daher würde ein weiser Herrscher die Entwicklung seines Volkes durch Kultivation zu unterstützen – die sicherste und beste Form der persönlichen Entwicklung. Doch selbst ein einzelner Kultivator, sollte er wahre Macht in seinen Besitz bringen, konnte ganze Regierungen stürzen – und dies war in der Geschichte

---

[1] Ein halber Kilometer bzw. knapp eine drittel Meile

bereits vorgekommen. Und so begegnete der Staat den Kultivatoren und der Kultivation immer auch mit einem gewissen Grad an Misstrauen.

"Wu Ying. Konzentriert Euch!", ermahnte ihn Meister Su.

Wu Ying verzog leicht das Gesicht, bevor er es wieder entspannte. Meister Su hatte Recht. Er konnte sich über all das ein anderes Mal Gedanken machen. Im Augenblick war es Zeit für die Kultivation. Die Zeit, die ein Dorfbewohner hatte, um sich zu kultivieren, war begrenzt und wertvoll. Mit den Gedanken abzuschweifen war verschwenderisch.

Wu Ying nahm einen tiefen Atemzug und atmete durch seine Nase aus. Der erste Schritt der Kultivation war, den Kopf frei zu machen. Der zweite Schritt war, die Atmung zu kontrollieren, denn die Atmung war der Quell aller Dinge. Zumindest war dies bei der Kultivationsmethode des Gelben Herrschers der Fall, die an das niedere Volk im Königreich der Shen weitergegeben und von diesem genutzt wurde.

Der erste Schritt auf dem Weg der Kultivation war die Läuterung des Körpers. Um aufzusteigen, um mehr Stärke zu erhalten und sein Chi zu entwickeln, musste ein Kultivator seinen Körper von den Verunreinigungen reinwaschen, die sich angesammelt hatten. Wer diesen Prozess bereits früh in seinem Leben begann, hatte entsprechend weniger Verunreinigungen angesammelt und konnte so den Fortschritt seiner Kultivation beschleunigen. Aus diesem Grund begann jeder Dorfbewohner, sich so schnell wie möglich zu kultivieren. Jene Kinder, die die erste Stufe der Körperreinigung bereits in jungen Jahren erreichten, galten als begabt.

Wu Ying gehörte nicht zu diesen Begabten. Wu Ying begann seine Kultivation im Alter von sechs Jahren, wie jedes andere Kind in seinem Dorf auch. Durch harte Arbeit und Disziplin war es ihm möglich gewesen, nicht nur die erste, sondern sogar schon die zweite Stufe der Körperreinigung zu erlangen. Wahre Begabte, die, wie Wu Ying, siebzehn Jahre alt waren, hätten bereits die vierte oder fünfte Stufe erreicht. Jede der zwölf Stufen der Körperreinigung beinhaltete die Bewusstmachung und Reinigung eines anderen wesentlichen Meridians des Chi. Hatte sich eine Person all dieser zwölf wesentlichen Bahnen des Chi bewusst gemacht und konnte den Fluss des Chi durch diese Meridiane kontrollieren, galten alle Stufen der Körperreinigung als abgeschlossen.

Wu Ying atmete ein und aus, langsam und rhythmisch. Er konzentrierte sich auf die Atmung, den Fluss der Luft in seine Lungen, den Weg, über den sie in seinen Körper drang, während sich sein Bauch und seine Brust hoben. Dann atmete er aus, fühlte, wie sein Bauch sich zusammenzog, wie das Zwerchfell sich anhob, als die Luft hindurch zirkulierte.

Nach einiger Zeit verlagerte Wu Ying seinen Fokus von seiner Atmung auf seinen Dantian. Er lag unterhalb seines Bauchnabels, knapp unter seiner Hüfte und einige Zentimeter von seiner Körperoberfläche entfernt. Dieser tiefer liegende Dantian war der Kern der Kultivationsmethode des Gelben Herrschers. Von diesem ausgehend, entwickelte man sich durch den Fluss und die Festigung seines inneren Chis weiter.

Erneut fühlte Wu Ying die Masse an Energie, aus der sein Dantian geformt war. Wie gewöhnlich war er zwar groß, aber hatte nur eine geringe Festigkeit, er war unverdichtet und diffus. Seine Aufgabe war es, diesen Fluss an Energie sanft durch die Meridiane seines Körpers zu stoßen und sie so auf eine Zirkulationsbahn durch seinen Körper zu schicken. Er kam während dieses Prozesses ins Schwitzen, als das normalerweise nachgiebige Chi durch seinen Körper floss und die Unreinheiten seines Lebens läuterte und hinwegspülte. Nach und nach vermischte sich Wu Yings gewöhnlicher Schweiß mit diesen Unreinheiten aus seinem Körper und drang aus seinen Poren. Der ranzige, bittere Geruch, den Wu Yings Körper verströmte, mischte sich mit den ähnlichen Ausdünstungen der anderen Schüler, ein übler Geruch, gegen den auch die geöffneten Fenster des Gebäudes wenig ausrichten konnten.

***

Solange die Schüler tief im Prozess der Kultivation versunken waren, bemerkten sie den ranzigen Geruch nicht und so blieb allein Meister Su, der darunter zu leiden hatte, während er die Teenager überwachte. Meister Su hatte sich schon längst an den unangenehmen Geruch gewöhnt, den er für die nächsten Stunden zu ertragen hatte, während die Klasse in ihrer Kultivation voranschritt. Trotz alledem war es ein fairer Tausch, denn Meister Su erhielt für seine Arbeit jeden Monat zehn Tael[2] Silber und, was noch viel wichtiger war, eine Pille der Knochenmarksreinigung.

Tief in der Kultivation versunken rührte sich keiner der Schüler, als ein junger Mann sich schüttelte und verkrampfte. Doch Meister Su reagierte darauf, indem er mit einem Tippen seines Fußes zum Körper huschte. Meister Su hob zwei Finger seiner Hand, während er den zuckenden Jungen untersuchte, bevor er die Finger nach vorne schnellen ließ und in rascher Abfolge eine Reihe von Akupressurpunkten, die über dem Körper verteilt lagen, aktivierte. Nach dem dritten Schlag verlangsamte sich das Zucken und hörte dann auf, bevor der Junge Blut spuckend umkippte.

"Wie töricht, den zweiten Meridian aufzwingen zu wollen, obwohl noch nicht einmal der erste gereinigt wurde!", tadelte Meister Su den Jungen und schüttelte dabei seinen Kopf. "Steht auf. Und dann fangt an, Euch anständig zu kultivieren. Ihr werdet hier eine zusätzliche Stunde verweilen."

"Aber ...", protestierte der Junge schwach, doch Meister Sus scharfer Blick brachte ihn zum Schweigen.

"Törichtes Kind!", grummelte Meister Su, während er zu seinem Platz vor der Klasse zurückstampfte. Wäre er nicht hier gewesen, hätte der Junge vermutlich bleibende Schäden davongetragen. Meister Su beobachtete den Jungen, der das Blut von seinem Mund wischte, ehe er schniefte. Glücklicherweise war es Meister Su gelungen, den tobenden Fluss von Chi zu zügeln, aber der Junge würde in den nächsten Wochen vermutlich nur in der Lage sein, leichten Aufgaben auf seiner

---

[2] Eine Gewichteinheit. Entspricht ca. 37,5 Gramm.

Farm nachzukommen. Ein denkbar schlechter Zeitpunkt hierfür, bedachte man die aktuelle Pflanzperiode, in der sie sich befanden. "Narr."

Als sich die Stunden, die die Teenager mit der Kultivation verbringen konnten, dem Ende zuneigten und die aufgehende Morgensonne lange Schatten im Dorf warf, ertönte die Dorfglocke. Meister Su runzelte leicht die Stirn und entspannte dann sein Gesicht wieder, als die Schüler sich nach und nach aus ihrer Kultivationstrance lösten. Die Schüler durften unter keinen Umständen seine Bedenken bemerken.

"Die Sitzung ist vorüber. Wenn ihr fertig seid, stellt euch in einer Reihe auf", wies Meister Su sie an, bevor er aus dem schmalen Gebäude, das aus nur einem Raum bestand und seine Schule bildete, heraustrat.

Draußen ging der Lehrmeister ein Stück nach vorne und drehte seinen Kopf auf jede Seite, ehe er die immer größer werdende Staubwolke erspähte.

"Meister Su." Tan Cheng, der hoch gewachsene Dorfvorsteher, kam auf Meister Su zu.

Als jene beiden Personen, die sich auf der sechsten Stufe der Körperreinigung befanden, trugen sie gemeinsam die Bürde, das Dorf vor äußeren Gefahren zu beschützen. Dass Dorfvorsteher Tan genauso wie Meister Su eine Leidenschaft für Tee hatte, war hierbei eine Erleichterung.

"Dorfvorsteher Tan", grüßte ihn Meister Su. "Was ist los?"

"Es sind die Anwerber der Armee", sagte Dorfvorsteher Tan mit ernstem Blick.

Meister Su konnte ein Zucken nicht unterdrücken. Dies war bereits das dritte Mal innerhalb weniger Jahre, dass die Armee Leute aus ihrem Dorf rekrutierte. Die Rekruten aus dem ersten Jahr waren noch immer nicht zurückgekehrt, aber es waren Nachrichten über Verluste zu ihnen durchgesickert. Der Krieg zwischen ihrem Heimatsstaat der Shen und dem Staat der Wei zog sich weiterhin fort und brachte Elend über sie alle.

"Dann werden sie wohl erneut die Steuern erhöhen", sagte Meister Su und versuchte dabei, unbesorgt zu klingen. Mit jedem Jahr, in dem sich der Krieg fortsetzte, stiegen auch die Steuern an. Er fragte sich, wie viel die Armee sich wohl dieses Mal nehmen würde und beneidete seinen Freund kein bisschen. Als die Armee das erste Mal zu ihnen kam, konnten genug Freiwillige entsandt werden, um die Anforderungen zu erfüllen. Als sie ein zweites Mal kamen, hatte jeder Haushalt, dem mehr als ein Sohn angehörte und der bisher noch keinen Freiwilligen gestellt hatte, einen ihrer Söhne geschickt. Diesmal würde die Wahl nicht leichtfallen.

"Sehr wahrscheinlich", antwortete Dorfvorsteher Tan, der leicht auf seiner Lippe kaute. Als die restlichen Dorfbewohner nach und nach von den umliegenden Feldern hinzukamen, schaute er sich um und blickte dann nach unten, um den erwartungsvollen Blicken der Eltern zu entgehen. Ganz egal was nun folgte, viele würden darüber nicht glücklich sein.

***

"Was ist los?", erkundigte sich Qiu Ru. Die Schönheit der Klasse mit dem rabenschwarzen Haar stieß Wu Ying in den Rücken, während sie versuchte, über die Menge der Schüler, die sich um die Fenster scharten, hinwegzuspähen. Sie gab ihren Versuch auf und knuffte Wu Ying ein weiteres Mal in den Rücken, um ihn zum Antworten zu bewegen.

"Es ist die Armee", antwortete Wu Ying ihr schließlich.

Ihre Augen weiteten sich, und er bewunderte, wie sie dadurch glänzten – bevor er die aufkeimenden Gefühle wieder erstickte. Beim letzten Sommerfest hatte Qiu Ru ihm mehr als deutlich gemacht, dass sie kein Interesse an ihm hatte. Inzwischen hatte Wu Ying ein Auge auf Gao Yan geworfen, auch wenn diese kleiner und pummeliger war und dazu neigte, das Zähneputzen zu vergessen. So war das Leben im Dorf nun einmal – die Auswahl war ziemlich begrenzt.

"Bringen sie die Freiwilligen zurück?", wunderte sich Qiu Ru.

"Nein. Dafür ist es noch zu früh", entgegnete Cheng Fa Hui.

Wu Ying schaute seinen Freund an, der mit den anderen im Hintergrund geblieben war. Nicht, dass Fa Hui es überhaupt nötig gehabt hätte, nach vorne zu gehen, um zu sehen, was da passierte. Bis auf Wu Ying, der nur eine Hand breit kleiner war als er, überragte er alle anderen um einen Kopf.

"Wenn die Armee unsere Leute zurückbrächte, dann wäre das vor dem Winter", erklärte Fa Hui. "Auf diese Weise müsste der Lord sie nicht durchfüttern."

Wu Ying zog eine Grimasse und ließ seinen Blick durch den Raum schweifen. Er entspannte sich etwas, als er feststellte, dass Yin Xue heute nicht anwesend war. Da ihr Dorf am nächsten an Lord Wens Sommerresidenz gelegen war, hatten alle Dorfbewohner regelmäßig mit Lord Wen und seinem Sohn zu tun. Um ehrlich zu sein, hatte es Yin Xue nicht nötig, die Lehrstunde ihres Dorfes zu besuchen, doch der Junge schien sich daran zu erfreuen, dem niederen Volk zu demonstrieren, wie viel besser seine Fähigkeiten als die ihren waren. Als Sohn des hiesigen Lords stand Yin Xue ein privater Tutor für die Kultivation zur Seite und er hatte Zugang zu spirituellen Kräutern und gutem Essen – all das hatte es ihm erlaubt, bereits die vierte Stufe der Körperreinigung zu erreichen. Im Volksmund war er das, was man einen "falschen Drachen" nannte – ein "erzwungenes" Genie im Gegensatz zu einem Genie, das eine solch hohe Kultivation allein durch seine Genialität erlangt hatte.

Wenn Yin Xue gehört hätte, was Fa Hui gesagt hatte ... Wu Ying erschauderte innerlich bei dem Gedanken. Und dennoch hatte Fa Hui damit Recht. Sollte der Krieg vorbei sein, ergab es mehr Sinn, dass die Dorfleute die zurückgekehrten Söhne zu ernähren hatten, als dass die Armee selbst die hungrigen Mäuler stopfte.

"Dann sind sie unseretwegen gekommen?", grübelte Wu Ying. Das wäre einleuchtend.

Kaum hatte er diese Worte ausgesprochen, bemerkte er, wie sich der Rest der Klasse versteifte. Bevor er auch nur irgendetwas besänftigendes sagen konnte, rief Meister Su sie nach draußen.

Nachdem sich die Schüler draußen aufgereiht hatten, fiel es Wu Ying leicht, die Armeeangehörigen zu sehen. Zwei von ihnen sprachen mit Dorfvorsteher Tan, während die anderen über die Rekruten wachten. Da es noch immer früh am Morgen war, konnte die Armee bisher nur ein anderes Dorf besuchen, und daher standen dort nur zwanzig Rekruten zusammengepfercht. Yin Xue saß auf dem Rücken eines Pferdes neben den Rekruten, doch war er kein Teil von ihnen.

Wu Ying musste zugeben, dass die Armeemitglieder in ihren gesteppten Untermänteln, der dunklen Lamellenrüstung und den gesichtsfreien Helmen sehr elegant aussahen. Doch da er erlebt hatte, wie zwei andere Gruppen gegangen und nicht zurückgekehrt waren und nur Gerüchte über die Verluste durch die Anwerber und den reisenden Kaufmann zu ihnen durchgesickert waren, war viel von dem Prestige und der Ehre, der Armee beizutreten, verblasst.

"Leute, Lord Wen hat erneut unsere Männer zu uns geschickt. Wir sind verpflichtet, zwanzig starke Rekruten zu stellen, die dieses Jahr der königlichen Armee beitreten sollen." Noch bevor die Menge die Bedeutung dieser Anzahl begreifen konnte, verkündete Dorfvorsteher Tan: "Alle Familien, die bisher noch kein Kind an die Front geschickt haben, treten bitte vor."

Wu Ying tat einen Schritt nach vorne. Als einziger überlebender Sohn seiner Familie war er bisher von der Rekrutierung verschont geblieben. Gemeinsam mit ihm traten noch sechs weitere Männer vor.

"Alle Söhne von Familien, die mehr als einen Sohn haben, tretet vor", verkündete Dorfvorsteher Tan weiter.

Diesmal kam es zu einer kurzen Verwirrung, die dadurch gelöst wurde, dass einige Schüler nach vorne gedrängt wurden, indem andere sich zurückzogen. Zu diesem Zeitpunkt zählte Wu Ying siebzehn "Freiwillige".

"Warum keine Töchter?", rief Qiu Ru aus.

Wu Ying konnte nicht anders, als sein Gesicht ob dieser unverschämten Aussage zu verziehen. Da Qiu Ru die Dorfschönheit war, war sie anders als andere bisher mit sogar noch dreisteren Aussagen davongekommen. Mit dieser Unterbrechung des Dorfvorstehers trieb sie es auf eine noch höhere Spitze.

"Die Armee ist auf der Suche nach Männern!", blaffte Dorfvorsteher Tan zurück. "Qiu Jan! Kümmert Euch um Eure Tochter!"

"Das ist albern!", rief Qiu Ru.

Als Dorfvorsteher Tan weitersprechen wollte, unterbrach der Leutnant, dessen Blick über Qiu Ru wanderte, ihn mit erhobener Hand. "Ihr seid eine echte Schönheit. Aber unsere Männer brauchen keine Ehefrauen."

Das Zischen aus der Menge war sogar dann noch laut, als Qiu Ru angesichts dieser Beleidigung knallrot anlief.

"Wir sind auf der Suche nach Soldaten hier. Und Ihr seid was? Auf Körperreinigungsstufe eins? Frauen sind für uns als Soldaten nicht dienlich, bis sie mindestens Körperreinigungsstufe vier erreicht haben!"

Noch immer errötet, setzte Qiu Ru zum Sprechen an, doch ihre Mutter hatte sich inzwischen ihren Weg zu ihrer törichten Tochter gebahnt und ergriff ihren Arm. Mit einem Ruck zog ihre Mutter sie zurück. Für eine Weile blickte der Leutnant über die Gruppe und stellte fest, dass niemand weiteres es wagte, ihn zu unterbrechen. Dann schaute er zurück zu Dorfvorsteher Tan.

"Tan Fu, Qiu Lee, Long Mao. Stellt euch zu den anderen", sagte Dorfvorsteher Tan sanft.

Selbstverständlich wusste jeder, weshalb er diese drei ausgewählt hatte. Ihre Familien waren mit mehr als drei Söhnen gesegnet, die bisher überlebt hatten. Selbst jetzt hätten ihre Eltern noch einen Sohn übrig, der auf dem Hof arbeiten und die Erde umpflügen konnte. Das war eine gute Sache. Sie waren besser dran als jene Familien, denen kein Sohn mehr zurückblieb. Zumindest wenn man nicht bedachte, dass nun drei ihrer Söhne in diesem Krieg kämpften, den keiner von ihnen je gewollt hatte.

"Gut", schloss der Leutnant, während sein Blick über die neuen Rekruten schweifte.

Wu Ying sah ebenfalls zur Seite und bot Fa Hui ein angespanntes Lächeln an, als er bemerkte, wie blass und ängstlich sein großgewachsener Freund aussah.

"Rekruten, kehrt nach Hause zurück und packt eure Sachen. Ihr werdet für viele Monate nicht zurückkommen. Nehmt nur das mit, was ihr braucht. In fünfzehn Minuten marschieren wir los. Versammelt euch beim ersten Glockenschlag", wies der Leutnant sie an.

Die Schüler schauten sich zuerst gegenseitig, dann die verbliebenen Mitglieder der Klasse und schließlich die anderen Kinder an. Wu Ying seufzte und klopfte Fa Hui auf die Schulter, was dem Riesen den nötigen Schub gab, sich nach Hause aufzumachen. Als wäre diese Bewegung eine Art Signal gewesen, verstreute sich die Gruppe und mit starrem Gesicht machten sich die Teenager auf den Weg, um Abschied zu nehmen.

Kapitel 2

"Papa. Mama", grüßte Wu Ying seine Eltern, als sie aus den Feldern zurück zu ihrem kleinen Häuschen kamen.

"Du brauchst deine Sachen nicht zu packen. Ich werde an deiner statt gehen", unterbrach sein Vater ihn.

Wu Ying starrte seinen Vater, Long Yu Hi, an, als er ins Haus stapfte. Wu Ying bemerkte den hinkenden Gang seines Vaters, auch wenn er dies zu verbergen versuchte. Es war das Resultat seiner Zeit in der Armee, die mehr als ein Jahrzehnt zurücklag.

"Ach, Hi, sei nicht so töricht", hallten Long Fa Rongs Worte, der Mutter von Wu Ying, da sie Yu Hi am Arm zog, um ihn aufzuhalten. Sie blickte ihm in die Augen und drückte seinen Arm sanft. "Möchtest du noch mehr Ansehen verlieren, wenn sie dich abweisen?"

"Aber ..."

"Unser Sohn ist schlau und mutig. Er hat es bereits auf die zweite Stufe der Körperreinigung geschafft", sagte Fa Rong.

Doch trotz all ihrer ermutigenden Worte konnte Wu Ying die Tränen in ihren Augen sehen und sein Magen zog sich durch die unterdrückten Emotionen kräftig zusammen. Er begegnete ihren Worten mit einem zögernden Lächeln, bevor er sich seinem Vater zuwandte und sich verbeugte. "Papa. Bitte."

"Du ... du Idiot. Wenn du wirklich gehen musst, denk wenigstens daran, was wir dir beigebracht haben. Denk daran, täglich zu trainieren", sagte Yu Hi schroff. "Geh. Das Korn sät sich nicht von allein. Und der Leutnant wird nicht auf dich warten."

"Ja, Papa", sagte Wu Ying und senkte seinen Kopf, bevor er zu dem Vorhang eilte, der sein Zimmer markierte.

Er zog den Vorhang beiseite und packte eilig seine Sachen zusammen, darunter Ersatzkleidung, das einzige andere Paar Stoffschuhe, das er besaß, und eine kleine Ausgabe des Leitfadens über die Kultivation des Gelben Herrschers. Dies war Wu Yings eigene Ausgabe, die er emsig von der Originalausgabe aus der Textsammlung mit Papier angefertigt hatte, welches er von den Medizin- und Teepackungen seines Vaters ergattert hatte. Der Leitfaden beinhaltete seine eigenen Notizen zur Kultivation, die ihn bei seiner Weiterentwicklung leiteten. Als nächstes nahm er den Leitfaden zur Hand, der, in kryptische Formulierungen gehüllt, die Formen des Schwertstils der Familie Long beschrieb. Er enthielt nur wenige Informationen und die Details reduzierten sich lediglich auf die Bezeichnungen der Formen. Sie dienten Wu Ying als Erinnerung, sollte er sie je vergessen. Was die Details betraf – diese konnten ausschließlich persönlich weitergegeben werden.

Binnen weniger Minuten war Wu Ying fertig und band seine Habe hastig mit einem Stück Kordel zusammen. Als er aus seinem Alkoven trat, erwartete ihn seine Mutter mit einem Päckchen leicht konsumierbarer Nahrung, das sie ihm mitgab. Er nahm es dankend mit einem verzerrten Lächeln entgegen. In dem Moment, als er gerade weitergehen wollte, drückte seine Mutter ihn fest an ihre Brust.

Zunächst stand er still und steif da, doch dann entspannte Wu Ying sich und erwiderte die Umarmung, während er sein Gesicht in ihrem Haar vergrub. Eine Weile lang schwelgte er in diesem körperlichen Kontakt. Es kam selten vor, dass sie sich berührten, daher wollte er diesen kurzen Moment voll auskosten.

"Vergiss nicht, ein Räucherstäbchen für deine Ahnen zu entzünden. Dann geh. Komm nicht zu spät. Und wenn es dir möglich ist, lass uns wissen, wie es dir geht", sagte Fa Rong.

"Das werde ich gewiss. Auf Wiedersehen, Mama", antwortete Wu Ying und verbeugte sich ein letztes Mal vor ihr.

Wu Ying machte sich schnell auf den Weg zu dem kleinen Altar, der in ihrem Haus aufgestellt war, und nahm sich die Räucherstäbchen, von denen er drei entzündete und so seinen Ahnen Ehrerbietung entgegenbrachte. Es dauerte nicht lange, bis er fertig war und er die Räucherstäbchen in der Urne platziert hatte. Als er aus dem Haus trat, schaute Wu Ying sich um und erblickte seinen Vater. Er war bereits wieder auf den Feldern, wie immer über die Reispflanzen gebeugt. Wu Ying schürzte die Lippen und schüttelte dann seinen Kopf. So war sein Vater nun mal –

er zeigte nur wenig Emotionen, ermutigte ihn kaum, und erwartete das Beste von ihm. Mit einem Seufzen drehte Wu Ying sich zur Seite und lief Richtung Dorf, denn er wusste, dass er sonst zu spät kommen würde.

Ungeachtet des Herzschmerzes nach dem Abschied, ungeachtet all der Gefahren, die sie vermutlich erwarteten, blickte Wu Ying diesem Tag hoffnungsvoll entgegen. Zumindest hatte er nun endlich die Gelegenheit, die Welt jenseits ihres kleinen Dorfes zu sehen. Und wer weiß, vielleicht war es ihm sogar möglich, etwas Ruhm für seine Familie zu erlangen. Dies war schließlich schon einmal vorgekommen.

***

Die Reise aus dem Dorf war für die Rekruten nur der erste Vorgeschmack auf ihr Leben unter militärischer Herrschaft. Sofort mussten sich die Schüler in Reih und Glied aufstellen und die matschige Straße entlang marschieren, wobei sie sich im Gleichschritt fortbewegen mussten. Zum Glück waren sie alle nicht nur Kultivatoren, sondern waren in jungen Jahren auch in einigen Kampfkünsten unterrichtet worden, sodass die Gruppe fit und gesund war. Und so war die einzig verbleibende Sorge, zu lernen, wie man sich mit dem seltsamen Gleichschritt, den der Feldwebel ihnen aufzwang, als eine Einheit bewegte.

Die disziplinierten Schüler konnten sich durchaus an eine Einheit annähern, doch dies reichte für die Anforderungen des Feldwebels nicht aus. Dadurch wurden sie von den anhaltenden Schikanen des Feldwebels verfolgt, der ihnen mit einer Weidenrute auf Beine, Arme und den Rücken schlug, bis sich die Gruppe seinem Willen entsprechend bewegte.

Nach einiger Zeit erreichte die Gruppe das nächste Dorf, das einige Stunden entfernt lag, wo sich eine ähnliche Szene wiederholte wie in ihrem eigenen Dorf. Hier jedoch hatte der Dorfvorsteher unglücklicherweise eine weniger gute

Beziehung zu den Dorfbewohnern. Anstatt eine berechtigte oder faire Möglichkeit zu finden, die Last unter ihnen aufzuteilen, verfuhr der Dorfvorsteher harsch in seiner Auswahl, wodurch mehr als eine Familie in Tränen ausbrach. Doch im Angesicht der überwältigenden Macht der Soldaten und der hohen Kultivation des Dorfvorstehers selbst, wagte es niemand, zu widersprechen.

"Das hier ... warum tut er so etwas?", fragte Fa Hui seinen Freund Wu Ying.

"Warum sollte er es nicht tun?", erwiderte Wu Ying sanft.

"Er schwächt das Dorf. Diese Bauern werden niemanden haben, der sich um ihre Felder kümmert, wenn ihre Söhne sterben", antwortete Fa Hui.

"Ja. Vielleicht wird er sie selbst übernehmen. Oder er wird sie an seine Freunde weitergeben", sagte Wu Ying, der einer Gruppe von Dorfbewohnern zunickte, die lächelten.

"Das ...", Fa Hui verstummte.

Zwei der größten Probleme, um die sich Landwirte kümmern mussten, waren Arbeitskräfte und Erbe. Sollten die meisten der eigenen Kinder so viel Glück haben, die Krankheiten und Verletzungen der Kindheit zu überleben, bevor sie eine gewisse Stufe der Kultivation erlangt hatten, so hatte man einen zusätzlichen Helfer zur Seite, der sich um die Felder kümmern konnte. Doch wenn man viele Kinder hatte, die das Erwachsenenalter erreichten, so stand man dem Problem des Erbes gegenüber. Ein Stück Land konnte nur eine gewisse Anzahl an Mäulern stopfen. Und kein Sohn möchte auf ewig mit seinem Vater oder Bruder zusammenleben.

"Es ist trotzdem falsch."

"Das mag sein. Aber es ist nicht unser Dorf", sagte Wu Ying und schloss schleunigst seinen Mund, als der Feldwebel zu ihnen herübersah.

Da sie sich auf dem Dorfplatz befanden, war die Disziplin etwas lockerer. Doch auch dann sah es der Feldwebel nicht gerne, wenn sie zu laut miteinander sprachen. Der scharfe Blick des Feldwebels ließ die Rekruten verstummen, die nun das Drama weiter beobachteten, das sich vor ihnen abspielte. Einige Zeit später formierten sich die Rekruten neu und die nun angewachsene Gruppe marschierte auf zum nächsten

Dorf. Glücklicherweise hatte der Feldwebel nun einige neue Freiwillige, die er schikanieren konnte, was den anderen Rekruten etwas Freiraum auf ihrem Weg verschaffte.

Am Abend fand die Gruppe eine freie Lichtung in einem Wald, der sich zwischen den Feldern und den Dörfern erstreckte, und somit einen Platz, an dem sie rasten konnten. Obwohl es viel Fläche an Land benötigte, um die Versorgung der Bevölkerung zu sichern, gab es noch immer Orte wie diesen – das Niemandsland zwischen den Dörfern. Hier lernten die Rekruten neue und interessante Dinge, zum Beispiel, wie die Armee ein Lager aufschlug, wie man eine Latrine grub und sogar, wie die Wachen aufgestellt werden mussten. In dieser Wildnis lauerten Seelenbestien und auch die ein oder andere Gruppe von Banditen.

"War ja klar, dass Yin Xue sein eigenes Zelt bekommt", murmelte Fa Hui mit einem Blick zu der Stelle, an der das Zelt des adeligen Sohnes aufgeschlagen worden war.

Er und Wu Ying, zusammen mit einigen anderen, saßen über einen Topf mit kochendem Wasser gebeugt und warteten darauf, dass der Reis und das Gemüse gar wurden. Ein kleiner Dämpfer war über dem Topf platziert, der Streifen von Fleisch und gesalzenem Fisch enthielt.

Im Laufe des Tages hatte er Yin Xue ein wenig seiner Aufmerksamkeit geschenkt, denn er war neugierig über die Position des Sohnes des Lords in der Armee. Er war kein Teil der gewöhnlichen Rekruten, was dadurch ersichtlich war, dass es ihm erlaubt war, ein Pferd zu reiten. Doch er ritt auch nicht gemeinsam mit den Soldaten. Selbst in diesem Moment schien Yin Xue einen Platz zwischen den Rekruten und den Soldaten einzunehmen, der sich im Zentrum der Formation befand.

"Sei still", zischte Wu Ying. "Du solltest es besser wissen, Ah Hui. Damit bringst du uns noch in Schwierigkeiten."

"Pah. Wir sind nun nicht mehr zuhause. Wir sind in der Armee", entgegnete Fa Hui. "Hier gelten andere Regeln."

"Nicht so viel anders, wie du vielleicht glauben magst, Bauer", sagte Yin Xue, dessen Stimme hinter ihnen erklang. Er legte seine Hand auf den Griff des Schwertes, das er bei sich trug und erhob die Stimme. "Sag das noch einmal."

"Hier gelten andere Regeln", wiederholte Fa Hui, der ebenfalls aufgestanden war.

Wu Ying schrak hoch und stellte sich zwischen seinen groß gewachsenen Freund und den Sohn des Lords. "Yin Xue, Fa Hui meint damit nur, dass wir nun alle Teil der Armee sind. Wir lernen gerade neue Regeln kennen und es ist wahrscheinlich, dass diese anders sind." Wu Ying zwang sich zu einem besänftigenden Lächeln.

Seitdem Yin Xue sich Xia Jins Gunst auf dem letzten Qixi-Fest erworben hatte, suchte Fa Hui nach Wegen, um sich Yin Xue zum Feind zu machen. Selbstverständlich machte der Unterschied in ihrem Status es für Fa Hui so gut wie unmöglich, dies ohne Folgen zu tun, doch offenbar wägte er sich nun in Sicherheit.

"Das –"

Bevor Fa Hui es noch schlimmer machen konnte, stieß Wu Ying seinem Freund den Ellbogen in den Magen, gerade stark genug, um ihn zum Schweigen zu bringen. Yin Xue bemerkte dies natürlich, beschloss aber, nichts weiter dazu zu sagen.

"Habt Ihr schon gegessen, Yin Xue? Unser Reis sollte bald fertig sein", sagte Wu Ying mit einem Lächeln.

"Nein. Eigentlich bin ich gekommen, um mit dir zu reden, Long Wu Ying. Ich habe immer von meinem Vater gehört, dass dein Vater ein guter Schwertkämpfer in der Armee war. Ein Mann, der das Gespür des Schwertes durch euren Familienstil der Long erlangt hat. Jemand, der vor seiner Verletzung an der Schwelle des Herzens des Schwertes stand. Er muss dir doch einiges beigebracht haben", sagte Yin Xue sanft mit einem teuflischen Blick in seinen Augen.

"Nein ...", Wu Ying verneinte die Behauptung automatisch.

"Nein? Er hat dich gar nichts gelehrt?", fragte Yin Xue und seine Augen verengten sich, dann schaute er über Wu Yings Schulter zu Fa Hui.

Wu Ying erschauderte unwillkürlich. Immerhin befand sich Yin Xue auf Körperreinigungsstufe 4 – das waren ganze drei Stufen über Fa Hui. Und während man sich im Stadium der Körperreinigung befand, verschaffte einem jeder geöffnete Meridian Vorteile. Diese Vorteile konnten durch Können und angeborene Stärke überwunden werden. Unglücklicherweise besaß Yin Xue beides. Fa Hui blieb nur seine angeborene Stärke. Wenn Yin Xue weitermachte, da war sich Wu Ying sicher, würde sein Freund vermutlich ernsthaft verletzt werden.

"Doch, hat er. Ich meinte nur, dass ich niemals so offen sagen würde, dass er gut war", erklärte Wu Ying mit leicht gebeugtem Kopf. Es war besser, sich demütig zu stellen und abzuwarten, wohin das führte. Wenn er darauf aus war, jemanden zu schlagen, so würde Wu Ying sich gerne zur Verfügung stellen. Als einer der wenigen Dorfbewohner, der sich einigermaßen mit Yin Xue messen konnte, wurde er häufig in Kämpfe mit ihm verwickelt – sowohl verbal als auch bezüglich der Kultivation.

"Gut, dann wirst du mit mir üben", verkündete Yin Xue.

"Ich denke, wir sollten nicht ...", begann Wu Ying und warf einen Blick auf die Soldaten. Diese beachteten die Rekruten kaum, eine Tatsache, die Yin Xue zum Schmunzeln brachte.

"Ich denke, das wird sie nicht stören. Außerdem ist das Training in den Kampfkünsten wichtig. Genauso wie Disziplin", sagte Yin Xue und blickte bei seinen letzten Worten zu Fa Hui. Es huschte sogar ein spöttisches Lächeln über sein Gesicht, weshalb Wu Ying sein Gesicht verzog.

"Ich habe kein Schwert."

"Ich kann dir eines borgen", sagte Yin Xue.

Während Yin Xue einen Rekruten in der Nähe losschickte, um eines seiner Schwerter zu holen, griff Fa Hui nach Wu Yings Arm.

"Das kannst du nicht machen. Er wird dich schlagen", fauchte Fa Hui ihn an.

"Natürlich." Wu Ying würde niemals das Training überschätzen, dem er unterzogen worden war. "Doch wenn ich es nicht mache, wird er dich herausfordern. Und du hättest nicht den Hauch einer Chance."

"Du musst das nicht tun", sagte Fa Hui ein weiteres Mal, aber Wu Ying kicherte nur.

"Ich mache das schon, seit wir Kinder waren. Es ist in Ordnung", winkte Wu Ying ab. Er nickte dem Rekruten zu, der mit dem Jian zurückgekehrt war.

Wu Ying zog das Schwert aus der Scheide und überprüfte es kurz, um sicherzustellen, dass die Waffe scharf war, ehe er sie herumwirbelte, um so ein Gespür für ihr Gewicht zu bekommen. Das Jian – ein doppelschneidiges, geradliniges Schwert – war von guter Qualität, wog in etwa eineinhalb Kätti[3] und war zweieinhalb Chi[4] lang. Es war länger, als Wu Ying es gewohnt war, aber in diesem Fall könnte es zu seinem Vorteil sein.

Yin Xue beobachtete Wu Yings Vorbereitungen mit einem hämischen Grinsen und scheuchte die anderen Rekruten zurück.

"Bist du bereit?", fragte Yin Xue, während er das Schwert an seiner Hüfte aus der Scheide zog. Er nahm eine entspannte Haltung ein und hielt sein Schwert gerade so über seinem Standbein, als er darauf wartete, dass Wu Ying sich ihm gegenüber positionierte.

"Nur um sicherzugehen, das ist eine Übungsrunde, ja?", versicherte sich Wu Ying, der Yin Xues Bewegung imitierte.

"Aber natürlich. Reine Übung", antwortete Yin Xue. Gerade als er diese Worte ausgesprochen hatte, stürzte Yin Xue voran, bevor er sein Schwert nach unten fahren ließ. *Die Weide schlägt die Schwalbe.*

Wu Ying trat zur Seite und änderte seine Formen ebenfalls. *Gruß an die aufgehende Sonne. Der Drache reckt sich am Morgen. Der Drache öffnet seine Schwingen.* Jeder Bewegung

---

[3] Eine Gewichtseinheit. Ein Kätti entspricht etwa eineinhalb Pfund oder 604 Gramm. Ein Tael ist 1/16tel eines Kättis.

[4] Ein Längenmaß. Drei Chi entsprechen einem Meter. Etwas über einem Fuß.

folgte sogleich die nächste und jede Bewegung floss dabei nahtlos in die nächste über. Wu Ying war gewiss kein einfacher Anfänger der Schwertformen, ganz gleich, wie viel er dagegen widersprechen mochte, denn er wurde von Kindesbeinen an darin gelehrt. Sein Vater hatte ihn die Schwertformen der Familie Long in der Zeit zwischen der Arbeit auf dem Feld, der Kultivation und dem Unterricht, entweder spät in der Nacht oder früh am Morgen, gelehrt. Andererseits war Yin Xue ein Schüler von erhabenen Lehrmeistern, die ihn tagein, tagaus unterrichtet hatten, abseits der Sorgen über einen harten Winter oder einen starken Regenschauer im Frühjahr. Ganz zu schweigen davon, dass Yin Xue zwei Stufen höher in seiner Körperreinigung war.

"Hsss ..." Wu Ying knirschte mit den Zähnen, als ein Angriff, den er nicht mehr abwehren konnte, über seinen Arm fuhr. Er schaffte es gerade noch, die Klinge so weit umzulenken, dass sie nur seinen Arm traf. Sie schnitt in sein Fleisch und hinterließ eine blutige Wunde, doch das Muskelgewebe darunter blieb unverletzt.

"Das reicht, Yin Xue!", rief Fa Hui aus, als er sah, wie Wu Ying verletzt wurde.

"Wir haben doch gerade erst begonnen. Wu Ying würde wegen so einer kleinen Verletzung doch nicht aufhören, oder?", erwiderte Yin Xue mit einem Grinsen. "Sonst muss ich mir jemand anderen suchen, mit dem ich weiter trainieren kann."

"Alles in Ordnung", sagte Wu Ying mit einer Handbewegung zu seinem Freund, dann hob er sein Schwert erneut an. "Ich habe nur einen kleinen Fehler gemacht."

"Gut. Sehr gut", sagte Yin Xue. "Dann werde ich weitermachen."

Yin Xue machte sofort einen Schritt nach vorn und beschleunigte seine Angriffe. Die beiden drehten sich und ließen ihre Schwerter niederfahren, schlugen und blockten, während sie innerhalb des kleinen Kreises, den die Rekruten gebildet hatten, herumwirbelten. Die Augen aller Rekruten waren auf sie gerichtet, ihre Münder von den Ausrufen leicht geöffnet, die sie ob des Niveaus des Kampfes, der sich vor ihnen zutrug, ausstießen. Für die Dorfbewohner war solch ein hochrangiger Kampf ein seltener Anblick, obgleich die beiden Kämpfenden wussten, dass er im

Vergleich mit wahren Profis nur ein ungehobeltes Herumschwingen von Schwertern war.

Nach einigen weiteren Schlagabtauschen fand sich Wu Ying in einer zurückgedrängten Position wieder, während Yin Xues Attacken langsam schneller und flüssiger wurden. Wu Yings Augen weiteten sich leicht, als er verzweifelt versuchte, mit ihm Schritt zu halten und er festigte den Griff um sein Schwert, da ihm gewahr wurde, dass Yin Xue sich bisher zurückgehalten hatte. Jede Bewegung schien nun schneller als die vorige, jeder Angriff kam einem Treffer näher und näher. Wu Yings Atmung wurde schneller, sein Herzschlag schoss in die Höhe. Es war unmöglich, es von außerhalb des Duellplatzes zu erkennen, doch nach einigen Angriffen änderte Yin Xue immer seine Angriffsbahn. Er zielte nicht darauf ab, ihn zu berühren, sondern ihn zu töten.

"*Die Weide schlägt die Schwalbe*", flüsterte Yin Xue.

Wu Ying riss sein Schwert hoch, um sich zu verteidigen, denn sein Körper war zu erschöpft, um sich gegen diese automatische Reaktion zu wehren. Er bemerkte zu spät, dass es ein Trick war. Yin Xue drehte sein Schwert, schwenkte die Klinge um seine Blockade und ließ die Spitze direkt in die rechte untere Hälfte seines Abdomens gleiten. Als er sie herauszog, drehte er die Klinge noch einmal ein Stück, wodurch sich die Wunde noch weiter öffnete.

Wu Ying konnte spüren, wie seine Beine unter ihm einknickten und er sank auf ein Knie. Einen Sekundenbruchteil später überkam ihn der Schmerz mit einer solchen Wucht, dass seine Atmung unregelmäßig wurde.

"Was ist hier los!" Der Feldwebel bemerkte die Gefahr zu spät, als er sich nun endlich zu ihnen hinüber begab.

Während der Feldwebel damit beschäftigt war, Yin Xue dafür zu züchtigen, dass er Wu Ying verletzt hatte, spürte dieser eine Hand, die an seine Seite gepresst wurde, um die Blutung zu stoppen.

Letztendlich drehte sich der Feldwebel zu Wu Ying, bevor er schnaubte. "Ihr Narren. Dass ihr mit richtigen Schwertern trainiert ... Du da! Du warst doch der Sohn des Dorfarztes?" Eine genuschelte Zustimmung folgte. "Dann verbinde ihn."

Er hörte weitere leise Proteste, aber er schenkte ihnen keine Beachtung, bis er gezwungen wurde, sich hinzulegen. Jemand presste eine Bandage an seinen Körper. Wu Ying zischte, als noch mehr Druck auf die Wunde ausgeübt wurde. Als er sich fokussierte, sah er einen besorgten Fa Hui sowie einen schmalen jungen Mann über sich gebeugt.

"Die Wunde klafft sehr tief. Ich muss sie nähen und mit einer Salbe behandeln. Das wird weh tun", erklärte der Junge. "Doch zuerst muss ich etwas Wasser zum Kochen bringen, um meine Instrumente zu sterilisieren."

"Vielen. Dank", presste Wu Ying heraus.

"Nicht nötig, du Idiot", sagte der Heiler schnaubend und huschte aus Wu Yings Blickfeld. Nun übernahm Fa Hui die Aufgabe, weiter Druck auf Wu Yings Seite auszuüben.

"Ich werde Yin Xue umbringen", grummelte Fa Hui.

"Hör auf damit. Es ist deiner großen Klappe zu verdanken, dass es überhaupt so weit gekommen ist", knurrte Wu Ying zurück. "Ich werde schon wieder auf die Beine kommen. Halte dich einfach von ihm fern."

"Wu Ying –"

"Lass es einfach gut sein", sagte Wu Ying. "Schwöre es mir. Schwöre mir, dass du nichts machen wirst."

"Ich –"

"Das bist du mir schuldig. Schwöre es", fauchte Wu Ying.

"Ich schwöre es. Solange du lebst, werde ich Yin Xue kein Haar krümmen!", antwortete Fa Hui mit ruhiger und bestimmter Stimme.

"Gut."

"Ihr da, aus dem Weg", sagte der junge Heiler, als er mit seinen Instrumenten zurückkehrte. Er schob Fa Hui zur Seite und fädelte den Seidenfaden flink durch seine Bambusnadel. "Macht mir etwas Licht." Dann drehte sich der Heiler zu Wu Ying und seine Stimme wurde sanfter und beruhigend. "Das wird jetzt etwas schmerzhaft werden."

Wu Ying konnte nur stumpf nicken, als er das mit Stoff umwickelte Stück Bambus in seinen Mund nahm. Als der Junge eine handvoll Alkohol auf seine Wunde träufeln ließ, um sie zu reinigen, biss Wu Ying kräftig auf die Stange und stieß einen Schrei aus, der im Knebel verstummte. In dem Moment, als die Ohnmacht ihn überkam, da er den ersten Stich in seiner Haut fühlte, versprach er sich selbst, gebührende Rache an Yin Xue zu üben.

Kapitel 3

Ein Schritt. Noch ein Schritt. Und dann noch einer. Der Schmerz zog mit jedem einzelnen Schritt durch seinen Bauch. Selbst als er neben den Rekruten her marschierte, fühlte Wu Ying, wie sich die Bandage um seinen Körper mit Blut vollsaugte. Die Wunde mochte zwar genäht sein, doch mindestens eine der Nähte war durch das ganze Gehen vermutlich wieder aufgerissen. Sun An – der junge Heiler – hatte sein Bestes gegeben, um ihn wieder zusammenzuflicken, doch die Wunde war tief.

"Trink", sagte Fa Hui, der Wu Ying einen Wasserschlauch reichte.

Wu Ying nahm den Wasserschlauch widerstandslos entgegen, öffnete die Kappe und nahm einen Schluck des faulig schmeckenden Gesöffs. Sun An war früh aufgestanden, um die Kräuter für dieses Getränk aufzukochen, ein Tonikum, das die Schmerzen lindern und die Entzündungsgefahr verringern sollte. Sun An hatte sich natürlich über den Mangel an anständiger Arznei beklagt, während er dies tat.

"Vielen Dank", sagte Wu Ying, der ihm den Wasserschlauch zurückgab.

"Hältst du es aus? Das nächste Dorf muss schon nahe sein", erkundigte sich Fa Hui sanft, als die Gruppe ihren Marsch fortsetzte.

Der Feldwebel hatte Wu Ying bisher nicht im Geringsten beachtet, anders als Yin Xue, der vor einer Stunde vorbeigekommen war, um sich "höflichst" nach Wu Yings Befinden zu erkundigen. Wu Ying hatte nicht viele Möglichkeiten: Entweder er marschierte mit oder ... nun, die anderen Optionen kamen alle nicht infrage. Die Armee war letzten Endes nicht gerade für ihre freundlichen und verständnisvollen Methoden bekannt.

"Hältst du es denn aus?", fragte Wu Ying zurück. Fa Hui hatte heute Morgen Wu Yings Ausrüstung geschultert, worüber Wu Ying sich nicht beschwert hatte. Das war das Mindeste, was sein Freund für ihn tun konnte. Und das wortwörtlich.

"Ach, das? Das ist doch gar nichts!", antwortete Fa Hui und wuchtete die Taschen mit einem Lächeln hoch. "Das ist so viel einfacher, als auf dem Feld zu arbeiten. Ich kann sogar aufrecht stehen!"

Wu Ying kicherte, was er sofort bereute und stolperte leicht. Der Feldwebel sprang sofort an ihre Seite und schrie die beiden an, bis sie sich wieder dem Marschtempo angepasst hatten. Und wieder einmal erwähnte er Wu Yings offensichtliche Verletzung mit keinem Wort.

"Bring mich nicht zum Lachen", sagte Wu Ying, sobald sie wieder unbemerkt reden konnten. Er musste jedoch zugeben, dass Fa Hui Recht hatte. Im Frühling verbrachten sie den ganzen Tag auf Händen und Knien, da sie die Reishalme in die Nassfelder pflanzten. Im Vergleich dazu war das Marschieren im Grunde genommen einfach.

"Nur noch ein Stückchen. Dann sind wir beim nächsten Dorf", wiederholte Fa Hui.

Wu Ying ächzte und blickte zum Himmel und zu den schnell vorbeiziehenden Wolken. Regen. Natürlich musste es regnen. Er beugte seinen Kopf nach unten und konzentrierte sich darauf, einen Fuß vor den anderen zu setzen, jeder Schritt begleitet von einer Welle des Schmerzes.

***

"Iss." Später an diesem Abend schob Fa Hui Wu Ying eine Schüssel mit warmer Reisgrütze hin.

Wu Ying sah zu ihm auf und lächelte ihn schwach an, als er die Schüssel entgegennahm, wobei ein Krampf fast dafür sorgte, dass er sie fallen ließ. Sie hatten kleine Planen zwischen die Bäume gespannt, was sie vor dem leichten Regenschauer schützte. Doch dies half nicht gegen sein Zittern, das von der feuchten Kleidung auf seinem Körper verursacht wurde.

"Verdammt", fluchte Wu Ying. Er war durch den Regen marschiert, durchnässt wie jeder andere auch, und nun fröstelte es ihn wegen der Kälte und des Blutverlustes.

"Wu Ying ...", sagte Fa Hui besorgt und half Wu Ying dabei, die Schüssel zu halten. "Geht es dir gut?"

"Ich bin in Ordnung. Es schmerzt nur", versicherte Wu Ying.

Fa Hui runzelte die Stirn, doch Wu Ying wandte sich wieder seinem Essen zu, den Kopf gesenkt, als er die Reisgrütze langsam aus der Schüssel löffelte. Die Grütze war bereits kalt und hatte keinen Geschmack. Die Armee achtete strikt auf die Rationen und gab ihnen kaum genug Fleisch, um die Grütze überhaupt zu würzen.

"Es ist an der Zeit, Eure Bandagen zu wechseln", befahl ihm Sun An, als er endlich fertig gegessen hatte.

Wu Ying bewegte sich zaghaft, um die Schüssel zur Seite zu stellen und hob seine Arme leicht, damit Sun An die Bandagen um seinen Körper lösen konnte.

Sun An blickte finster drein, als er das Blut und die gerissenen Nähte, und ebenso das nun errötete und entzündete Fleisch, erblickte. "Ihr habt den Kräutersud zu Euch genommen?"

"Ja", antwortete Fa Hui mit besorgtem Blick an Wu Yings Stelle. "Wird er wieder in Ordnung kommen?"

"Es hat sich entzündet. Vermutlich sogar infiziert", erläuterte Sun An, der seine Finger, die das getrocknete Blut entfernten, an der Wunde entlang gleiten ließ. "Ich kann es nicht noch einmal nähen, zumindest nicht, solange er sich so viel bewegt. Außerdem bezweifle ich, dass dies irgendeinen Effekt hätte. Ich werde eine Salbe darauf auftragen, in der Hoffnung, die Entzündung damit etwas zu hemmen. Er sollte sich jedoch ausruhen, anstatt zu marschieren."

"Ich kann euch hören", sagte Wu Ying, der die beiden anstarrte.

Sun An lächelte ein wenig und winkte entschuldigend ab, während er sich abwandte und mit dem Auftragen der Salbe begann. Fa Hui setzte sich mit einer Schüssel sauberen Wassers und einer neuen Bandage neben Wu Ying nieder.

"Ich kann das machen."

"Ich –"

"Ich kann das machen", wiederholte Wu Ying und nahm ihm die Bandage aus der Hand, mit der er die Wundränder säuberte. Als er den verletzten Blick seines Freundes sah, fügte er noch hinzu: "Du bist nicht gerade sanft."

"Doch, das bin ich!"

"Xia Jin hat da aber etwas anderes erzählt", ergänzte Wu Ying weiter.

"Das –", Fa Hui wirkte für einen Moment empört, bis er dann schief lächelte. "Es war mein erster Kuss mit ihr!"

"Dann musst du mehr üben."

"Wie Mu Er mit seiner Schwester ...?"

***

Ein neuer Tag, ein neuer Marsch. Wenigstens hatte es aufgehört zu regnen, obwohl es eine Qual war, auf den matschigen Straßen voranzumarschieren. Doch am Ende des Tages schloss die Gruppe endlich zur Hauptgruppe der Armee auf und musste nicht erneut auf einer einfachen Lichtung übernachten.

Wu Ying war zu müde, ihm war zu kalt und er hatte zu viele Schmerzen, um wirklich aufzupassen, daher marschierte er neben seiner Truppe her, die sich am Rande des Armeelagers entlangbewegte. Doch selbst in diesem Zustand fiel ihm auf, wie geordnet die Lampen, die Zelte und die Kochstellen waren. Die Zelte sahen alle gleich aus und nur die Kochstellen waren mit Bannern behangen, die als Kennzeichnung der unterschiedlichen Truppen dienten. Es befanden sich nur wenig Mann im Lager, doch in der Ferne hörte Wu Ying das Trampeln von Füßen in Stiefeln.

Die nächsten Stunden vergingen zäh, während ihr Leutnant Bericht erstattete und die Rekruten den einzelnen Truppen zugeordnet wurden, denen sie von nun an angehören würden. Als dies erledigt war, wurden die neu geformten Truppen zum nächsten Quartiermeister geführt, wo sie ihre Ausrüstung erhielten.

"Hm? Was ist denn das?" Der Quartiermeister hielt den Mann auf, der Wu Ying gerade seine Kleidung übergeben wollte, sobald er den neuen Rekruten erblickte. Sein Blick glitt an Wu Yings gebeugter Gestalt mit zusammengepressten Lippen hinunter.

"Mein Herr?", fragte Wu Ying mit einem verschwommenen Blinzeln, da ihm Schweiß in die Augen getropft war.

"Seid Ihr krank?"

"Etwas ...", gab Wu Ying zu.

"Ihr Idioten!", knurrte der Quartiermeister den Feldwebel und den Leutnant mit einem bösen Blick an. "Wie könnt ihr es wagen, einen Kranken ins Lager zu schleppen!"

"Aber er ist nur –", protestierte der Leutnant, bevor der Quartiermeister diesen Protest zerschlagen konnte und zur Seite wies.

"Ruhe. Ihr! Geht und meldet Euch im Lazarett bei den Sanitätern", befahl der Quartiermeister mit einem Kopfschütteln. "Uns kranke Leute zu bringen! Was für wertloser Unrat ihr doch seid."

Während Wu Ying von dannen stolperte, bemerkte er die bösen Blicke, die ihm vom Leutnant und dem Feldwebel zugeworfen wurden. Doch da seine Beine sich schwer wie Blei anfühlten, konnte Wu Ying sich nur darauf konzentrieren, sich in die Richtung zu bewegen, in die er verwiesen wurde. Mit jedem Schritt verschleierte sich sein Blick ein wenig, seine Sicht verengte sich, als sich die Welt zusammenzuziehen schien.

Nach kurzer Zeit fand er die weißen Banner, die im Wind wehten. Die Worte, die horizontal auf ihnen geschrieben standen, waren unmissverständlich. Sanitätszentrum.

"Mein Herr, können wir Euch helfen?"

"Ich wurde ... ich wurde hierher geschickt", sagte Wu Ying.

Er drehte sich in Richtung der Stimme, die hastige Bewegung ließ ihn erneut schwanken. Dann hörte er, wie jemand etwas rief, bevor sich ein dunkler Schleier über die Welt legte.

***

Ein dumpfer Schlag. Etwas Festes lag unter ihm, er lag auf dem Rücken und plötzlich fuhr eine Woge von Schmerz durch seinen Körper, was ihn für einen kurzen Moment erwachen ließ. Seine Augenlider waren zu schwer, um sie zu öffnen, und so lauschte Wu Ying.

"Diese Narren. Senden einen verletzten Rekruten einfach alleine hierher."

"Was glaubt Ihr, was das ist?"

"Vermutlich ein weiterer Trainingsunfall."

"Har! Was für eine Verschwendung, untrainierte Kinder zu uns zu schicken. Sie sollten auf dem Trainingsplatz sein, nicht hier."

"Psst ..."

Die Stimmen verklangen wieder, als die Dunkelheit ihn erneut umgab.

***

"Wer ist das?"

"Ein Rekrut. Legt ihn in Bett Nummer neunundzwanzig."

"Er sieht ziemlich gut aus."

"Macht Euch keine Mühe. Die Entzündung hat sich in seinem Körper ausgebreitet. Er wird die Woche nicht überleben."

***

Die Zeit verging für Wu Ying stoßweise. Während er wach war, zitterte er und heiße und kalte Wellen fuhren durch seinen geschwächten Körper. In diesen Momenten schien die Zeit sich zu verlangsamen und Wu Ying lag mit einem Schmerz in seinem Bauch und seinen Gelenken da, seine Zähne klapperten, während er von Schweiß bedeckt war. Wenn er schlief, schien überhaupt keine Zeit zu vergehen, bis er erneut zitternd erwachte.

Die Heiler kamen ab und zu vorbei und fütterten ihn gleichermaßen mit Brühe und Medizin. Er schluckte hinunter, was er konnte und schlief und zitterte den Rest der Zeit. Dieses Fegefeuer aus Erholung und Wachsein wurde eines Tages endlich durchbrochen, als er grob angehoben und zur Seite bewegt wurde.

"Was? Was ist los?", fragte Wu Ying verschlafen, als er aus seinem Bett gehoben wurde.

"Die Armee macht sich auf den Weg, um dem Feind entgegenzutreten. Wir werden die Betten für die Verletzten benötigen", antwortete der Betreuer, der Wu Ying aus dem Zelt führte. Gemeinsam bewegten sie sich auf eine kleine Gruppe anderer Patienten zu, die auf einem Hügel saßen.

"Aber ich bin verletzt."

"Genau wie die da. Keine Sorge. Es regnet nicht und hier werdet ihr nicht im Weg sein", sagte der Betreuer und ließ Wu Ying an einer freien Stelle fallen. "Trinkt das. Es wird Euch helfen, für den Moment etwas klarer denken zu können."

Wu Ying nahm die Medizin ein und fühlte einen Strom von Energie in seinen Körper fahren. Für einen Moment fragte er sich, warum sie ihm das nicht schon zuvor verabreicht hatten. Womöglich lag es daran, dass die Medizin nur ein kurzzeitig wirkendes Tonikum war, nur so lange gut, bis die Wirkung verflogen war. Bis Wu Ying erneut aufblickte, um etwas zu fragen, war der Betreuer bereits von dannen gezogen.

Von seinem Platz auf dem Boden aus schaute Wu Ying langsam um sich und blinzelte dem Sonnenlicht entgegen. Er zwang sich zur Konzentration, drehte seinen

Kopf von einer Seite zur anderen. Von ihrem Aussichtspunkt aus, nahe der logistischen Abteilung der Armee, konnte Wu Ying nur wenig von dem bevorstehenden Kampf sehen. Mit einer gewissen Anstrengung bewegte er seinen Körper zur Seite, um den bestmöglichen Blick auf die freien Felder zu haben. Das war besser, als auf die herum eilenden Männer zu starren. Nur wenige um ihn herum taten es ihm gleich, da sie zu verletzt oder gar nicht erst bei Bewusstsein waren.

Selbst diese kleine Bewegung brachte Wu Ying außer Atem und er bemerkte, dass er sich leicht gekrümmt hielt. Mit einer Grimasse schüttelte Wu Ying sanft seinen Kopf und wartete weiter. Die Stunden vergingen, und ein Betreuer kam zu ihnen heraus, um die Patienten mit Reisgrütze und Kräutermedizin zu versorgen, ehe er sich wieder zurückzog. Gelegentlich kam auch eine Patrouille an ihnen vorbei, doch je später es wurde, desto unregelmäßiger kam sie.

Mit der Zeit erreichten die Rufe und Schluchzer, die keuchenden Flüche und Schreie der schmerzerfüllten Männer die Patienten, als die Verwundeten in Scharen zum Lazarett herbeigetragen wurden. Wu Ying zuckte zusammen und neigte seinen Kopf leicht nach oben, konnte aber nichts hinter den Zeltwänden erkennen. Hinter dem tiefschwarzen Militärzelt klagten, bluteten und starben Soldaten, doch die schwarze Fassade gab keinen Aufschluss über ihre Qual.

Wu Ying drehte sich weg und lenkte seine schwindende Aufmerksamkeit auf die Hügel, die sich vor dem Hauptlager erstreckten. Er wandte sich ihnen zu, um die Schreie hinter ihm auszublenden, um sich an jenen Frieden zu erinnern, den die Natur bot. Daran, wie der Wind wehte, die Vögel flogen und wie die Sonne auf den Speerspitzen glänzte ...

Speerspitzen?

Wu Ying richtete sich etwas weiter auf und presste die Hand an seine Seite, die wieder zu schmerzen begann. Mit zusammengekniffenen Augen starrte er auf den Punkt, an dem er diese Anomalie zuerst gesehen hatte. Zuerst war da nichts. Doch dann, ein Blitzen.

"Speere." Als er sich umsah, bemerkte er, dass seine "Mitpatienten" nichts davon gesehen hatten. Sein Blick verfinsterte sich und er winkte dem Patienten, der am nächsten bei ihm saß, zu und deutete in die Richtung. "Dort sind Speere! Das ist der Feind."

Der Patient blinzelte ihn nur an, sein langes Haar war ganz zerzaust. Wu Ying fiel auf, dass auch keiner der Betreuer in der Nähe war, als er sich weiter umblickte. Vielleicht bildete er sich das nur ein? Ein weiteres Mal kniff Wu Ying die Augen zusammen und seine Vermutung verhärtete sich, da er die Speerspitzen erneut durch die Sonne aufblitzen sah.

"Ich muss. Muss sie warnen." Wu Ying zwang sich zum Aufstehen, nur um gleich wieder durch einen Schwächeanfall auf die Knie zu fallen. Ein Stöhnen kam über seine Lippen und der Schmerz schoss durch seinen Körper, pulsierend vom Fieber, das ihm Kopfschmerzen bereitete. "Nein."

Mit einem Schwung richtete Wu Ying sich auf, der Schmerz ließ ihn leicht aufheulen. Sein kreischen wurde von den Rufen aus dem Lazarett verschluckt. Wu Ying bewegte sich zähneknirschend voran, einen Schritt nach dem anderen. Jeder Schritt verursachte einen brennenden Schmerz, als würde ein Feuer in seinem Körper brennen. Jede Bewegung brachte ihn zum Keuchen und Stöhnen. Endlich, endlich erreichte er das Zelt und zog eine der Planen zur Seite, nur um von einer Szene aus den tiefsten Höllenkreisen empfangen zu werden.

Überall lagen Soldaten – verstümmelt, blutend, schreiend. Einige waren an die Betten gefesselt, andere unter Drogen gesetzt worden. Einige pressten die Hände auf offene Wunden, andere waren bereits verbunden worden und warteten auf die glückselige Bewusstlosigkeit. Durch all dies bewegten sich die Betreuer und Ärzte, sie taten ihr Bestmöglichstes in diesem organisierten Chaos, stillten Blutungen, nähten Wunden, und platzierten Akupunkturnadeln.

Wu Ying, der nach drinnen stolperte, schnappte sich den erstbesten Betreuer. "Speere!"

"Ihr geht nirgendwohin, Soldat. Setzt Euch hin, wir werden uns gleich um Euch kümmern", antwortete der Betreuer, ohne auch nur in seine Richtung zu blicken. Er befreite seine Kleidung mit einem Ruck seiner Schulter aus Wu Yings schwachem Griff.

Wu Ying stolperte, verlor um ein Haar das Gleichgewicht.

"Nein! Es kommen Speere auf uns zu", sagte Wu Ying, stellte jedoch fest, dass er ins Leere sprach. Mit einem kläglichen Ächzen zwang er sich, noch weiter nach drinnen zu gehen. Wu Ying schleppte seinen Körper voran und fühlte etwas Heißes, Feuchtes an seiner Seite, als die Wunde erneut zu bluten begann.

"Was macht Ihr hier hinten?" Ein Arzt tauchte vor Wu Ying auf, die Stirn in Falten gelegt.

Wu Ying starrte in sein Gesicht und bemerkte, dass es der Arzt war, der sich zuvor um ihn gekümmert hatte. "Ein Angriff. Sie kommen. Von der anderen Seite." Er atmete schwer, als er sich umdrehte, um in die Richtung zu zeigen, in der er die Speere gesehen hatte.

"Was? Das ist unmöglich. Die Späher hätten sie schon längst bemerkt."

"Ich habe es gesehen!"

"Ihr halluziniert", antwortete ein Betreuer, der Wu Yings Arm packte.

Wu Ying knurrte, mobilisierte seine Kultivation, seine letzten Kräfte, und schob den Betreuer beiseite, während er den Arzt unverwandt anstarrte. "Bitte! Seht es Euch einfach an. Schaut."

Der verärgerte Betreuer kam mit ausfallenden Schritten zurück und fesselte Wu Ying mit seinem Griff, mit dem er ihn herunterdrückte, wodurch er einen Schmerzensschrei ausstieß.

Doch noch immer murmelte er vor sich hin, während der Betreuer ihn herum schubste und ihm noch weitere Schmerzen bereitete. "Sie greifen an. Schaut doch ..."

Das Letzte, was Wu Ying erblickte, bevor er erneut ohnmächtig wurde, war der missbilligende Blick des Arztes.

Kapitel 4

"Ist er das?"

"Ja."

"Weckt ihn auf."

"Aber ..."

"Weckt ihn."

Eine stechend riechende Kräutersalbe wurde unter Wu Yings Nase gerieben. Dann drückte eine Hand gegen seine Schulter und zog ihn langsam nach oben. Wu Ying erwachte blinzelnd und bemerkte, dass er wieder in einem weichen Leinenbett lag. Er starrte auf das Quartett vor ihm.

Er kannte das erste Gesicht – es war der Arzt, der ihn behandelt hatte und den er gewarnt hatte. Die anderen drei hatte Wu Ying noch nie zuvor gesehen. Einer von ihnen war ein finster blickender, bärtiger Soldat in voller Rüstung und einem Kopfschmuck, den Wu Ying auf den ersten Blick nicht zuordnen konnte. Noch bevor er sich den Kopf darüber zerbrechen konnte, richtete Wu Ying seine Aufmerksamkeit auf die anderen beiden – es waren zwei Personen, die in farbenfrohe, zivile Seidenroben gekleidet waren. Ein scharfer Kontrast zu den uniformierten Soldaten ringsum. Beide trugen Schwerter an ihren Seiten, hatten langes Haar und die reinste Haut, die Wu Ying je zu Gesicht bekommen hatte. Selbst der Mann unter den beiden war so grazil und hatte solch weiche Züge, dass Wu Ying ihn für ein jugendliches Mädchen gehalten hätte, wäre da nicht das maskuline, hervorragende Kinn. Was die Frau hinter dem Mann betraf, so war sie eine unvergleichliche Schönheit, neben der sogar Qiu Ru erblassen würde. Ihre schlanke Figur wies perfekte Kurven auf.

"Ihr seid wach", sagte der Mann.

"Ja." Wu Ying setzte sich unter Anstrengung und mithilfe des Arztes weiter auf, denn sein Körper wollte ihm nicht gehorchen. Er runzelte die Stirn und fühlte Schweiß an seiner Augenbraue hinunterlaufen, den er mit seiner Hand wegwischte.

Seine Bewegungen waren träge, unkoordiniert, doch für den Moment schien der Schmerz aus seinem Bauch abgeklungen zu sein.

"Spricht man etwa so mit Ranghöheren?", knurrte der Soldat. "Begrüßt den Ältesten Cheng Zhao Wan und die Fee[5] Yang Fa Yuan gefälligst anständig."

"Und General Chao Keli", fügte der Arzt rasch hinzu.

"General Chao, Ältester Cheng, Fee Yang", sagte Wu Ying und schaute zwischen ihnen hin und her.

Der Älteste Cheng wirkte gelangweilt und ungeduldig ob der Förmlichkeiten, während die Fee Yang weiterhin herrisch dreinblickte.

Nachdem Wu Ying die Gruppe angemessen begrüßt hatte, ergriff der Älteste Cheng das Wort. "Ihr seid derjenige, der die Warnung ausgesprochen hat?"

"Ja. Ja, Ältester", antwortete Wu Ying. Er senkte seinen Kopf tief und gab sein Bestes, um sich zu verbeugen, bis er beinahe vom Bett fiel.

"Was stimmt nicht mit ihm?", erkundigte sich Fa Yuan. Zum ersten Mal hörte Wu Ying die melodische Stimme der Fee, die kultiviert und sanft klang.

"Eine Blutvergiftung aufgrund eines Stichs in den Unterleib. Er hat die wichtigen Organe verfehlt, jedoch ist er danach im Regen hierher marschiert", erklärte der Arzt.

"Ah." Der Älteste Cheng starrte wortlos auf Wu Ying und sein Blick wanderte über den Kultivator. Was auch immer er sah, ließ ihn die Stirn runzeln, ehe er in einem Beutel an seiner Seite wühlte. Mit einer schnellen Handbewegung warf er Wu Ying eine Flasche aus Jade zu. Er verfehlte sie, sodass das Fläschchen auf der Bettdecke landete. "Gute Arbeit. Der Angriff wurde von drei Personen auf der Energiespeicherungsstufe geführt. Hätten sie uns überrascht, so hätten wir viele der Generäle verloren."

---

[5] "Fee" ist ein inoffizieller Titel, der an Frauen mit unvergleichlicher Schönheit vergeben wird. Er ist hauptsächlich ein Ausdruck des Respekts, der den Grad an Schönheit und Eleganz bezeichnet – einer Fee / Gottheit ähnlich.

"Tai Kor[6]!", rief Fa Yuan überrascht aus. Sie riss ihren Kopf mit weit aufgerissenen Augen zur Flasche. "Das ..."

"Es ist nur angemessen. Die Pille der Meridianöffnung wird ihm dabei helfen, seinen Körper zu reinigen." Der Älteste Cheng nickte Wu Ying ein letztes Mal zu, bevor er weg ging. Als er einige Schritte entfernt war, hielt er an. "Solltet Ihr überleben, sucht mich erneut auf."

Yang Fa Yuan folgte dem Ältesten Cheng murrend und mit eisigem Blick. Der General schaute zwischen den beiden Gruppen hin und her, dann eilte er dem Paar mit leicht gebeugtem Kopf hinterher.

"Sollte ich überleben ...?", wiederholte Wu Ying, an niemanden gerichtet, sein Blick auf die Pille gerichtet.

"Es ist nicht weise, sich zu kultivieren, wenn man so krank ist. Aber ..." Der Arzt schaute zu dem bleichen und schweißgebadeten Jungen. "Nun. Wenn Ihr sie nicht verwendet, solltet Ihr mich darüber informieren. Ich kann Euch die Pille abkaufen und die Summe an Eure Eltern schicken."

"Meine Eltern." Wu Ying schluckte, dann griff er nach der Jadeflasche. In ihr befand sich eine einzelne Pille, die perlmutt-weiß glänzte. Allein der Geruch, der aufstieg, als er die Flasche entkorkte, befreite seinen Geist ein wenig, was es Wu Ying ermöglichte, freier zu atmen und klarer zu denken. Und mit ihm kamen auch der Schmerz und die Erkenntnis darüber, dass er wahrhaftig im Sterben lag.

"Viel Glück", sagte der Arzt sanft und drückte Wu Yings Schulter, ehe er sich entfernte.

Wu Ying drückte sich weiter in eine aufrechte Position. Er atmete langsam, als er versuchte, seinen Kopf frei zu bekommen. Mit einem Blick um sich fiel ihm auf, wie viel Aufmerksamkeit er auf sich gezogen hatte. Oder besser gesagt, wie viel Aufmerksamkeit die Pille der Meridianreinigung auf sich gezogen hatte. Da es sich

---

[6] Großer Bruder. Wird oft zum Ausdruck von großem Respekt oder zur Kennzeichnung einer untergeordneten Beziehung verwendet.

um eine spirituelle Medizin handelte, war ihre Qualität allen bekannt. Für gewöhnliche Leute wie sie war es unmöglich, solch eine Medizin in die Finger zu bekommen. Selbst der Sohn eines Lords, wie Yin Xue einer war, musste sich mit Kräutermixturen zufriedengeben, die aus den Abfällen der Kräuter hergestellt wurden, aus denen diese Pillen gemacht waren. Nur jene innerhalb einer mächtigen Sekte hatten auch nur den Hauch einer Chance, solch eine Pille in ihren Besitz zu bringen.

Wu Ying umfasste die Flasche kräftig und war fest entschlossen, diese Gelegenheit vollkommen auszunutzen. Wenn er sie nicht beim Schopfe packte, konnten ihm nicht einmal mehr die Himmel helfen. Wu Ying warf seinen Kopf in den Nacken und schluckte die Pille schnell hinunter, während er sich auf Körper und Geist fokussierte.

***

Wu Yings Chi war durch die Entzündung aufgewühlt, unstrukturiert und über seinen Körper verstreut. Der kurze Moment, in dem er seine Gedanken wieder ordnete und meditierte, hatte es Wu Ying ermöglicht, etwas davon in seinem unteren Dantian zu sammeln. Doch für sein Vorhaben reichte das noch nicht aus. Wenn er einen der Meridiane öffnen wollte, würde er noch erheblich mehr Chi bündeln müssen.

Die Pille der Meridianöffnung, die er geschluckt hatte, hatte zunächst einen kühlenden Effekt auf seinen Körper und klärte seinen Verstand. Wu Ying nutzte die Gelegenheit, die sich ihm bot, und lenkte noch mehr seines Chi in seinen Dantian, wodurch er die angesammelte Energie weiter konzentrierte. Eine Änderung in der Wirkung der Pille, die nun, da sie sich in seinem Magen befand, Wärme ausströmte, ließ Wu Ying aufschrecken. Während sie sich auflöste, strömten Energieimpulse durch seine Meridiane und durch seinen Körper. Die Wärme war nicht angenehm, sondern fühlte sich an wie brennende Kohlen unter seine Haut und die Energie war im Vergleich zu seinem eigenen Chi wie ein wütender Gewittersturm.

Mit einem Knurren zerrte Wu Ying an der Energie, die er um seinen Dantian herum zu binden versuchte. Er konzentrierte sich darauf, die Energie zu kanalisieren, sie um seine Meridiane zu führen, wo sie Blockaden reinigte und öffnete. Danach floss sie zurück in seinen Dantian, von wo aus er sie in einem wirbelnden Ball von Chaos fokussierte. Natürlich war es für einen Menschen unmöglich, seine Meridiane tatsächlich zu schließen – doch es gab Unterschiede zwischen den vollkommen gereinigten, offenen Meridianen eines Kultivators und denen eines normalen Menschen. Der Reinigungsprozess strapazierte den Körper jedoch, daher verlief er oft schrittweise. Üblicherweise nahm man eine Pille der Meridianreinigung nur in völlig gesundem Zustand ein, da die Risiken andernfalls zu groß waren.

Doch in diesem Fall war Wu Ying keine andere Wahl geblieben. Richtig ausgeführt würde der Reinigungsprozess die Infektion über den Schweiß aus seinem Körper drängen, und ja, auch über Erbrochenes, Rotze und möglicherweise Blut. Wu Ying behielt diese Tatsache im Hinterkopf, während er seinen Geist durch den Schmerz, durch die konstanten und immer stärker werdenden Stöße von Chi, die die Pille auslöste, hindurch fokussierte. Er kanalisierte so viel Chi, wie er nur konnte, durch seinen Dantian und schickte es so in einen gewundenen Ball von Energie. Dann, als Wu Ying die Energie nicht länger zurückhalten konnte, leitete er sie zum ersten seiner verunreinigten Meridiane.

Äußerlich zitterte Wu Ying unkontrolliert, sein Körper zuckte und ruckte, als die Energie der Pille unaufhörlich durch seine Meridiane strömte. Seine Augenlider bebten, seine Haare flogen hin und her, und selbst seine Zehen verkrampften und entspannten sich unkontrolliert. Aus Wu Yings Haut drang langsam schwarzes Blut und floss seinen Körper hinab, wo es sich mit seinem übel riechenden Schweiß vermischte. Doch während all dem blieb Wu Yings Atmung konstant, während er daran arbeitete, sein Chi zu regulieren. Fa Yuan beobachtete die Szene aus einer Ecke des Lazaretts, von wo aus sie für die anderen nicht sichtbar war.

Letzten Endes konnte Wu Ying den Ball aus Chi nicht länger in seinem Bauch halten. Wie jeder andere Reiniger des Körpers, der dem Stil des Gelben Herrschers folgte, hatte er zuerst die Meridiane seiner Lunge und dann seines Herzens gereinigt. Nun reichte er nach innen und drückte die Energie entlang des nächsten Meridians, des perikarden[7] Meridians. Die Flut an Kraft, die durch seinen Körper floss, legte sich um die Muskeln und das Gewebe, das sein Herz umgab. Die Flut an schwacher Energie von Yin, ebenso wie das Feuerelement, das im Herzbeutel saß, halfen dabei, ihn noch weiter zu reinigen. Doch als sein Chi durch seinen Meridian in seine Hand floss, konnte er spüren, wie der Schmerz der Blockaden nur durch dessen reine Kraft hinweggefegt wurde.

Jede Ausatmung bestand aus einem Stöhnen, jede Einatmung war eine kurze Erleichterung von dem Schmerz, der ihn umgab. Wieder und wieder flutete die Energie seinen Körper, reinigte ihn von der Entzündung, von den angesammelten Verunreinigungen seines Lebens. Diese geborgte Energie trieb seine Kultivation in beachtlichem Maße voran, doch die angesammelte Energie seines einstmals starken Körpers wurde ebenfalls mobilisiert und verdünnten den einst muskulösen Bauern. Nach nur kurzer Zeit spürte Wu Ying bereits die Veränderung, die Erleichterung durch das fließende Chi. Doch die Energie der Pille klang noch nicht ab. Wu Ying blieb keine andere Möglichkeit, als mit dem nächsten Meridian weiterzumachen, dem Nierenmeridian. Selbst als sein Körper müde und sein Wille schwach wurde, machte er weiter. Würde er jetzt aufgeben, wäre das sein Ende.

***

---

[7] Der perikarde Meridian in der Traditionellen Chinesischen Medizin unterscheidet sich vom westlichen anatomischen Herzbeutel.

Es vergingen Stunden, ehe Wu Ying wieder zu sich kam. Als er erwachte, fand er sich in einer klebrigen, schwarzen Substanz wieder. Seine Kleidung und Haare rochen so übel, dass er ein Würgen nur schwer unterdrücken konnte. Tatsächlich stellte Wu Ying fest, dass sich um ihn herum nichts mehr befand, da sogar die schwer Verletzten von seinem Bett weggebracht worden waren. Doch nun, zum ersten Mal seit Tagen, fühlte sich Wu Yings Kopf frei an, wenn auch nur schwach.

"Ah! Ihr seid fertig", sagte der Arzt mit einem Lächeln auf den Lippen. "Sehr gut. Geht Euch waschen. Aber draußen, bitte."

Wu Ying, der von einem wenig begeisterten Bediensteten gestützt wurde, folgte der Aufforderung des Arztes. Während er sich selbst in dem Zuber voll Wasser wusch, während der Schleim, der ihn durch die Kultivation hindurch bedeckt hatte, langsam durch wiederholtes Schrubben von seinem Leib entfernt wurde, konnte er nicht anders, als seinen Körper zu bewundern. Obwohl er sich so schwach und hungrig wie nie zuvor fühlte, waren seine Sinne nun schärfer, seine Propriozeption – das Gespür für seinen eigenen Körper und seine Balance – besser als je zuvor. Und trotz des anhaltenden Schwächegefühls fiel Wu Ying auf, dass er nun stehen und sich ohne Unterstützung säubern konnte. Auch wenn er dafür eine Vielzahl an Pausen auf dem bequemen Fußschemel benötigte.

Als er schließlich zurückging, stellte Wu Ying erfreut fest, dass sein Bettzeug ausgetauscht worden war. Irgendjemand hatte zudem glücklicherweise die Kleidung, die er mit sich gebracht hatte, für ihn bereitgelegt, sodass Wu Ying etwas Sauberes zum Anziehen hatte. Selbst eine bescheidene Persönlichkeit wie er es war, hätte es nicht ertragen, sich zu waschen und danach wieder die völlig verschmutzte Kleidung anzuziehen, die er während der Kultivation getragen hatte. Solch schmutzige Kleidung war besser als Brennstoff für die Feuerstellen geeignet.

"Esst!", forderte der Arzt Wu Ying auf und zeigte auf das Essen, das neben seinem Bett aufgetischt war.

Wu Ying setzte gerade zum Sprechen an, doch der Arzt schüttelte seinen Kopf und wies erneut auf das Essen. Da Wu Yings Magen knurrte, musste er dem Vorschlag des Arztes zustimmen und stürzte sich auf das Essen.

"Das ist gut!", erwähnte Wu Ying mit vollem Mund.

Der Arzt, der zurückgekommen war, um nach Wu Ying zu sehen, lächelte leicht. Wu Ying wusste nur zu gut, dass der Geschmack genauso viel mit seinem Hunger und seinen erweiterten Sinnen zu tun hatte wie mit den Kochkünsten des Kochs. Trotz alledem schmeckte es nach all den Tagen, an denen er nur fade Brühe und Grütze gegessen hatte, himmlisch.

"Wenn Ihr fertig seid, packt Eure Sachen. Da Ihr nicht länger krank seid, werden wir das freie Bett benötigen", befahl der Arzt.

"Vielen Dank für Eure Behandlung", antwortete Wu Ying mit einer Verbeugung zum Arzt, noch immer mit vollem Mund.

Der Arzt winkte ab und wies Wu Ying nicht nur den Weg zu seiner Einheit, sondern auch zu seinem Wohltäter. Wu Ying machte sich flugs auf den Weg und dachte, während er in das Lager eilte, darüber nach, was er am besten tun sollte. Letzten Endes entschloss er sich dazu, zunächst einmal zu Zhao Wan zu gehen. Es war sicher besser, sich sofort mit dem Ältesten zu unterhalten, anstatt ihn unnötig warten zu lassen. Wu Ying schloss aus dem Verhalten des Generals, dass der Älteste um einiges wichtiger als irgendjemand anderes aus seiner Einheit war.

Er brauchte nicht lange, um das Zelt zu finden. Anders als die Zelte der Armee war dieses hier hell und farbenfroh. Nachdem er sich selbst angekündigt hatte und daraufhin hereingebeten wurde, trat Wu Ying in das opulente Zelt ein. Die beiden Mitglieder der Sekte des Sattgrünen Wassers saßen um einen Teetisch herum. Beide drehten sich um und blickten in Wu Yings Richtung, als er eintrat, und ihre Blicke wanderten über seine Gestalt.

"Die vierte Stufe?", fragte Yang Fa Yuan.

"Nein, die fünfte", korrigierte Zhao Wan sie.

"Nicht schlecht", schloss Fa Yuan.

"Ihr habt meine Kultivation bereits durchschaut?", fragte Wu Ying mit einem Blinzeln. Bei den Stufen der Körperreinigung war jede Entwicklung in der Kultivation gering und die äußerlichen Auswirkungen kaum merklich. Ihr Auge der Einsicht musste viel besser sein als bei jedem anderen, den Wu Ying je getroffen hatte, wenn sie in solch kurzer Zeit seine Kultivation durchschaut hatten.

"Selbstverständlich", verkündete der Älteste Cheng. "Es scheint, Ihr habt die Gelegenheit, die Euch geboten wurde, voll ausgenutzt. In diesem Fall möchte ich Euch eine weitere Gelegenheit anbieten. Tretet der Sekte des Sattgrünen Wassers als ein Mitglied der äußeren Sekte bei."

Für einen Moment konnte Wu Ying nicht glauben, was er da gerade gehört hatte. In einer solch großen Sekte wie der Sekte des Sattgrünen Wassers waren die Adepten in unzählige Stufen untergliedert. Ein neues Mitglied würde entweder ein direkter, zentraler, innerer oder äußerer Adept werden, eine jede Stufe brachte unterschiedliche Vorteile mit sich, die den Adepten zuteil wurden. Da die Sekte des Sattgrünen Wassers die größte Sekte des Königreichs bildete, hatte selbst ein äußerer Adept einen höheren Rang inne als ein gewöhnlicher innerer Adept einer jeden anderen Sekte. Man munkelte, dass die Vorzüge, die ein Mitglied der äußeren Sekte genoss, jede andere Sekte in den Schatten stellten. Wenn er sich anstrengte, könnte Wu Ying sogar zu einem Adepten der inneren Sekte aufsteigen und hätte so die Gelegenheit, in die Kernlehren der Sekte eingeführt zu werden.

Aber ...

"Ich danke Euch für dieses großzügige Angebot, Ältester Cheng", antwortete Wu Ying und verbeugte sich dankbar. Um ehrlich zu sein war dieses Angebot besser als alles andere, was ein Sohn eines Bauern je erwarten konnte. Ganz gleich, welche Abstammung er hatte. Und dieses Angebot war so viel mehr – Wu Ying wusste nicht einmal, wie er sich verhalten sollte.

"Werdet Ihr Tai Kor Chengs Angebot etwa nicht annehmen?", fragte Yang Fa Yuan verärgert.

Wu Ying zuckte aufgrund ihres Tonfalls unwillkürlich zusammen. Es war ohne Zweifel eine Beleidigung für den Ältesten Cheng, wenn er nicht sofort annähme. Jedoch ...

"Ich habe nie in Erwägung gezogen, ein wahrhaftiger Kultivator zu werden", erklärte Wu Ying in leichter Verbeugung. "Das stand mir nie offen. Zudem habe ich eine Mutter, einen Vater, Ackerland ..."

Als Fa Yuan ihren Mund öffnete, hob Zhao Wan seine Hand, womit er weitere missbilligende Worte unterband. "Es ist gut, dass er es sich gründlich überlegt. Wenn man sich erst einmal in die Sphäre der Kampfkünste, der Kultivation, begibt, gibt es kein Zurück mehr. Unser Alltag ist sowohl mit Möglichkeiten als auch mit Gefahren erfüllt. Das wisst Ihr nur zu gut, kleine Yang."

Fa Yuan schnaubte, verstummte jedoch.

"Ich danke Euch, Ältester", sagte Wu Ying.

"Kehrt zu Eurer Einheit zurück. Denkt über die Sache nach. Solltet Ihr Euch dazu entscheiden, Euch uns anzuschließen, sprecht erneut mit der kleinen Yang. Ich muss bald aufbrechen, daher wird sie euch zur Sekte bringen." Der Älteste Cheng winkte, offenbar um Wu Ying zu entlassen, was er gütig annahm. Er verbeugte sich zum Abschied und in seinem Kopf drehte es sich.

Er? Ein Kultivator? Der Himmel hatte wahrlich einen seltsamen Sinn für Humor.

✳✳✳

Wu Ying brauchte nicht lange, bis er seine Einheit gefunden hatte. Er musste nur einige Soldaten mit besserer Orientierung nach dem Weg fragen. Als er seine Einheit gefunden hatte, weiteten sich seine Augen bei dem Anblick, der sich ihm bot. Viele waren damit beschäftigt, Waffen und Rüstungen zu reinigen, die offenbar erst vor kurzem benutzt worden waren. Es war ein leichtes, seinen großen Freund unter den anderen Rekruten zu erspähen.

"Was ist passiert?", fragte er Fa Hui, nachdem er sich seinen Weg zu ihm gebahnt hatte.

"Wu Ying. Du lebst!", rief Fa Hui erfreut aus, erhob sich und klopfte Wu Ying auf die Schulter. "Ich bin ja so froh."

"Genau wie ich. Aber was ist mit euch passiert? Wart ihr im Gefecht?", fragte Wu Ying.

Nun, vermutlich war das nicht allzu verwunderlich. Immerhin war die ganze Armee erst einen Tag zuvor auf den Feind gestoßen. Trotzdem erschien es ihm waghalsig, auch unerprobte und untrainierte Rekruten in den Kampf zu schicken. Wenn er den Geschichten seines Vaters Glauben schenken konnte, dann war dies darüber hinaus nichts, was die Armee für gewöhnlich zu tun pflegte.

"Das waren wir!", verkündete Fa Hui grinsend. "Zunächst waren wir in der Reserve. Doch, nachdem ein halber Tag verstrichen war, wurden viele aus der Reserve zurück zum Lager geschickt, um dort einem Aufruhr Herr zu werden. Kurz danach bedrängte uns die Armee der Wei ziemlich hart und es gelang ihr sogar, durch unsere Reihen zu brechen!

Daraufhin wurden wir natürlich ausgesendet, zusammen mit den Ältesten der Sekte des Sattgrünen Wassers. Du hättest den Ältesten Pang im Kampf sehen sollen! Mit nur einem Schwertstreich brachte er mehrere Dutzend Soldaten zu Fall. Wäre der Älteste aus der Sekte des Sechsjadigen Tores nicht aufgetaucht, hätten sich diese Feiglinge aus Wei zurückgezogen."

"Erzähl keinen Mist. Es waren nur ein Dutzend Soldaten mit jedem Schwertstreich", korrigierte Sun An, der Wu Ying mit verwirrtem Blick gründlich begutachtete.

"Und dann?", fragte Wu Ying, um Fa Hui dazu anzustacheln, seine Erzählung fortzuführen.

"Nun, danach kämpften der Älteste Pang und der Älteste aus Wei über uns, sie rannten an unseren Schultern entlang und schlugen mit den Schwertern aufeinander ein. Ich hatte nicht viel Zeit, den Kampf zu beobachten – wir selbst mussten sie auch zurückdrängen", sagte Fa Hui. Dann fuhr er damit fort, Wu Ying mit der Erzählung über den Kampf und über die chaotische Szene, die mit den Speerstößen einherging, mit denen die beiden Fronten versuchten, die jeweils andere zurückzudrängen, zu erfreuen. Doch am Ende gingen Fa Hui die Möglichkeiten aus, die Situation als chaotisch, blutig und tödlich zu beschreiben. "Ich sage das nur ungern, aber Yin Xue hat sich tatsächlich ziemlich tapfer geschlagen. Er stürmte auf den Ältesten aus Wei zu und es gelang ihm, einen Schlag mit ihm abzutauschen. Das ermöglichte es dem Ältesten Pang, einen Angriff auszuführen, den der Älteste aus Wei nicht blocken konnte und ihn verletzt hat. Danach ist dieser Feigling aus Wei geflohen und wir haben ihre Armee zurückgedrängt."

Sun An schnaubte. "War das wirklich mutig oder einfach nur idiotisch? Hätte sein Pferd nicht gescheut, wäre er jetzt einen Kopf kürzer. Er kann von Glück sprechen, dass er nur einen Schnitt über die Brust abbekommen hat."

"So ein Glück hätte ich auch gerne. Der Älteste Pang war so dankbar, dass er Yin Xue sogar angeboten hat, der Sekte als äußerer Adept beizutreten!", sagte Fa Hui.

"Er auch?", murmelte Wu Ying.

Durch die schockierte Reaktion seiner Freunde war Wu Ying gezwungen, zu erklären, was mit ihm in den letzten Wochen geschehen war. Zum Glück brauchte er nicht lange, seine Seite der Geschichte zu erzählen.

"Und du hast das Angebot des Ältesten abgelehnt?", fragte Fa Hui schockiert.

"Ich habe es nicht abgelehnt", antwortete Wu Ying abwehrend. "Aber meine Eltern –"

"Würden das verstehen. Dir wird die Gelegenheit geboten, ein Kultivator zu werden! Die Gelegenheit, Unsterblichkeit zu erlangen, oder zumindest ein langes Leben. Und wenn du ein innerer Adept wirst, kannst du deinem Vater mit Leichtigkeit zusätzliche Unterstützung zukommen lassen", erklärte Fa Hui. "Du kannst das nicht so weit hinausschieben!"

"Das kann ich", entgegnete Wu Ying. "Sie werden alt. Und du weißt doch, mein Vater kann nicht allzu lange auf dem Feld arbeiten. Momentan übernehme ich das meiste der Arbeit. Außerdem ist es nur ein Angebot, der äußeren Sekte beizutreten."

"Dennoch könntest du es dir leisten, jemanden zu Hilfe zu schicken, oder etwa nicht?", meinte Sun An. "Ich habe gehört, dass selbst äußere Adepten jeden Monat drei Tael Silber erhalten. Obendrein müssen sie sich nicht um Nahrung oder Unterkunft kümmern."

Wu Ying konnte nur zustimmend nicken. Als Fa Hui ihn schubste, schüttelte Wu Ying den Kopf und erhob sich. "Ich sollte das besser dem Feldwebel berichten. Er hat mir bestimmt noch etwas zu sagen. Vielleicht werden wir nun zurückgeschickt, da der Kampf vorbei ist?"

"Du bist witzig", schmunzelte Sun An.

Wu Ying konnte nur mit einem schiefen Lächeln antworten. Sie wussten alle nur zu gut, dass dies nur ein Geplänkel gewesen war. Der Krieg zog sich bereits über Jahre hin. Es war unwahrscheinlich, dass er aufgrund eines einzelnen Kampfes beendet wurde.

Wu Ying grübelte darüber, was genau ihn zögern ließ, während er dem Feldwebel Bericht erstattete – und als Strafe für seinen fehlenden Beitrag zur vorigen Schlacht zum Latrinendienst verdonnert wurde. Sicher, das Leben eines Kultivators war um einiges gefährlicher. Jeder hatte bereits von den Kämpfen zwischen den Sekten gehört, diesen ständigen Kämpfen zwischen Kultivatoren, die auf der Suche nach spirituellen Kräutern, nach Waffen, nach Anweisungen zur Kultivation waren. Von den Fehden, die sich zwischen einzelnen Mitgliedern abspielten.

War es Furcht? Wu Ying vergrub sich in sich selbst und in der Latrine, wo er die Ränder säuberte und den Unrat auf die Schubkarre lud. Ein anderer Unglücklicher würde diesen Dünger auf die Deponie an einen anderen Ort bringen. Nein, beschloss Wu Ying, es war keine Furcht. Es war die Ungewissheit und das Unbekannte. Sein ganzes Leben lang hatte er immer gewusst, was passieren würde.

Selbst der Einzug ins Militär war nicht wirklich überraschend gewesen. Er wusste, was ihn in der Armee erwarten würde, oder zumindest, was man von ihm erwartete. Das Leben als einfacher Bürger war zwar langweilig, aber vorhersehbar. Die Katastrophen, die sie zu ertragen hatten, waren nichts Außergewöhnliches.

Doch als Kultivator? Deren Zukunft war so viel unklarer. Was würde er mit einem, oder sogar zwei Hundert Lebensjahren anfangen? Mit der Kraft, ein Dutzend Männer schlagen zu können? Mit dem Respekt der anderen? Zum ersten Mal wurde Wu Ying bewusst, dass sein Horizont nicht am Rücken eines Ochsen oder hinter einem Pflug endete. Vielleicht ...

Vielleicht reichte das. Eine Chance. Eine Möglichkeit auf mehr. Auf etwas Besseres. Es war keineswegs eine Erklärung, der Beste, die Nummer Eins unter dem Himmel werden zu wollen. Oder die gleiche Unsterblichkeit wie die acht Unsterblichen des Daoismus erlangen zu wollen. Doch es war alles, was er hatte. Und für den Sohn eines Bauern war das genug.

Zumindest für den Moment.

Kapitel 5

Am nächsten Morgen erwartete Yang Fa Yuan ihn am Ausgang des Lagers. Nachdem Wu Ying gestern alle seine Aufgaben erledigt hatte, war er zu ihr zurückgekehrt, um ihr seine Entscheidung mitzuteilen. Nach einer kurzen Begrüßung trafen sich die beiden mit den anderen Personen, die ausgewählt wurden, der Sekte beizutreten – spärliche vier weitere Personen, die mit ihren Pferden an den Toren warteten. Wu Ying musste zumindest eines zugeben: Der verwunderte und zweifelnde Blick, den Yin Xue ihm zuwarf, als er mit der Fee Yang zu ihnen kam, ließen seine anfänglichen Zweifel über seine Entscheidung banal wirken. Sein neues Leben machte sich bereits bezahlt.

"Kommt. Wir werden nach Er-cheng gehen, von wo aus wir für den Rest des Weges ein Boot nehmen werden." Mit diesen Worten leitete die Fee Yang die Gruppe an den Rand des Lagers. An der Straße angekommen, drehte sie ihren Kopf zu der Gruppe und sagte nur: "Wer nicht Schritt halten kann, fällt durch."

Nachdem sie hiermit ihr Ultimatum klargemacht hatte, stieg Fa Yuan auf ihr Pferd und trieb es zu einem leichten Trab an. Mit jedem Schritt ihres Pferdes vergrößerte sich der Abstand zwischen ihr und den erstaunten Initianten, bis Wu Ying sich aus seiner Überraschung riss und losrannte. Obwohl Wu Ying wusste, dass es eine unfaire Herausforderung war, folgte der Rest der Gruppe sofort seinem Beispiel. Da er der einzige aus bescheidenen Verhältnissen war, war er ebenso der einzige, der zu Fuß unterwegs war.

Sobald Wu Ying aufgeholt hatte, wurde er langsamer, um mit der Fee Yang Schritt zu halten. Währenddessen bewunderte er wortlos das Chi, das durch seinen Körper strömte. Eine nicht unerhebliche Menge an Nahrung und ein erholsamer Schlaf schienen dabei geholfen zu haben, seinen Körper wieder in einen Zustand zu versetzen, der sogar besser war als zuvor. Und nicht nur das, Wu Ying wusste, dass er aktuell nicht einmal in seiner Bestform war. Mit noch mehr Zeit und ausreichend Nahrung könnte er einen Gipfel erreichen, den er nie zuvor gekannt hatte.

Mit diesen Gedanken lief Wu Ying neben der Fee Yang einher. Ab und zu schaute er zu ihr hinüber und erblickte den Rücken und die Flanke der jungen Frau, die sie eskortierte. Ihm fiel auf, dass weder ihre Kleidung noch sie selbst irgendwelche Schweißtropfen oder Staub aufwiesen, ganz gleich, wie viel Weg sie schon zurückgelegt hatten. Es war zum Teil ihr Antlitz, die Kurven ihres Körpers, die vom Wind fest angedrückt waren, das ihn weiter antrieb. Nicht, dass er je eine Chance bei solch einer majestätischen Persönlichkeit hatte, doch er wäre kein Mann, wenn er ihre Gestalt nicht bewundernswert fände.

"Wie schaffst du es, mit uns Schritt zu halten?", erkundigte sich Yin Xue mit einem Stirnrunzeln und sah zu Wu Ying herab, der unverwandt weiter an ihrer Seite lief, selbst nachdem sie einige Li zurückgelegt hatten.

"Gesunde Ernährung", antwortete Wu Ying mit einem kurzen Lächeln.

Dann ignorierte er Yin Xue und versuchte, sich auf seine Atmung zu konzentrieren, während er lief. Um ehrlich zu sein hatte er nicht viel Erfahrung im Rennen, mal einmal abgesehen von den Rennen um das Dorf, die er mit seinen Freunden veranstaltet hatte. Und alle davon hatte Fa Hui gewonnen. Ein Langstreckenlauf wie dieser war eine ganz andere Angelegenheit, und sein anfänglicher Enthusiasmus nahm mit zunehmender Anzahl an Li ab und wurde nur von der Sturheit abgelöst, die seinem Charakter eigen war. Es kam für ihn nicht infrage, zurückzufallen, nicht jetzt, da er sich dazu entschlossen hatte, diesen Weg einzuschlagen.

Die Stunden vergingen und Wu Ying legte nur dann eine Pause ein, wenn die Pferde verlangsamt wurden, damit diese ebenfalls eine Pause machen konnten. Selbst dann musste er weiter joggen oder er würde zurückfallen, doch er begrüßte diese Pausen sehr. Als die Sonne in ihrem Zenit stand, verkündete Fa Yuan endlich die Mittagspause. Glücklicherweise wurde nicht Wu Ying als Koch bestimmt, sodass er sich neben einem Baum niederlassen und ausruhen konnte. Die Erschöpfung übermannte ihn und ließ ihn beinahe einschlafen, sein Körper schmerzte ob der Erinnerung an seine kürzliche Krankheit und seinen langen Lauf. Egal, wie sturköpfig er sein mochte und ungeachtet der Nachtruhe und dem neuen Kultivationsgrad, hätte dieser Lauf ihn selbst auf der Spitze seiner Leistung herausgefordert. Und dort befand er sich keineswegs.

Als Wu Ying eine Präsenz neben ihm wahrnahm, stieß er ein neugieriges Grummeln aus, ohne auch nur seine Augen zu öffnen oder den Kopf zu heben. Der Stille haftete plötzlich eine gewisse Kühle an, die Wu Ying dazu brachte, seine Augen aufzureißen.

"Fee Yang!" Wu Ying rappelte sich auf seine Beine auf und verbeugte sich, beschämt errötet. "Entschuldigt bitte!"

"Ihr ruht euch aus?", sagte Fa Yuan kalt.

"Ja."

"Ihr seid auf Körperreinigungsstufe 5. Das hätte für Euch ein einfacher Lauf sein müssen", entgegnete Fa Yuan weiter.

"Ich ... ich war erst kürzlich noch krank. Und es ist noch neu für mich", antwortete Wu Ying, der verzweifelt versuchte, seine Lage zu erklären.

"Ausreden. Lasst Ihr euer Chi überhaupt zirkulieren?"

"Mein Chi? Aber ..." Wu Ying schüttelte den Kopf. "Ist das nicht gefährlich, während man sich bewegt?"

"Nur für die Unerfahrenen und die Verwirrten", stieß Fa Yuan schnaubend hervor. "Zu lernen, sich in der Bewegung zu kultivieren, ist nur eine weitere Methode der Kultivation. Man atmet, während man sich kultiviert, das Herz schlägt. Warum sollte man nicht in der Lage sein, sich gleichzeitig zu bewegen und zu kultivieren?"

Wu Ying wollte schon protestieren, dass er dies unbewusst tat. Doch das stimmte auch nicht ganz – durch seine Nase und über seinen Bauch zu atmen war etwas, das er erst für die Kultivation erlernen musste. Es schien zunächst einfach, doch das Einatmen und das komplette Ausatmen im konstanten Rhythmus, ganz gleich, welche Ablenkung bestand, war eine erlernte Fähigkeit.

"Wie fängt man damit an?"

"Mit der Atmung natürlich", sagte Fa Yuan und bedeutete Wu Ying, sich zu erheben.

Danach gab sie eine improvisierte Lehrstunde und beschrieb den Atmungsrhythmus, den Fluss seines Chi durch seine Meridiane, und was am wichtigsten war, auf welche Areale er Acht geben musste. Bis das Essen fertig war, hatte Wu Ying die Grundlagen begriffen – nun musste er diese erst trainieren, bevor ihm neue Fragen dazu einfallen würden.

Keine zwanzig Minuten später war die Gruppe wieder unterwegs. Die letzten fünf Minuten der Pause hatte Wu Ying für die Kultivation genutzt, während dieser er es dem Chi in seinem Körper erlaubte, durch seine Meridiane zu strömen, was seinem Körper neue Kraft und Energie verschaffte. Dann hielt er den größten Teil des Chi zurück, das durch ihn floss, und ließ lediglich ein Rinnsal aus seinem Dantian tröpfeln, bevor er langsam aufstand.

Jeder seiner Schritte drohte das empfindliche Gleichgewicht zu zerstören, das er zwischen seinem Körper, seinem Chi und seiner Konzentration hergestellt hatte. Vorsichtig, ganz vorsichtig, wagte er es, einen Schritt zu tun. Der erste Schritt jagte einen Schauer durch ihn, während er fast stolperte, doch ein instinktiver Schub von Chi richtete ihn wieder auf. Dennoch fühlte er den brennenden Strom von Chi in seinem Körper und das leichte Zerren in den Muskeln, die plötzlich aktiviert wurden. Wu Ying knirschte mit den Zähnen, zwang sich selbst dazu, einen weiteren Schritt zu tun, in der Hoffnung, dass er nun sein Gleichgewicht finden würde. Und dann noch einen.

Nach kurzer Zeit fand er sich bei den anderen auf der gepflasterten Straße wieder. Mit einem Bruchteil seiner Aufmerksamkeit bemerkte er, wie Yin Xue und die anderen ihn schief ansahen, während er wie betrunken umherstolperte. Fa Yuan warf Wu Ying nur einen kurzen Blick zu, ehe sie ihrem Pferd die Sporen gab und die Reise erneut vorantrieb.

Wu Ying schloss sich ihnen schweigend an. Sein anfänglich holpernder Lauf erfüllte seinen Körper mit Schmerz, als sich seine Meridiane durch den Fluss des

Chi streckten und verbogen. Während er zeitgleich versuchte, zu manipulieren und zu kultivieren, brannte sein Dantian unter dem Druck des zurückgehaltenen Chi und den unregelmäßigen Bewegungen, sodass Wu Ying sich fühlte, als würden ein Dutzend Nadeln in seinen Körper gesteckt werden.

Und dennoch weigerte sich Wu Ying, anzuhalten. Zumindest in Gedanken war es für ihn offensichtlich, dass er den Rest des Laufs nicht durchhalten würde. Nicht in seinem jetzigen Zustand. Und so kultivierte er sich weiter, ließ die Energie durch seine Meridiane fließen, und fühlte, wie das Chi mit jedem Schritt zurückgedrängt wurde. Nach einer Weile fanden seine Atmung, die Energieimpulse und seine Schritte einen Rhythmus, genauso, wie Fa Yuan es gesagt hatte. In diesem Rhythmus fiel ihm das Laufen leicht. Selbst die Kultivation, das Absorbieren von Chi aus seiner Umgebung und dessen Konzentration in seinem Dantian, von wo aus es durch seinen Körper floss, schien leichter zu fallen. Vielleicht lag es daran, dass er sich durch Regionen mit anderer Energie bewegte und mit jedem Schritt eine neue Umgebung betrat. Zum ersten Mal empfand Wu Ying das Kultivieren nicht wie das Einatmen durch einen meterlangen Strohhalm, sondern es fiel ihm so leicht wie das Atmen selbst.

Als die Gruppe endlich zur Nachtruhe innehielt, hatte Wu Ying eine neue Herausforderung entdeckt. Während er so in den Akt der Kultivation vertieft war, fiel es ihm schwer, von diesem Gefühl abzulassen. Doch da die Gruppe am Südtor der Stadt angekommen war, hätte es von schlechtem Benehmen gezeugt, die Kultivation fortzusetzen. Es hätte Schwierigkeiten verursacht, wenn er Fragen nur mit einem glasigen Blick beantwortet hätte. Und Wu Ying musste zugeben, dass er einen schmutzigen, klebrigen Anblick bot. Er hatte das Gefühl, die Wachen hätten ihn ohne die Anwesenheit der Fee Yang nicht durch die hohen, überdachten Tore passieren lassen.

Im Inneren war die Stadt Er-cheng für Wu Ying ein pures Erlebnis. Da die Bepflanzung und Pflege sowie die Ernte der Reispflanzen dreimal jährlich immense

Arbeit erforderten, hatte er nie die Gelegenheit gehabt, sich weit vom Dorf zu entfernen. Selbst wenn Lord Wens Männer nicht alle paar Monate vorbeikämen, um die Reissteuer einzufordern, hätten sie die wenige Freizeit, die ihnen geblieben wäre, mit der Auslieferung von Reis verbracht. Daher war Er-cheng, die größte Stadt ihrer kleinen Grafschaft, zugleich auch die größte Siedlung, die er je zu Gesicht bekommen hatte.

"Wie riesig", sagte Wu Ying und drehte seinen Kopf in alle Richtungen.

In der kurzen Zeit, die sie sich in der Stadt bewegt hatten, hatte er mehr Leute gesehen, als es in seinem Heimatdorf gab. Die Gebäude, aus denen die Stadt bestand, waren im Großen und Ganzen auch von besserem Bau und bestanden aus einer Mischung aus Holz und Erdwänden, die an die dominanten, geneigten Dächer aus dunklen Tonziegeln gelehnt waren. Und der Boden aus Schieferstein in der Stadt selbst, so stellte Wu Ying fest, war sogar noch besser, da er genügend Platz für vier nebeneinander fahrende Kutschen bot.

"Du Bauerntölpel", sagte Yin Xue mit gerümpfter Nase. Er starrte Wu Ying an und schien beschämt, da der Dorftrottel sich ausgiebig in alle Richtungen umschaute, um alles zu betrachten, von den Händlern am Straßenrand, die ihre Waren feilboten, bis hin zu den Waren in den Geschäften. Wäre Fa Yuan nicht gewesen, hätten all die Krämer, Bettler und Taschendiebe Wu Ying schon längst ausgenommen. Als Sohn des Lords war Yin Xue selbstverständlich schon einige Male zuvor in Er-cheng gewesen. Sein Vater besaß sogar eine Residenz in der Stadt.

"Wir legen uns auf dem Schiff zur Ruhe", sagte Fa Yuan ungeduldig, sie schnippte mit der Zunge und beschleunigte ihr Pferd.

Da er gezwungen war, ihr zu folgen, konzentrierte sich Wu Ying wieder darauf, nicht auf irgendetwas zu treten. In Kürze hatte sich die Gruppe ihren Weg um den zentralen Platz gebahnt, auf dem Yin Xues Vater residierte, und bewegte sich weiter zum Hafen. Fa Yuan lenkte die Gruppe zielsicher zu einem eleganten Schiff am Rande der Docks.

"Kapitän."

"Fee Yang." Nachdem er sich aufgerappelt und seine Angelrute zur Seite gelegt hatte, verbeugte sich der ehemalige Kapitän tief. "Eure Quartiere sind vorbereitet."

"Macht eine Ecke für diese fünf frei. Sie sind die neuen Mitglieder unserer äußeren Sekte. Ich wünsche, dass wir so früh wie möglich ablegen", befahl Fa Yuan dem Kapitän, als sie an ihm vorbei auf das Schiff huschte.

"Aber selbstverständlich, Fee Yang", antwortete der Kapitän, bevor er seine Leute mit einem lauten Pfiff aufscheuchte.

Die anderen Seemänner kletterten auf das Schiff oder erhoben sich von der Arbeit, der sie gerade nachgingen und führten die Pferde in den Frachtraum, während sie die Segel und Ruder zum Segeln bereitmachten. Währenddessen schrie der Kapitän in Richtung eines nahegelegenen Schleppers, der sich in Position brachte, um das Schiff aus dem Hafen zu ziehen. Wu Ying und die Adeligen standen auf der Seite, um nicht im Weg zu sein, während all dies um sie herum geschah. Nach einigen Minuten legte sich das anfängliche Chaos und ein gedrungener Seemann kam auf sie zu.

"Der Kapitän sagt, ihr kommt mit uns? Hab nur eine Kajüte frei", sagte der Seemann, der die Gruppe inspizierte. Da er sich einen Eindruck über ihren sozialen Status verschafft hatte, gestikulierte er zu den vier Adeligen. "Kommt mit. Ich zeige euch die Kajüte."

"Wartet. Ein Zimmer für uns vier!", entgegnete Yin Xue mit weit aufgerissenen Augen. "Das –"

"Nur drei Zimmer. Eines für die Älteste Yang, eines für den Kapitän, eines für euch", erklärte der lustlose Seemann. "Der Koch hat auch schon Platz gemacht."

Es gab eine lange Pause, da die Gruppe realisierte, dass sie den Koch verdrängt hatten. Diese entsetzliche Warnung war genug, um selbst den verwöhnten Yin Xue zum Schweigen zu bringen, während er über die Schrecken nachdachte, die ein wütender Koch mit sich bringen konnte. Würden sie weiter protestieren, könnte das in der schlimmstmöglichen Form der Rache enden – in schlechtem Essen!

"Wir kommen schon", sagte einer der Adeligen.

Wu Ying stöhnte und beobachtete die sich entfernende Gruppe. Dann legte er seine Stirn in Falten und überlegte, wo er seine Tasche ablegen konnte.

"Dort drüben", sagte ein Seemann. "Im Schrank. Markiert Eure Tasche. Und fasst keine fremden Taschen an."

Wu Ying nickte dankbar, bahnte sich seinen Weg zum Schrank, um die Tasche zu verstauen. Nach einer Weile zog er eine Grimasse und schaute sich um, ob es vielleicht etwas für ihn zu tun gäbe. Den ganzen Tag mit Arbeiten auf dem Feld zu verbringen bedeutete, dass er sich irgendwie nutzlos fühlte, wenn er nur herumstand und die anderen beim Arbeiten beobachtete. Indessen wurde der ehemalige Landwirt zum Bug des Schiffes geschickt, wo er den Seemännern aus dem Weg ging, die in der untergehenden Sonne ihr Bestes gaben.

"Ich frage mich, ob das gefährlich ist?", murmelte Wu Ying vor sich hin. Als die Nacht sich über die Stadt legte, wurden Laternen auf dem Schiff entfacht, die dessen Form und Position enthüllten. Selbst der kleine Schlepper hatte einige Laternen an Bord, und die Ruderer ruderten fleißig, während sie das Schiff auf den Fluss hinaus führten.

"Nicht so sehr, wie Ihr vielleicht glauben mögt", antwortete ihm ein Seemann und erschreckte ihn damit. Der Seemann neben ihm hielt in aller Ruhe eine Axt in der Hand. Er kicherte auf Wu Yings besorgten Blick hin. "Die ist für das Schleppseil. Für den Fall, dass wir uns schnell von ihnen lösen müssen."

"Oh."

"Niemand wäre so dämlich, die Fee Yang anzugreifen. Geschweige denn eines der Schiffe der Sekte des Sattgrünen Wassers", verkündete der Seemann mit Stolz und nickte in Richtung der schlichten Flagge, die über ihrem Schiff wehte. "Und was die Gefahr betrifft, am Hafen ist es so geschäftig, dass ein Aufbruch und Ankommen in der Nacht üblich ist. Sobald wir das tiefere Fahrwasser des Flusses erreicht haben, werden wir flussaufwärts rudern."

"Ohne Segel?", erkundigte sich Wu Ying, sein Blick auf die noch immer aufgerollten Segel gerichtet.

"Der Wind weht in die falsche Richtung", erklärte der Seemann mit einem Schnauben zu ihm hin. "Später am Abend wird der Wind die Richtung drehen, dann werden wir die Segel setzen."

"Ah", sagte Wu Ying.

Seine Neugier war geweckt, sodass er eine träge Unterhaltung mit dem Seemann begann, der ihm freudig den Flussverlauf erklärte. Ihre Unterhaltung wurde nur kurz unterbrochen, als die beiden das Seil aufrollten, das vom Schlepper gelöst wurde und ihr Schiff durch die Ruderer vorwärtsgetrieben wurde. Im Moment, so hatte Wu Ying erfahren, war das Schiff, auf dem sie sich befanden, der Fee Yang und den potentiellen Rekruten speziell zugewiesen worden. Ansonsten überbrachten der Kapitän und seine Mannschaft Botschaften oder holten kleinere Päckchen ab und warteten auf andere Älteste der Sekte. Für alle Beteiligten war es ein angenehmes Leben, denn die Seemänner hatten oft die Gelegenheit, ihre Familien an Land zu besuchen, da sich die Sekte um die Instandhaltung des Schiffes kümmerte. So ergab es sich, dass sie fast ein Viertel ihrer Zeit mit Warten verbrachten.

Wu Ying winkte seinem neuen Freund zum Abschied, als er sich zum Abendessen begab. Was den Seemann betraf, so hielt er sich weiterhin an einem Mast fest und hielt nach möglichen Trümmern auf ihrem Weg Ausschau. Da sich dieser Mast am Bug des Schiffes befand, würde dem Seemann nur wenig Zeit bleiben, diese Hindernisse aus dem Weg zu räumen. Es war nicht überraschend, dass der Kapitän einen der Männer für diese Aufgabe ausgewählt hatte, der sich auf einer höheren Stufe der Körperreinigung befand.

＊＊＊

Die nächsten vier Tage lang war das Leben für Wu Ying recht träge. Die Fee Yang verbrachte die meiste Zeit in ihrer Kabine, um sich zu kultivieren. Die vier Adeligen, die den Matrosen aufgezwungen wurden, schwelgten in langen Teesitzungen und diskutierten die Feinheiten des Lebens und der Kultivation. Wu Ying selbst entschloss sich dazu, Fa Yuans Beispiel zu folgen und bewegte sich von Ruder zu Ruder, während er die Methode der bewegten Kultivation übte. Es war nach wie vor eine Herausforderung für ihn, zu lernen, wie er sein Chi durch seinen Körper leiten und langsam seine Meridiane reinigen konnte, selbst wenn er regelmäßige, einfache Aufgaben wie diese erledigte. Dennoch brachte es einige positive Nebenwirkungen mit sich.

"Wu Ying, nehmt Euch noch eine Schüssel. Ihr seid nach wie vor zu dünn!", riefen die Seemänner ihm neckend entgegen.

Wu Ying konnte sich ein Kichern nicht verkneifen und akzeptierte sowohl ihren gut gemeinten Spott als auch eine dritte Portion Essen. Die Verpflegung war simpel und bestand zum großen Teil aus Fisch, frischem Gemüse und gehäuftem Reis. Dennoch, durch die großzügige Hinzugabe von Knoblauch, Ingwer, wilden Zwiebeln und Sojasauce, kombiniert mit einer Prise Geübtheit, war sie für Wu Ying so gut wie jede andere Mahlzeit, die er je zu sich genommen hatte.

"Falls Ihr aus der Sekte geworfen werdet, solltet Ihr Euch uns anschließen", sagte ein Seemann mit buschigen Augenbrauen.

"Ja. Wir könnten einen weiteren Mann mit starker Körperreinigung gut gebrauchen", fügte ein anderer hinzu.

"Ihr Idioten", sagte ein dritter. "Glaubt ihr wirklich, dass sie ihn hier arbeiten lassen würden, wenn man ihn aus der Sekte wirft? Nein. Mein Cousin könnte auf seinem Schiff noch Hilfe gebrauchen."

"Dieser Säufer? Der kann von Glück reden, wenn er bis zum achten Mond überhaupt noch segelt! Nein. Der Bruder meiner Schwägerin hat ein zwölf Fuß langes Schiff, noch ganz neu, das viel besser ist!"

"Hört nicht auf diesen Abschaum", mischte sich Er Gu, der Kapitän, ein und schnaubte seine Mannschaft gut gemeint an. "Sie haben nur Schiffe im Kopf. Wenn Ihr der Sekte verwiesen werden solltet, verlasst Ihr am besten die Grafschaft. Es wäre dann besser, diese Provinz hinter sich zu lassen. Hanshu drüben im Süden hat einen großen Hafen. Dort könntet Ihr gewiss Arbeit finden."

Die nüchterne Mahnung des Kapitäns ließ Wu Ying erschaudern. Zum ersten Mal wurde ihm bewusst, dass seine Entscheidungen Konsequenzen hatten, die viel tiefgreifender waren, als er gedacht hatte. In seinem Hinterkopf hatte er immer in Betracht gezogen, dass er einfach nach Hause zurückkehren konnte, sollte er scheitern. Doch die Worte des Kapitäns waren eine ernüchternde Erinnerung daran, dass die Sekte des Sattgrünen Wassers zwar alles in allem eine Sekte mit guten Absichten war, es jedoch vermutlich keine gute Idee wäre, weiterhin in einem Gebiet zu leben, das von ihnen kontrolliert wurde. Und wenn es nur dazu diente, den Gesichtsverlust und den Hohn zu vermeiden, der unausweichlich einer Verbannung folgen würde.

"Uh, da habt Ihr schon wieder etwas Falsches gesagt, Kapitän!", schalten die Seemänner ihren Vorgesetzten, ehe sie Wu Ying auf die Schulter klopften, um den Teenager aus seinen Gedanken zu reißen.

"Vergesst, was Ihr gehört habt. Ihr werdet nicht versagen. Glaubt ja nicht, wir hätten nicht gemerkt, wie Ihr euch abends in jedem freien Moment kultiviert. Ein hingebungsvoller Schüler wie Ihr es seid wird sicherlich nicht versagen", erklärten die Seemänner, während sie noch mehr Essen in seine Schüssel füllten.

Wu Ying konnte nur hilflos lächeln und weiter essen, bis er vollgestopft war. Doch ihre Worte hatten die Sorgen in seiner Brust erneut geweckt. Keiner der Ältesten hatte Wu Ying bei seiner Rekrutierung darüber informiert, wie die Mitgliedschaft in der äußeren Sekte gehandhabt wurde. Wu Ying wusste, dass alle Mitglieder der äußeren Sekte einmal jährlich durch einen Test die Möglichkeit hatten, in die innere Sekte aufgenommen zu werden. Was Wu Ying von den Seemännern erfahren hatte, war, dass jene Mitglieder der äußeren Sekte, die im Test kläglich scheiterten oder die unter den schlechtesten waren, der Sekte verwiesen wurden. Damit wurde sichergestellt, dass die Sekte des Sattgrünen Wassers jederzeit Platz für neue, vielversprechende Kandidaten hatte.

"Kapitän, wie lange noch?", fragte Fa Yuan, die an Deck kam.

Die Anwesenheit der erhabenen Ältesten dämpfte die vergnügte Stimmung der Seemänner, die sofort verstummten.

Er Gu verneigte sich. "Noch ein paar Stunden, Fee Yang."

"Lasst mich wissen, wenn wir angekommen sind", befahl Fa Yuan. "Und bringt mir meine Mahlzeit in meine Kabine."

"Aber selbstverständlich."

Fa Yuan drehte sich um, um Wu Ying von oben bis unten zu betrachten. "Ihr habt Euren Anstieg in der Kultivation gefestigt. Es gibt noch vieles, was Ihr tun müsst, doch es scheint, dass Ihr hart gearbeitet habt."

"Dank Euch", erwähnte Wu Ying, der aufgestanden war und sich vor Fa Yuan verbeugte. "Eure Hinweise haben es mir erlaubt, mich viel schneller als üblich weiterzuentwickeln."

"So, wie sie es auch sollten", sagte Fa Yuan mit gerümpfter Nase. "Achtet jedoch darauf, öfter zu baden."

"Oh. Ja. Entschuldigt bitte!" Wu Ying errötete, während die Seemänner in der Nähe leise kicherten.

Sie alle verstummten, als Fa Yuans Blick zu ihnen hinüber blitzte, ehe er bei den vier faulenzenden Adeligen verweilte. Sie standen nacheinander auf und verbeugten sich vor Fa Yuan. Für eine Weile starrte die Kultivatorin sie an, bevor sie sich umdrehte und wieder die Treppe hinunter ging.

"Interessant", murmelte Er Gu.

"Kapitän?"

"Ach. Sektenpolitik", antwortete Er Gu, der für einen Moment zu Wu Ying schaute. Er schüttelte den Kopf, als Wu Ying etwas fragen wollte. "Nein. Darin mische ich mich nicht ein."

"Aber ich bin –"

"Ein Mitglied der Sekte", schnitt Er Gu ihm das Wort ab, bevor er davonstapfte, um die Ruderer anzuheizen.

***

Einige Stunden später legte das Schiff schließlich bei einer kleinen Stadt am Fuße einer Klippe an. Hier wurden die Pferde für die Sekte gehalten und Reis, Gemüse, sowie andere notwendige Dinge abgeladen und zur Sekte auf den Berg hinauf transportiert. Fa Yuan glitt ohne einen merklichen Blick hinter sich über die Planke des Schiffs, während die Adeligen dem Kapitän hastige Anweisungen gaben, wie er sich um ihre Pferde zu kümmern hatte. Aus diesem Grund fand sich Wu Ying neben Fa Yuan wieder, als sie damit fertig war, mit einem der Aufseher zu sprechen. Um sie nicht versehentlich zu belauschen, schaute er sich in der kleinen Stadt um. Um sie herum entluden einige Arbeiter die Schiffe, während andere Arbeiter fünf mal fünf Fuß große Segeltuchtaschen, die von einer einfachen Bambusstruktur zusammengehalten wurden, verpackten. Sobald eine der Taschen verpackt war, nahmen wartende Lastenträger die Taschen auf ihre Schultern und entfernten sich.

"Dank Eurer Hilfe sind wir schnell vorangekommen", erwähnte Fa Yuan, die Wu Ying anstarrte, während sie ungeduldig auf ihre Gruppe wartete.

"Ich danke Euch."

"Hilfsbereit zu sein ist in der Sekte gefährlich", schloss Fa Yuan und brachte Wu Ying mit einem leeren Blick zum Verstummen. "Hütet Euch."

"Ich –"

"Na endlich", sagte Fa Yuan und unterbrach Wu Ying damit, da die Adeligen zu ihnen aufschlossen. Einen Moment später wurden fünf große Segeltuchtaschen von Lastenträgern, die von Aufsehern dazu angewiesen wurden, zu ihren Füßen niedergelegt. "Auf der sechsten Straße im Osten werdet ihr das Tor finden, das zur Sekte führt. Jeder von euch wird sich eine Tasche nehmen, die Stufen hinaufsteigen und die Tasche ausliefern." Fa Yuan blickte nach oben, ehe sie etwas schmunzelte. "Da es für euch das erste Mal ist, werde ich großzügig sein. Ihr habt Zeit bis Sonnenuntergang."

Alle gemeinsam drehten sie die Köpfe. Ein kurzes Stück entfernt blockierte ein Wasserfall, dessen entferntes Grollen gedämpft war, den Eingang zu den höheren Ebenen des Berges. Dennoch verlieh das ausgedehnte Grün, das die Gewässer umgab und das sogar im Fluss zu finden war, dem Namen der Sekte Leben.

Hoch über ihnen erspähte die Gruppe zwischen dem saftigen Grün vage die Umrisse der am Rande gelegenen Sektengebäude. Viele dieser Gebäude sprenkelten den Wegesrand, der nach oben führte. Sie waren am Wasser und dem unberührten Wald gelegen und erstreckten sich bis zur Bergspitze. Am Ende ihres Sichtfeldes konnten sie gerade so einen Blick auf die grün-getrimmten Dächer erhaschen, die von Wolkenschwaden geschmückt wurden und die den Anfang der eigentlichen Sekte markierten.

Die Gruppe schluckte einheitlich und schaute auf die Taschen zu ihren Füßen. Erst jetzt bemerkten sie, dass Fa Yuan bereits verschwunden war. Wu Yings Kinnlade klappte herunter, als er die Kultivatorin nach kurzem Umschauen erblickte, wie sie über das Wasser zur Felskante hüpfte. Sie erreichte diese innerhalb von Sekunden und sprang leicht nach oben, wodurch sie den Berg neben dem Wasserfall erklomm.

"Kein Wunder hat sie uns zurück gelassen ...", brummelte Wu Ying.

Fa Yuan hatte durch ihre Methode eine viel kürzere Reise vor sich, als wenn sie die "normale" Route genommen hätte. Natürlich verlangte ihr Weg einen gewissen

Grad an Erfahrung im Qinggong. Wu Ying blinzelte die anderen an, als er sich wieder seiner Aufgabe vor ihm zuwandte.

"Was macht ihr da?", erkundigte sich Wu Ying.

"Die Last lindern", antwortete Yin Xue ruhig. Mit einem letzten Ruck knotete Yin Xue seine Tasche komplett zu und der Sack Reis, den er herausgenommen hatte, lag nun auf Wu Yings Tasche.

Seine Freunde folgten seinem Beispiel und luden weitere Reissäcke auf Wu Yings Tasche ab, um ihre eigene Last zu lindern. Wu Ying blickte der Gruppe finster hinterher, als sie von dannen rannten und sich über ihren Streich amüsierten, den sie ihm gespielt hatten.

Ein einzelner Sack Reis wäre nicht weiter aufgefallen und hätte leicht mit der Unachtsamkeit der Hafenarbeiter erklärt werden können. Jedoch bedeuteten die zusätzlichen vier Säcke eine erhebliche Erschwernis für seinen Weg nach oben. Einen Moment lang spielte Wu Ying mit dem Gedanken, die Reissäcke hier zurückzulassen. Schließlich war es ja nicht seine Aufgabe, ihre Last zu tragen. Aber – was, wenn er für das Zurücklassen der Ware bestraft würde? Ganz gewiss war die Fee Yang keine gutmütige Mentorin.

"Ich werde es einfach als zusätzliches Training betrachten", sagte Wu Ying nach einer Weile zu sich selbst.

Es dauerte nicht lange, bis er die Säcke mit dem Seil gesichert hatte, was es ihm erlaubte, die nun extrem schwere Konstruktion auf seine Schultern zu hieven. Zusammen mit den ursprünglichen fünf Säcken trug er nun insgesamt neun Reissäcke – jeder einzelne davon wog zwanzig Jin[8]. Wu Ying atmete tief ein und setzte dann zu einem langsamen Gang an, um sich erst einmal an das Gewicht zu gewöhnen.

Bis er das Tor und die Schiefertreppe, die nach oben führte, erreicht hatte, bewegte Wu Ying sich im leichten Trab voran. Er war nicht einmal annähernd so

---

[8] 20 Jin = 10 Kilogramm = 22 Pfund

schnell wie die Lastenträger, die an ihm vorüberzogen und deren lange, drahtige Beine mit der Leichtigkeit der regelmäßigen Übung pumpten. Dennoch konzentrierte sich Wu Ying, der seinen Rhythmus gefunden hatte, und begann damit, sich während der Bewegung zu kultivieren. Letzten Endes musste er hier nur einen Berg erklimmen.

***

Eineinhalb Stunden später hatte Wu Ying zum ersten Adeligen aufgeholt. Er hatte ihre Unterhaltung mitgehört und so wusste Wu Ying, dass dieser spezielle Rekrut erst vor kurzem die Körperreinigungsstufe 4 erreicht hatte, ehe die Armee eingetroffen war. Weiterhin war sich Wu Ying durch die abfälligen Bemerkungen, die innerhalb der Gruppe ausgetauscht wurden, sicher, dass der Adelige den Großteil seiner Entwicklung durch spirituelle Kräuter erreicht hatte, anstatt selbst hart zu arbeiten. Und obwohl solche Methoden durchaus funktionierten, blieben dadurch Lücken in der Kultivation, in seinem Körper.

"Du. Wie kannst du dich mit all der Last überhaupt bewegen?", schnaubte der Adelige, die Hände auf seine Beine gestützt.

Wu Ying mokierte sich gedanklich. Seine Lehrer und sein Vater hätten ihm auf den Rücken geschlagen, bis er sich aufgerichtet hätte. Dennoch antwortete Wu Ying, nachdem er seine Kultivation beruhigt hatte und die Stränge von Chi wieder durch seinen Körper schickte. "Weil ich es muss, oder nicht? Immerhin sind wir so weit gekommen. Es wäre eine Schande, jetzt zurückzugehen."

Wu Ying machte einen weiteren Schritt und dachte nicht weiter über den Adeligen nach. Bereits dieser kurze Halt war für seine Kraft und seine Ausdauer anstrengend gewesen. Letztendlich war es vermutlich nicht die beste Idee, anzuhalten.

"Dieser dumme Bauer. Ich kann nicht zulassen, dass er mich schlägt", grummelte der Adelige hinter Wu Ying, der ihn auf seinem Gang nach oben ignorierte. Als ein

Lastenträger an Wu Ying vorbei nach unten trabte, drang eine Frage an sein Ohr, die ihn interessierte. "Hey du, ja, du. Lastenträger. Wie weit ist es noch bis oben?"

"Für uns? Zwei Stunden. Für euch ... sechs Stunden."

Sechs. Wu Ying verzog das Gesicht. Er konnte es sich schnell zusammenrechnen. Bis zum Ende des Tages waren es vielleicht noch weitere vier Stunden. Und obwohl er schneller als der Adelige war, war er nicht bedeutend schneller. Er sollte versuchen, seine Geschwindigkeit zu verdoppeln. Nur, um sicherzugehen. Mit einer leichten Beuge nach vorne stieß Wu Ying seinen hinteren Fuß ab und beschleunigte. Nachdem er ein anderes Tempo aufgenommen hatte, ließ Wu Ying sein Bewusstsein ein weiteres Mal in seinen Körper gleiten und rührte an seinem Dantian und dem Kern an Energie, der darin saß.

Ein leichter Stoß, und schon floss das Chi durch seine Meridiane. Gedankenversunken nahm er wahr, wie die Lastenträger, die ihm von hinten entgegenkamen, ihre Schritte beschleunigten, um ihn zu überholen, denn der Gestank seines von Unreinheit durchtränkten Schweißes lag in der Luft. Glücklicherweise konnte Wu Ying sich selbst nicht riechen, solange er tief in der Kultivation versunken war.

Fünfundvierzig Minuten später traf Wu Ying auf die nächsten Adeligen. Dieses Mal sah er keinen Grund, anzuhalten und hatte auch nicht das Bedürfnis, mit ihnen zu sprechen. Ein kurzer Blick in Richtung der untergehenden Sonne verriet ihm, dass ihm vermutlich noch einige Stunden blieben, bis sie ganz untergegangen war. Wu Ying brauchte lange, bis ihm auffiel, warum seine anfängliche Einschätzung falsch war, da er in diesem trägen Zustand von Bewegung und Kultivation trieb. In den Bergen ging die Sonne viel schneller unter. Die Sonne verweilte nicht lange am Horizont.

Die Unzufriedenheit fuhr durch Wu Ying und brachte ihn zum Stolpern. Er griff für einen Moment nach der felsigen Wand, als seine Konzentration unterbrochen wurde und sein Chi wütete. Wu Ying atmete schwer und versuchte, dem Schmerz

Herr zu werden, der durch seinen Körper schoss. Als er hüstelte, schmeckte er das Blut von geplatzten Gefäßen in seiner Brust und der Kehle, bevor er seinen Mund abwischte. Nein. Dafür war keine Zeit.

Konzentration.

Seine Beine schmerzten von der Überlastung, sein unterer Rücken pulsierte bei jeder Bewegung, und seine Schultern, ja, seine Schultern brannten. Er konnte seine Arme kaum noch spüren. Sein Chi zu zirkulieren, hatte nur bis jetzt geholfen. Und er musste all die Last noch weiter tragen. Für einen Moment dachte Wu Ying darüber nach, den zusätzlichen Reis zurückzulassen, schüttelte diesen Gedanken jedoch ab. Nein. Die Reissäcke auf dem Pfad liegenzulassen wäre sogar noch schlimmer, als sie am Hafen zu lassen — wer wusste schon, was mit den Säcken passieren würde? Tiere und andere Kreaturen konnten die Säcke leicht aufreißen.

Und dieser Schmerz. Nun, wann war das Leben schon nicht schmerzhaft? Jeden Tag auf den Feldern arbeiten, die Reishalme pflanzen und pflegen, Kanäle, die die Reisfelder fluteten, graben und befestigen, das Korn ernten, und dann begann alles wieder von vorne. Das Leben war voller Schmerz. Doch wenn man sich entschloss, sich nur darauf zu konzentrieren, vergaß man leicht, den Rest seiner Existenz zu genießen. Eine frische Brise, die vorbeizieht und den Geruch von Mittagessen und frischem Wasser mit sich trägt. Die Laternen, die das Dorf während des Festes im Frühling überzogen. Sein erster Kuss, der ihm kurz vor Unterrichtsbeginn gestohlen wurde.

Es waren kleine Dinge, die dank der Schmerzen nur umso süßer waren. Für die Adeligen war dies vielleicht qualvoll. Eine wahre Prüfung ihres Charakters. Doch es war nicht schwerer, als während eines Gewitters zu arbeiten, wo man versuchte, so viel wie möglich von der Ernte zu retten. Oder all die Male, in denen er den Pflug selbst gezogen hatte, um die Erde umzupflügen, da der Ochse jemandem geliehen worden war, der ihn dringender benötigt hatte.

Der Schmerz war ein ständiger Begleiter für das einfache Volk. Und das? Das war nur ein ganz normaler Tag.

Ein Schritt, dann noch einer. Nach kurzer Zeit fand er seinen Rhythmus wieder. Dann beschleunigte er ihn weiter. Irgendwann kultivierte er sich ganz unbewusst. Ein Strang von Chi zog sich durch seinen Körper, er flutete seine Meridiane und gab ihm Kraft. Aber er hörte nicht auf.

***

"Ist es das?", stieß Wu Ying mit einem leichten Blinzeln zu der kleinen Hütte des Torwächters aus. Neben ihr stand der Paifang vor ihm, die traditionelle, dreifach gewölbte Konstruktion, die den Eingang der Sekte markierte. Der Paifang war in üppigem grün getüncht, die runden Säulen waren mit Jade und Gold verziert. Und obenauf war das Banner, auf dem der Name der Sekte prangte.

"Lasst Eure Taschen nicht hier stehen. Bringt sie zum Lagerraum hinter der Küche", knurrte der Torwächter, als Wu Ying den Anschein machte, dass er sich niederlassen wollte.

"Wo ...?"

"Gerade den Hügel hinauf. Dritte Straße rechts, geht zur Hinterseite des Gebäudes."

Ächzend und mit unkontrolliert zitternden Beinen schleppte Wu Ying sich voran. Unterbewusst fiel ihm auf, dass er Yin Xue seit den Docks nicht mehr gesehen hatte. Obwohl er ihn hasste, musste Wu Ying anerkennen, dass Yin Xues Kultivation auf Körperreinigungsstufe 4 sehr gut durch sowohl Kräuter als auch Übung gefestigt war. Jedenfalls würde sich Wu Ying von dieser ersten Niederlage, nicht als erster auf der Bergspitze angekommen zu sein, nicht aufhalten lassen.

"Nur noch ein kleines bisschen", murmelte Wu Ying, als er den Hügel hinaufstolperte. Er wischte den Schweiß weg, der sich an seiner Augenbraue gesammelt hatte, und griff nach dem Wasserschlauch an seiner Seite. Er war leer. Er hatte schließlich nicht damit gerechnet, dass sie einen Berg besteigen mussten. "Warum liegen die Straßen so weit auseinander?"

Der gepflasterte Weg vor ihm war breit, so breit, dass er fast glaubte, er sei wieder in dieser einen Stadt. Gebüsch und Bäume, die sich am Wegesrand befanden, waren sorgfältig arrangiert und getrimmt, während der Weg selbst von hart arbeitenden Sektenmitgliedern in einfachen, dunkelgrünen Kleidern mit sattgrünen Streifen sauber gekehrt wurde. Doch die Straße zog sich weiter und weiter, die Steigung war leichter geneigt, schien sich jedoch unendlich hinzuziehen. Er taumelte zehn Minuten lang umher, bis er schließlich die zweite Straße fand, die nach rechts abbog.

"Nur noch ein Stück", schnaubte Wu Ying. Er dehnte seine Finger in dem Versuch, damit den Blutfluss durch seine schlappen Arme anzuregen, während er weiter voran schwankte.

Einige Sektenmitglieder, die sich auf ihrem Weg zurück befanden, da die Nacht angebrochen war, starrten den wankenden Jungen an und flüsterten sich gegenseitig ob seines Wahnsinns zu. Immerhin war sein Rücken gebeugt von den Reissäcken, die er geschultert hatte, einige davon waren an seine Seite und obenauf festgebunden.

Die Ecke. Endlich. Wu Ying stolperte nach rechts und stieß beinahe mit einer jungen Dame zusammen, die ihm entgegenkam. Er drehte seinen Körper krampfhaft zur Seite und versuchte, ihr auszuweichen und zugleich das Gleichgewicht zu halten. Dies gelang ihm teilweise, die junge Dame blieb unversehrt, jedoch landete er selbst mit dem Blick gen Himmel am Boden. Eine Welle von Erschöpfung breitete sich in ihm aus, als er die letzten Sonnenstrahlen verblassen sah.

Verblassen.

Warum war das so wichtig?

"Seid Ihr in Ordnung? Benötigt Ihr Hilfe?", fragte die Frau.

"Gut. Mir geht es gut", antwortete Wu Ying. Abgesehen davon, dass er nicht aufstehen konnte, selbst wenn er es versuchte.

"Da ruht er sich während der Arbeit aus", sagte Yin Xue höhnisch, als er zu ihm schlenderte. "Das ist typisch für einen faulen Bauern."

Wu Ying grummelte, als er seinen Kopf nach hinten und zur Seite warf und dann Yin Xue erblickte, der weiter nach vorne schlenderte. Selbst der für gewöhnlich gepflegte Adelige schien nach diesem langen Lauf ziemlich schweißdurchtränkt, obwohl Wu Ying bewusst war, dass er nicht einmal annähernd so übel roch oder aussah wie er selbst. Yin Xues Worte waren ausreichend, um das letzte bisschen Feuer, das in seinem Körper verblieb, anzufachen und brachte Wu Ying dazu, sich auf die Seite zu rollen und sich aufzurappeln. Die Schwäche übermannte ihn, als er sich schon halb aufgerichtet hatte. Während er fiel, ergriff eine Hand seinen Arm und zog ihn sanft, aber bestimmt und stützte sein eigenes sowie das Gewicht der Säcke mit Leichtigkeit.

"Ihr?", sagte Wu Ying und blinzelte, während sein Blick den schlanken Arm entlangwanderte, bis er die Frau erblickte.

Sie lächelte Wu Ying nüchtern an. "Lee Liu Tsong. Ihr solltet mehr auf Euch Acht geben."

"Ich danke Euch, verehrte Lee", sagte Wu Ying.

Es war nicht schwer zu erkennen, dass sie eine seiner Dienstälteren innerhalb der Sekte war. Liu Tsong hatte ein hübsches, herzförmiges Gesicht und langes Haar, das in einem einfachen, schwarzen Dutt zusammengebunden war, der von einem Jadekamm gehalten wurde. Da sie eine Reinigerin des Körpers war, hatte sie eine unglaublich zarte, geradezu makellose Haut, aber die Kraft, die sie demonstriert hatte, deutete eindeutig darauf hin, dass sie sich über der Körperreinigungsstufe 4 befand – sie war mindestens auf Stufe 5, wenn nicht sogar auf Stufe 6.

"Geht. Ihr solltet dies schnell abliefern, sonst wird der Älteste Huang verärgert sein", erklärte Liu Tsong.

"Vielen Dank." Wu Ying neigte den Kopf, dann stolperte er voran.

Yin Xue versetzte seinen Fuß leicht, als würde er sein Gegenüber stolpern lassen wollen, hielt jedoch inne, als Liu Tsong ihre Aufmerksamkeit auf ihn lenkte. Der Adelige zwang sich zu einem Lächeln, ehe es breiter wurde, als die Dunkelheit sich über den Berg legte. Selbst Wu Ying bemerkte ungeachtet seiner Erschöpfung diesen Helligkeitsunterschied.

"Neeein", winselte Wu Ying. Aber er konnte nichts daran ändern. Noch nicht.

Als Wu Ying auf die Rückseite des Gebäudes schwankte, blickte er endlich dem Ende der Reise entgegen. Am Eingang der Küche stand ein Mann mittleren Alters mit zusammengekniffenen Augen, gekleidet in dunkle Roben und mit dem schlichten Kopfschmuck der Ältesten auf seinem Kopf. Das musste der Älteste Huang sein, den Liu Tsong erwähnt hatte.

"Ältester", grüßte Wu Ying ihn höflich.

"Legt die Säcke hier ab. Und was ist das für eine Torheit, dass Ihr neun Säcke tragt?", erkundigte sich der Älteste Huang. "Auf welcher Stufe der Kultivation befindet Ihr Euch?"

"Körperreinigungsstufe 5", antwortete Wu Ying, während er die Säcke zur Seite legte.

Die Küchenhelfer eilten dem erschöpften Wu Ying, der sich auf den Boden sacken ließ, schnell zu Hilfe. Sein Körper brannte. Als ihm klar wurde, was er da im Angesicht des Ältesten tat, wollte Wu Ying sich aufrichten.

"Kümmert Euch nicht darum. Es ist offensichtlich, dass Ihr Eure Fähigkeiten ausgereizt habt", schniefte der Älteste Huang. "Ihr gehört also zum Ältesten Cheng, richtig?"

"Ja, Ältester. Mein Name ist Long Wu Ying", erklärte Wu Ying mit einer Verbeugung. Er erzitterte, da er sich fragte, ob es der Älteste Huang sein würde, der dem Ältesten Cheng von seinem Versagen berichten würde. Denn letztendlich hatte er das Gebäude nicht rechtzeitig erreicht. Oder würde die Fee Yang direkt mit ihm sprechen?

"Wie interessant", sagte der Älteste Huang.

Bevor er etwas weiteres sagen konnte, eilte ein Junge mit einem Papier aus Bambus auf den Ältesten Huang zu.

Der Älteste warf einen kurzen Blick darauf, ehe er nickte. "Ihr und drei weitere habt den Test bestanden."

"Drei?", fragte Wu Ying, der die Stirn runzelte. Yin Xue war der einzige gewesen, der vor ihm da gewesen war.

"Ja. Die anderen beiden trafen gerade noch rechtzeitig beim Paifang ein", erklärte der Älteste Huang. "Wie nutzlos. Dabei haben sie sogar weniger Last getragen. Es ist eine Verschwendung, sie hier zu behalten, aber ich habe wohl keine andere Wahl. Ansonsten wird sich die Älteste Lin wieder beschweren." Seine letzten Worte brachte er nur nuschelnd hervor. Der Älteste Huang bemerkte, dass Wu Ying noch immer da war, also wies er in eine Richtung. "Wascht Euch am Brunnen, dann kommt herein. Da Ihr gerade erst angekommen seid, werdet Ihr vorerst hier essen. Ich bin sicher, dass Euch jemand den Weg zeigen wird."

Wu Ying lächelte dankbar, obwohl er sich nicht einmal bewegen konnte, um zu tun, was ihm der Älteste Huang aufgetragen hatte.

Während der Älteste sich wegdrehte, blickte er zu Wu Ying zurück. "Kommt morgen früh zurück. Da Ihr es so mögt, Säcke herumzutragen, werde ich Euch in Anspruch nehmen. Mit all diesen Neuankömmlingen müssen wir unser Lager vergrößern."

Erst als der Älteste nicht mehr sichtbar war, stieß Wu Ying ein Stöhnen aus. Noch mehr Säcke. Seinem schmerzenden Körper würde das definitiv nicht gefallen. Warum hatte er wohl alle neun Säcke schleppen müssen? Dem Ältesten schien der Grund dafür egal zu sein.

Wu Ying beschwerte sich murmelnd über die Ungerechtigkeit des Ganzen und drehte sich zur Seite, um wieder auf die Beine zu kommen. Dann konnte er sich genauso gut auch waschen und sich durchfüttern lassen. Während er sich langsam aufrichtete, bemerkte er einen der anderen, der gemeinsam mit ihm diese Reise begonnen hatte, um die Ecke kommen.

Kapitel 6

Ein weiterer Tag, ein weiterer Sack. Die letzten zwei Wochen hatte Wu Ying damit verbracht, von morgens bis abends Säcke mit Reis, Weizen, Mungbohnen und anderen Dingen den Berg hinauf zu schleppen. Sobald er die gleiche Geschwindigkeit erreicht hatte wie die anderen Lastenträger, hatte der Aufseher damit begonnen, Wu Ying noch mehr Säcke aufzubürden. Als er dagegen protestiert hatte, wurde der Kultivator darüber informiert, dass dies auf Anweisung des Ältesten Huang geschah. Und damit verflogen all seine Einwände.

Nach dem Abend, als Wu Ying vollständig auf dem Boden zusammengebrochen war, hatte Liu Tsong ihn am nächsten Tag aufgesucht, um ihm sein Quartier zu zeigen. Dass es nur ein kleiner Raum war, in dem kaum Platz für das hölzerne Bett und eine hölzerne Truhe für seine Kleidung war, zeugte von seiner niedrigen Stellung innerhalb der Hierarchie. Natürlich war der Platz mehr als ausreichend für Wu Ying – der Raum mochte zwar etwas kleiner sein als sein Zimmer zu Hause, viel kleiner jedoch nicht.

Von diesem Tag an musste Wu Ying Aufgaben für den Ältesten Huang erfüllen und somit bekam er sogar noch weniger kontinuierliche Anleitung für seine Kultivation als damals, als er noch ein einfacher Dorfbewohner gewesen war. Zugegebenermaßen, die Anleitungen des Ältesten Huang, die er Wu Ying gab, empfand er als viel zielgerichteter und aufschlussreicher, was ihm dabei half, seine aktuelle Kultivation in beachtlichem Maße zu festigen.

Trotzdem dachte Wu Ying daran, wie schön es wäre, irgendeine offizielle Anleitung zu erhalten, während er dem schwindenden Sonnenlicht entgegenblickte und die Stufen mit sieben Säcken voll Proviant auf seinen Schultern hinauf trottete. Als er einem anderen armen Rekruten entgegenkam, konnte Wu Ying nicht anders, als zur Antwort auf den stutzigen Blick bezüglich seiner Last leicht zu lächeln.

Zu Wu Yings Überraschung war die spezielle Aufgabe, die die Fee Yang ihnen auferlegt hatte, tatsächlich Teil der Anforderungen an Rekruten gewesen. Die Unterhaltungen mit seinen Dienstälteren hatten Wu Ying noch weiter aufgeklärt.

Die Politik innerhalb der Sekte war sogar noch verworrener, als Wu Ying es erwartet hatte. Jeder Älteste – das hieß, jeder Kultivator, der einen Kern erlangt hatte – konnte bis zu drei Rekruten für die Sekte benennen. Doch da die tatsächliche Anzahl an freien Plätzen sich von Jahr zu Jahr unterschied, mussten sich die Rekruten unterschiedlichsten Tests unterziehen. Glücklicherweise hatten sich in diesem Jahr mehr Kultivatoren, die sich verletzt hatten und die zu langsam oder zu faul waren, als üblich disqualifiziert, wodurch nur noch wenige weitere abgelehnt werden mussten. Dem Ältesten Huang, in seiner Position der jüngste der Ältesten, fiel die Aufgabe zu, all jene auszuwählen, die die Anforderungen der Sekte nicht erfüllten.

"Beeilt euch. Ich will nicht zu spät kommen", sagte ein neuer Anwärter der Sekte, dessen Stimme vor Verachtung triefte. Vor ihm kämpften drei Lastenträger mit der zusätzlichen Last von Reissäcken, die der Adelige ihnen aufgeschultert hatte. Wu Ying fragte sich, was er den Lastenträgern dafür wohl bezahlt hatte – oder ob er dies überhaupt getan hatte. Nur wenige gewöhnliche Bürger würden es wagen, einer solchen Aufforderung eines Kultivators zu widersprechen.

Kein Wort kam über Wu Yings Lippen, als er die Gruppe überholte. Er behielt seinen leichten Trab bei, während er das Chi durch seinen Körper zirkulieren ließ. Die Anforderungen der Sekte waren anders als das, was er erwartet hatte. Schummeln wurde erwartet, ja sogar bis zu einem gewissen Grad gefördert. Die einleitende Aufgabe eines jeden Leiters, die Säcke nach oben zu schleppen, war vage genug formuliert, sodass die Kultivatoren Wege finden konnten, sie zu umgehen – und diese dann auch umsetzten. Immerhin brauchte es für die Kultivation nicht nur Disziplin, sondern auch Verständnis, Gerissenheit und Glück. Solange der Kultivator es schaffte, seinen Sack zur Sekte zu bringen, hatte er bestanden. Nun, jedenfalls solange er dies tat und einen Gönner hatte, der überzeugend genug war.

"Wu Ying. Die fünfte Ladung für heute. Ich erwarte von Euch, dass Ihr morgen einen weiteren Sack schleppt." Der Torhüter kicherte.

"Ältester Lu. Bitte macht keine Witze über solche Dinge", entgegnete Wu Ying, der langsamer wurde und seine Kultivation löste. Die größte Entwicklung, die er durchlief, war wohl die Geschwindigkeit, mit der er zwischen der Kultivation in der Bewegung und normalen Interaktionen wechseln konnte.

"Wer macht hier Witze? Der Älteste Huang ist ein wahrer Anhänger harter Arbeit." Der Torhüter, der im Schneidersitz auf seinem Schemel saß, zog erneut an seiner langen Pfeife.

"Dies hier ist für Euch, Ältester", sagte Wu Ying, griff hinter sich und löste den Sack. Er übergab Xi Qi die Rolle Tabak, die ihm von einem der Schiffskapitäne anvertraut worden war. Xi Qi lächelte, als er das Päckchen erhielt, und fuhr liebevoll mit der Hand über die Verpackung.

Wu Ying wunderte sich erneut über den Torhüter. Durch seine neu gewonnenen Sinne konnte Wu Ying spüren, dass Xi Qi mehr als ein fauler, alter Mann war. Dennoch kultivierte er sich nie und beharrte darauf, seinen Körper mit Qualm zu verunreinigen. Aber mit fortschreitendem Lernen erkannte Wu Ying, dass jeder innerhalb der Sekte Geheimnisse hatte. Und Laster.

"Tabak der Familie Chen. Nur zwei Kätti werden jeweils an Außenstehende verkauft." Xi Qi schnüffelte ehrfürchtig an dem Päckchen. "Nun? Ihr macht Euch besser wieder auf den Weg."

"Ja, Ältester." Wu Ying nickte mit dem Kopf und lief weiter.

Der Älteste Huang fand ihn auf, als Wu Ying den Sack abstellte und seine müden Muskeln dehnte.

"Wu Ying. Ich habe gehört, Ihr habt heute fünf Ladungen geschafft", sagte der Älteste Huang.

"So ist es, Ältester."

"Gut. Sehr gut. Es ist eine Schande, dass ich Euch gehen lassen muss, aber heute ist der letzte Tag, an dem ich euch den ganzen Tag für mich habe", erklärte der Älteste Huang. "Ab morgen beginnt Ihr Eure morgendlichen Studien. Doch ich erwarte, dass Ihr nachmittags hier seid. Habt Ihr verstanden?"

"Ja, Ältester Huang", antwortete Wu Ying in dem verzweifelten Versuch, sich nichts anmerken zu lassen.

"Ihr solltet noch genug Zeit für eine weitere Ladung haben. Geht", sagte der Älteste Huang mit einer Handbewegung.

Wu Ying zuckte zusammen, da er wusste, dass er es vor Einbruch der Dunkelheit nicht zurückschaffen würde. Und den Berg bei Dunkelheit zu erklimmen war eine schmerzhafte Erfahrung. Er konnte seine Begeisterung ganz offensichtlich nicht erfolgreich zurückhalten.

***

Es gab mehr Neuankömmlinge, als Wu Ying erwartet hätte. Sicher, er hatte die verschiedenen Rekruten, die innerhalb der letzten zwei Wochen angekommen waren, gesehen. Aber da er sie jetzt so versammelt auf dem Innenhof sah, war ihre Anzahl überwältigender, als einen nach dem anderen ankommen zu sehen. Es waren sicher mindestens fünfzig Rekruten im Innenhof, manche pflegten Kontakte, andere gingen langsamen Dehnungsübungen nach.

"Verdammt. Sieh sich einer all die Adeligen an", flüsterte eine Stimme hinter Wu Ying, die ihn dazu brachte, zu dem Sprecher zu blicken. Er blinzelte, da er eine kahlköpfige, kleine Person in den hellorangen Roben eines buddhistischen Mönchs erblickte. Er sah, wie Wu Ying ihn ansah, und erwiderte Wu Yings Musterung, indem er ihn von oben bis unten betrachtete. "Ihr gehört nicht zu ihnen, oder?"

"Nein. Aber was macht Ihr hier?", antwortete Wu Ying ungläubig. Es ergab keinen Sinn, dass ein Mönch in der Sekte war – ihre Missionen unterschieden sich sehr voneinander.

"Oh, mein Lehrmeister hat mich hierher geschickt, nachdem ich rausgeworfen wurde", erklärte der Mönch und rieb sich den Kopf. Der Mönch mit dem kindlichen Gesicht warf Wu Ying ein unschuldiges Lächeln zu, das keine Spur von Hinterlist enthielt. Der Mönch schlug die Hände vor seinem Körper zusammen und verbeugte sich. "Liu Tou He."

"Long Wu Ying", sagte Wu Ying, der ihn im Gegenzug mit einer Handfläche über die Faust gelegt grüßte. Trotzdem blickte er weiterhin mit leichtem Misstrauen auf Tou He. Ein Mönch, den man verjagt hatte, der aber weiterhin seine Roben trug? Das war verdächtig.

"Ah. Keine Sorge", sagte Tou He, der versuchte, das Thema zu wechseln. "Ich habe nur zu gerne Fleisch gegessen. Mein Vater war Jäger, Ihr versteht? Und bis er starb, haben wir ständig gejagt und Fleisch gegessen. Nachdem er verstorben war, hat mein Onkel mich in den Tempel geschickt, aber ... nun ja. Ich habe mich immer davongestohlen, um auf die Jagd zu gehen. Mein Meister meinte, ich sei ein schlechter Einfluss für die anderen Akolythen.

"Das ...", Wu Ying verstummte und schüttelte seinen Kopf. Er wusste nicht wirklich etwas über die inneren Mechanismen eines Klosters, daher klang es plausibel. "Aber warum seid Ihr dann immer noch so gekleidet?"

"Es ist einfach bequemer. Der Älteste hat gesagt, ich kann es anbehalten", erklärte Tou He.

Wu Ying hob eine Augenbraue, zuckte aber nur mit den Schultern. Nun, es war ihm egal, aber Tou Hes orangefarbene Roben hoben ihn von der Masse aus Grau, Schwarz und Grün ab. Damit waren die beiden bereits ausgegrenzt. War es überhaupt wichtig, sich noch weiter zu unterscheiden, wenn man sowieso bereits ausgeschlossen war? Wu Ying, der sich nie in solch einer Situation befand, grübelte über dem Gedanken. Tou He schien es zu genießen, in kameradschaftlichem Schweigen zu schwelgen, bis das Geräusch von zwei aufeinander klatschenden Holzbrettern ihre Aufmerksamkeit auf sich zog.

Ein junger Mann stand mit hinter dem Rücken gefalteten Händen am Fuße der Treppe, die zum Innenhof hinab führte. Anders als die Mitglieder der äußeren Sekte mit ihren einheitlichen Roben trug der Mann blasse grüne und blaue Roben und ließ seinen Blick auf der Gruppe ruhen.

"Mein Name ist Cheung Chi Sing", begann Chi Sing.

"Seid gegrüßt, verehrter Cheung", riefen die neuen Rekruten im Einklang.

"Ich bin euer Ausbilder in den Kampfkünsten." Chi Sing gestikulierte zu seiner Rechten, wo ein schmaler Pfad vom Innenhof wegführte. "Folgt zunächst diesem Pfad. Die Fünf, die zuletzt ankommen, müssen eine weitere Stunde mit Training verbringen." Als die Gruppe sich zum Gehen bewegte, räusperte Chi Sing sich. Selbst diese leichte Ausatmung sandte einen Windstoß die Treppen hinunter, der Blätter und Äste aufwirbelte. "Geht!"

Gleich einer Hasenkolonie setzte sich die Gruppe in Bewegung und eilte zum Pfad. Wu Ying, der am Ende der Gruppe zurückblieb, knurrte leise und setzte sich in Bewegung, um die anderen zu überholen. Seine Bewegungen wurden abrupt gestoppt, als Tou He eine Hand auf seinen Arm legte.

"Der Pfad führt um den Berg herum. Wartet. Es wird eine Gelegenheit kommen, wo wir sie alle überholen können", sagte Tou He.

Wu Ying blickte kurz zu dem Gemenge am Anfang des Pfades, wo sich die anderen schubsten, drängten und sowohl diskret als auch weniger diskret schlugen und wurde gemeinsam mit Tou He langsamer. Es hatte keinen Sinn, sich jetzt schon verletzen zu lassen.

"Woher wisst Ihr das?", fragte Wu Ying.

"Ach. Ich habe viele Stunden damit verbracht, diesen Pfad zu säubern", sagte Tou He mit einem leichten Lächeln auf den Lippen. "Mir wurde die Aufgabe zugewiesen, den Pfad zu reinigen, als ich hier ankam."

"Ich musste Waren den Berg hinauf schleppen", bot Wu Ying im Gegenzug an.

Schließlich begaben sich die beiden auf den Pfad und trabten den anderen langsam hinterher. Da alle Rekruten sich mindestens auf der Körperreinigungsstufe 4 befanden, war das anfängliche Tempo der Gruppe ziemlich gut.

"Das habe ich gesehen", antwortete Tou He. "Ihr habt Euch dabei auch kultiviert, oder nicht?"

"Das habe ich", sagte Wu Ying, überrascht über Tou Hes Einblick.

"Das ähnelt dem, was einigen von uns – den Mönchen – beigebracht wurde: Zu meditieren, während man sich bewegt." Tou Hes Lippen verzogen sich zu einem schiefen Lächeln. "Ich war nie gut darin."

"Wenn ihr in der Lage seid, miteinander zu reden, solltet ihr weiter vorne sein", sagte Chi Sing, der neben den beiden aufgetaucht war.

Sie machten einen Satz zur Seite und drehten ihre Köpfe, sodass sie den Dienstälteren erblickten, wie er mit ihnen Schritt hielt, indem er mit seinem Fuß hin und wieder auf den Boden tippte und dann mit jedem Schritt einige Fuß weit sprang. Es schien so, als würde er gerade einen lockeren Spaziergang machen.

"Jawohl", skandierten sie.

Sie beschleunigten und näherten sich den Adeligen vor ihnen. Als sie sie überholen wollten, machten die Adeligen einen Bogen, womit sie ihnen den Weg versperrten.

"So wollt ihr das Spiel also spielen?", knurrte Wu Ying zornig. "Also schön. Tou He?"

"Nach rechts."

Wu Ying bog nach links ab, während Tou He nach rechts abbog. So waren die Adeligen dazu gezwungen, sich zu entscheiden, wem sie weiterhin den Weg abschneiden wollten. Als sie sich dazu entschieden, Wu Ying abzublocken, grinste dieser nur und wartete einen Moment, damit Tou He sie überholen konnte, bevor er selbst sich auch nach rechts bewegte. Als die Adeligen erneut versuchten, ihm den Weg abzuschneiden, verlangsamte Tou He, der nun vor ihnen herlief, seinen Schritt, sodass sie zur Seite taumelten oder mit dem Mönch zusammenstießen. Wu Ying eilte zur Seite, als sie aus ihrem Rhythmus kamen. Gemeinsam legten Tou He und Wu Ying einen Zahn zu.

"Gute Arbeit."

"Ein Kinderspiel", sagte Tou He.

"Auf zu den Nächsten?"

"Natürlich."

Mit breitem Grinsen beschleunigte Wu Ying noch mehr. Es war schade, dass er durch das ständige Überholen keine Gelegenheit zur Kultivation fand. Doch diese Art des Trainings war ebenfalls gut. Schließlich hatte die Sekte nur wenig Nutzen für Leute, die sich nicht selbst verteidigen konnten, obwohl es auch möglich war, sich zu kultivieren, ohne die Kampfkünste zu studieren oder ohne sich auf seinen Körper zu verlassen. Nun – zumindest waren diejenigen nutzlos, die keine besonderen Fähigkeiten vorzuweisen hatten.

Sobald sie zwei weitere Gruppen von Adeligen überholt hatten, sahen sie Chi Sing mit Leichtigkeit an ihnen vorbeiziehen. Ihr Dienstälterer war auf seinem Weg nach vorne, da er offensichtlich nicht mehr dazu geneigt war, die anderen hinter ihnen zu motivieren. Tou He und Wu Ying tauschten Blicke aus, dann wurden sie nochmals schneller. Irgendwie hatten sie das Gefühl, dass sie noch weitere Strafen erleiden mussten, wenn sie nach ihrem kleinen Gespräch miteinander keine gute Leistung vollbrachten.

***

Eine Stunde später trotteten die beiden schwer atmend auf den Innenhof. Jemand, die Himmel mögen ihn segnen, hatte eine Reihe von Wasserfässern auf dem Innenhof platziert, wo sich die Spitzenreiter bereits versammelt hatten. Sie machten sich wortlos zu einem der freien Fässer auf, um ihren Durst zu stillen, ehe die anderen eintrafen.

Chi Sing blieb seinen Worten treu und merkte sich die fünf Mitglieder der äußeren Sekte, die als letztes eintrafen. Dann leitete er die ganze Gruppe zu einer weiteren, strafenden Trainingseinheit an, die Sprints, Liegestützsprünge, Liegestütze mit Klatschen, Kniebeugen, Bauchpressen und mehr beinhaltete. Zum Schluss demonstrierte Chi Sing die grundlegendste Form der Kampfkünste der Sekte – die Faust der Sieben Diamanten. Sie wurde den externen Kampfkünsten zugeteilt, die sich auf die Stärke des Körpers anstatt der inneren Stärke konzentrierte und sich daher perfekt für Körperreiniger eignete.

Nach zweistündiger Wiederholung dieser Form stellte sich die Gruppe in einer Reihe auf und musste die grundlegendste Haltung der Kultivation und der Kampfkünste einnehmen – die Pferdehaltung. Mit weit gespreizten Beinen, die Füße nach vorne gerichtet, hockten sie sich so weit hin, bis ihre Waden sich parallel zum Boden befanden, ihre Arme positionierten sie so, als hielten sie eine riesige Urne. In dieser Haltung mussten sie sich kultivieren, während ein sanfter Wind durch den Innenhof blies.

Es war Wochen her, seit Wu Ying sich stillstehend kultivierte. Seit die Fee Yang ihm gezeigt hatte, wie man die bewegte Kultivation einsetzte, hatte Wu Ying ausschließlich diese praktiziert. Wenn man bedachte, wie viel Zeit seines Lebens er damit verbrachte, physische Aufgaben zu erfüllen, ergab es einen Sinn. Die bewegte Kultivation erlaubte es ihm, mehr Stunden als andere mit der Kultivation zu verbringen, wodurch die Öffnung seines sechsten Meridians deutlich vorangeschritten war.

Er stand still und leitete sein Chi durch seinen Körper und nun fiel es Wu Ying so schwer wie nie, still zu stehen. Es war schwer, das Chi durch seine Atmung in seinen Körper einzusaugen und es durch den Dantian zu zirkulieren, bevor es in seine Meridiane fließen konnte. Es war beinahe so, als würde man Schlamm mit bloßen Händen in ein geflutetes Feld drücken. Es war im gleichen Maße ein ermüdendes und vergebliches Unterfangen. Die Überreste von Chi, die er zu bündeln vermochte, um sie zu seinem Dantian zu schicken, waren winzig, besonders im Vergleich zu der Menge, die er eigentlich benötigte.

Dass man mehr und mehr Chi benötigte, um es in seinem Dantian zu sammeln, war eines der Probleme beim Anstieg auf ein neues Level der Körperreinigung. Es war unmöglich, komplett geöffnete Meridiane gereinigt und unbefleckt zu halten, wenn man dem Körper nicht mehr Chi zuführte. Wu Ying stellte sich seine Meridiane oft wie das Kanalsystem in seinem Dorf vor – wurde ein weiterer Acker mit eigenem Kanal hinzugefügt, so benötigte man auch mehr Wasser. Hatte man zu wenig Wasser, so würde keines der Felder ausreichend geflutet werden, was zu weniger oder sogar gar keiner Ernte führte.

Sich auf die nächste Ebene der Kultivation zu begeben, ähnelte dem sehr. Zunächst musste er mehr Chi einsaugen. Sich zu bewegen erlaubte Wu Ying, das Chi der Welt einfacher anzuzapfen, doch er musste sich eingestehen, dass seine Fähigkeit, diese Energie zu binden, noch sehr zu wünschen übrig ließ. Er konnte nur drei Hundertstel davon halten. Das war zwar um einiges besser als das, was viele seiner Altersgenossen aus dem Dorf schafften, aber nicht einmal annähernd an dem Zehntel, den wahre Talente angeblich halten konnten.

Jedenfalls bemühte er sich just in diesem Moment, mehr Chi in seinen Dantian zu leiten. Gleichzeitig war er in der Lage, die kleine Menge an Chi in seinem Körper zu zirkulieren, wobei er eine etwas größere Menge als üblich an den momentan noch blockierten sechsten Meridian, den Nierenmeridian, umleitete. Wu Ying wusste, dass er bald genug Chi gesammelt haben würde, um das Problem anzugehen und ihn zu öffnen. Oder vielleicht erging es ihm wie Fa Hui und er würde plötzlich bemerken, dass sein nächster Meridian gereinigt wurde.

Das war diese Sache mit der Kultivation auf der Körperreinigungsstufe. Vieles davon umfasste die langsame, graduelle Reinigung des Körpers und der Meridiane, was abrupte Sprünge in den Graden ermöglichte. Da der Prozess sich mehr auf die Reinigung des Körpers als auf das Erreichen einer signifikant anderen Schwelle konzentrierte, war es nichts Neues – wenngleich unüblich – dass einige sich um ein Vielfaches steigerten.

Das Ertönen der Mittagsglocke riss Wu Ying aus seiner Kultivation und er wurde sich wieder seines ganzen Körpers bewusst. Er nahm einen tiefen Atemzug und schickte sein Chi zurück in seinen Dantian, wo er es langsam abklingen ließ. Als er so dastand, bemerkte er den leichten Schmerz in Knien, Hüfte und Armen, der durch das lange Anhalten der Pferdehaltung entstanden war. Um ihn herum sah er, wie die anderen sich nach und nach lockerten. Einige der Adeligen erhoben sich aus ihrer sitzenden Position. Überraschenderweise entließ Chi Sing sie ohne ein weiteres Wort in die Mittagspause.

"Wir dürfen uns hinsetzen?", murmelte Wu Ying vor sich hin, während er die sitzenden Adeligen beäugte, von denen viele sogar eine Matte unter dem Hintern hatten.

"Nun, sie dürfen es." Tou He neigte erneut seinen Kopf. "Ihre Gönner sind aufgetaucht und haben ihnen die Erlaubnis dazu erteilt."

"Gönner?"

"Die Ältesten, die ihre Aufnahme bewilligt haben."

"Aber natürlich. Jetzt verstehe ich", sagte Wu Ying, als sich die beiden in Richtung der Speisesäle bewegten. Dann fiel Wu Ying etwas auf, sodass er mit gerunzelter Stirn zu Tou He schaute. "Wie war es Euch möglich, das zu sehen? Habt Ihr euch nicht kultiviert?"

"Zwei Sinne", erklärte Tou He, der seine Finger hob. "Das ist eine Technik, die uns im Tempel gelehrt wurde. Wobei mein Meister sagt, er bereut es, sie mir beigebracht zu haben. Vielleicht wäre ich dann nicht in ganz so viele Schwierigkeiten geraten."

"Das hört sich nach einer großartigen Technik an", bemerkte Wu Ying.

"Mit meinem Erkenntnisgrad über die Technik ist sie nur geringfügig nützlich. Sie erlaubt es mir, die Außenwelt vollkommen wahrzunehmen, während ich mich kultiviere", sagte Tou He mit einem Schulterzucken. "Es ähnelt dem, was Ihr tut, wenn Ihr die bewegte Kultivation anwendet."

"Wirklich? Meint Ihr, ich könnte sie auch erlernen?", fragte Wu Ying und blickte auf. Er erstarrte sofort, da ihm bewusst wurde, wie sehr er damit die Etikette umgangen hatte. Man konnte jemanden nicht einfach fragen, ob er einem seine Techniken beibringen würde.

Tou He nickte. "Selbstverständlich. Sucht mich einfach irgendwann auf, dann versuchen wir es."

"Seid Ihr sicher?", fragte Wu Ying mit weit aufgerissenen Augen.

"Aber ja. Ich bin doch kein Taoist, der das Wissen einfach wegwirft, oder ein Legalist, der meint, so etwas sollte eingeschränkt werden", schnaubte Tou He. "Wenn Ihr mich um etwas bittet, werde ich es Euch beibringen."

"Ich danke Euch!", sagte Wu Ying, der verblüfft und dankbar zugleich war.

Gemeinsam gingen sie von dannen und unterhielten sich über das, was sie gelernt hatten, und über ihre nachmittäglichen Aufgaben. Sie ließen die fünf Sektenmitglieder hinter sich, die nun ihre Zusatzübungen begannen, da sie die letzten gewesen waren. Anders als die Mitglieder der inneren Sekte mussten die Mitglieder der äußeren Sekte tägliche Aufgaben erledigen. Nur am Morgen hatten sie Zeit, sich zu kultivieren und zu trainieren. Trotz allem war Wu Ying dankbar, bedachte man die reichhaltigen Mahlzeiten und das Training, das sie erhielten. Dennoch wäre er sogar noch dankbarer, wenn er nicht so verdammt viele Säcke mit Lebensmitteln herumschleppen müsste.

Nachdem er darüber geschmunzelt hatte, erzählte Wu Ying seine Gedanken Tou He, seinem ersten neuen Freund in der Sekte.

Kapitel 7

"Immer noch mit Bergsteigen beschäftigt?", machte sich Yin Xue, der beim in die Sekte führenden Paifang stand, über Wu Ying lustig.

Lu Xi Qi stand neben ihnen und beobachtete sie, während er an seiner Pfeife zog.

"Ja", grummelte Wu Ying. Er verlagerte das Gewicht der Säcke, die sich schwer in seine Schultern drückten. Es war zwei Monate her, seitdem sie ihre richtige Ausbildung begonnen hatten, und er hatte es geschafft, seine Traglast auf zehn Säcke zu erhöhen. Er hätte noch mehr tragen können, doch es gab eine physische Grenze an Säcken, die er tragen konnte, ohne dass sie ihm von den Schultern fielen.

"Eine perfekte Aufgabe für das Fußvolk", sagte Yin Xue.

"Oh? Und was leistet Ihr so?", entgegnete Wu Ying mit finsterem Blick.

"Ich arbeite in der Bibliothek", antwortete Yin Xue.

Wu Ying zuckte aufgrund dieser Worte leicht zusammen. Natürlich. Er war so sehr mit seiner eigenen Kultivation beschäftigt gewesen, dass er vergessen hatte, dass die Sekte noch viele weitere Einrichtungen neben der Küche und seinen Quartieren hatte.

"Vergiss es einfach. Ein Bauer wie du wird es nie schaffen, genügend Beitragspunkte zu sammeln, um je irgendetwas Lohnenswertes lesen zu können."

Wu Ying runzelte die Stirn. "Beitragspunkte?"

"Ha. Bauer", sagte Yin Xue und schüttelte im Weggehen seinen Kopf.

Wu Ying hielt die Stirn weiterhin gerunzelt, während er ihm hinterher blickte und sich fragte, wie sie beide zu solchen Feinden geworden waren. Sie kamen aus derselben Grafschaft. Sollten sie da nicht wenigstens Vertraute sein?

Aber das Leben war niemals so simpel. Neid. Stolz. Bedauern. Dies waren alles Hindernisse in der menschlichen Interaktion. Und so kam es, dass sie sich an zwei entgegengesetzten Polen befanden. Doch Yin Xue zu sehen, hatte Wu Ying bewusst gemacht, dass er den eigentlichen Grund vergessen hatte, warum er hier war. Durch die Alltagsroutine, den Luxus guten Essens und klare Anweisungen hatte er sein eigentliches Ziel aus den Augen verloren. Ein Mitglied der inneren Sekte zu werden. Und nicht seine Tage damit zu verschwenden, im gemütlichen Tempo an seiner Kultivation zu feilen.

"Ich danke Euch." Wu Ying erwischte sich dabei, wie er diese Worte dem Rücken seines sich entfernenden Widersachers entgegen flüsterte.

"Ihr werdet von Tag zu Tag interessanter", kommentierte Xi Qi. Als Wu Ying zu ihm blickte, kicherte der Torwächter und zeigte mit seiner Pfeife auf ihn. "Ihr liefert nun besser Eure Waren ab."

"Das werde ich. Aber, Ältester, würdet Ihr mir ein paar Fragen gestatten?"

"Fragt nur. Es ist ja nicht so, als würde ich irgendwo hingehen."

"Könnt Ihr mir dann bitte erklären, wie ich Beitragspunkte erhalten kann?", fragte Wu Ying.

"Indem Ihr einen Beitrag für die Sekte leistet, natürlich." Xi Qi bemerkte den unzufriedenen Ausdruck auf Wu Yings Gesicht und lachte hämisch. "Die üblichen Dinge. Geld. Spirituelle Kräuter. Seltene Manuskripte. Dienste."

"Ich danke Euch, Ältester", sagte Wu Ying, der sich vor Xi Qi verbeugte. Zumindest so weit, wie es das Gewicht auf seinen Schultern zuließ.

Es schien, dass er einen anderen Weg finden musste, um der Sekte zu dienen. Die Waren für die Sekte zu transportieren – so wichtig es auch sein mochte – würde vermutlich nur als geringer Beitrag gewertet werden.

In den nächsten Stunden grübelte Wu Ying darüber nach, was er zur Sekte beitragen konnte. In Wahrheit wusste er nur wenig darüber, wie die Sekte tatsächlich funktionierte. Dies war nunmehr ein weiterer Vorteil, den die Adeligen gegenüber dem Fußvolk hatten. Sie hatten Wissen über die Sekte, ihrer inneren Mechanismen und deren Politik, welches er nicht besaß. Er wollte dies als unfair empfinden, doch letzten Endes hatte er dafür keine Kraft. So war die Welt nun einmal. Die einzige Wahl, die eine Person hatte, die von dieser großen Ungerechtigkeit der Welt erfuhr, war, sich zu entscheiden, ob sie unter diesem Wissen zusammenbrechen oder weitermachen wollte.

"Ältester Huang", sagte Wu Ying, als der Tag sich dem Ende entgegen neigte.

Der Älteste Huang stand wieder einmal am Hintereingang zu den Küchen und prüfte die Waren, die heute angekommen waren. "Wu Ying, was habt Ihr auf dem Herzen?"

"Ich habe mir über meine Beitragspunkte Gedanken gemacht. Bekomme ich überhaupt welche?", fragte Wu Ying, nachdem er den Mut gefasst hatte.

"Zwei Monate. Ihr seid nicht der langsamste, den ich je erlebt habe, aber nah dran", sagte der Älteste Huang.

"Ihr habt damit gerechnet, dass ich Euch schon vorher danach frage?", fragte Wu Ying.

"Ihr lasst Euch zu leicht ablenken", rügte der Älteste Huang ihn, wodurch Wu Ying zusammenzuckte. "Aber ja, dies hätte Eure erste Frage an mich sein sollen, noch in Eurer ersten Woche."

"Und ...?"

"Ihr habt bereits eine ordentliche Summe erhalten. Jedenfalls für diese Art von Arbeit. Ihr arbeitet hart und habt mehr Waren heraufgetragen als jedes andere Sektenmitglied. Somit hat sich die Sekte Geld gespart, welches Eurem Beitrag hinzugefügt wurde."

"Oh." Wu Ying grinste. "Wie kann ich herausfinden, wie viel ich erhalten habe?"

Der Älteste Huang schnaubte leicht und griff unter seine Robe, von wo er ein kleines Jadeabzeichen hervorzog. Er hielt es einen Moment in seiner Faust, ehe er es Wu Ying zuwarf, der es gekonnt fing. "Bringt es zu der Dienstleistung, die Ihr in Anspruch nehmen wollt. Dort werden sie Euch mitteilen, wie euer aktueller Stand ist. Verliert das Abzeichen nicht, sonst verliert Ihr auch all Eure Punkte. Ihr könnt morgen Nachmittag frei haben."

Wu Ying verbeugte sich erneut, diesmal tiefer als je zuvor. Der Älteste schüttelte schnaubend seinen Kopf, als er sich umdrehte, und grummelte irgendetwas über idiotische Jugendliche vor sich hin. Sobald der Älteste Huang sich entfernt hatte, erwischte Wu Ying sich dabei, wir er einen kleinen Freudentanz aufführte. Ein freier Nachmittag! Und Beitragspunkte! Nun stellte sich nur noch die Frage, wen er darüber ausfragen sollte, wofür er sie ausgeben konnte?

***

Tou He war unglücklicherweise genauso ahnungslos wie Wu Ying. Doch anders als bei Wu Ying begründete sich seine Ahnungslosigkeit auf eine bewusste Entscheidung, die ganze Sache an sich zu ignorieren.

"Möchtest du kein Mitglied der inneren Sekte werden?", fragte Wu Ying stirnrunzelnd während ihres Gesprächs beim Mittagessen.

Wie gewöhnlich saßen die beiden nach dem Kampfkunsttraining und der Kultivation beisammen. Inzwischen bestand ihr Kampfkunsttraining daraus, Formen für verschiedene Waffen zu studieren und diese Formen zu wiederholen, bis sie sie alle verinnerlicht hatten. Trotzdem hatte Chi Sing angedeutet, dass sie schon bald den Punkt ihrer Ausbildung erreichen würden, an dem sie auch Übungskämpfe durchführen würden.

"Das möchte ich. Doch es besteht kein Grund zur Eile", erläuterte Tou He.

"Doch, das tut es", widersprach Wu Ying.

"Wieso?"

"Weil man sonst vermutlich rausgeworfen wird!"

"Sie werfen nur die schlechtesten Hundert raus. Solange unser Grad an Kultivation hoch ist und sich weiterentwickelt und wir kontinuierlich unseren Teil zur Sekte beitragen, haben wir nichts zu befürchten." Tou He neigte den Kopf leicht zur Seite und schaute Wu Ying neugierig an. "Ich dachte, all deine Arbeit mit dem Ältesten Huang geschah aus diesem Grund."

"Nein. Ich hatte die Bücherei schlichtweg vergessen." Wu Ying kratzte sich am Kopf. "Und mir wurden meine Optionen nicht wirklich aufgezeigt, als ich hier angekommen bin."

"Wirklich? Dein Gönner hat dir nichts angeboten?" Tou He schaute Wu Ying bemitleidend an. "Nun, da ich den Nachmittag frei habe, sollen wir vielleicht an deinen Wissenslücken arbeiten?"

"Sicher. Aber wen fragen wir?", fragte Wu Ying.

Wu Ying kannte tatsächlich nur eine Hand voll Leute. Ihr Dienstälterer Chi Sing hatte kein Interesse daran, Zeit mit ihnen zu verbringen. Wu Ying konnte auch keinen der Ältesten, die er kannte, mit solch einer Belanglosigkeit behelligen, ganz besonders nicht den Ältesten Cheng. Schließlich hätte dieser sich bereits mit ihm darüber unterhalten, wenn er das beabsichtigt hätte. Und was die Fee Yang betraf ... nun, er hatte Gerüchte gehört, nach denen sie sich in die abgeschottete Kultivation begeben hatte, um auf die Stufe der Kernformung vorzudringen. Zu diesem Zeitpunkt war es ihr nicht möglich, mit jemandem zu sprechen. Außerdem erinnerte sich Wu Ying mit einem Schaudern an die kalte, schöne Frau, die ihn hierher geführt hatte. Nein. Nicht sie. Somit blieb nur eine Person übrig ...

"Lee?", flüsterte Wu Ying vor sich hin. Sie war nett zu ihm gewesen, als er mit ihr zusammengestoßen war. Jedes Mal, wenn sie sich begegneten, hatten sie Grüße ausgetauscht. Anders als die anderen schien sie zumindest nahbar zu sein.

"Du kennst jemanden?", bemerkte Tou He lächelnd.

"Vielleicht."

"Dann lass uns gehen! Ich will der Ältesten Yang wenn möglich nicht noch einmal über den Weg laufen."

"Iss erst einmal!", sagte Wu Ying und stupste Tou He, der bereits aufgestanden war, mit seinen Stäbchen an.

Der ehemalige Mönch errötete, setzte sich aber wieder hin und rieb sich entschuldigend über den Glatzkopf. Wu Ying rollte mit den Augen, ließ jedoch den Worten Taten folgen.

Es war einfacher als gedacht, ihre Dienstältere Lee aufzuspüren. Sie mussten sich nur an zwei andere Dienstältere wenden und eine Sonderbesorgung machen. Das

Ergebnis war gut, wenn man bedachte, dass die meisten Mitglieder der inneren Sekte den Mitgliedern der äußeren Sekte gerne willkürliche Aufgaben zuteilten. Lee selbst befand sich gerade zu Hause und saß im Innenhof des kleinen Hauses, das ihr als Mitglied der inneren Sekte zur Verfügung gestellt wurde.

"Wu Ying, richtig?", grüßte ihn Lee, nachdem die beiden eingetreten waren und sie begrüßt hatten.

"Ja, verehrte Lee."

"Warum habt Ihr mich aufgesucht?", fragte Liu Tsong.

Sie hob unbewusst eine Hand, um eine Haarsträhne hinter ihr Ohr zu stecken, was Wu Ying für einen Moment ablenkte. Eines der Risiken, der Sekte beizutreten, war die schiere Menge an Ablenkungen, die deren Frauen mit sich brachten. Die Kultivation reinigte die Haut, perfektionierte den Körper, und brachte einen "näher" an seine Vorherbestimmung heran. In den meisten Fällen bedeutete dies, eine Person noch schöner werden zu lassen. Doch wie bei allen schönen Dingen hatte das ständige Ausgesetztsein zu einer Resistenz geführt, sodass er seine Bezauberung schnell abschüttelte.

"Wir hatten gehofft, dass Ihr, verehrte Lee, uns vielleicht etwas Beratung zukommen lassen würdet", erklärte Wu Ying.

"Beratung? Aber dafür würde man normalerweise einen Ältesten – oder den Dienstälteren, den sie euch zugewiesen haben – konsultieren", entgegnete Liu Tsong zweifelnd.

"Ich habe den Ältesten Cheng nicht mehr gesehen, seit er mir diese Stellung vor Monaten angeboten hat", erklärte Wu Ying mit gesenktem Kopf. "Und die Fee Yang hat sich zurückgezogen."

"Oh, der Älteste Cheng!", rief Liu Tsong aus, als würde sein Name alles erklären. Als Wu Ying und Tou He sie mit leerem Blick ansahen, lächelte Liu Tsong. "Der Älteste Cheng ist für seine Exzentrik bekannt. Er glaubt an das Dharma des Schicksals und erwartet von denen, die er ausgewählt hat, dass sie entweder dazu bestimmt sind, sich weiterzuentwickeln, oder eben nicht. Daher glaubt er nicht an die Notwendigkeit, weitere Hilfestellung zu geben. Natürlich bedeutet das auch, dass die anderen Ältesten und Dienstältere die Last auf sich nehmen, seinen Rekruten zu helfen. Selbstverständlich aber nur, wenn ihnen danach ist."

Wu Ying grummelte leicht, hörte aber dann auf und blickte besorgt zu Liu Tsong. Liu Tsong bot ihm lediglich ein verständnisvolles Lächeln an. Bisweilen konnten seine Taten wie das hörbare Grummeln als massiver Gesichtsverlust für seinen Gönner aufgefasst werden. Schließlich beschwerte Wu Ying sich in aller Öffentlichkeit über ihn. Solche Taten konnten bestraft werden, sollte Liu Tsong dies für nötig erachten. Nachdem sich seine anfängliche Reaktion gelegt hatte, wurde Wu Ying bewusst, dass es gut möglich gewesen wäre, dass kein anderer Ältester ihn ausgewählt hätte. So waren die Launen des Ältesten Cheng eventuell auch eine Art von Glück.

"Also werdet Ihr uns helfen?", fragte Tou He und kam schnell auf den Punkt.

"Nun, ich schätze, so ist es. Wenn es sich auf Fragen beschränkt", sagte Liu Tsong, die sich die Haare beiläufig mit einer schwungvollen Handbewegung aus dem Gesicht strich. Bedauerlicherweise hatten ihre Gesten keine Wirkung auf den unschuldigen Wu Ying und den ehemaligen Mönch.

"Welche Einrichtungen können wir als Mitglieder der äußeren Sekte in Anspruch nehmen?", fragte Wu Ying.

"Für den Moment habt ihr Zugriff auf den ersten Stock der Bibliothek, wo euch Materialien zu Grundtechniken der Kampfkünste und etwas weniger selteneren Kultivationstechniken zur Verfügung stehen. Natürlich solltet ihr euch zunächst an das Kultivationssystem des Gelben Herrschers halten, doch es ist euch möglich, dieses um andere Systeme zu ergänzen, sobald ihr genug Einsicht erlangt habt. Und dort sind Schriftrollen über die Kultivationsmethoden für die nächste Stufe – die Energiespeicherung – verfügbar", erklärte Liu Tsong, die mit den Fingern aufzählte. "Ihr solltet bald damit beginnen, diese Kampftechniken zu üben, solltet ihr vorhaben, überhaupt welche zu erlernen. Wenn der Wettkampf beginnt, solltet ihr bereits gut versiert darin sein."

"Ich danke Euch. Dasselbe habe ich mir auch schon gedacht", sagte Wu Ying mit einem Kopfnicken. "Du solltest auch trainieren, Tou He."

"Ich habe meine eigenen Techniken", sagte Tou He kopfschüttelnd.

Wu Ying zog eine finstere Miene, dann zuckte er mit den Schultern. Tou He hielt sich besonders bedeckt, wenn es um den Namen des Tempels ging, aus dem er kam. Doch immerhin hatte Wu Ying ihn bereits dazu gebracht, den berüchtigten Shaolin- oder Wudang-Tempel auszuschließen. Aber welcher Tempel es auch immer sein mochte, so hatte Tou He dort einige Jahre gelernt und damit würde er vermutlich alles, was Wu Ying in dieser kurzen Zeitspanne gelernt hatte, in den Schatten stellen. Alles, bis auf seine eigene Schwerttechnik.

"Als nächstes wäre da die Apotheke. Dort könnt ihr eure spirituellen Kräuter und Mineralien, wenn ihr denn welche habt, gegen Beitragspunkte eintauschen. Doch ich muss euch warnen – sie sind sehr wählerisch, was die Qualität der Kräuter angeht, daher empfehle ich euch, den Standort solcher Kräuter und Mineralien einfach zu notieren und diese Information zu verkaufen, wenn ihr nicht wisst, wie man sie handhabt. Ihr könnt dort auch Bücher über das Kräutersammeln leihen, wenn euch dieses Thema interessiert", fuhr Liu Tsong fort. "Wenn ihr mit einer Blockade in eurer Kultivation konfrontiert seid, könnt ihr außerdem mit den Apothekern über eine dafür geeignete Pille sprechen. Selbstverständlich ist das ziemlich kostspielig. Um ehrlich zu sein, sollte es auf der Stufe der Körperreinigung keine Blockaden geben, die nicht durch Zeit und Hingabe gelöst werden können.

Dann gibt es da noch die Schmiede und die Waffenkammer. Ihr könnt Waffen erwerben und seltene Metalle einreichen, solltet ihr welche finden. Natürlich sind solche Metalle, die sich fürs Schmieden eignen, seltener, aber sie sind nicht so wählerisch, was die Qualität des Erzes angeht."

Wu Ying nickte langsam und nahm all die Informationen auf. Es scheint, als hätte er sich bisher so einiges in der Sekte entgehen lassen. Doch in gewisser Weise war das nicht weiter schlimm, da er bisher sowieso keine Beitragspunkte gehabt hatte.

"Gibt es einen Weg, mehr Beitragspunkte zu erhalten?", erkundigte sich Tou He, als er einen kurzen Blick zu Wu Ying warf.

"Oh! Selbstverständlich gibt es eine Auftragshalle. Wart ihr da etwa noch nicht?", sagte Liu Tsong stirnrunzelnd. "So habt ihr doch sicher eure derzeitigen Aufträge erhalten."

"Nein. Der Älteste Huang hatte mir einfach gesagt, ich solle am nächsten Tag zu ihm kommen", sagte Wu Ying.

"Oh. Ach du meine Güte." Liu Tsongs Blick verfinsterte sich.

"Was?"

"Ach, nichts. Nichts", winkte Liu Tsong ab. "Ich bin mir sicher, das ist schon in Ordnung."

"Wirklich?", fragte Wu Ying.

"Bestimmt ...", antwortete Liu Tsong mit einem süßen Lächeln. "Jedenfalls ist das alles, was ich euch über die Einrichtungen erzählen kann. Habt ihr noch weitere Fragen?"

Wu Ying dachte nach, dann sagte er: "Gibt es irgendwelche Kultivationsmethoden oder Gegenstände, die ich erwerben sollte? Oder nicht?"

"Das ist etwas, worüber ich nicht sprechen sollte", entgegnete Liu Tsong bestimmt. "Das ist etwas, was euer Dienstälterer oder Gönner mit euch besprechen sollte. Oder diejenigen in den entsprechenden Abteilungen."

Wu Ying verzog das Gesicht, doch Liu Tsong gab nicht nach, egal wie sehr er sie auch dazu drängen mochte. Auf seine dritte Bitte hin, eskortierte sie sie höflich, aber nachdrücklich aus ihrem Haus und ließ die beiden auf ihrer Türschwelle alleine zurück.

"Das war unhöflich", sagte Tou He.

"Ja. Ich habe doch nur gefragt –"

"Nicht sie. Du." Tou He erhob seinen Finger vor Wu Yings Gesicht. "Sie hatte dich schon einmal zurückgewiesen. Warum hast du sie nochmals gefragt?"

"Aber wie soll ich sonst vorankommen?"

"Auf die gleiche Weise wie wir alle. Durch harte Arbeit", erklärte Tou He.

In diesem Moment lief eine Gruppe von kichernden Adeligen an ihnen vorbei. Sie trugen dieselben grünen Roben wie die Mitglieder der äußeren Sekte, doch ihre Stellung war anhand der vielen verschiedenen und teuren Gegenstände, die sie trugen, ersichtlich. Ein bestickter Fächer mit goldenem Rand, ein Gürtel mit einem juwelenbesetzten Schwert sowie eine Brosche aus Jade und Gold waren nur einige dieser teuren Gegenstände, die die Gruppe zur Schau trug.

"Wie war das eben?", fragte Wu Ying, während die Gruppe an ihnen vorüberzog.

"Nun, diejenigen unter uns, die nicht mit solchen Privilegien geboren wurden", murmelte Tou He.

Wu Ying verdrehte die Augen, klopfte seinem Freund dann aber auf die Schulter. "Na dann komm. Lass uns der Bibliothek einen Besuch abstatten."

"Da muss ich leider ablehnen. Ich habe gelernt, was ich für nötig empfinde, und sollte nun mit meiner eigenen Kultivation fortfahren", sagte Tou He. "Aber ich wünsche dir viel Erfolg."

"Mhm", schnaubte Wu Ying und winkte seinem Freund zum Abschied.

Wenigstens wusste Wu Ying nun, wo sich das Gebäude befand. Auf dem Hauptweg setzte der Kultivator zum leichten Trab an, um den Berg hinauf zu laufen. Ein Grund, warum er von all diesen Einrichtungen nichts gewusst hatte, war ihr Standort. Da sie wichtige Gebäude der Sekte waren, befanden sie sich nicht in den unteren Gebieten des Berges wie die Wohnsitze der Mitglieder der äußeren Sekte und die Küchen, sondern gut geschützt im Bereich der inneren Sekte. Natürlich gab es Gerüchte über private Sammlungen, die allein den Ältesten in den höheren Rängen vorbehalten waren, doch diese waren für Wu Ying von geringem Intcresse.

Der Berg, den die Sekte des Sattgrünen Wassers einnahm, war einer der höchsten dieser Provinz und erstreckte sich über mehrere Li in die Höhe. Die einzige Hauptstraße, die zur Bergspitze führte, teilte sich auf seinem Weg zu den Wohnsitzen, Hallen, und anderen Orten, an denen trainiert wurde. Tatsächlich hatte Wu Ying den Überblick verloren, wie viele Hallen allein der äußeren Sekte zur Verfügung standen. Momentan war es so, dass die neuen Rekruten alle auf einem Innenhof trainierten und gemeinsam in einem Speisesaal aßen, während die anderen Mitglieder der äußeren Sekte, die bereits weiter fortgeschritten waren, sich entsprechend ihren Ergebnissen im Wettkampf in ihren eigenen Wohnsitzen aufhielten.

Wu Ying hatte nur wenig Kontakt mit den äußeren Sektenmitgliedern. Viele dieser Sektenmitglieder waren wie Tou He – ihnen fehlte jegliches ernsthafte Streben nach Weiterentwicklung, daher gaben sie sich mit den niederen Tätigkeiten zufrieden und vertrödelten ihr Leben, während ihre Kultivation nur langsam voranschritt. Es war, das musste Wu Ying zugeben, kein schlechtes Leben. Verglichen mit dem Leben eines einfachen Bürgers war es ausgesprochen luxuriös. Eine kleine Zahl der Mitglieder der äußeren Sekte – die wenigen, die ihren Aufstieg im letzten Jahr nur um ein Haar verpasst hatten – verbrachten ihre meiste Zeit mit Kultivation und Training. Da sie ihr Ziel letztes Mal nur so knapp verfehlt hatten, arbeiteten die meisten hart, um sich den Zugang in diesem Jahr zu sichern. Keiner wollte zu einer neuen berüchtigten Legende in der Sekte werden wie der dreifach gestreifte Lee.

Aus diesem Grund hatten die meisten Mitglieder der äußeren Sekte nur wenig Zeit für jene, die gerade erst angekommen waren und die noch an keinem Wettkampf teilgenommen hatten. Wer konnte schon wissen, welche Mitglieder das Jahr durchstehen und welche Mitglieder über das Drachentor[9] springen würden? Im

---

[9] Das vollständige Sprichwort lautete "Der Karpfen sprang über das Drachentor" und ist ein altes, chinesisches Sprichwort. Die Vorstellung eines Karpfens, der über das Tor des Drachen sprang (das sich an der höchsten Stelle eines mythischen Wasserfalls befindet und durch das man ein Drache werden kann), symbolisiert Mut, Ausdauer und Leistung. In

ersten Fall würde man seine Zeit verschwenden und im zweiten Fall würde man unausweichlich einen baldigen Ranghöheren beleidigen. Für jene Mitglieder der äußeren Sekte, die ein ruhiges und friedvolles Leben begehrten, war keine dieser Optionen erstrebenswert.

Während Wu Ying den Berg hinauf lief, mit all der üppigen Vegetation des späten Frühlings um ihn herum, lauschte er dem entfernten Rauschen des Wassers im Fluss und der kleinen Fälle, die sich durch den Berg zogen. Er kam nicht umhin, sich zu fragen, wie es wohl seinen Eltern ging. Die eine Sache, um die er sich – mithilfe seiner Freunde an den Docks und Xi Qi – gekümmert hatte, war sicherzustellen, dass das Meiste seiner Einnahmen an seine Familie geschickt wurde. Da er seine Bezahlung direkt vom Ältesten Huang erhielt, war es ein leichtes gewesen, dies durch Schuldscheine und die Händler in der Stadt zu arrangieren. Wu Ying hoffte, dass ihn schon bald ein Brief erreichen würde.

Schließlich fand Wu Ying sich bei der Bibliothek wieder. Ihre Kennzeichnung stand in großer, ansehnlicher Kalligraphie an der Front geschrieben. Selbst von seiner Position einige Fuß weit entfernt konnte Wu Ying den Druck der spirituellen Energie spüren, die die Kalligraphie durchtränkte.

"Hier bin ich richtig. Also, wo ...?", sagte Wu Ying mit sanfter Stimme, als er sich auf die Haupttore zubewegte.

Im Inneren saß ein Rezeptionist, der die Eintretenden überwachte.

"Grund für den Besuch?", fragte der Rezeptionist in gelangweiltem Ton.

"Ich grüße Euch. Ich möchte die Anleitungen zur Kampfkunst für die Mitglieder der äußeren Sekte durchblättern", sagte Wu Ying.

"Nur durchblättern, oder wünscht Ihr die Beratung eines Ältesten?", fragte der Rezeptionist weiter.

"Beratung?", wiederholte Wu Ying zögernd.

---

diesem Fall ist es das kulturelle Äquivalent zu "sich Flügel wachsen lassen und gen Himmel fliegen."

"Legt Euer Sektenabzeichen auf die Jadeplatte", bedeutete ihm der Rezeptionist. "Ich werde Eure Gesamtsumme überprüfen."

"Jawohl." Wu Ying legte sein Abzeichen auf die Platte. Nach einem Moment setzte er erneut zum Sprechen an. "Könntet Ihr mir sagen, wie viele Beitragspunkte ich habe?"

"Das wisst Ihr nicht?", sagte der Rezeptionist mit Spott in der Stimme, ehe er nach unten blickte und dann zu sich selbst murmelte: "Diese idiotischen Adeligen." Der Rezeptionist blickte zu ihm auf. "Es kostet einhundert Beitragspunkte, den Ältesten Ko zu sehen. Es ist für später noch ein Terminfenster frei, daher könnt Ihr ihn in einer Stunde aufsuchen, wenn Ihr möchtet. Ich werde ihn zu Euch schicken, wenn Ihr bis dahin die Sammlung anschauen wollt. Und insgesamt besitzt Ihr einhundertsiebenundvierzig Beitragspunkte."

"So viel!", japste Wu Ying. Er ignorierte sogar die falsche Anschuldigung des Rezeptionisten, ein Adeliger zu sein, so groß war seine Überraschung.

"Aber sicher doch. Ansonsten wäre es schade um die Zeit des Ältesten, wenn er mit Euch spräche. Aber der Preis der Beratung enthält auch eine Anleitung, die vom Ältesten empfohlen wird", erläuterte der Rezeptionist. "Ihr könnt aber auch die Sammlung durchstöbern und selbst suchen."

Wu Ying schaute am Rezeptionisten vorbei auf die Regale, aus denen die Bibliothek bestand. Er runzelte die Stirn ob der Unordnung, die die unzähligen Schriftrollen und Bücher zu bilden schienen, ganz ungeachtet der schieren Menge. Und um ehrlich zu sein war Wu Ying wenig überzeugt davon, dass er so einfach etwas zu einer Kampfkunst finden würde, die zu ihm passte. Zumindest noch nicht jetzt.

"Ich wäre froh über jegliche Beratung, die der Älteste mir geben könnte", sagte Wu Ying.

Nachdem der Kultivator sein Sektenabzeichen wieder entgegengenommen und der Rezeptionist ihm eine kurze Zusammenfassung der Bibliotheksregeln und des

Aufbaus gegeben hatte, winkte der Rezeptionist Wu Ying herein. Nun, da er sich um die nötige Bürokratie gekümmert hatte, nahm Wu Ying einen tiefen Atemzug und trat in die Bibliothek, um den nächsten Schritt auf dem Weg seiner Kultivation zu machen.

Kapitel 8

Im Inneren der Bibliothek wandte Wu Ying sich nach links und blickte auf die Regale, die laut dem Rezeptionisten Techniken zu Kampfkünsten enthielten. Schnell stellte Wu Ying fest, dass diese Techniken nicht willkürlich, sondern nach der Art der Technik sortiert waren. Er hielt ein Buch über Techniken zu Speeren in der Hand. Wu Ying hatte einige Erfahrung mit Speeren, jedoch nicht besonders viel Übung im Umgang mit ihnen. Er legte das Buch zurück und ging weiter, um durch die Sammlung zu stöbern.

Speer. Ji[10]. Dao[11]. Bogen. Streitkolben. Lasso. Streitaxt.

Je weiter er kam, desto mehr Anleitungen fand er. Es gab insgesamt achtzehn traditionelle Waffen[12] und es schien, als hätte die Sekte einen Leitfaden für jede dieser Waffen. Zu einigen, wie der Armbrust, gab es nur wenige Anweisungen, während es zu anderen, beliebteren Waffen wiederum, wie zum Beispiel der Axt oder dem Jian, bedeutend mehr gab. Rein aus Neugier hielt Wu Ying bei dem Areal inne, in dem die Anleitungen zum Jian[13] aufbewahrt wurden.

Er blätterte durch die Anleitungen und überflog die Anweisungen und Formen darin. Während er so Anleitung über Anleitung überflog, wurde sein Stirnrunzeln immer tiefer. Manchmal blieb Wu Ying an einer bestimmten Passage über längere Zeit hängen, bevor er seinen Kopf schüttelte und ein anderes Handbuch zur Hand nahm.

---

[10] Ji – Auch bekannt als Dolchhellebarde. Es handelt sich um eine Waffe mit traditionell einer Speerspitze und einem Überstand, der einer Spitzaxt gleicht. Die Version der Song-Dynastie hatte einen Kopf, der eher einer Axt zuzuordnen war.

[11] Dao – Ein chinesischer Säbel. Ein einschneidiges Schwert, das oft eine leichte Biegung aufweist.

[12] Die genaue Angabe ist umstritten, und variiert je nach Quelle. Ich benutze eine Mischung aus der Listung im *Wuzazu* von Xie Zhaozhe und in *Die Räuber vom Liang-Shan-Moor* (Originaltitel: *Shui Hu Zhuan*) von Shi Nai'an.

[13] Jian – Ein zweischneidiges Schwert. Es ist kürzer, dünner und leichter als das europäische Langschwert. Es ist normalerweise für eine einhändige Handhabung vorgesehen, doch es gibt auch zweihändige Jian.

"Empfindet Ihr unsere Werke zum Jian als unzureichend?", fragte eine tiefe Stimme, die Wu Ying aufschrecken ließ.

Als er sich umdrehte, bemerkte Wu Ying, dass einer der Ältesten neben ihm stand. Er war in die ikonischen, grün-grauen Roben gekleidet, die alle Ältesten der Sekte zu tragen pflegten. Ein kurzer Blick auf seinen Kopfschmuck reichte aus, um Wu Ying klar zu machen, dass derjenige, der immer da auch mit ihm sprach, sich am oberen Ende der Rangordnung befand. Stechende schwarze Augen durchbohrten Wu Ying mit ihrem Blick, der ihn auch dann noch zu belasten schien, als ein erstickender Druck Wu Ying mit Angst erfüllte.

"Ich würde es nie wagen, so etwas zu behaupten, Ältester", antwortete Wu Ying, der sich tief verbeugte.

"Interessant. Welchen Stil habt Ihr erlernt?"

"Den Jian-Stil der Long", sagte Wu Ying. "Mein Vater hat den Namen des Stils nie erwähnt."

"Der Jian-Stil der Familie Long. Wenn ich mich nicht irre ..." Der Älteste ließ seinen Blick über das Regal schweifen und trat an Wu Ying vorbei, der automatisch zurückschreckte. Er nahm ein kleines Handbuch aus dem Regal und reichte es Wu Ying. "Ist es dieser hier?"

Wu Ying nahm das Handbuch zögernd entgegen und dann, unter dem wachenden Blick des Ältesten, überflog er es zunächst langsam. Mit schnellerem Tempo blätterte er von Seite zu Seite, bis er am Ende ankam. Der Älteste sagte nichts und beobachtete Wu Ying nur beim Lesen, bis er fertig war.

"Ich entschuldige mich!", sagte Wu Ying, als ihm auffiel, dass er den Ältesten hatte warten lassen. Der Älteste winkte seine Entschuldigung ab, und dann beantwortete Wu Ying endlich seine Frage. "Ja, das ist er."

"Und dennoch erscheint Ihr so unglücklich."

"Ich ..."

"Sprecht."

"Es ist eine recht mangelhafte Abschrift unseres Stils", sagte Wu Ying schließlich. "Es gibt subtilere Punkte, die ausgelassen wurden, genauso wie unzählige Übergänge, die fehlen oder in der falschen Reihenfolge aufgeführt sind."

"Das ist nicht weiter verwunderlich", sagte der Älteste und schniefte. "Wäre sie vollständig, so wäre sie nicht in dieser Abteilung. Derjenige, der sie zusammengestellt hat, muss eure Familie beim Üben beobachtet haben. Das Werk selbst ist unterdurchschnittlich."

"Oh", entgegnete Wu Ying, der die Hand leicht zusammenpresste.

Ein Räuspern des Ältesten brachte Wu Ying dazu, seinen Griff um das Handbuch zu lockern und es zurück ins Regal zu stellen. Nur daran zu denken, dass ein Außenstehender es gewagt hatte, ihren Stil zu stehlen – und dann auch noch zu verkaufen! Es brachte ihn zum Glühen, auch wenn er bei diesem Verkauf erhebliche Fehler gemacht hatte. Doch natürlich war genau das der Grund, weshalb so viele Feinheiten ihres Stils nicht niedergeschrieben, sondern mündlich von Vater zu Sohn weitergegeben wurden.

"Ja. Wenn ihr also der rechtmäßige Erbe dieses Stils seid und Ihr die Korrekturen vermerkt oder eine neue Anweisung schreibt, könnte ich dafür sorgen, dass Ihr angemessen dafür entlohnt werdet", sagte der Älteste.

"Das würdet Ihr tun?", fragte Wu Ying überrascht.

"Aber natürlich." Nach einer kurzen Pause kicherte der Älteste. "Ah. Ich habe mich noch gar nicht vorgestellt, oder? Ich bin der Älteste Ko. Ich bin für die Bibliothek für die inneren und äußeren Sektenmitglieder zuständig."

Ich grüße Euch, Ältester Ko. Mein Name ist Long Wu Ying", sagte Wu Ying. "Aber ich muss euer Angebot ablehnen. Ich bin noch nicht dazu befugt[14] , den Stil weiterzugeben."

---

[14] Nach der Tradition war es Schülern nicht erlaubt, andere Schüler zu unterrichten, bis sie von ihrem ursprünglichen Meister die Erlaubnis dazu erhielten.

"Seid Ihr sicher? Ich könnte eine Menge Beitragspunkte für ein authentisches Handbuch des Jian-Stils der Familie Long anbieten."

"Ich bin mir sicher."

"Hmmph." Der Älteste Ko fixierte Wu Ying mit seinem Blick, dem er geschickt auswich, indem er seinen eigenen Blick gesenkt hielt. Dennoch konnte er die Beachtung des Ältesten tief im Inneren spüren, was ihn dazu brachte, mit den Zähnen zu knirschen. Das Schweigen zog sich über Minuten hinweg, was es Wu Ying erlaubte, jedes Blättern von Seiten und jeden schlürfenden Schritt in der Bibliothek zu hören. So schien es jedenfalls. "Gut."

"Es tut mir lei– was? Gut?", stieß Wu Ying aus.

"Ja. Ich hätte Euch untersagt, die Bibliothek der inneren Sekte zu nutzen, wärt Ihr so ungezwungen mit solchen Geheimnissen umgegangen", erklärte der Älteste Ko.

"Das war ein Test?"

"Alles ist ein Test. Also, euer Sektenabzeichen?" Sobald der Älteste Ko es in Händen hielt, berührte er es mit seinem eigenen Sektenabzeichen und übertrug so die Beitragspunkte. "Nun, habt Ihr noch weiteres Training genossen?" Als Wu Ying mit der kurzen Aufzählung seiner Fähigkeiten fertig war, schnaubte der Älteste. "Reines Grundtraining aus Eurem Dorf. Unnütz."

Wu Ying zuckte, neigte aber seinen Kopf in Anerkennung. Bedauerlicherweise war es eine angemessene Einschätzung. Selbst die grundlegenden Kampfkünste, die sie hier morgens lernten, waren besser als alles, was er im Dorf gelernt hatte. Er hatte gedacht, dass man ihnen die einfachsten Grundlagen lehrte, damit sie effektiv arbeiteten, jedoch niemals so viel, dass die einfachen Bürger irgendeine Bedrohung darstellten. Nicht, dass gewöhnliche Bürger mit einer Kultivation in den unteren Rängen überhaupt je eine Bedrohung für einen Kultivator des Kerns gewesen wären.

"Und welchen Grad habt Ihr mit Eurer Schwertkunst bereits erreicht?", erkundigte sich der Älteste Ko.

"Ich befinde mich mit dem Stil bisher nur auf Novizenrang", antwortete Wu Ying mit verzogenem Gesicht. Er zählte dies zu seinen persönlichen Schanden.

"Tatsächlich?", entgegnete der Älteste Ko mit finsterem Blick, seufzte aber. "Zeigt es mir."

"Ich –" Der Älteste Ko zuckte mit der Hand und übergab Wu Ying das Schwert, das er von seiner Seite zog und unterbrach damit Wu Yings Ausrede. "Ich danke Euch, Ältester."

Wu Ying trat zurück und begutachtete den Platz um ihn herum, bevor er das Schwert an seiner Seite ruhen ließ. Er nahm einen weiteren tiefen Atemzug, dann atmete er aus und entspannte sich. In diesem engen Raum verkürzte Wu Ying viele Schläge und Schritte seiner Form und gab sein Bestes, um sein geringes Wissen zu präsentieren.

Es gab fünf grundlegende Stufen des Verständnisses einer Kampfkunst. Auf der Eingangsstufe konnte man von sich behaupten, die Bewegungen und die Essenz der Kunst in ihren grundlegenden Zügen verinnerlicht und begriffen zu haben. Novizen hatten mehr als nur die vorgegebenen Bewegungen begriffen und konnten sie in flüssiger Abfolge anwenden, während jene mit fortgeschrittenem Wissen der Kunst gleichmäßig kämpfen und die Formen ohne Zögern anwenden konnten. Zusätzlich hatten Anwender auf der fortgeschrittenen Stufe das Grundwissen der Kampfkünste verinnerlicht. Das höchste Verständnis erlangten die meisten Schüler der Kampfkünste nach ein oder zwei Jahrzehnten des Studiums gemeinsam mit der Fähigkeit, verschiedene Kampfkünste miteinander in einer Kampfhaltung zu kombinieren. Im Allgemeinen konnten nur Genies oder jene, die sich einen Stil erdacht hatten, Perfektion in einem Stil erlangen, die dann sowohl die wesentlichen als auch die zugrundeliegenden Methoden einer jeden Bewegung sowie das Potential jeder Aktion begriffen.

Natürlich war all dies in gewisser Weise ein schwammiges Konzept. Ein einfacher, weniger komplexer Stil war viel einfacher zu begreifen und man konnte in ihm eine viel höhere Stufe erlangen als bei einem komplexen Stil wie dem der Schwertkunst der Familie Long. Das, und die großen Unterschiede in den einzelnen Stufen, war der Grund gewesen, weshalb der Älteste Ko ihn darum gebeten hatte, sein Verständnis des Stils zu demonstrieren.

All dies lag selbstverständlich außerhalb der Grundlagen der Schwertkunst – es war das Gespür für die Waffe selbst. Es handelte sich um eine andere Form des Verständnisses.

"Es war ein Vergnügen, zuzusehen", sagte der Älteste Ko, der sich an die Lippen tippte. "Und in Anbetracht Eures Alters ist ein Verständnis auf Anfängerniveau nachvollziehbar. Wenn auch enttäuschend. Ihr seid ohne Zweifel kein Genie in der Kampfkunst. Und obendrein habt Ihr auch das Gespür des Schwertes noch nicht erlangt."

Wu Ying zuckte leicht zusammen, konnte aber nicht anders, als die deutliche Beurteilung des Ältesten Ko zu akzeptieren. Er hatte vollkommen Recht. Fa Hui, dieser grobe Ochse, hatte es geschafft, genauso viele Partien zu verlieren wie zu gewinnen, wenn sie mit Schwert und Speer trainierten. Obwohl Fa Hui niemals irgendein zusätzliches Training genossen hatte, machten Größe, Stärke und die Wahl der Waffe den Unterschied aus.

"Keine Widerworte?" Der Älteste Ko lächelte. "Gut. Zumindest habt Ihr die richtige Einstellung. Nun, ist Euch bewusst, welche Punkte bei der Wahl der passenden Kampfkunst beachtet werden müssen?"

"Ähm ... dass sie zu einem selbst und zur inneren Stärke passt, nicht?", fragte Wu Ying. Wenigstens so viel wusste er.

"Natürlich. Aber das ist noch nicht alles. Die Eignung ist ein Kriterium, aber Ihr müsst auch die Kompatibilität mit Euren anderen Stilen und, auf Eurer Stufe, Eurer Entwicklung berücksichtigen!", erklärte der Älteste Ko mit erhobenem Zeigefinger.

"Entwicklung?"

"Aber ja. Ihr beginnt gerade erst euren Weg der Kultivation. Eine Kampfkunst, die für einen Körperreiniger geeignet ist, könnte nutzlos werden, sobald ihr die

Energiespeicherung erreicht, ganz zu schweigen von der Stufe der Kernformation. Als Körperreiniger besitzt Ihr noch nicht die Fähigkeit, Euer Chi außerhalb Eures Körpers zu projizieren, da Ihr die Energie speichernden Meridiane in Euch noch nicht geöffnet habt. Erst auf der Stufe der Energiespeicherung werdet Ihr mit diesem Prozess beginnen", sagte der Älteste Ko.

Wu Ying nickte schweigend. Diese Information war ihm nicht gänzlich unbekannt, jedoch hatte er nie wirklich die Folgen bedacht, da es für ihn bisher nicht wichtig gewesen war. Aber der Älteste Ko hatte eindeutig Recht.

"Viele Werke in dieser Abteilung sind nur für Anwender auf der Stufe der Körperreinigung geeignet."

Selbstverständlich konnten es viele Anwender nicht besser wissen, bis es bereits zu spät war — es sei denn, sie haben die Beratung des Ältesten Ko ersucht. Oder aber sie haben solch eine Beratung von ihren Familien erhalten. Was sie, wenn man so darüber nachdachte, vermutlich haben.

"Ich freue mich darauf, wenn mir Eure Anweisungen zuteil werden, Ältester Ko", sagte Wu Ying mit einer Verbeugung.

"Har. Ein Schleimer", sagte der Älteste Ko. "Wenn wir also Euren Schwerstil in Betracht ziehen, seid Ihr für weitere Stufen in der Kultivation genau genommen gut aufgestellt. Obwohl der Jian-Stil der Long auf den unteren Stufen beachtliche Vorteile verschafft, wird sich seine Stärke dann erst wirklich offenbaren, wenn Ihr die Stufe der Kernformation erreicht habt."

"Ihr seid sehr bewandert, Ältester."

"Der Bruder Eures Urgroßvaters hat einmal gegen meinen Meister gekämpft", erklärte der Älteste Ko mit gerümpfter Nase. "Eine Schande, dass er im Krieg gefallen ist."

Wu Ying nickte. Er erinnerte sich vage an die Geschichte, doch es war seitdem so viel Zeit vergangen, dass ihre Bedeutung für seine Familie verloschen war.

Dennoch war es allein seinem Beitrag zu verdanken, dass seine Familie dieses kleine bisschen Prestige in ihrem Dorf hatte.

"Wenn man die langsame Entwicklung des Stils und euren Mangel an Verbesserung mit dem Jian bedenkt und Ihr Euch nicht erheblich steigert, solltet Ihr es vermeiden, im Wettkampf Herausforderungen mit Waffen anzunehmen, sofern dies möglich ist." Der Älteste Ko bewegte sich entlang der Sammlungen und führte Wu Ying zu einem Abschnitt der Regale, der eine ganze Reihe einnahm. Ein schneller Blick genügte für Wu Ying, um zu erkennen, dass sich diese Reihe mit Faustkünsten beschäftigte. "Es wäre ratsamer, wenn Ihr eine Faustkunst studiert, die zwar mit dem kompatibel ist, was Ihr bereits gelernt habt, aber die Ihr auch auf der Stufe der Energiespeicherung nutzen könnt."

"Jawohl, Ältester."

"Gut." Der Älteste Ko ging an den Regalen vorbei und nahm Leitfaden über Leitfaden heraus, ehe er den Großteil davon wieder zurückstellte. Er schaute sich die Anweisungen, die er aufnahm, nicht einmal genau an und überprüfte nur die Titel, bevor er weiterging. Auf diese Weise hatte der Älteste Ko in kürzester Zeit drei Leitfäden gesammelt, mit denen er zufrieden war und die er Wu Ying übergab. "Lernt je die Einleitung, Prinzipien und ersten Haltungen all dieser Stile. Dann entscheidet Ihr Euch."

"Ja, Ältester Ko", sagte Wu Ying mit einer weiteren Verbeugung. "Ich hatte gehofft, dass Ihr vielleicht auch eine Kultivationsmethode empfehlt, Ältester."

"Jetzt schon?" Der Älteste Ko schnaubte, nickte jedoch und führte Wu Ying zu einem anderen Abschnitt der schwach beleuchteten Bibliothek.

Auf dem Weg hielt der Älteste Ko mehrmals an, um einige Leitfäden zurechtzurücken, was Wu Ying Zeit verschaffte, die brünierten Holzregale und die darin platzierten Anweisungen genauer zu betrachten.

"Wollt Ihr nicht, dass ich Euch meine Kultivation zeige, Ältester?", erkundigte Wu Ying sich, während sie sich fortbewegten.

"Ich habe sie bereits gesehen", erklärte der Älteste Ko. "Als Ihr eure Formen vorgeführt habt, hat sich Euer Chi von selbst durch Eure Meridiane bewegt."

"Hat es das?"

"Natürlich. Der Grund, weshalb der Gelbe Herrscher nie empfohlen hat, sich während der Kultivation zu bewegen, liegt an der Tendenz von Kultivatoren, ihr Chi während des Trainings, und letztendlich während normalen Bewegungen, unbewusst zu aktivieren. Obwohl dies eine schnellere Kultivation ermöglicht, führt es auch dazu, dass man mit etwas Übung den Kultivationsgrad dieser Personen erkennt", erläuterte der Älteste Ko. "Hat man Euch darüber nicht unterrichtet?"

"Nein."

"Hmmm ..." Der Älteste Ko lief an der Sammlung weiter und bewegte sich nun auf die Leitfäden für Kultivation zu, wo er seine vorherige Handlung wiederholte. Als er damit fertig war, bot der Älteste Ko ihm diesmal ein halbes Dutzend Anleitungen an und behielt eine weitere in seiner Hand. "Diese würden alle zu Euch passen. Doch selbstredend empfehlen wir momentan noch nicht, sich vom Stil des Gelben Herrschers abzuwenden. Auch wenn der Stil, den man Euch beigebracht hat, langsamer als andere ist, hat er den Vorteil, dass er Euer Chi nicht aspektiert. Der Großteil der Kultivationsmethoden, die Ihr nun in Händen haltet, werden eurem Chi bedauerlicherweise einen Aspekt aufzwingen. Dagegen kann man nichts unternehmen, doch das ist alles, was wir für diesen Grad haben.

Und was das hier angeht," – der Älteste Ko schwenkte die schlichte Schriftrolle in seiner Hand – "dies ist eine Kultivationsanwendung."

"Eine Anwendung?", fragte Wu Ying. Er hörte zum ersten Mal von einer Kultivationsanwendung.

"Ja. Anwendungen unterscheiden sich von Stilen – sie konzentrieren sich auf einen Aspekt der Kultivation und verlangen von einem Individuum eine konstante Wiederholung. Es ist heute unüblich, Kultivationsanwendungen einzusetzen, da Kultivationsstile sich erfolgreich weiterentwickelt haben, sodass die meisten

Anwendungen nun in den meisten Stilen enthalten sind", erklärte der Älteste Ko geduldig. "Doch in diesem Fall konzentriert sich die Anwendung auf Bewusstsein und Beherrschung."

"Wofür brauche ich Bewusstsein?"

"Größeres Bewusstsein für das eigene Chi und dessen Fluss wird es Euch erlauben zu erkennen, wenn Ihr Euer eigenes Chi aktiviert. Die Beherrschung wird euch dabei helfen, die äußerlichen Anzeichen der Kultivation zu verringern. Sie wird außerdem die Anzeichen Eures grundsätzlichen Übergangs trüben", sagte der Älteste Ko. "Versteht Ihr?"

"Sie wird anderen erschweren, meine Stufe zu erkennen?", sagte Wu Ying, der eine schwache Erleuchtung hatte.

"Gut. Und anders als diese Leitfäden könnt Ihr Euch dies leisten."

"Oh. Oh ..." Wu Ying zog den Kopf ein. Nun, ja. Anleitungen zur Kultivation waren natürlich teuer. Er wusste jedoch nicht, wie teuer. Trotzdem nahm er auch den letzten Leitfaden vom Ältesten Ko entgegen, da er all seine Möglichkeiten studieren wollte.

"Gut. Dann sind wir hier fertig."

Der Älteste Ko drehte sich um und zog von dannen und ließ Wu Ying zurück, der die vielen Bücher umklammert hielt und davonstolperte, um eine ruhige Ecke zum Lesen zu finden.

***

Einige Stunden später lehnte Wu Ying sich auf seinem Stuhl zurück und rieb sich die Augen. Als er seine Arme senkte, starrte er auf die Lampen, die überall in der Bibliothek entzündet waren und ein flackerndes Licht abgaben. Sein Magen knurrte, was Wu Ying daran erinnerte, dass er seit heute Morgen nichts mehr gegessen hatte. Eine Seltenheit, da er es normalerweise immer schaffte, sich einen Nachmittagssnack aus der Küche zu schnappen. Ganz zu schweigen vom Abendessen, das er ebenfalls verpasst hatte.

Trotzdem war es ein produktiver Tag gewesen. Er hatte sich alle Dokumente durchgelesen, die ihm der Älteste zur Verfügung gestellt hatte. Genau wie der Älteste Ko gesagt hatte, aspektierten all die Kultivationsanleitungen sein Chi, was dafür sorgen würde, dass sein Chi mit einem der fünf Elemente[15] in Einklang kommen würde. Natürlich war es für Individuen üblich, dass ihr Chi in so einem Einklang stand – tatsächlich war sich Wu Ying sicher, dass die meisten der Ältesten auf irgendeine Weise aspektiert waren. Jedoch war sein aktuelles Level an Kultivation und Verständnis unzureichend, um dies zu erspüren.

Trotz allem hatte Wu Ying das Gefühl, dass es eine schlechte Idee war, seine Kultivation gerade jetzt zu ändern. Zunächst waren die Kultivationstechniken, über die er gerade gelesen hatte, keine wirkliche Steigerung zur Methode des Gelben Herrschers. Und obwohl er nur den Leitfaden für die Stufe der Körperreinigung besaß, war die Anleitung des Stils des Gelben Herrschers fürs Erste ausreichend. Sollte er tatsächlich eine Position innerhalb der inneren Sekte erlangen, hätte er Zugriff auf bessere Leitfäden. Trotzdem hatten ihm die Leitfäden hier einen Vorteil verschafft – sie hatten seinen Überblick über die Kultivation erweitert und ihn über gewisse Aspekte des Stils des Gelben Herrschers aufgeklärt. Wu Ying wusste, dass er sich nun noch schneller weiterentwickeln konnte, wenn er genug Zeit zum Experimentieren und Verarbeiten der Informationen fand.

Was den Kauf von Kultivationsanleitungen betraf, konnte er sich keines davon leisten, daher verwarf er diese Angelegenheit gleich wieder.

Wu Ying konzentrierte sich auf die drei Kampfkunststile, die er erhalten hatte. Diese zu lesen hatte die meiste Zeit in Anspruch genommen. Obwohl er angewiesen wurde, nur die Prinzipien und ersten Haltungen durchzulesen, bedurfte es

---

[15] Die traditionelle chinesische Kultur kennt fünf anstatt vier Elemente – Feuer, Wasser, Erde, Luft und Metall.

konzentrierter Aufmerksamkeit, um die Details eines jeden Stils zu verstehen und zu begreifen.

Das erste Buch behandelte eine Faustkunst, das zweite eine Handflächenkunst, und das letzte eine Trittkunst. Selbstverständlich waren dies nicht die einzigen Unterschiede der verschiedenen Kampfkünste. Stile konnten sowohl zwischen internen als auch externen Künsten differenziert werden – das bedeutete, die Unterscheidung machte sich daran fest, ob ein Stil ein beachtliches Verständnis für Chi oder nur einen starken Körper voraussetzte. Unter diesen dreien war lediglich die Handflächenkunst eine innere Kunst. Und da der Jian-Stil der Familie Long ebenfalls zu den inneren Künsten gehörte, klangen ihm die Warnungen seines Vaters ihm Ohr. *Vermeide es, zu viele innere Künste zu studieren, bis du in unserem Familienstil versiert bist. Bis dahin wirst du dich damit eher selbst verwirren.*

In Anbetracht dessen beinhaltete die Handflächenkunst vermutlich unzählige Fallen, die er bisher übersah, ungeachtet des leicht verständlichen Eindrucks, den sie machte. Er sollte sie besser beiseitelegen. Damit beschränkten sich Wu Yings Möglichkeiten auf den Fauststil und den Trittstil.

Die Sternschnuppenfaust stellte lange Schläge und schnelle Bewegungen in den Vordergrund und nutzte ein Gestöber an Schlägen, um die Verteidigung des Gegners zu unterdrücken. Die Sternschnuppenfaust stammte aus dem Norden, daher verlangte sie nach einem Fokus auf tiefe Haltungen zu Beginn und einer Fähigkeit zu ruckartigen Richtungswechseln. Da es sich um einen reinen Fauststil handelte, war er einfach zu erlernen und mit ihm bot sich Wu Ying ein Kampfstil, den er schnell meistern konnte – was ihm neue, explosive Kraft verschaffen würde. Im Vergleich zu dem Grundstil, den sie als Mitglieder der äußeren Sekte erlernten, war der Stil der Sternschnuppenfaust deutlich besser und würde sich steigern, sofern sich auch seine Kultivation und Stärke weiterentwickelten.

Auf der anderen Seite stellte der Trittstil der Nördlichen Shen Beinarbeit und schnelle Tritte auf kurze Distanz in den Vordergrund. Anders als er angenommen hatte, beinhaltete er tatsächlich auch eine beachtliche Anzahl an Greiftechniken, denn der Stil fokussierte sich auf das Unterbrechen, Packen und Festsetzen, ehe der Gegner mit Tritten erledigt wurde.

Beide Stile passten zu seinem derzeitigen Verständnis des Jian-Stils der Familie Long. Plötzliche Ausfallschritte und schnelle Tritte, gepaart mit der ausgeweiteten Nutzung der Reichweite des Jians, um den Gegner auf maximale Distanz zu halten, gehörten zu seinem ursprünglichen Kampfstil. Wu Ying wusste, dass projiziertes Chi auf den höheren Stufen seine Attacken mit dem Jian sogar noch mehr ausweiten würde. Daher wäre die Beinarbeit, die er mit beiden Stilen erlernen würde, von Vorteil, wobei sich beim Sternschnuppenstil die Geschwindigkeit und beim Stil der Nördlichen Shen das Ausweichen verbesserte.

Jedoch hatte der Trittstil der Nördlichen Shen weniger mit seinem eigentlichen Schwertstil gemein, da er sich so sehr auf Tritte und Griffe fokussierte. Im Moment konzentrierte sich der Familienstil der Long auf die größtmögliche Reichweite, daher waren Wu Yings Möglichkeiten begrenzt, wenn ein Gegner in seinen Wirkbereich vordrang. Anders ausgedrückt, wenn ein Gegner sich dazu entschloss, Wu Ying zu schlagen oder nach ihm zu greifen, war seine einzige Chance, wegzurennen.

Letzten Endes war die Frage, die sich Wu Ying stellen musste, leicht – wollte er auf schnellstem Weg mehr Stärke erlangen, was die Faustkunst ermöglichte, oder wollte er eine Lücke in seiner Verteidigung schließen? Es blieben ihm nur acht Monate übrig, um zu trainieren, deshalb konnte er nur einen einzigen weiteren Stil effektiv erlernen. Auch im Hinblick auf sein Vorhaben, die Kultivationsanwendung zu erwerben.

Wu Ying lehnte sich zurück und starrte auf die flimmernden Schatten an der Decke. Dies war vermutlich die erste und wichtigste Entscheidung, die er auf dem Weg seiner Kultivation treffen würde. Bisher war ihm alles direkt bereitgestellt worden, doch mit dieser Entscheidung würde er beginnen, sich von all den anderen Kultivatoren der Sekte des Sattgrünen Wassers zu differenzieren. Ein fundiertes Wissen in den Kampfkünsten würde Wu Ying bei zukünftigen Bestrebungen nützlich sein. Stärke, das heißt persönliche Stärke, würde die Nachteile, die er durch seine Herkunft hatte, wettmachen.

Also.

Wu Ying stieß einen Seufzer aus, senkte seinen Kopf und blickte auf die Leitfäden. Er neigte seinen Kopf zur Seite, schaute auf seine rechte Hand, die auf dem Leitfaden des Trittstils ruhte. Er las erneut den Titel, kicherte dann und schüttelte seinen Kopf. Wie ging die Geschichte gleich? Niemand konnte je seine Zukunft vorhersagen? Es war besser, zu akzeptieren, dass die Zukunft unbekannt blieb und alle Entscheidungen gleich gut oder schlecht waren und man sich einfach entscheiden musste.

Letzten Endes hörte sich ein Trittstil, der eine Lücke in seiner Verteidigung schloss, wie die bessere Wahl an. Der Weg seiner Kultivation war lang. Es war besser, sich jetzt eine gute Grundlage zu schaffen, anstatt auf einen kurzzeitigen Zugewinn zu drängen. Wenn sich die Erde drehte, hielten nur die Häuser mit einer soliden Basis stand.

Mit einem bestimmten Nicken erhob Wu Ying sich und nahm die Anweisungen auf. Zunächst sollte er sie alle, bis auf den Trittstil der Nördlichen Shen, zurücklegen. Dann war es an der Zeit, die Kultivationsanwendung zu kaufen. Und zu guter Letzt, und am allerwichtigsten, Zeit fürs Abendessen!

Kapitel 9

Da er neue Studiengebiete für sich entdeckt hatte, musste Wu Ying seinen Tagesablauf anpassen. Wu Ying stand am Morgen eine Stunde früher auf, um die Kultivationsanwendung der Aurastärkung zu studieren. Nach dem Frühstück stand das Gruppentraining für die Kampfkünste und Kultivation an, danach nahm Wu Ying sein Mittagessen zu sich und arbeitete für den Ältesten Huang. Anstatt den ganzen Nachmittag mit Arbeiten zu verbringen, arbeitete Wu Ying nur fünf Stunden, wodurch er eine Stunde am Abend und die Zeit nach dem Abendessen frei hatte, um an seinem Trittstil der Nördlichen Shen zu feilen.

An diesem Morgen saß Wu Ying auf seinem Bett und erweiterte sein Bewusstsein, während er sich kultivierte. Der Teil der Kultivationsanwendung, der sich um das Bewusstsein drehte, war irgendwie leichter, als er es sich vorgestellt hatte. Unter den Lehrstunden, in denen Tou He ihm den Prozess der Zwei Sinne vermittelte und seinen Übungen in der Bewegung, hatte Wu Ying festgestellt, dass er unterbewusst gelernt hatte, wie er sein Bewusstsein erfolgreich spaltete, um sein Chi während der Kultivation fühlen und wahrnehmen zu können. Als er sich kultivierte, fing Wu Ying endlich an zu begreifen, was im Leitfaden tatsächlich mit dem Chi-Feld und der Zerstreuung gemeint war.

Für Wu Ying war es wie ein Kanalsystem, das zu einer Reihe von Feldern führte. Seine Meridiane bildeten die Kanäle, die vom Fluss – seinem Dantian – wegführten, und sein Chi war das Wasser. Im Augenblick bestanden seine Kanäle aus gestampfter Erde. Es war eine einfache, aber funktionale Methode, um sein Chi zu den Feldern zu leiten. Doch da sie aus gestampfter Erde gemacht waren, entwich etwas von dem Wasser und sickerte in die Erde um die Kanäle herum.

Diese "durchtränkte Erde" konnte dann von anderen Kultivatoren, die die notwendigen Fähigkeiten dazu besaßen, wahrgenommen werden. Die Kultivationsanwendung lehrte Wu Ying im Grunde, wie er seine Kanäle verstärken konnte, um die Menge des Chi, das hindurch sickerte, zu reduzieren. An diesem Punkt brach die ganze Metapher natürlich zusammen.

Denn die Anwendung konzentrierte sich eher darauf, die Aura um seinen Körper herum – und nicht seine Meridiane – zu stärken und indes die Aura um seine Haut einzugrenzen. Dadurch behielt er eine größere Menge seines Chi im Körper, anstatt es wie die meisten anderen auszuströmen. Dies stellte sicher, dass andere seine Kultivation nicht spüren konnten, wenn sie aktiv war – oder sogar zu jedem anderen Zeitpunkt. Es ergab sich der zusätzliche Vorteil, dass die Geschwindigkeit gesenkt wurde, mit der sich das Chi, das in seinem Körper gespeichert war, verringerte. Obwohl die Verbesserung minimal war, musste Wu Ying zugeben, dass die Menge an Chi, die er zum Fortschritt benötigte, winzig war – zumindest im Vergleich mit alten Monstern wie den Ältesten. Daher war jeder Zugewinn von Bedeutung.

Die wohl größte Enttäuschung für Wu Ying war, dass er zwar langsam die Stärke seiner Aura während der Kultivation in der Bewegungslosigkeit weiterentwickeln konnte, dies sich jedoch bei der bewegten Kultivation ganz anders verhielt. Zusätzlich zu seinem Frust konnte er nun auch spüren, wie sein Chi kontinuierlich aus seinem Körper sickerte. Es fühlte sich an, als würde er jedes Mal, wenn er sich in der Bewegung kultivierte, ein Leuchtfeuer entzünden. Zum Glück besaßen nur die geschicktesten Ranghöheren und die Ältesten auf einem höheren Bewusstseinsgrad die Fähigkeit, solche Veränderungen wahrzunehmen. Ansonsten wäre Wu Ying vor Scham im Boden versunken.

Das Erklingen der Glocken, die zum Frühstück schlugen, unterbrach Wu Yings langsame, abschweifende Gedanken. Der Kultivator atmete langsam aus, unterbrach seine Kultivation und löste bewusst die Blockade um seine Aura. Er hielt einige Sekunden inne, als er seinen Körper dabei beobachtete, wie dieser unbewusst das strikte Zurückhalten der Aura ausglich. Wu Ying war zufrieden damit, dass sich seine Mühen – zumindest für den Moment – lohnten, also stand er auf und streckte sich, sodass das Blut wieder in seine Gliedmaßen floss, bevor er sich zum Frühstück aufmachte.

Die restlichen Morgenübungen waren reine Routine, schon beinahe langweilig. Inzwischen konnte jeder aus der Gruppe den Berg in der Hälfte der Zeit, die sie noch am ersten Tag benötigt hatten, umrunden. Chi Sing, so sadistisch wie er war, hatte ihre Runden daher einfach verdoppelt. All ihre Übungen wurden beträchtlich erhöht, um das wachsende Können der Gruppe auszugleichen.

Bei der Hälfte der Übungszeit, die sie normalerweise zum Studium der Formen hatten, unterbrach Chi Sing ihre Tätigkeit. Sobald er jedermanns Aufmerksamkeit hatte, begann er zu sprechen.

"Gut. Nun, da ihr alle die Grundlagen verinnerlicht habt – und die Formen, die ich euch beigebracht habe, mit religiöser Genauigkeit geübt habt – seid ihr nun bereit für den nächsten, den wichtigsten Teil. Die Sekte hat keinen Nutzen für jene, die nicht kämpfen können. Um unsere Sittlichkeit zu bewahren, müssen wir die Stärke besitzen, um dies zu gewährleisten. Daher werdet ihr von heute an Übungskämpfe mit euren Sektenkollegen durchführen. Am Ende des kommenden Winters werdet ihr an einem Wettkampf der Kampfkünste teilnehmen, der euren Rang in der Sekte bestimmen wird", verkündete Chi Sing. "Und nun, findet euch in Gruppen zusammen."

Tou He und Wu Ying zwinkerten sich gegenseitig zu und grinsten sich schelmisch an, als sie einander automatisch aussuchten. Wu Ying, der ein klein wenig von Tou He entfernt stand, kam nicht umhin sich zu fragen, wie gut sein Freund wohl sein mochte. Da er ein Mönch war, der die Kampfkünste von klein auf studiert hatte, hatte er mit Sicherheit mehr Zeit damit verbringen können, seine Fähigkeiten auszubauen.

"Gut. Ihr habt allesamt jemanden gefunden, mit dem ihr gut zurechtkommt, oder?" Chi Sings Grinsen wurde breiter. "Nun schaut zu der Person zu eurer linken. Tauscht mit ihr." Als sich alle leicht verwirrt aufgrund dieser Veränderung umsahen, fügte Chi Sing hinzu: "Das letzte Team, das sich zusammenfindet, wird als erstes sein Verständnis der Kampfkünste demonstrieren."

Seine Worte trieben sie alle zur Bewegung an. Niemand wollte zu dem Team gehören, das gezwungen wurde, seine Fähigkeiten vorzuführen. Schließlich handelte es sich um ein Duell. Irgendjemand musste eine Niederlage einstecken – und würde daher sein Ansehen in der Gruppe einbüßen. Wu Ying musste sich mit Yin Xue in einer Gruppe zusammenfinden.

"Ich habe gehört, du warst in der Bibliothek. Hoffst du etwa, dass du in der Sekte bleiben kannst?", verhöhnte Yin Xue ihn.

Wu Ying grunzte und drehte sich von Yin Xue weg. Seine Aufmerksamkeit schweifte zu dem bemitleidenswerten Team, das dazu verdonnert wurde, sich zum ersten Podest zu begeben, um ihren Kampf zu demonstrieren.

Als sie fertig waren, erhob Chi Sing seine Stimme. "Nun gut, auch wenn ihr euch duelliert, brauchen wir hier keine Toten. Das heißt keine tödlichen Schläge. Kämpf mit siebzig Prozent eurer Kraft. Ihr braucht nicht schneller zu werden, nur um einen Angriff zu landen. Ihr duelliert euch, um Erfahrung zu sammeln – jetzt zu schummeln wird euch nicht dabei helfen, ordentlich zu lernen. Und was am wichtigsten ist: Wenn einer von euch Halt ruft, dann haltet ihr auch auf der Stelle inne. Jeder Schlag nach einem solchen Halteruf kann bestraft werden. Verstanden?"

"Jawohl", antwortete die Gruppe.

"Ich sagte, *verstanden*?"

"Jawohl!!", brüllten sie.

"Gut. Macht euch bereit."

Die zwei Gegner stellten sich einander gegenüber und nahmen ihre Haltung an. Der größere der beiden Gegner, mehr als sechs Fuß hoch und gut gebaut, nahm eine konventionelle Position ein, bei der er eine Hand vor sich, die andere hinter sich hielt und sein Gewicht gleichmäßig auf beide Füße verteilt war. Sein Gegenüber, eine junge Dame, die ihrem Gegner nur bis zur Brust reichte, nahm eine andere Haltung ein. Einen Fuß vor sich ausgestreckt, sank sie tief und hielt eine Handfläche nach oben, während sie wartete.

"Fangt an!"

Der Mann stürmte auf das Mädchen zu und ließ einen gebogenen Überhandschlag auf sie niedergehen, um ihre leichte Verteidigung zu durchbrechen.

Anstatt dem Angriff frontal zu begegnen, senkte das Mädchen ihren ausgestreckten Fuß und schob sich pfeilschnell nach vorne, ihre Hand hielt sie angewinkelt, als sie mit ihrem Ellbogen zustieß, sobald sie hinter die Verteidigung des Mannes gelangte. Ein lautes "uff" hallte durch den Innenhof, als die beiden Gegner aufeinanderstießen und ihm die Luft aus den Lungen gepresst wurde.

Das Mädchen drehte sich in der tiefen Position und landete einen weiteren Stoß mit dem Ellbogen. Der Angriff brachte den Mann ins Schleudern, was das Mädchen ausnutzte, um ihn wieder und wieder mit kurzen, genauen Attacken zu drangsalieren. Doch es lief nicht ganz nach ihrem Plan. Der Mann nahm die Schläge hin und drängte sich immer weiter zu ihr, wodurch er sie zur Seite schob und mit reiner Gewalt dazu zwang, sich wegzudrehen.

Sie fielen zurück in ihre Ausgangspositionen, dann schossen sie erneut vor und tauschten weitere Schläge aus. Wu Ying sah ihnen zu und seine Augen verengten sich, während er ihr Können abschätzte. Der große Mann ließ nur wenig Methodik erkennen, sein Stil war eine Mischung aus dem, was die Sekte und das Königreich lehrten, zusammen mit etwas, das beidem sehr ähnelte – alles davon fokussierte sich auf schwere, kraftvolle Angriffe. Obwohl er sie nur selten verband, brach er mit seiner größeren Stärke durch die Verteidigung des Mädchens, wenn er dies doch einmal tat.

Auf der anderen Seite hatte das Mädchen einen interessanten und einzigartigen Stil, der auf kurze Distanzen ausgelegt war und der von ihr verlangte, sich in die Reichweite ihres Gegners zu begeben. Er zeichnete sich durch eine tiefe Haltung, plötzliche Blocks und eine Kraft, die durch die Drehungen und Wendungen gewonnen wurde, welche sie nutzte, um auszuweichen und die Distanz zu verringern, aus.

Der Kampf wütete auf der Plattform und die beiden bemühten sich, ihre gegenseitigen Schwächen auszunutzen. Nach einer Weile jedoch traf ein strafender Schlag das Mädchen auf den Kopf, woraufhin sie der Länge nach hinfiel. Ehe sie sich davon erholen konnte, folgte ein Tritt, der sie in der Magengegend erwischte und sie über den Boden schlittern ließ.

"Genug!", stieß Chi Sing aus, als der Mann voran stürmte. "Ruht euch aus, dann macht weiter. Es ist mir egal, ob ihr das dort oder hier unten tut." Nach einer Bestätigung, dass das Paar ihn verstanden hatte, wandte Chi Sing sich um und blickte scharf auf die Gruppe unter ihm. "Also? Worauf wartet ihr?"

Sie drehten sich alle ihren Gegnern zu. Noch bevor Wu Ying sich vollständig umdrehen konnte, traf ihn ein Schlag an der Wange, der ihn nach hinten warf. Ehe er sich erholen konnte, traf ihn ein Schlag nach dem anderen, wodurch Wu Ying dazu gezwungen war, die Hände schützend vor den Körper zu nehmen und sich aus der Flut von Angriffen zu retten. Er stöhnte leicht, als ein weiterer Schlag seine Wange und ein anderer seine entblößten unteren Rippen traf, woraufhin ein Stoß in den Magen folgte. Während er zurückfiel, brachte ein Tritt ihn zu Fall.

"Völlig nutzlos."

"Verdammter, betrügerischer hún dàn[16] ...", knurrte Wu Ying, der sich mit zitterndem Körper aufrappelte.

Yin Xue war zurückgetreten und grinste seinen Gegner hämisch an. "Betrügerisch? Unser verehrter Chi sagte, wir sollen anfangen. Aber komm nur. Mal sehen, ob du einen Schlag gegen mich landen kannst, Bauer."

Wu Ying knirschte mit den Zähnen und ging auf ihn zu, wobei er in die Haltung seines neu erlernten Stils der Nördlichen Shen fiel, sich aber außerhalb von Yin Xues Wirkbereich aufhielt. Mit einem tiefen Atemzug besänftigte er seine Emotionen, so wie er es gelernt hatte, und bedachte, was er über Yin Xues Stil wusste.

Schnell.

Wenn er schnell zuschlug und sich wieder zurückzog, könnte Wu Ying dem plötzlichen Angriff Yin Xues entgegenwirken. Die folgenden Attacken verliefen

---

[16] Wörtlich bedeutet es verquirltes Ei, wird aber oft im Sinne von "Bastard" verwendet – nur mit einer heftigeren Konnotation als heute üblich. Stellt euch einen Kontext wie in den 1960ern vor, in dem man jemanden Bastard genannt hatte.

nach ähnlichem Muster, wobei Wu Ying herumwirbelte, um nicht mit den anderen zusammenzustoßen. Wu Ying war durch Yin Xues Schläge, die aus verschiedenen Richtungen kamen und die ihre Form innerhalb von Sekunden änderten, schnell unter Druck gesetzt. Unglücklicherweise waren ihm Yin Xues Formen nicht bekannt, er kannte ihre Bezeichnungen und den Rhythmus, in dem sie verwendet wurden, nicht. Wu Ying war gezwungen, sich auf seine Intuition zu verlassen und machte einen Schritt vorwärts, um einen geradlinigen Hieb seine Schulter streifen zu lassen.

Mit *Windschritten* brach Wu Ying durch. Ein tiefer, sichelförmiger Kick konzentrierte sich auf sein erhobenes Knie, fuhr hinter Yin Xues vorderes Bein und traf dessen Hinterseite. Seine Balance war gestört. Jetzt *die Schildkröte schnappt das Blatt* anwenden, um das entblößte Genick mit der Hand zu packen. Danach, mit einer Drehung beend–

Noch bevor Wu Ying seinen Angriff zu Ende führen konnte, wurde seine Hand von Yin Xues Hals gerissen. Eine weitere Hand schlug Wu Ying auf die Nase, wodurch er zurückgestoßen wurde und ihm die Tränen in die Augen schossen. Mehrere Attacken gingen auf ihn nieder, bevor er sich überhaupt von diesem Schlag erholt hatte, und drängten ihn noch weiter zurück. Abermals fand Wu Ying sich in der Defensive wieder, versuchte auszuweichen und sich erneut zu positionieren. Doch dieses Mal waren die Schläge fester, stärker. Hätte er nicht bereits den Körperreinigungsgrad sechs erreicht, wäre er schwer verletzt worden.

"Genug!"

Plötzlich hörte der Ansturm auf.

"Was soll das?"

Wu Ying schaute nach oben, eines seiner Augen rötete sich vom herabtropfenden Blut. Er spuckte Blut und seine Lippen waren aufgesprungen, während Chi Sing Yin Xue im Armriegel hielt.

"Dieser Bauer hat es gewagt, mich anzufassen!"

"Und da habt Ihr meine Regeln gebrochen und habt das Tempo erhöht", sagte Chi Sing mit Verachtung in der Stimme. "Ihr da. Tauscht mit diesem Idioten hier. Und Ihr, gebt mir Euer Sektenabzeichen."

"Warum?"

Chi Sing verpasste Yin Xue auf diese Frage hin eine beiläufige Ohrfeige. Als Yin Xue ihn daraufhin anstarrte, kassierte er eine weitere Ohrfeige, die sein Gesicht noch roter werden ließ.

"Na los."

"Hier!" Yin Xue kramte sein Abzeichen aus seinen Roben, sein ganzes Gesicht und sein Hals waren rot vor Wut.

Sein respektloser Ton brachte ihm noch einen Schlag ins Gesicht ein. Yin Xue hatte seine Lektion endlich gelernt und duckte den Kopf weg, und währenddessen schoss er Chi Sing böse Blicke entgegen. Da Chi Sing ihn komplett ignorierte, lenkte Yin Xue seinen Zorn auf Wu Ying, der unverschämt grinste.

"Ich ziehe Euch zwanzig Beitragspunkte ab. Irgendwelche Einwände? Nein? Gut", sagte Chi Sing und warf das Sektenabzeichen zurück zu Yin Xue. Chi Sing betrachtete die Gruppe, die Yin Xues Bestrafung beobachtete. "Nur zu. Bitte. Brecht nur meine Regeln. Ich kann weitere Beitragspunkte gut gebrauchen."

Ihre Zuschauer drehten sich mit Geraschel zurück zu ihren Gegnern und fuhren mit den Übungskämpfen fort. Diejenigen, die ihr Tempo erhöht hatten, wurden wieder langsamer, teilweise sogar langsamer, als Chi Sing es empfohlen hatte, da sich die Angst um ihre geschätzten Beitragspunkte über den Innenhof legte. Chi Sing schmunzelte, bevor er seinen verachtungsvollen Blick auf Wu Ying richtete, der noch immer auf dem Boden saß.

Wu Ying rappelte sich auf und verbeugte sich. "Verehrter Chi Sing!"

"Lasst gut sein. Ihr solltet lernen, Euch besser zu verteidigen." Chi Sing drehte sich weg und ließ Wu Ying mit seinem neuen Gegner zurück.

Der pummelige Kultivator, der auf Wu Ying starrte, lächelte ihn halbherzig an, doch seine Augen blitzten heimtückisch.

Natürlich, die Adeligen würden ihm die Schuld in die Schuhe schieben. Wu Ying unterdrückte einen Seufzer und machte sich für die nächste Runde bereit.

***

"Nun, es hätte schlimmer kommen können", bemerkte Tou He, der Wu Ying auf dem Boden liegend vorfand, nachdem der Unterricht endlich zu Ende war.

Glücklicherweise war Chi Sing kein vollkommener Sadist und hatte ihnen erlaubt, sich heute während der morgigen Kultivation hinzusetzen. Ansonsten hätte Wu Ying es keinesfalls durch den Tag geschafft. Wie erwartet hatten seine nächsten fünf Gegner die Gelegenheit genutzt, um auf Wu Ying für sein anmaßendes Verhalten, sich vor Chi Sings Augen verprügeln zu lassen, einzudreschen. Dass er nicht noch schlimmer verletzt worden war, lag allein daran, dass die Adeligen darauf geachtet hatten, ihn nur mit voller Wucht zu schlagen, wenn sie sich sicher waren, dass Chi Sing es nicht sehen konnte.

"Wirklich?", antwortete Wu Ying, als er die helfende Hand entgegennahm und sich ungelenk aufrichtete. Ein Glück hatte die Kultivation den Nebeneffekt, seinen Körper zu erfrischen, wodurch die Verletzungen, die sich in den letzten Stunden angesammelt hatten, gelindert wurden.

"Du hättest all deine Duelle verlieren können", sagte Tou He kichernd.

"Du bist nicht halb so witzig, wie du glaubst", sagte Wu Ying, der in Richtung Speisesaal humpelte. "Wie hast du dich geschlagen?"

"Ganz angemessen."

"Verehrter Mönch, werden wir Euch später beim Training sehen?", fragte ein anderer Kultivator mit fragendem Blick an Tou He gerichtet.

"Ja, natürlich. Wie versprochen."

Auf seine Worte hin verbeugte sich der Kultivator tief und eilte davon, um zu seinen Freunden aufzuschließen.

"Nur angemessen, hm?", fragte Wu Ying.

"Du könntest dich uns anschließen", bot Tou He an.

"Ich muss an dem Stil arbeiten, den ich erworben habe." Wu Ying rieb sich die Rippen. "Ich habe noch einen langen Weg vor mir, bis er für Übungskämpfe zu gebrauchen ist."

"Und doch hast du ihn verwendet", bemerkte Tou He.

"So lerne ich schneller", erklärte Wu Ying. Die Balance zwischen dem zu finden, was er wusste, was er versuchte anzuwenden und nicht getroffen zu werden, hatte Wu Ying mental bis aufs Äußerste strapaziert. Das bedeutete offenkundig, dass er so langsam wie noch nie war, um auf Angriffe zu reagieren. "Wenigstens werden sie überrascht sein, wenn ich ihnen beim Wettkampf in die Ärsche trete."

"Gut", sagte Tou He und klopfte seinem Freund auf die Schulter, wodurch dieser das Gesicht verzog. "Ausdauer ist wichtig für einen Kultivator."

"Genau wie eine hohe Schmerztoleranz", fügte Wu Ying hinzu.

***

An diesem Abend stellte Wu Ying sich auf eine kleine Lichtung, die auf halbem Wege den Hügel hinunter lag. Es war einer von vielen kleinen Parks, die den Berg sprenkelten, doch dieser hier wurde aufgrund seiner Lage nur selten benutzt. Wenige Mitglieder der äußeren Sekte verspürten den Drang, diesen Park aufzusuchen, da er sich von den Wohnquartieren entfernt befand und es an Beleuchtung mangelte. Für Wu Ying aber war diese Privatsphäre ein Segen. Es erlaubte ihm, den Kampfstil der Nördlichen Shen ohne Unterbrechung und, was nicht weniger wichtig war, ohne sich zu blamieren zu üben.

"Zehn Zentimeter." Wu Ying ächzte laut, während er sich tiefer sinken ließ. Diese verdammte Haltung mit ausgestrecktem Bein schmerzte. Es war absurd, dass er seinen Körper mit einem ausgestreckten Bein, das andere unter sich geklemmt, bis auf den Boden senken können musste, ehe er sich flüssig bewegen konnte.

Die Beinarbeit des Trittstils der Nördlichen Shen war sowohl esoterisch als auch barsch und verlangte eine stete Verlagerung des Körpers mit jedem Schritt, um Angriffen auszuweichen. Anders als bei anderen Stilen lag der Fokus mehr auf dem Ausweichen als auf dem Blocken von Attacken, was es dem Kämpfer ermöglichte, die Distanz vor dem Gegenangriff zu schließen. Es bedeutete neben anderen Dingen auch, dass er einen höheren Grad an Flexibilität benötigte als jeder andere Stil, den Wu Ying je praktiziert hatte.

"Und dann ... *Die Schwalbe grüßt den Kranich*." Das Gewicht verlagern und treten. Obwohl Wu Ying es vorgezogen hätte, diesen Teil langsam zu Ende zu führen, hatte er weder die Kraft, noch die Flexibilität oder die Balance dazu. Dennoch. Der frontale Tritt schoss nach oben, ehe er sich drehte und seinen Fuß auf die Seite fallen ließ und seinen Körper nach der Landung erneut verlagerte.

Stundenlange Übung. Jedem Schritt folgte eine Bewegung. Manchmal war es ein Block, manchmal ein Hieb. Eine Schutzhaltung, eine schneidende Bewegung. Tritte. So viele Tritte. Und dazwischen die Fesselgriffe, Würfe und Störgriffe, die den Kern des Stils bildeten.

In Wahrheit wusste Wu Ying, dass an einem bestimmten Punkt sein einsames Studium enden musste. Griffe und Würfe konnten ohne Partner einfach nicht ausreichend geübt werden. Die Frage war nur, mit wem er zusammenarbeiten konnte? Wu Ying dachte an seine demütigenden Niederlagen zurück und wusste, dass er zumindest einen Teil seiner Form verborgen halten musste, wenn er im anstehenden Wettkampf den Hauch einer Chance haben wollte.

Tief in seine Gedanken versunken, wirbelte und drehte Wu Ying sich und die flackernden Flammen der Laternen, die er mitgebracht hatte, verblassten langsam, während der Tag hereinbrach.

Kapitel 10

Eine Woche später stand Wu Ying erneut dem Ältesten Huang gegenüber, da er seine Arbeit für diesen Tag erledigt hatte. Wu Ying lächelte den Ältesten zögerlich an, als dieser zu dem Sektenabzeichen in seiner Hand gestikulierte.

"So ein Unsinn! Glaubt Ihr, ich verbringe meine Zeit damit, jeden Tag Eure Beitragspunkte zu füllen? Was glaubt Ihr eigentlich? Dass ich genügend Zeit für solche Kinkerlitzchen habe?", bemerkte der Älteste Huang spöttisch. "Geht zur Verwaltungsstelle und macht es selbst, Ihr fauler Sack. Und erledigt eine weitere Auslieferung für mich dafür, dass Ihr meine Zeit verschwendet habt."

Wu Ying verbeugte sich tief, obwohl er die Tadel des Ältesten als gutmütig einschätzte. Der Älteste hatte nicht unrecht – er hätte es besser wissen müssen und den Ältesten nicht mit solch einer Banalität behelligen sollen. Niemand in einer hohen Position wollte mit Kleinigkeiten belästigt werden. Wu Ying drehte sich um und ging den Berg hinunter, ein Teil von ihm stellte sich die Dinge vor, die er mit seinen neuen Beitragspunkten kaufen würde.

Einige Stunden später war Wu Ying an einem großen Verwaltungsgebäude angekommen, das nur einen Steinwurf von der Bibliothek entfernt war. Obwohl er es zuvor bei seinem – einzigen – Besuch der Bibliothek gesehen hatte, hatte er ihm damals nicht weiter Beachtung geschenkt. Nun, gewaschen und sauber, fürchtete Wu Ying sich vor seinem Besuch im Verwaltungsgebäude, denn er erinnerte sich an die vorherigen, vagen Kommentare Liu Tsongs. Bisher waren seine Auseinandersetzungen mit anderen nicht gerade glanzvoll gewesen.

Am Hang eines Hügels gelegen, musste man erst einige Steinstufen hinaufgehen, um zum Eingang zu gelangen. Am Gebäude selbst wurde der Reichtum der Sekte deutlich, es hatte kunstvoll verzierte Säulen und geschnitzte Einfassungen am schräg abfallenden Ziegeldach. Selbst der große, doppeltürige Eingang war sorgfältig mit Perlmuttintarsien dekoriert, die denkwürdige Taten des Sektengründers hervorhoben. Im Inneren stand eine Reihe langer Theken gegenüber dem Eingang, an denen Angestellte mit ernstem Blick arbeiteten. Kleine und dezente Plaketten deuteten auf die Stellen hin, wo sich äußere, innere und Kernmitglieder anzustellen hatten. Es war nicht überraschend, dass die Schlange mit den Mitgliedern der äußeren Sekte die längste war, da sie von den wenigsten Angestellten empfangen wurden. Er bemerkte, wie die Schlange noch länger wurde, während er sich umsah, daher beeilte Wu Ying sich, um sich anzustellen und zu warten, bis er an der Reihe war.

"Art des Anliegens?"

Die gelangweilte Stimme des Angestellten durchschnitt Wu Yings Reflexion über die Kultivationsanwendung, in die er sich während seiner Wartezeit vertieft hatte. Das Warten selbst war nicht so schlimm gewesen, wie er erwartet hatte — es hatte nur etwas über eine Stunde gedauert.

"Ich möchte meine Beitragspunkte einsammeln", antwortete Wu Ying, der seinem Gegenüber sein Abzeichen hinhielt.

Der Angestellte nahm es entgegen, ohne auch nur aufzuschauen, und bewegte das Abzeichen über eine Jadeplatte auf seinem Tisch. Als neue Worte aus der Jadeplatte aufstiegen, runzelte der Angestellte mit der Stirn und hielt inne.

"Gibt es ein Problem?"

"Wartet hier", sagte der Angestellte. Er nahm das Abzeichen mit sich und verschwand im hinteren Teil des Gebäudes.

Wu Ying stand still da, während er sich beherrschen musste, sich nichts anmerken zu lassen. Ein beklemmendes Gefühl machte sich in seinem Magen breit.

Als der Angestellte zurückkam, folgte ihm ein älterer Mann mit langem, feinem Bart, dessen Status als mittlerer Ältester in der Sekte durch seinen Kopfschmuck deutlich wurde und der ein spöttisches Grinsen im Gesicht trug, das in sein Gesicht eingebrannt zu sein schien.

"Ältester Mo, das ist der Schüler, von dem ich sprach", sagte der Angestellte und verneigte sich tief.

"Long Wu Ying", sagte der Älteste Mo, während er Wu Yings Sektenabzeichen in die Luft warf. "Ihr habt die Auftragshalle umgangen und direkt Arbeit vom Ältesten Huang entgegengenommen. Was habt Ihr zu Eurer Verteidigung zu sagen?"

"Ältester." Wu Ying bot ihm eine tiefe Verbeugung dar. Aus dem Augenwinkel konnte er erahnen, dass aller Aufmerksamkeit auf ihn gerichtet war. Immerhin war dies eine Form der Unterhaltung, die man sich nicht erkaufen konnte. "Ich bitte um Verzeihung. Ältester Huang hat mich darum gebeten, ihn direkt aufzusuchen."

"Und Ihr habt das nicht unverzüglich hier gemeldet?", entgegnete der Älteste Mo mit hämischem Grinsen. "Glaubt Ihr, euer Gönner kann es sich erlauben, unsere Regeln zu ignorieren?"

"Nein, Ältester."

"Wie auch immer. Ich sollte all Eure Beitragspunkte zurücksetzen", sagte der Älteste Mo und tippte auf das Abzeichen.

"Aber ich habe bereits welche benutzt ...", antwortete Wu Ying sanft.

"Ja. Daher habe ich mir eine andere Aufgabe für Euch ausgedacht. Und diese werdet Ihr erfüllen", entgegnete der Älteste Mo und warf Wu Ying einen losen, hölzernen Zettel zu. Wu Ying fing ihn auf und las ihn, ehe er zum Ältesten Mo aufblickte, der fortfuhr. "Erledigt diese Aufgabe erfolgreich oder kommt nicht zurück."

Der Älteste Mo ließ das Sektenabzeichen auf die Theke fallen und zog von dannen. Um Wu Ying herum machte sich lauter werdendes Getuschel breit, da die Menge sich über seine Bestrafung unterhielt. Viele fragten sich, was für eine Aufgabe ihm wohl übertragen worden war, einige gingen sogar so weit, ihre Hälse zu strecken, um einen Blick auf den Zettel zu erhaschen. Wu Ying ließ diesen schnell zusammen mit seinem Sektenabzeichen in seinen Roben verschwinden, bevor er nach draußen huschte. Selbst dann noch hörte er den ansteigenden Tumult.

Das würde seinem Ruf alles andere als zugutekommen.

***

Nachdem er die Ereignisse dem Ältesten Huang berichtet hatte, zog sich Wu Ying in den Park zurück, wo er immer trainierte, bevor er endlich die Zeit fand, sich den hölzernen Auftragszettel anzusehen. Seine Hoffnung, dass der Älteste Huang sich einmischte, starb mit dessen banalem bestätigenden Schnauben, also blieb Wu Ying nichts anderes übrig, als die Aufgabe zu erfüllen.

"Was hat er mir aufgetragen?", fragte er sich.

Wu Ying hatte sein Verständnis, welche Art von Aufträgen die Sekte normalerweise an seine Mitglieder übertrug, durch mitgehörte Gespräche und Tratsch mit Tou He vertieft. Ein Großteil der Aufgaben beinhaltete die Beschaffung von Gegenständen, die die Sekte benötigte – Gold, Waren, Pferde, Holz und ähnliches. Wu Ying bezeichnete diese Aufgaben als "Adelsköder" – perfekte Aufträge für reiche Adelige, um sich Beitragspunkte zu verdienen. Wenn er so zurückdachte, konnte sich Wu Ying tatsächlich an mehr als einen Fall erinnern, in dem seinem Dorf willkürlich neue Aufgaben zugeteilt wurden, um ihren Lord Wei zu unterstützen.

Die nächste Stufe von Sammelaufträgen wurde für gewöhnlich den Mitgliedern der inneren Sekte zugewiesen – ein Kultivator niederen Ranges konnte nicht damit rechnen, solche Rohstoffe in die Finger zu bekommen. Es konnte sich um gewöhnliche Sammelaufträge für Seelensteine bis hin zu spirituellen Kräutern handeln, aber auch Aufgaben für seltenere Manuskripte, herrliche Malereien oder sogar exotischen Tee konnten sich darunter befinden. Die meisten dieser Aufträge wurden von den Ältesten der Sekte direkt und nicht von der Sekte selbst in Auftrag gegeben und in der Auftragshalle vermittelt. Auf diese Weise konnten die Ältesten Rohstoffe und andere Objekte, an denen sie persönlich Interesse hatten, ohne Unterbrechung ihrer Kultivation beschaffen.

Als nächstes waren da die Kopfgeldmissionen. Die Kopfgeldmissionen der untersten Stufe wurden von örtlichen Lords und dem Königreich für Banditen, Diebe und anderes Gesindel, das sich nicht an gesellschaftliche Normen hielt, erteilt. Obwohl die örtlichen Lords oftmals ihre eigenen Männer aussendeten, um sich um sie zu kümmern, hatte die Zahl an Banditen in den letzten Jahren aufgrund des anhaltenden Krieges zugenommen. Wu Ying wusste, dass die Händler der allgemeinen Überzeugung waren, dass die Straßen gefährlicher geworden waren. Im Allgemeinen stammten die Banditen aus der einfachen Bevölkerung – Individuen mit geringem oder keinem Kultivationsgrad. Doch gelegentlich hatten namhafte Banditen – durch Schicksal oder Glück – ein Training erhalten und ihren Kultivationsgrad gesteigert. Diese Art von Kopfgeldmissionen wurde von den örtlichen Lords oder sogar dem Königreich selbst an die Sekte übertragen. Solch schwere Missionen wurden nicht selten den Mitgliedern der inneren Sekte zugewiesen.

Darüber hinaus hatte die Sekte auch ihre ganz eigenen Feinde. Die meisten waren Mitglieder anderer Sekten, Feinde, deren Kultivation über der Körperreinigung lag. Die Aufträge, die sich mit solchen Feinden befassten, wurden deutlich besser bezahlt, konnten jedoch selbstverständlich nur von jenen mit ausreichendem Kultivationsgrad bewältigt werden. Glücklicherweise hatte die Sekte des Sattgrünen Wassers als größte Sekte des Königreichs keine "erklärten" Feinde innerhalb ihres Königreichs, was bedeutete, dass die Sektenmitglieder in ein anderes Königreich reisen mussten, um solche Aufträge zu erfüllen.

Zu guter Letzt gab es noch diverse Aufträge, die so unüblich waren, dass ihre Schwierigkeitsgrade sich massiv unterschieden. Zu dieser Kategorie gehörten diplomatische und unterrichtende Aufträge, bei denen erfahrene Sektenmitglieder sich in die Außenwelt begaben, um ihr Wohlwollen in der Bevölkerung und in anderen Sekten zu verbreiten. Vereinzelt schlugen auch Anträge auf Personenschutz in der Auftragshalle auf. Schutzaufträge – für Händlerkaravanen oder Städte – waren sogar noch seltener, da sich nur wenige Händler diese Art von Antrag leisten konnten, während örtliche Lords oftmals ihre eigenen Leute dafür einsetzten. Wenn es solch einen Auftrag zu erledigen gab, wurde er oft von Nomaden oder kleineren Sekten ausgeführt.

Wu Ying seufzte und blickte auf die Tafel vor ihm. Ein einfacher Auftrag über Pflaumenblütenwein – drei Krüge[17] davon. Irgendwie zweifelte Wu Ying daran, dass die Aufgabe so leicht war, wie sie zu sein schien. Wu Ying tippte auf das hölzerne Brettchen und dachte darüber nach, wer ihn in der Sache aufklären konnte.

"Ich habe Euch doch gesagt, dass wir ihn hier finden werden." Tou He riss Wu Ying aus seinen Gedanken.

"Tou He? Und Liu Tsong? Entschuldigt, verehrte Lee." Wu Ying erhob sich und verbeugte sich vor der Ranghöheren, nachdem ihm sein fehlender Anstand aufgefallen war.

"Wu Ying. Du wirst immer berühmter", sagte Tou He lächelnd. "Erst schaffst du es, dass alle unsere Kameraden dich hassen. Und nun bist du auch den Ältesten aufgefallen."

"Diese Art von Berühmtheit kann mir erspart bleiben", sagte Wu Ying, der sich die Szene in der Auftragshalle nochmals durch den Kopf gehen ließ.

"Aber es stimmt. Selbst ich habe von Wu Ying gehört, der den Ältesten Mo verärgert hat. Ziemlich beeindruckend. Also, welche Art von Auftrag hat er Euch übertragen?", erkundigte sich Liu Tsong, deren Augen erheitert funkelten.

"Verehrte Lee, bitte macht Euch wegen solch einer nichtigen Angelegenheit keine Umstände", sagte Wu Ying und presste die hölzerne Platte an seinen Körper, als er sich erneut verbeugte. "Wir haben Euch in letzter Zeit genügend Unannehmlichkeiten bereitet."

"Ach, Unsinn." Liu Tsong trat ein Stück an ihn heran. Innerhalb eines Wimpernschlags stand sie vor Wu Ying und nahm ihm mühelos die Holzplatte aus

---

[17] In China wurde Wein traditionell in Steinkrügen gelagert.

der Hand. "Na, dann wollen wir doch mal sehen. Ich brauche etwas, was ich den anderen Ranghöheren erzählen kann ..."

Wu Ying stöhnte, da er ihre wahre Absicht bereits erahnt hatte. Doch da sie schon einmal hier war und es nun zu spät war, die ganze Sache zu vertuschen, konnte Liu Tsong ihm genauso gut auch von Nutzen sein.

"Ist Euch dieser Wein bekannt, verehrte Lee? Ich selbst habe noch nie von ihm gehört", sagte Wu Ying.

Tou He, der neben ihm stand, zwinkerte ihm zu.

"Drei-Steine-Pflaumenblütenwein?", flüsterte Liu Tsong vor sich hin und tippte sich mit der Platte an ihr Kinn. "Ich glaube ... ja! Oh. Ohhhhhhh."

"Verehrte Lee?"

"Mmmm, das ist kompliziert. Drei-Steine-Pflaumenblütenwein wird in der Grafschaft Yi verkauft – das ist drei Grafschaften entfernt", erklärte Liu Tsong. "Aber es gibt ein Problem. Nun, die Zhong-Familie, die diesen Wein produziert, bietet jedes Jahr nur einhundert Krüge davon zum Verkauf an. Und der Verkaufsstart ist schon bald. Und obendrein müsst Ihr die Grafschaft Li durchqueren, um dorthin zu kommen."

"Was stimmt nicht mit der Grafschaft Li?", fragte Wu Ying mit gerunzelter Stirn.

"Selbst ich weiß darüber Bescheid", sagte Tou He. "Dort wimmelt es nur so von Banditen."

"Und dort befindet sich Chao Ji Ang", erklärte Liu Tsong weiter. "Man munkelt, er befände sich auf Körperreinigungsstufe 9. Einige Gerüchte sprechen sogar davon, dass er bereits die Stufe der Energiesammlung erreicht hat. Er und seine Männer haben alle Konstabler getötet, die geschickt wurden, um ihn festzunehmen, und er verbrennt alle Schiffe, die er einnimmt."

"Schiffe?", fragte Wu Ying.

"Er hält sich meist auf den Flüssen und Kanälen auf, die die Grafschaften miteinander verbinden", antwortete Liu Tsong. "Einige sagen, er verbrennt die Leichen, um zu vertuschen, dass er sie schändet."

"Das ist grauenvoll!", stieß Wu Ying aus, seine Augen waren vor Schock geweitet. Wie konnte man das den Verstorbenen antun? Wu Ying konnte sich nicht vorstellen, wie er seinen Ahnen gegenübertreten sollte, wenn so etwas mit seinem Körper geschehen würde. Was für ein Monster tat so etwas? Wie konnte er seinen Eltern ins Gesicht sehen, wenn sie später in den Himmeln wieder vereint wurden? "Gibt es keinen Umweg?"

"Natürlich gibt es den, doch wenn Ihr rechtzeitig ankommen wollt, um den Wein zu kaufen, müsst Ihr Euch auf direktem Weg dorthin begeben. Die einzige gute Nachricht ist, dass der Wirt nie seinen Preis erhöht – er verkauft ihn lediglich an die ersten, die zu ihm kommen. Wenn er die Verkaufsmenge nicht auf drei Krüge pro Person begrenzen würde, gäbe es keinen Wein für irgendjemanden", erläuterte Liu Tsong. "Dies wird eine beschwerliche Reise für Euch werden."

"Ja." Wu Ying verstummte, während er die Gefahren der Reise bedachte.

"Ihr praktiziert diesen Schwertstil der Familie Long, habt aber kein Schwert, stimmt das?", fragte Liu Tsong stirnrunzelnd.

"Nein. So etwas konnten wir uns nicht leisten", antwortete Wu Ying.

Er hätte auf keinen Fall das Schwert seines Vaters mitnehmen können – diese Waffe hatte er vom Militär erhalten, als er die Armee verlassen hatte. Solange sein Vater lebte, wäre die Nutzung des Schwertes ein Verstoß gegen Anstand und Recht. Obwohl sein Vater diese Waffe erhalten hatte, weil er das Familienerbstück zerbrochen hatte. Letztendlich waren sie zu arm gewesen, um für Wu Ying ein anständiges Schwert zu kaufen. Sie hatten darüber diskutiert, ihm ein günstigeres Schwert zu besorgen – vielleicht eine minderwertige Arbeit eines Schmiedelehrlings – doch sowohl sein Vater als auch Wu Ying fanden die Aussicht auf eine solche Waffe abstoßend. Und dann, natürlich, kam die Armee und die Sache wurde hinfällig.

"Folgt mir", sagte Liu Tsong und entfernte sich rasch von der Lichtung.

Wu Ying runzelte die Stirn und blickte zu Tou He, der nur mit den Schultern zuckte. Sie eilten der jungen Dame hinterher, deren schnelle Schritte und höhere Kultivation die Distanz zwischen ihnen mit Leichtigkeit vergrößerte. Als sie Liu Tsongs Wohnstätte erreichten, konnten sie sie nirgends erblicken. Ihre Mienen verfinsterten sich, während sie im Innenhof standen und sich umsahen und darüber wunderten, wohin sie wohl verschwunden sein konnte. Als Liu Tsong zu ihnen hinaustrat, trug sie ein Schwert und eine Rolle Papier bei sich.

"Nehmt das", sagte Liu Tsong und drückte Wu Ying die Gegenstände in die Hände.

"Das kann ich nicht –"

"Das Schwert nützt mir nichts mehr", erklärte Liu Tsong und rümpfte die Nase. "Und die Karte ist nur eine Kleinigkeit. Man kann sie für einen Beitragspunkt erhalten."

"Ich danke Euch, verehrte Lee. Ich bin dankbar für Eure Worte und für die Sachen. Aber wenn Ihr gestattet, warum helft Ihr mir?", fragte Wu Ying mit nachdenklichem Blick.

"Nur eine Laune. Und weil der Älteste Mo und seine Kollegen diese Art von Dingen schon immer getan haben", antwortete Liu Tsong. "Sie drangsalieren diejenigen ohne wirkliche Unterstützung nur, weil sie es können. Ich – und mein Gönner – halten das nicht für richtig. Und daher geben wir unser Bestes, dem entgegenzuwirken."

"Oh. Wenn das so ist, könnt Ihr uns mitteilen, wer Euer Gönner ist, verehrte Liu?", fragte Wu Ying.

"Aber sicher doch. Ihr habt ihn bei eurem Treffen in der Bibliothek schwer beeindruckt. Der Älteste Ko verbündet sich gelegentlich auch mit dem Ältesten Cheng, Eurem eigenen Gönner. Obwohl der Älteste Cheng etwas zu launisch ist, um ihn als richtigen Verbündeten zu betrachten", sagte Liu Tsong mit einem halbherzigen Grinsen.

"Ich danke Euch, verehrte Liu." Wu Ying senkte erneut den Kopf.

"Ich habe auch etwas für dich. Gib mir dein Sektenabzeichen", sagte Tou He und machte eine winkende Bewegung mit der Hand.

Wu Ying bewegte sich keinen Zentimeter. "Warum?"

"Du wirst dir Vorräte für die Reise kaufen müssen. Und da dir der Älteste Mo kein Geld gegeben hat, wirst du dir etwas von der Sekte leihen müssen, um einzukaufen. Deine Ersparnisse werden für drei Krüge nicht ausreichen, oder?"

"Ähhh ... vermutlich nicht", antwortete Wu Ying. Um ehrlich zu sein hatte er keine Ahnung, wie viel diese Reise kosten würde. Es wäre wirklich tragisch, wenn er den ganzen Weg auf sich nehmen würde, nur um festzustellen, dass sein Geld nicht ausreichte. Aber es erschien ihm falsch, Tou Hes Beitragspunkte dafür zu leihen.

"Komm schon. Verschwende keine Zeit. Das ist doch keine große Sache zwischen zwei Freunden", ermutigte Tou He ihn und winkte erneut. Wu Ying wurde klar, dass er nicht wirklich eine Wahl hatte, und gab ihm widerwillig sein Sektenabzeichen. "Du weißt, dass ich mitkommen würde, wenn ich könnte."

"Das weiß ich", antwortete Wu Ying.

Als Mitglieder der Sekte konnte keiner von ihnen einfach kommen und gehen, wie es ihnen beliebte. Selbst Wu Ying müsste sich erst eine Erlaubnis einholen, bevor er die Sekte verlassen konnte, wenngleich ihm diese aufgrund seines aktuellen Auftrags automatisch erteilt werden würde. Und für die Mitglieder der inneren Sekte war empirisches Training üblich. Diese Einschränkungen für Reisen nach draußen waren auf einigen Faktoren begründet. Jedes Sektenmitglied war eine Investition für die Sekte und daher zog die Sekte die aktuellen Beiträge jedes Mitglieds, welches sich für eine Reise nach Außen bewarb, zu Rate. Jenen, die noch nicht genügend beigetragen hatten, wurde höflich nahegelegt, sich zuerst weiterzuentwickeln. Außerdem konnte die Sekte durch das Begrenzen und Überwachen der Bewegungen der Sektenmitglieder mögliche Reputationsprobleme abwenden. Da sie Mitglieder der äußeren Sekte waren, wäre es Wu Ying oder Tou He unter normalen Umständen niemals gestattet gewesen, in dieser Phase ihrer Ausbildung nach draußen zu gehen.

"Ich weiß nicht, wie ich euch beiden danken soll", sagte Wu Ying, seine Stimme war mit Dank erfüllt.

"Sorge dafür, dass du zurückkommst", antwortete Tou He, als er Wu Ying sein Sektenabzeichen zurückgab.

***

Die darauffolgenden Vorbereitungen waren einfach zu treffen. Glücklicherweise legte die Auftragsstelle Wu Ying keine weiteren Steine in den Weg und tauschte seine Beitragspunkte mit Vergnügen gegen Geld und Vorräte ein. Sie halfen Wu Ying sogar dabei, einen Platz auf einem Händlerschiff, das flussabwärts fuhr, zu reservieren. Als Wu Ying sein Gepäck verstaut hatte, fiel ihm wieder einmal auf, wie wenig er tatsächlich besaß. Doch wenn Wu Ying in sich horchte, erfüllte ihn dies nicht mit Bedauern. Geld, ein Schwert, Essen und Kleidung. Das war für einen wahren Kultivator ausreichend.

"Schon auf dem Weg zum empirischen Training?", fragte Xi Qi, der beobachtete, wie Wu Ying mit seiner Tasche und dem Schwert durch das Paifang ging.

"Ältester Lu. Ich habe einen Auftrag vom Ältesten Mo erhalten. Hier ist mein Passierschein", antwortete Wu Ying höflich, während er ihm den Passierschein überreichte.

Xi Qi runzelte die Stirn und ließ seinen Blick über die schlichte Holzplatte gleiten, die Wu Yings Berechtigung, zu gehen und den Grund dafür ausführlich beschrieb. Als er die Platte zurückgab, wanderte sein Blick über Wu Ying. "Arbeitet weiter an Eurer Auraverstärkung. Ihr habt sie schon so weit entwickelt. Auf Eurer Stufe wäre es besser, nicht als Kultivator zu reisen. Lehnt alle Herausforderungen ab, die sich Euch stellen. Ein Gesichtsverlust ist besser als der Verlust des Lebens."

"Jawohl, Ältester Lu", stimmte Wu Ying ihm zu.

"Und gebt das hier bitte dem Alten Li, wenn Ihr den Wein besorgt. Der alte Gauner schuldet mir noch eine Flasche", fügte Xi Qi hinzu und warf ihm ein Siegel zu, das mit seinem Chi erfüllt war. "Bringt es unversehrt zurück."

"Natürlich, Ältester", sagte Wu Ying und verbeugte sich tief, nachdem er das Siegel sicher mit dem Rest seines Geldes verstaut hatte.

Da er sich sowieso auf dem Weg dorthin befand, machte es ihm nichts aus, Xi Qi einen Gefallen zu tun. Außerdem war es besser für ihn, wenn er einen guten Ruf bei wenigstens einem der Ältesten hatte, auch wenn dieser nur die Torwache war. So wie die Dinge standen, war der Älteste Huang zwar dank Wu Yings Leistungen in den Küchen positiv gestimmt, doch er war derjenige, der den ganzen Ärger für ihn verursacht hatte. Und was den Ältesten Cheng, seinen vermeintlichen Gönner, betraf? Nun, je weniger über ihn gesprochen wurde, desto besser.

"Dann werde ich mich mal auf den Weg machen", sagte Wu Ying und verbeugte sich zum Abschied erneut und Xi Qi winkte ihm träge nach.

Dann trottete Wu Ying die Stufen hinab und hielt nur lange genug inne, um sich umzudrehen und auf das Paifang mit dem Sektenschild zu starren. Wer hätte gedacht, dass er nach nur einigen Monaten bereits gehen würde? Ob er die Sekte je wiedersehen würde? Welche Erfahrungen würde er gemacht haben, bis er wieder zurückkam?

Wu Ying drehte sich weg und nahm die ihm gut bekannte Route den Berg hinunter, seine Schritte waren leicht beflügelt. Nun war es an der Zeit, dass dieser Bauernsohn mehr von der Welt zu Gesicht bekam.

Kapitel 11

"Zeit für eine Pause, Wu Ying." Eine Hand legte sich auf Wu Yings Schulter, was ihn aus seiner Benommenheit riss.

Den Großteil des Nachmittags war Wu Ying an den Rudern gewesen und hatte eine ganze Bank für sich selbst vereinnahmt, an der er ein Ruder allein übernommen hatte. Ein Teil von ihm hatte auf das stete Trommeln, das die Ruderer im Takt hielt, geachtet. Gelegentlich wurde dieses von gerufenen Anweisungen des Kapitäns untermauert. Doch die meiste Zeit hatte Wu Ying sich auf seine Kultivation konzentriert, wobei er langsam mehr und mehr Chi in seinem Dantian gesammelt und die kleine Menge an Energie in seinem Inneren verstärkt hatte. Zu guter Letzt war ein kleiner Teil seiner Aufmerksamkeit auf seine Aura gerichtet gewesen, da er an der Eindämmung seines herausfließenden Chi gearbeitet hatte.

Der gesamte Prozess war so schwer, dass ihm keine Zeit blieb, auf irgendetwas außerhalb davon zu achten. Wäre das Rudern nicht so repetitiv gewesen, hätte Wu Ying sein Bewusstsein nicht auf seine Aura oder seine Kultivation ausweiten können. Bisher hatte die Problematik, sein Bewusstsein auf diese Teilaspekte aufzuteilen, sein Verständnis für die Zwei Sinne als auch für die Auraverstärkungsübungen enorm verbessert. Obwohl er selbst nicht beurteilen konnte, wie gut er sich dabei anstellte, war er sich sicher, dass er zumindest ein solides Grundverständnis in beiden Bereichen erlangt hatte.

"Onkel[18]", sagte Wu Ying, während er mit dem Rudern aufhörte. Er streckte sich langsam und drehte sich zu dem Mann um, der mit ihm sprach. "Sind wir da?"

"Das sind wir. Die Schlepper werden uns den restlichen Weg nach drinnen ziehen", verkündete der Seemann grinsend. "Absolut pünktlich. Und meine Männer sind erholter denn je, dank Euch. Wenn nur alle meine Passagiere so willig wären,

---

[18] Obwohl es traditionellerweise unzählige Möglichkeiten gibt, jemanden anzusprechen, habe ich hier für eine leichtere Lesbarkeit und Anwendung das modernere Äquivalent von Onkel/Tante gewählt. Dieses wird im Allgemeinen gegenüber Fremden, mit denen man nicht verwandt ist, die aber älter sind als man selbst, als eine Form der höflichen Anrede genutzt.

an den Rudern zu arbeiten, wie Ihr es seid, dann wäre das Reisen um so vieles leichter!"

"Har, Onkel, das stimmt wohl", kicherte Wu Ying. "Ist das Abendessen denn schon fertig?"

"Ah, Ihr seid furchtbar. Wenn Ihr so viel esst, futtert Ihr mir noch meinen ganzen Profit weg", sagte der Schiffskapitän mit gequältem Lächeln.

Sie gingen gemeinsam die Stufen nach unten, wo die Mannschaft bereits mit essen beschäftigt war. Ehe er sich ihnen anschloss, entschuldigte er sich für einen Moment, um sich am Heck des Schiffes zu waschen, wie es seiner Routine entsprach. Nachdem er sich den ganzen Tag kultiviert hatte, war selbst für Wu Ying sein eigener Gestank unerträglich. Wie mussten sich da erst die armen Seemänner fühlen, die neben ihm sitzen mussten?

Er legte seine Roben ab und stand nun nur mit Unterhosen bekleidet am Heck, von wo aus er mit einem Eimer Wasser aus dem Fluss schöpfte, womit er sich und seine langen Haare wusch. Er blickte ruhig an seinem Körper hinunter und auf die durch Yin Xue verursachte Narbe, die sich über seinen Oberkörper zog. Nach so langer Zeit war die Verletzung vollständig verheilt und hatte nur diese diagonale Narbe zurückgelassen.

Was Wu Ying jedoch mehr überraschte, war der Zustand, in dem sich sein Körper befand. Da er so viel Zeit mit der Kultivation und dem Trainieren seiner Techniken verbracht hatte, waren ihm die Veränderungen gar nicht aufgefallen. Die dünne Fettschicht über seinem Torso war durch konstante Bewegung komplett verbrannt worden, was definierte Bauchmuskeln zum Vorschein brachte. Seine Oberschenkel waren so breit wie die Taille eines jungen Mädchens und seine Waden hatten ihre Größe verdoppelt. Wenn er nach unten schaute, überraschte es Wu Ying tatsächlich, dass seine Hosen etwas höher als normal saßen – sie verdeckten nun gerade noch so seine Knöchel.

"Bin ich größer geworden?", murmelte Wu Ying vor sich hin und schüttelte den Kopf. Nun, er befand sich noch immer in der Wachstumsphase, da er kaum älter als sechzehn Jahre alt war. Doch all diese Muskeln waren unansehnlich. Mit dieser äußeren Erscheinung würde man ihn bestimmt niemals für einen gebildeten Gelehrten halten. "Andererseits, was sollte ich auch mit irgendwelchen gebildeten Frauen anfangen? Ich habe nicht wirklich viel, worüber ich mit ihnen reden kann."

Wu Ying lachte, trocknete sich schnell ab und begab sich zu der Gruppe von Seemännern zurück. Er mochte vielleicht etwas mehr Zeit als seine Klassenkameraden damit verbracht haben, die klassischen Werke zu lesen, doch das machte ihn noch lange nicht zu einem Gelehrten. Davon war er noch weit entfernt – er hatte noch immer nicht die vier Bücher und fünf Klassiker[19] zu Ende gelesen.

Nach einer Woche des Reisens hatten sie bereits eine gesamte Grafschaft durchquert. In der Stadt müsste Wu Ying ein anderes Schiff finden, auf dem er mitreisen konnte, da dieses von hier aus nach Osten weiterfahren würde. Er hoffte, dass diese Aufgabe sich als nicht zu kompliziert erweisen würde. Immerhin pulsierte die Stadt mit Geschäftigkeit. Es gab sicher ein oder zwei Schiffe, die in die gewünschte Richtung fuhren.

***

"Was meint Ihr damit, es gibt keine Schiffe?", fragte Wu Ying ungläubig, als er am nächsten Morgen vor der Verwaltungsstelle stand.

Obwohl Schiffskapitäne nicht dazu verpflichtet waren, ihre Route einzutragen, war es für sie von Vorteil. So konnten sowohl Korrespondenzen als auch zusätzliche Handelsabkommen, wenn nötig, zu den Schiffen gelangen. Sicher, die meisten Schiffe hatten eine feste Route – auf denen sie zu festen Zeitplänen hin- und

---

[19] Die vier Bücher und fünf Klassiker waren die Grundlektüre (und Zitiergrundlage) für die chinesische Beamtenprüfung und galten somit als "must read".

zurückfuhren – aber der Verkehr auf den Flüssen bestand zum Teil auch aus umherziehenden Händlern.

"Ihr habt vom Banditen Chao gehört, nicht?", sagte der Angestellte knapp.

"Selbstverständlich", antwortete Wu Ying.

"Nun, in letzter Zeit ist er sehr aktiv geworden, da alle Flusswachen wegen des Krieges zurückgezogen wurden. Jetzt wagen sich nur noch wenige Händler auf diese Route, außer sie reisen mit anderen zusammen. Ihr habt die letzte Kolonne um zwei Tage verpasst", erklärte der Angestellte.

"Wann wird die nächste Kolonne losziehen?", fragte Wu Ying.

"Das dauert noch mindestens eine Woche", antwortete der Angestellte. "Viele Kapitäne haben ihre Route bereits geändert. Es mag vielleicht weniger profitabel sein, aber immer noch besser, als sein Leben zu lassen."

Wu Ying seufzte und rieb sich verzweifelt die Stirn. Er konnte es sich nicht leisten, zwei Wochen zu warten, bis die Schiffe ablegten. Selbst wenn ihm etwas zusätzliche Zeit zur Verfügung stand, waren es höchstens ein paar Tage.

"Wenn das alles ist, könnt Ihr gehen. Es warten noch andere!", schnauzte der Angestellte Wu Ying an, der sich entschuldigte und sich mit bösem Blick entfernte.

Es blieb ihm nur, an Land weiterzureisen. Aber die Landroute dauerte länger, besonders wenn er mit einem Händler zusammen reiste. Viel länger. Dann war seine einzige Möglichkeit ...

"Ich werde alleine gehen!"

***

Leichter gesagt als getan. Für solch eine lange Reise würde Wu Ying Proviant benötigen. Leider hatte er noch nicht das Stadium erreicht, in dem er sich nur von Morgentau und Sonnenlicht ernähren konnte. In seinem jetzigen Stadium der

Kultivation brauchte Wu Ying Essen, und zwar viel. Also war es besser, mehr davon zu kaufen und weitere Käufe in jedem Dorf, das er passieren würde, einzuplanen.

In Wahrheit hätte Wu Ying es vorgezogen, alles, was er brauchte auf einmal zu besorgen und dann die Strecke über Land, über schmale Pfade und Straßen, die seine Reise beschleunigen würden, zurückzulegen. Doch wie stark er auch sein mochte, zu viel Gepäck würde ihn ausbremsen. Und ein Pferd konnte er sich nicht leisten. Ganz zu schweigen davon, dass er nie gelernt hatte, ein Pferd zu reiten.

Deswegen brauchte Wu Ying fast den gesamten Morgen, um Vorräte zu kaufen, zu packen und sich bereit zu machen. Er verließ die Stadt durch das Osttor[20] und wunderte sich wieder einmal darüber, wie einfach das Reisen für ein Sektenmitglied war. Er musste nur sein Sektenabzeichen vorzeigen, und schon wurden Formalitäten wie Reisepass und Passierkosten erlassen.

Trotzdem hielt es Wu Ying für besser, seine Zugehörigkeit schon bald zu verbergen. Die Warnung des Ältesten Lu kam Wu Ying wieder in den Sinn. Ein Kultivator konnte nie vorsichtig genug sein, denn Kultivatoren, die etwas zu beweisen hatten und jene, die nach einzigartigem Wissen trachteten, griffen ihresgleichen an. In der Welt der Kampfkünste stand Gewalt an der Tagesordnung. Daher suchte Wu Ying sich eine verlassene Lichtung, sobald er weit genug von den Toren entfernt war, um seine Roben gegen gewöhnliche Kleidung zu tauschen. Nachdem er seinen Rucksack geschultert und seinen Beutel in seiner Tunika versteckt hatte, verfiel Wu Ying in einen leichten Trab.

Obwohl er rannte, entschied Wu Ying, die Zeit diesmal nicht zur Kultivation zu verwenden. Einerseits fehlte ihm hier der Schutz durch Yang Fa Yuan. Andererseits war die Umgebung neu und unbekannt für ihn, daher musste Wu Ying an jeder Kreuzung auf die Karte schauen, um die Richtung zu überprüfen. Wu Ying konzentrierte sich lieber auf die Verbesserung seiner Aurakontrolle, als zu riskieren,

---

[20] Chinesische Städte besaßen traditionell vier Haupttore entlang der vier Himmelsrichtungen, und das Anwesen des Statthalters befand sich im Zentrum. Städte waren zusätzlich auch mit Mauern umgeben, um die Sicherheit zu erhöhen.

dass er sich verlief, unterbrochen oder angegriffen wurde, während er sich in der Kultivation befand.

Stunde für Stunde legte Wu Ying Li für Li zurück, er rastete nur, um zu trinken und Proviant zu sich zu nehmen. Der Großteil des Essens, das er gekauft hatte, bestand aus einfachen Brötchen, gefüllt mit Fleisch und Gemüse, und glutenhaltigen Reisbällchen, in Sojasauce getränkt und mit Stücken von Hühnerfleisch gefüllt. In seiner Tasche befanden sich außerdem kleinere Päckchen mit Gemüse und Reis, die nur darauf warteten, am Abend von ihm gekocht zu werden. Die Mondphase neigte sich ihrem Ende entgegen. Daher würde es in der Nacht nur wenig Licht geben, das ihm den Weg erhellen würde, falls Wu Ying dazu bereit wäre, diese Art von Risiko einzugehen.

Für diesen Abend fand Wu Ying eine kleine Lichtung, die etwas abseits der Straße gelegen war. Wu Ying bevorzugte die Nacht im Freien gegenüber den üblichen Rastplätzen, die er sich kaum leisten konnte. Selbst wenn Tiere und Seelenbestien durch ländliche Gegenden streiften, sollte er recht sicher sein. Es bedürfte sehr viel Pech, damit sich eines davon in dieser weiten Wildnis zu ihm verirrte.

"Erst Fleisch und Gemüse kochen. Danach Reis und Sauce unterheben", murmelte Wu Ying, während er den kleinen Topf, den er mitgebracht hatte, auf die Feuerstelle setzte.

Nachdem alles vorbereitet war, stand Wu Ying auf und streckte sich, um sich seine nächsten Schritte zu überlegen. "Ah! Ich habe das Schwert ja noch gar nicht ausprobiert."

Es mochte seltsam wirken, seine Gedanken laut auszusprechen, doch da er den ganzen Tag gerannt war, ohne mit jemandem zu sprechen, war der Klang einer Stimme – selbst seiner eigenen – beruhigend. Wu Ying zog die Klinge aus der Scheide und inspizierte die Waffe.

Das Schwert, das Liu Tsong ihm gegeben hatte, war ein einfaches Eisenschwert, das von einem fähigen Handwerker hergestellt worden war, aber es war nichts Besonderes. Trotz allem war es das erste Schwert, das er je besessen hatte und für seine Zwecke war es perfekt. Eine einfache, geradlinige Klinge, auf beiden Seiten geschärft und etwas länger als das Schwert seines Vaters. Das Heft war mit Leder umwickelt, um es weniger rutschig zu machen. Es gab keine Quasten am Ende des Schwertes, doch das störte Wu Ying nicht. Er wusste, dass gewisse schrille Kämpfer diese gerne hinzufügten, aber er empfand sie als störend.

"Dann wollen wir es doch mal testen", sagte Wu Ying nach einem kurzen Blick auf den Topf. Ihm sollte gerade genug Zeit bleiben, die Grundformen durchzugehen, ehe sein Essen fertig war.

Wu Ying entfernte sich ein Stück vom Feuer, steckte das Schwert wieder zurück in die Scheide und begab sich in eine neutrale Haltung. Alle Formen des Jian-Stils der Familie Long begannen im ersten Schritt mit einer neutralen Haltung, da das Ziehen des Schwertes immer den ersten Akt bildete. Aus Sicht des Stils war es für einen Anwender selten, mit bereits gezogenem Schwert zu beginnen, also war natürlich der erste Schritt, zu lernen, wie man das Schwert zu ziehen hatte.

Schritt. Ziehen. Die Hüften drehen und die Schultern leicht zusammenziehen. Den Arm nach oben führen, noch während das Schwert aus der Scheide gezogen wird. Eine Bewegung folgte der anderen, jede Handlung war eine Weiterführung der vorherigen. Eines der wesentlichen Elemente der Form – des Stils – war die kontinuierliche Bewegung, die sie verlangte. Außerdem war der Stil herrisch, scharf und durchdringend, er fokussierte sich auf lange Schritte und schnelle Hiebe, auf die der Anwender sich vollständig einlassen und sich dann sofort wieder zurückziehen musste. Anders als andere Stile konzentrierte sich der Stil der Familie Long darauf, das Schlachtfeld mit jeder Handlung zu beherrschen, sodass Finten und Angriffe nahtlos ineinander übergingen.

Durch Wu Yings Bewegungen stieg die Luft um ihn auf, aufgewühlt durch die fließenden Bewegungen seiner Füße und dem Wirbeln seines Schwertes. Und doch stob der Wind auseinander, hob und senkte sich, da seine Bewegungen stockten oder seine Attacken zwar durch die Luft schnitten, aber nicht genügend Kraft erzeugten. Zwanzig Minuten später kam Wu Ying schließlich zum Stillstand, das Schwert mit einer schwungvollen Bewegung zurück in die Scheide gesteckt.

"Cao. Es fehlen immer noch eineinhalb Zentimeter", sagte Wu Ying und betrachtete die aufgewirbelte Erde um ihn herum. Er stieß einen Seufzer aus und schüttelte den Kopf, dann ging er zu seinem Topf mit Essen. "Ich muss noch mehr üben, um mich an die Klinge zu gewöhnen. Aber zuerst, Zeit fürs Abendessen!"

Als er fast mit dem Abendessen fertig war, schreckte er durch einen irritierenden Laut auf. Er drehte sich vom Feuer weg und spähte in die Dunkelheit, wobei er stirnrunzelnd und vorsichtig die Schüssel abstellte.

"Wer ist da?", rief Wu Ying.

Statt einer Antwort drang ein Schnüffeln aus dem Unterholz. Wu Ying stellte sich misstrauisch auf und ließ mit verengten Augen seine Hand auf dem Schwertgriff ruhen. Ein Augenpaar, das im Feuerschein rot leuchtete, tauchte drei Fuß über dem Boden auf.

Wu Ying zuckte zusammen, als er den Eber erblickte. Es schien ein Feuereberdämon zu sein. Und dazu noch einer, der über die Jahre eine gewisse Stärke entwickelt hatte. Selbst ein normaler Eber wäre eine Bedrohung gewesen. Ihr hohes Gewicht, ihre niedrigen Körper und die dicke Fettschicht, die ihre lebenswichtigen Organe schützte, machten es schwer, sie mit normalen Waffen zu verletzen und zu töten. Hinzu kam das aggressive Naturell dieser Biester, weshalb die meisten Bauern eine Konfrontation mit Wölfen bevorzugten – die wenigstens einen Grund für ihre Aggression hatten. Ein spirituell gestärkter Eber war im Prinzip dasselbe, nur zehn Mal so schlimm.

Wu Ying senkte seine Haltung und hielt den Eber im Blick, der schnaubte und schnüffelte. Das plötzliche Zusammenzucken seiner Muskeln kündigte seinen Angriff an. Die Kreatur schloss die Distanz zwischen ihnen binnen eines Atemzugs, die Hufe wirbelten Staubwolken auf. Wu Ying atmete aus und tat einen Schritt zur Seite, während er das Schwert zog und zuschlug. Der Hieb zog sich über den Nacken des Ebers und schnitt tief in Haut, Fett und Muskeln. Doch der Nacken des Ebers war so massig, dass der Angriff seine vitalen Punkte verfehlte.

"Verdammt", knurrte Wu Ying, als er sich umdrehte, um auch dann zuzuschlagen, während der Eber sich zu ihm umdrehte.

Der nächste Angriff traf dessen Rücken und hinterließ einen oberflächlichen Schnitt auf seiner dicken Haut. Nachdem Wu Ying zurückgewichen war, stieß der Eber ein quiekendes Grunzen aus und schoss eine Feuerwelle in seine Richtung. Mit einem weiteren Satz nach hinten schaffte es Wu Ying, dem größten Teil des Angriffs auszuweichen. Sein Gesicht und die entblößte Haut glühten heiß und rot.

Wu Ying ging nun vorsichtiger vor und ließ sich in seine Verteidigung zurückfallen, während er einen erneuten Angriff des Ebers abwartete. Der Eber stürmte auf Wu Ying zu, der einen Schritt zur Seite machte und mit einer Reihe schneller Schnitte aus dem Handgelenk die Haut des Ebers aufschlitzte. Er sollte sich besser auf einen langsamen Kampf fokussieren, einen, der das Monster auslaugte, um dann einen weiteren enthauptenden Schlag zu wagen.

Wu Ying konzentrierte sich während des Kampfes auf seine Atmung, denn er wusste, dass er sie gleichmäßig und ruhig halten musste, um seinen Körper unter Kontrolle halten zu können. Doch gleichzeitig durchfuhr ihn die Erregung des Kampfes, sein Herz schlug schneller und sein Sichtfeld verengte sich, während er um sein Leben kämpfte, allein, zum ersten Mal in seinem Leben. Sicher, Seelenbestien hatten schon einmal das Dorf angegriffen, doch er war nie an vorderster Front gewesen. Genauso wenig war er alleine gewesen.

Die beiden Gegner bekämpften sich weiter, der Eber mit unnachgiebiger Aggression, während Wu Ying ihn sachte umkreiste. Glücklicherweise konnte das Monster seinen Feueratem nur hin und wieder einsetzen, wodurch Wu Ying sich darauf konzentrieren konnte, ihn aufzuschlitzen. Mit zunehmender Zeit wurden beide müder. Als der Eber Wu Ying nochmals angriff, wich er behände aus und schlug erneut zu. Wu Yings Klinge schnitt tiefer in die freigelegten Muskeln auf dem Rücken des Ebers, wodurch das Monster wiederum verärgert schnaubte. Diesmal jedoch trat Wu Ying während seiner Landung auf ein umgewühltes Stück Erde, sodass er für den Bruchteil einer Sekunde sein Gleichgewicht verlor. Der Eber drehte sich um und ergriff die Gelegenheit, um abermals auf Wu Ying zuzustürmen.

"*Die Wahrheit des Schwertes*", rief Wu Ying, während er seine Balance wiederfand.

Ihm blieb keine Zeit, zurückzuweichen, und so konnte Wu Ying nur mit der ersten größeren Attacke seines Stils zurückschlagen. *Die Wahrheit des Schwertes* war ein Ausfallschritt, erfüllt mit der Intention und Überzeugung des Kultivators. Er verlangte vollkommene Hingabe, denn er bemächtigte sich jeglicher Stärke im Körper des Kultivators, daher musste dieser absolut überzeugt davon sein, dass sich nichts diesem Angriff widersetzen konnte.

Er konfrontierte das Monster frontal, die Klinge war leicht versetzt zur Angriffsbahn des Monsters ausgerichtet und zielte auf die ungeschützte Wunde auf seinem Nacken. Das Schwert war in einer perfekten Linie ausgerichtet und zuckte in Wu Yings Hand, als das Gewicht der Bestie ihn niederdrückte. Die Wucht ihrer beiden Angriffe presste das Schwert tief in den Körper des Monsters, während Wu Yings Füße sich in den Boden gruben, da er zurückgedrängt wurde. Zum Glück traf sein Angriff irgendeinen vitalen Punkt des Monsters. Es hörte endlich auf, um sich zu schlagen, und Wu Ying kam mit einigen leichten Verletzungen an seinen Armen und der schmerzenden Hand davon.

"Endlich", sagte Wu Ying und lehnte sich an einen nahegelegenen Baum.

Die ehemals unberührte Lichtung war nun verwüstet, der Boden war mit Löchern durchzogen, welche die donnernden Hufe des Ebers hinterlassen hatten, verbranntes Gras zischte und das Blut des Ebers verteilte sich überall. Seine Tasche mit Proviant war nur deshalb verschont geblieben, da Wu Ying sich zuvor entschlossen hatte, sie in die Baumkronen zu hängen, um sie zu schützen.

"Das eignet sich nicht als Nachtlager." Ganz ungeachtet der nun unebenen Erde würde der Geruch von Blut Insekten und größere Monster anlocken. "Ich sollte mir besser eine andere Lichtung suchen."

Wu Ying schüttelte den Kopf und machte sich daran, seine Taschen aus den Bäumen zu holen. Anstatt das Seil zu lösen, nachdem er seine Taschen eingesammelt hatte, befestigte Wu Ying es am Körper der Bestie und zog ihn nach oben, um ihn ausbluten zu lassen, während er seine Arme verband. Für einen kurzen Moment dachte Wu Ying darüber nach, ein bisschen vom Blut des Ebers aufzubewahren, verwarf den Gedanken aber wieder. Er hatte kein geeignetes Gefäß dafür mitgebracht. Das war sehr bedauerlich. Er sollte sich etwas Fleisch nehmen und sich damit zufriedengeben.

"Oh!" Wu Ying schlug sich selbst an den Kopf. "Es ist eine Dämonenbestie!"

Wu Ying starrte mit einem Grinsen auf den Kadaver. Irgendwo in diesem Körper befand sich ein Seelenstein. Das wäre sein erster. Obwohl er vermutlich klein und trüb war, wie es zu solch einem geringeren Dämon passen würde, wäre es doch noch immer ein Dämonenstein. Sobald er zur Sekte zurückkehrte, konnte er diesen gegen weitere Beitragspunkte eintauschen. Im schlechtesten Fall wäre er immerhin ein paar Goldmünzen wert.

Wu Ying lächelte und wartete, er war nun zufriedener als zuvor über diese Störung. Er wünschte sich fast, noch einmal angegriffen zu werden.

Fast.

Kapitel 12

Da die Rastplätze entlang der Straße sich jeweils etwa einen Tagesmarsch entfernt voneinander befanden, entschied Wu Ying, das Fleisch des Ebers zum nächstgelegenen Rastplatz zu bringen, um es dort zu verkaufen. Weil er es geschafft hatte, dort spätmorgens einzutreffen, war der Besitzer mehr als glücklich darüber, das Fleisch für das Mittag- und Abendessen zu erwerben. Während Wu Ying auf die Tael blickte, die er dafür erhalten hatte, wurde er das Gefühl nicht los, dass man ihn übers Ohr gehauen hatte. Denselben Preis pro Kätti für das spirituell durchzogene Eberfleisch zu zahlen, den man auch für normales Schweinefleisch zahlen würde, erschien ihm falsch. Doch letzten Endes nahm Wu Ying den Erlös und die warme Mahlzeit dankend entgegen. Er konnte weder das ganze Fleisch mitnehmen, noch hatte er die Zeit oder das nötige Salz, um es anständig zu räuchern. Klüger war, es zu verkaufen und etwas Geld zu verdienen, als sich um solche Angelegenheiten zu kümmern.

Nachdem er sich erfolgreich selbst vertröstet und seine warme Mahlzeit gegessen hatte, machte Wu Ying sich erneut mit einem gemütlichen Trab auf den Weg. Obwohl er mehr als einen schrägen Blick erntete, da er mit einem großen Rucksack auf den Schultern rannte, kümmerte Wu Ying das nicht sonderlich, da keiner von ihnen es schaffte, ihn einzuholen. Außerdem war er nur im Vergleich mit den Grundrängen der Bevölkerung stark, obwohl seine Kultivation und Körperkraft beachtlich waren. Älteren und erfahreneren Kultivatoren war es mit Leichtigkeit möglich, zu tun, was er gerade tat, und selbst unter dem gewöhnlichen Volk befand sich das ein oder andere begabte Genie. Daher war Wu Yings Handlung nicht vollkommen ungewöhnlich, wenn auch außergewöhnlich. Ganz besonders dann, wenn man bedachte, dass Wu Ying bisher noch keine Fähigkeiten des Qinggong[21]

---

[21] Wörtlich: "leichte Fähigkeit". Es kommt aus dem Baguazhang und ist im Prinzip "wire fu" (ein Kofferwort aus wire work und Kung Fu) – über Wasser rennen, auf Bäume klettern, auf Bambus entlanggleiten etc.

gelernt oder gemeistert hatte, mithilfe derer er sich leicht mit übermenschlicher Geschwindigkeit hätte bewegen können.

Auf seinem Weg beobachtete Wu Ying das Tummeln auf der Straße. Obwohl das Reisen auf den Kanälen schneller und bequemer war, konnten viele Orte nicht auf diesem Weg erreicht werden. Daher nutzten viele die Straße, von Händlern über Bettler, Gelehrte, Mönche, Regierungsbeamte, bis hin zu Kultivatoren und anderen. Die Fortbewegungsmittel unterschieden sich, abhängig von den Haltestellen eines jeden Individuums. Man sah einfache Wagen, Kutschen, Pferde und Rikshas auf den Straßen, doch viele waren wie Wu Ying und bedienten sich der am weitest verbreiteten Fortbewegungsmethode der Natur.

Auch wenn Wu Ying von allerlei Menschen umgeben war, machte er sich nicht die Mühe, sich mit ihnen zu unterhalten. Und obgleich es unzählige Reisende gab, waren die Straßen nicht überfüllt. Es kam öfter vor, dass er Menschen sah, die auf Lichtungen rasteten, oder dass er eine Gruppe im Rennen passierte. In einigen seltenen Momenten wurde er von Reitern oder Kutschen überholt.

Wu Ying fand die ganze Szenerie äußerst faszinierend. Er war nie dieser Lebensweise ausgesetzt gewesen, und es schien, als hätte die reisende Gesellschaft eine Reihe von Umgangsformen, die er nach und nach entdeckte. Viele der Reisenden erschienen glücklich darüber zu sein, frei von den gesellschaftlichen und wirtschaftlichen Beschränkungen, die die Bauern an ihr Land fesselten. Der Anblick öffnete dem jungen Mann die Augen, genauso wie es die erste Stadt, die er zu Gesicht bekam, getan hatte. Wieder einmal wurde Wu Ying bewusst, dass ihre Welt unter dem Himmel Überraschungen und Wunder bereithielt.

***

Tag für Tag wiederholte sich Wu Yings Tagesmuster. Rennen, essen, die Auraverstärkungstechniken und seine Kampfkünste trainieren, essen, von Seelenbestien angegriffen werden. Es war keinesfalls so, dass er jede Nacht angegriffen wurde, doch die Attacken kamen öfter vor, als man vermutet hätte. An einem gewissen Tag stand Wu Ying an eine Ladentheke gelehnt und rieb sich eine schmerzende Rippe, während er sich mit dem Eigentümer des Rastplatzes unterhielt.

"Gibt es viele Angriffe von Dämonenbestien auf der Straße?", fragte Wu Ying in leicht entnervtem Ton. Hätte sein Körper nicht weniger Schlaf aufgrund seiner höheren Kultivation benötigt, hätte er sein derzeitiges Tempo niemals aufrecht halten können.

"Angriffe? Nicht mehr als üblich", antwortete der Inhaber, der seinen langen, weißen Schnurrbart zwirbelte. Der alte Mann neigte den Kopf zur Seite und prüfte Wu Yings schmutzige, gewöhnliche Gewänder. "Das Wetter war gut, daher sollten die Beeren und Früchte blühen. Aber mir ist zu Ohren gekommen, dass sich eine neue Seelenbestie auf dem Berg Heng eingenistet hat. Das hat vielleicht ein paar mehr Dämonenbestien ins Tal getrieben."

"Ein paar?", entgegnete Wu Ying und schüttelte den Kopf. "Das ist schon die vierte Dämonenbestie, die ich getötet habe!"

"Ihr treibt Euch allein in der Wildnis herum, oder nicht?" Als Wu Ying nickend bejahte, schnaubte der Eigentümer. "Natürlich werdet Ihr da angegriffen. Die Biester wissen, wie man die Spuren von Menschen deutet. Sie mögen vielleicht nicht intelligent sein, aber Dämonenbestien sind gerissen — und einfaches Volk mit geringer oder keiner Kultivation sind für sie ein gefundenes Fressen. Ganz besonders, wenn sie alleine sind."

"Allein ..." Wu Ying blinzelte, da ihm bewusst wurde, was der Eigentümer andeutete. Dass er sein Kultivationslevel mit seiner Auraverstärkungstechnik unterdrückte und alleine lagerte, war, als würde Wu Ying ein Schild über dem Kopf tragen, auf dem "leichte Beute" geschrieben stand.

"Nun ja, Ihr seid ja ganz offensichtlich sehr talentiert mit diesem Schwert. Aber ein junger Mann, wie Ihr es seid, sollte mehr an seiner Kultivation arbeiten", sagte der Besitzer freundlich. "Es ziemt sich nicht für jemanden in Eurem Alter, so wenig Präsenz zu zeigen."

"Präsenz?"

"Ich mag zwar nicht den Einblick eines richtigen Kultivators haben, aber ich habe in meinem Leben schon genug von ihnen beherbergt. Wahre Kultivatoren haben Präsenz. Wenn Ihr darauf achtet, werdet Ihr feststellen, dass alle Kultivatoren das haben", sagte der Eigentümer mit einem Lächeln. "Je stärker ein Kultivator, desto stärker seine Präsenz. Und Eure ist, na ja ..."

"Schwach", bestätigte Wu Ying.

Natürlich war sie schwach. Er unterdrückte ja auch seine Aura! Doch während er über die Sache nachdachte, runzelte Wu Ying die Stirn, da er versuchte, die Aura des Eigentümers wahrzunehmen. Nach einer Weile schüttelte Wu Ying den Kopf, er schaffte es nicht. Vielleicht sollte er auf die Worte des alten Inhabers hören und seine Fähigkeit, Auren zu spüren, regelmäßig überprüfen, ganz besonders dann, wenn er zur Sekte zurückkehrte. Seine Fähigkeit, Kultivationsgrade zu erkennen, würde sich auf natürliche Weise entwickeln, sobald er die Stufe der Energiespeicherung erlangte, doch es gab keinen Grund, sie nicht jetzt schon zu trainieren.

"Ich danke Euch, Onkel", sagte Wu Ying und verbeugte sich.

"Ach, nicht doch. Also, was dieses Wolfsfleisch betrifft, es ist nicht gerade sehr beliebt. Ganz besonders das Herz nicht. Aber ich bin gewillt, es für sechs Tael zu kaufen", sagte der Eigentümer und gestikulierte zu dem Fleisch, das auf dem Tresen ausgelegt war.

Wu Ying rollte mit den Augen, fing aber an zu verhandeln, während er ihr Gespräch im Hinterkopf noch einmal Revue passieren ließ. Die Präsenz also, ja?

***

Ein weiterer Tag, ein weiterer langer Marsch. Die Tage gingen ineinander über, der einzige Unterschied für Wu Ying war der Fortschritt, den er auf seiner Karte markierte. Was eine zweiwöchige Reise per Schiff sein sollte, zog sich zu einem zweiwöchigen Marathon durch Hügel, Wälder und Ebenen, ohne Ende in Sicht.

Während die Sonne am Horizont entlang zog, kaute Wu Ying auf seinem Weg an einer Stange Zuckerrohr. Als Kind hatte er diesen Leckerbissen geliebt, und da er früher an diesem Tag einen Hain mit unbewachtem Zuckerrohr gefunden hatte, hatte er sich eine Stange davon abgeschnitten. Es machte seinen Lauf um einiges erträglicher. Als ein Schrei durch die flachen Hügel hallte, ließ Wu Ying die Stange erschrocken fallen.

"Was ist das?", fragte Wu Ying sich und runzelte die Stirn. Er wurde langsamer, während er sich umsah, doch er konnte keine Gefahr in seiner unmittelbaren Umgebung erkennen.

Mit Sicherheit kam der Schrei aus einiger Entfernung vor ihm. Wu Ying überlegte sich, ob er die Richtung ändern oder einfach nur langsamer werden sollte, doch er schüttelte den Kopf. Dies waren keine Gedanken, die ein Kultivator haben sollte. Wu Ying entschloss sich, zu helfen, und wurde schneller.

Das erste, was Wu Ying wahrnahm, war die Menschenmenge. Das nächste war der Karren des Händlers, den die Menge umringte. Wu Ying stellte schnell fest, dass es sich um keine gewöhnliche Menschenmenge, sondern um Banditen handelte, die mit Schwertern oder anderen Waffen bewaffnet waren und die den Händler bedrohten. Sein Blick verfinsterte sich, es waren keine Frauen in Sicht. Doch dieser hohe Schrei hätte von einer Frau kommen müssen.

"Was geht hier vor sich?", fragte Wu Ying, als er ankam. Er behielt die Gruppe im Auge, atmete aus und löste die Knoten um seine Taschen, als er sich bereitmachte. Es war besser, nicht zu schwer beladen zu sein, wenn die Dinge sich so entwickelten, wie er vermutete.

"Das geht Euch nichts an", antwortete einer der Banditen, der sich zu Wu Ying umgedreht hatte und spöttisch grinste. Der kahlköpfige Bandit schwang einen einfachen Speer, den er auf Wu Ying richtete. Während Wu Ying den Blick über die Gruppe schweifen ließ, fiel ihm auf, dass viele der Banditen Hippen, Netze und Daos mit sich führten. "Wartet kurz dort. Wir sammeln unsere Gebühren ein."

"Eure Gebühren? Es scheint mir eher, dass ihr euch ihre Leben nehmen wollt", entgegnete Wu Ying, der auf den verletzten und blutenden Händler am Boden schaute. Einer der Banditen stand über den ausgestreckten Körper gebeugt.

Die Angestellten des Händlers standen mit angsterfülltem Blick an den Wagen gepresst. Ein kurzer Blick verriet Wu Ying, dass er einem halben Dutzend Banditen gegenüberstand, sowie dem einen, der mit ihm sprach. Von diesen sechs hielt einer die Pferde fest, wodurch nur der eine Bandit, der den Händler schlug, und weitere vier eine unmittelbare Gefahr darstellten.

Sowie er die Gruppe konfrontierte, schlug sein Herz schneller und seine Handflächen wurden schwitzig. Es benötigte all seine hart erarbeitete Selbstkontrolle, um seine Atmung langsam zu halten, als die Gruppe sich bewegte, um ihn zu umzingeln. Während Wu Ying den Banditen gegenüberstand, wurde ihm bewusst, dass er vielleicht einige von ihnen töten musste. Ob Fa Hui sich genauso wie er jetzt gefühlt hatte, als er mit der Armee gekämpft hatte? So wie Fa Hui ihm die Ereignisse geschildert hatte, bezweifelte Wu Ying das irgendwie. Vielleicht war er gar nicht ...

"Hört Ihr mir zu?", fauchte der glatzköpfige Bandit Wu Ying an, während er seinen Speer in Richtung seines Gesichts stieß.

Es war kein wirklicher Stoß, nur eine Drohung, doch die Speerspitze kam Wu Yings Gesicht so nahe, dass er ohne nachzudenken reagierte. Er trat zur Seite und das Schwert in seiner Hand fuhr mit der ersten Bewegung des Long-Familienstils aus der Scheide.

"Du wagst es ...!", knurrte der Banditenanführer, der den Händler festhielt.

Seine Kameraden um ihn wichen erschrocken zurück, als ihr Freund zurücktaumelte, sein Speer fiel auf den Boden, da sein Arm sich von seinem Körper löste. Nach einem kurzen Moment des Schocks schrie der einstmals kampflustige Bandit auf. Er umklammerte seinen Arm und ließ sich zurückfallen, während das Blut aus seinem Arm spritzte, wodurch der Boden um ihn herum mit scharlachroten Tropfen gesprenkelt wurde.

"Bewegung", hauchte Wu Ying. Ob er dies zu den Banditen oder zu sich selbst gerichtet sagte, wusste er selbst nicht so recht. Doch nun, da Blut vergossen worden war, gab es kein Zurück mehr.

Ein weiterer Speer stieß Wu Ying entgegen, doch er blockte ihn mit seinem Unterarm. Er fing die Klinge ab, die über seine Schulter glitt, ehe er den Speerträger zu sich heranzog. Mit einem schnellen Tritt und einer Drehung seines Arms, während er den Speer ergriff, stieß der Bandit mit einem anderen zusammen, was Wu Ying Zeit verschaffte, um sich dem letzten Banditen zuzuwenden. Durch einen kurzen Zusammenstoß ihrer Klingen und einem fehlgeschlagenen Versuch, sein Handgelenk zu treffen, wurde Wu Ying zum Rückzug gezwungen, während sich die drei Banditen erholten.

"Macht ihn fertig, verdammt!", knurrte der Banditenanführer, der den Händler zu seinen Angestellten stieß und sich aufrichtete. "Und ihr, wagt es nicht, euch zu bewegen, sonst töte ich euch."

Wu Ying trat ein Stück zurück, als die Gruppe weiter versuchte, ihn zu umzingeln. Mit einem Schulterzucken ließ er seine Tasche fallen, die neben ihm landete, während er sich weiter rückwärts bewegte. In dem Moment, als sich der Bandit zu seiner Linken um die fallen gelassene Tasche bewegte und damit die Formation auflöste, schritt Wu Ying zur Tat.

Mit einem einzelnen, schnellen Schritt näherte er sich ihnen und drehte sich. *Die Türschwelle von Ungeziefer befreien*, gefolgt von dem *Gruß an die aufgehende Sonne*. Dann das *Recken des Drachen*, um sich zurückzuziehen, da der Bandit links von ihm aufgrund seines verletzten Beins zusammenbrach, doch der Bandit in der Mitte versperrte ihm den Rückweg. Ein weiterer schneller Schritt vorwärts, ein Tritt auf die Schläfe des am Boden liegenden Banditen, dann drehte Wu Ying sich und seine Klinge blockte den Schlag ab, während er es in eine Position brachte, in der Wu Ying seine Hand leicht ausstrecken konnte. Die Klinge grub sich in den Hals des angreifenden Banditen, es glitt so leicht hinein, dass Wu Ying fast glaubte, dass er ihn verfehlt hatte – bis das Blut plötzlich herausspritzte, als er sein Jian herauszog. Dann, die Distanz schließen, packen und umstoßen, treten und stechen.

So schnell wie er begonnen hatte, war der Kampf auch schon wieder vorbei. Wu Yings Hand zitterte leicht, während das Blut von seinem Jian tropfte. Um ihn herum lagen die leblosen Körper der schlecht trainierten Banditen, die langsam ausbluteten. Nachdem Wu Ying eine Waffe, auf die einer der sterbenden Banditen zukroch, zur Seite gestoßen hatte, bewegte er sich auf den Banditenanführer zu, der die Szene angsterfüllt beobachtet hatte. Seine verbleibenden Gegner waren entweder so schwer verletzt, dass auch sie im Sterben lagen, oder standen unter Schock, während sie auf Wu Ying starrten, der sich zurückzog. Der Banditenanführer blickte auf seine gefallenen Männer und dann zu Wu Ying, der seine Kultivation nicht länger verborgen hielt. Unter dem Druck seiner fortgeschrittenen Kultivation begannen die Lippen des Banditenanführers zu zittern.

"Dafür wirst du bezahlen! Wenn der Boss Chao davon erfährt, wird er Jagd auf dich machen!"

"Davon erfährt er nur, wenn Ihr überlebt", sagte Wu Ying, während er sich auf ihn zubewegte. Innerlich wunderte Wu Ying sich über die Nüchternheit, die er empfand. Anders als bei seinem Kampf mit Yin Xue, bei dem er ein reines Nervenbündel gewesen war, und selbst bei seinem Kampf gegen den Eber bemerkte Wu Ying, wie er den Banditenanführer beiläufig analysierte. Er nahm wahr, wie sich der Kehlkopf des Banditen beim Schlucken bewegte, auch nahm er den kalten Schweiß und die umherhuschenden Augen wahr und wie seine Beine von Wu Ying und seinen Geiseln weg zeigten und angewinkelt waren. Das alles wies hin auf ...

"Los!", schrie Wu Ying.

Die Augen des Banditenanführers weiteten sich vor Schreck, bevor er davoneilte, kurz darauf taten es ihm seine übrigen Gefolgsmänner am vorderen Ende der Kutsche gleich. Wu Ying lächelte schwach und zufrieden. Gut. Er hatte nicht das Bedürfnis, sie zu töten, wenn es sich vermeiden ließ. Und da der Anführer sich viel näher an den Händlern befunden hätte, wäre Wu Ying machtlos gewesen, wenn er eine Geisel genommen hätte. Jedoch sank seine Achtung vor dem Banditenanführer auf ein neues Tief, als Wu Ying sich umdrehte, um sich die verletzten Banditen anzusehen, die langsam ausbluteten. Seine eigenen Leute im Stich zu lassen. Wie verabscheuungswürdig.

"Ihr wart unsere Rettung!" Der Händler und seine Bediensteten verbeugten sich hastig vor Wu Ying. "Wir danken Euch vielmals."

"Ist schon in Ordnung. Das war doch nichts", antwortete Wu Ying, der mit der freien Hand abwinkte. Während er dies tat, bemerkte er, wie schwer sich sein Jian anfühlte und wie das Blut von der frisch getauften Klinge tropfte. Wu Ying schwang die Waffe locker, wodurch das meiste Blut abglitt, dann wandte er sich zu seinem Gepäck, um ein übrig gebliebenes Stück Stoff zu holen. Er sollte es besser säubern, ehe es zu rosten anfing.

"Oh Wohltäter, Ihr seid verletzt!", stieß eine Stimme aus, wodurch Wu Ying stockte.

Er runzelte die Stirn und blickte nach unten, wo er einen Blutfleck an seiner linken Seite erspähte, der sich langsam ausbreitete. Während er auf den Fleck starrte, machten sich das volle Ausmaß seiner Verletzungen schließlich bemerkbar. Der Schmerz fuhr ihm wie beim Schmerz durch den Biss einer Feuerameise in die Seite. "Oh."

Es schmerzte, jedoch nicht allzu sehr. Für eine Sekunde dachte er darüber nach, was er tun sollte, doch da die Wunde nicht stark zu bluten schien, beschloss Wu Ying zu beenden, was er angefangen hatte. Kurz darauf hatte er ein Stück Stoff von der Kleidung eines der Banditen abgeschnitten, mit dem er sein Schwert putzte, dann steckte er die Klinge zurück in die Scheide.

"Bitte, oh Wohltäter, lasst uns die Wunde anschauen. Einer meiner Diener hat ein paar heilende Fähigkeiten. Und wir können euch bis zu unserem nächsten Halt mitnehmen!", sagte der Händler, der händeringend seinen Blick auf Wu Ying gerichtet hielt.

Wu Ying öffnete den Mund, um das Angebot abzulehnen, überlegte es sich dann aber noch einmal anders. Abgesehen von seiner Dankbarkeit hielt der Händler es vermutlich für sicherer, Wu Ying um sich zu haben. Und obwohl Wu Ying zu Fuß schneller war als der Wagen – zumindest, wenn er unverletzt war – musste er nun zunächst einmal seine Wunde versorgen und sich kultivieren, um sich schneller erholen zu können. In diesem Fall war die Kultivation im Stillstand effektiver. Wenn er sich kultivierte, konnte er dies also genauso gut tun, während er seinem Ziel näherkam.

"Vielen Dank", antwortete Wu Ying schließlich und nahm das Angebot an.

"Nein, wir danken Euch, Wohltäter!"

Der Händler winkte einen Bediensteten heran, den er anleitete, Wu Yings Tasche zu tragen, während andere diesem auf den Wagen halfen. Danach schickte der Händler die Bediensteten weg und sammelte die Geldsäckel und Waffen der Banditen auf. Mit einem kleinen Dolch in seiner Hand erledigte er die verwundeten Banditen. In Kürze war die Gruppe bereit aufzubrechen, Wu Ying saß im Schneidersitz und mit entblößtem Oberkörper am hinteren Ende des Wagens. Der Bedienstete drückte einen Breiumschlag auf Wu Yings Brust, den er mit einer Bandage fixierte.

"Ich werde mich kultivieren, um mich zu erholen. Sagt mir Bescheid, wenn es Probleme gibt", sagte Wu Ying sanft.

Nachdem der Händler ihm rasch zugenickt hatte, schloss Wu Ying die Augen und seine Aufmerksamkeit wandte sich wieder einmal seinem Dantian zu. Sein Chi war aufgewühlt, er atmete langsam aus und konzentrierte sich. Er sollte besser anfangen.

Kapitel 13

Macht. Erleuchtung. Können. Dies alles benötigte ein Kultivator, um sich weiterzuentwickeln. Zum jetzigen Zeitpunkt, so fand Wu Ying, hatte er auf seiner Reise unbewusst ein bisschen Erleuchtung erfahren. Durch den Kampf mit den Dämonenbestien, durch sein Verständnis für das Verhalten der Banditen, durch seine Beobachtung der Welt, während er rannte, hatte sich sein Weltbild entfaltet. Und dadurch wurde seine Fähigkeit, mehr Chi zu sammeln, stärker, da selbst die Himmel dies würdigten.

Das Chi floss in immer größeren Mengen in seinen Körper, wo es sich in seinem Dantian sammelte und in dem anwachsenden Pool herumwirbelte. Obwohl etwas Chi aus seinem Körper strömte und er es ausatmete, sammelte es sich doch weiter an. Das Chi wirbelte, zirkulierte durch seinen Körper und drängte durch seine geöffneten Meridiane. Wu Ying befürchtete, dass seine Meridiane unter diesem neuen Druck zusammenbrechen würden, wenn er nichts unternahm, daher presste er gegen seinen sechsten Meridian. Dieser war schon fast vollständig gereinigt und die Unreinheit strömte in Form von schwarzem Blut aus seiner offenen Wunde.

"Was ist das?"

"Stimmt etwas nicht?"

"Sollten wir ihm helfen?"

"Stört unseren Wohltäter nicht in seiner Kultivation. Wisst ihr es denn nicht besser!"

Die Worte wirbelten außerhalb von Wu Yings bewussten Gedanken umher. Doch keines von ihnen trug eine Tötungsabsicht in sich, niemand bewegte sich auf ihn zu, und so saß er da, ungestört, während er spürte, wie sich sein sechster Meridian öffnete. Noch ein Drücken, und das Chi in ihm drängte sich durch den nun neu geöffneten Meridian. Es erfüllte Wu Ying für einen Moment mit Ekstase und Erleichterung, da der Druck auf seinen Dantian gelindert wurde. Selbst seine Aura erzitterte, denn sein neu erlangtes Level strapazierte das Siegel, das auf ihr lag.

Wu Ying hatte keine Zeit, sich darauf zu konzentrieren, denn das Chi, das durch seinen Dantian schoss, wurde mehr und mehr. Er knurrte leise, denn seine Wunde pulsierte und Unreinheiten wurden weiter aus seinem Körper gedrängt, während seine Muskeln und seine Haut sich unter dem Zustrom der neuen Energie zusammenzogen. Währenddessen gab Wu Ying sein Bestes, um die Energie in seinem Dantian festzuhalten, wo er sie zirkulieren ließ, als sie aus seinen Meridianen zurückkehrte. Anstatt sofort einen weiteren Durchbruch zu wagen, war es klüger, den aufgewühlten Fluss seines Chi ruhen zu lassen. Der angestiegene Fluss würde seine anderen Meridiane ohnehin reinigen, was ihm half, sich auf den nächsten Schritt vorzubereiten.

Einige Stunden später öffnete Wu Ying endlich seine Augen, nur um festzustellen, dass der Wagen schon längst zum Stehen gekommen war. Sie waren nicht länger auf der Straße, sondern in den Ställen eines Rastplatzes. Der Kultivator drehte den Kopf und blinzelte aufgrund des schwachen Lichts der Laternen, die in den Ställen hingen. Etwas entfernt von ihm erblickte er einen dösenden Bediensteten.

"Wo sind wir?", rief Wu Ying ihm entgegen, während er aufstand und seine müden Muskeln dehnte. Ein schwacher Schmerz in der Seite erinnerte Wu Ying an seine Verletzung, doch er wusste, dass sie inzwischen weit weniger gefährlich war, als er kurz in sich horchte.

"Wir sind am Fuxi-Rastplatz. Den anderen haben wir zur Mittagszeit passiert, doch da Ihr euch noch immer kultiviert hattet, hat mein Meister uns zu diesem hier weitergetrieben", erklärte der Bedienstete, der sich auf die Beine rappelte und verbeugte. "Ich beglückwünsche Euch zu Eurem Durchbruch."

Wu Ying erinnerte sich wieder daran und tastete im Stillen nach seiner Aura und spürte den Unterschied. Er seufzte innerlich über die Feststellung, dass das Chi wieder einmal "leckte". Als Wu Ying sich daranmachen wollte, die Lecks zu schließen, knurrte sein Magen und erinnerte den Kultivator daran, dass er seit heute Morgen nichts mehr gegessen hatte.

"Mein Meister hat Zimmer und Verpflegung für Euch bezahlt, Wohltäter. Wenn Ihr mir folgt, führe ich Euch hin", sagte der Bedienstete, der sich erneut verbeugte.

"Ich danke Euch", antwortete Wu Ying und folgte ihm.

Zum Glück wurde das Abendessen schnell serviert und die anderen Gäste des Rastplatzes ließen Wu Ying in Ruhe sein Abendessen verspeisen. Trotzdem bemerkte der junge Mann die neugierigen Blicke und die leisen Gespräche über seine Erscheinung, während er aß. Vielleicht war sein Handeln gegenüber den Banditen etwas heftig gewesen. Aber was sonst hätte ein Kultivator tun sollen, wenn er Zeuge einer solchen Situation wurde?

"Herr Kultivator, habt Ihr etwas dagegen, wenn wir Euch Gesellschaft leisten? Ich habe hier einen guten Tropfen Wein", sagte ein älterer Händler und lächelte, als er einen Weinkrug auf Wu Yings Tisch abstellte.

"Nur zu. Jedoch bin ich mir nicht sicher, ob ich Euren Wein ausreichend zu schätzen wissen werde", antwortete Wu Ying. Er kam schließlich nicht aus einer Gegend, in der man in teurem Wein schwelgte.

"Es gibt keinen besseren Zeitpunkt als jetzt, dies zu lernen. Erlaubt mir, mich vorzustellen. Ich bin Dong Yi Ru, ein unbedeutender Händler ohne bemerkenswerte Reputation", sagte Yi Ru.

"Long Wu Ying, Kultivator." Für gewöhnlich hätte er noch seine Sekte erwähnt, doch Wu Ying ließ sie diesmal aus dem Spiel. Obwohl er in offizieller Angelegenheit der Sekte unterwegs war, war er doch auch zu schwach, um ihrer würdig zu sein. Sollte er im Kampf besiegt oder auf sonstige Weise in eine schmachvolle Situation geraten und sollte Wu Ying all das hier überleben, würde ihm das in Zukunft nur noch mehr Schwierigkeiten bereiten.

"Es ist mir eine Ehre, Kultivator Long. Kommt, lasst uns trinken." Yi Ru öffnete auf der Stelle den Weinkrug und schenkte ein. Als er gerade dabei war, Wu Ying ein Glas zu reichen, schlug eine Hand hart auf den Tisch und erschrak die Gruppe.

"Was soll das? Weshalb belästigt Ihr meinen Wohltäter?", fauchte der Händler von heute Nachmittag und lehnte sich über den Tisch, um Yi Ru mit scharfen Blicken zu durchlöchern.

"Euer Wohltäter? Habt Ihr ihn überhaupt nach seinem Namen gefragt? Oder ihm Euren genannt? Wie unhöflich", sagte Yi Ru und lächelte spöttisch.

"Wir hatten noch keine Gelegenheit dazu!", protestierte der Händler. Doch da er daran erinnert wurde, drehte er sich Wu Ying zu und verbeugte sich. "Wohltäter, mein Name ist Ou Xi Rang."

"Long Wu Ying", antwortete Wu Ying. Als Xi Rang auf einen freien Platz deutete, nickte Wu Ying, der ignorierte, wie Yi Ru die Lippen leicht zusammenpresste. Schließlich war es Wu Yings Tisch. "Vielen Dank, dass Ihr mich hierher gebracht habt."

"Das war das Mindeste, was ich tun konnte", sagte Xi Rang. "Doch ich wollte Euch fragen, wie Eure Pläne ab morgen aussehen?"

"Ich werde meine Reise fortsetzen." Als die beiden ihn fragend ansahen, seufzte er und fügte hinzu: "In die Grafschaft Yi."

"Wirklich? Was für ein Zufall. Ich bin auch dorthin unterwegs", bemerkte Yi Ru.

"Ich ebenso", fügte Xi Rang hinzu. "Wärt Ihr dazu bereit, mit uns zu reisen, mein Wohltäter?"

"Umsonst, versteht sich. Natürlich schlägt ein knauseriger Händler wie Ihr, der sich nicht einmal eine Leibwache leisten kann, so etwas vor", schnaubte Yi Ru. "Kultivator Long, es wäre mir eine Ehre, wenn Ihr mich Euch anheuern ließet."

"Anheuern?", sagte Wu Ying und neigte fragend seinen Kopf zur Seite. Er nahm sie keinesfalls beim Wort. Er musste nach wie vor rechtzeitig die Stadt erreichen.

"Ja doch. Wie wäre es mit fünf Tael für die Reise?", fragte Yi Ru.

"Fünf! Ihr nennt mich knauserig, bietet meinem Wohltäter aber nur fünf Tael? Ich habe eine Bezahlung nie erwähnt, denn solch ein Held, wie er es ist, würde sich nie mit so einer Banalität beschäftigen. Aber, mein Wohltäter, ich habe einmal diese

Pille in die Hände bekommen. Womöglich kann sie Euch von Nutzen sein", sagte Xi Rang und holte ein Fläschchen mit Pillen hervor. Er schob es Wu Ying zu, der automatisch danach griff, doch er hielt sich zurück, es zu öffnen.

Wu Ying ließ das Fläschchen auf dem Tisch stehen. "Das ... danke für eure Angebote. Und für eure Sympathie. Jedoch fürchte ich, dass ich keines der Angebote annehmen kann. Ich muss vor dem dreiundzwanzigsten Tag dieses Monats die Stadt Hinma erreicht haben."

"Der dreiundzwanzigste?", wiederholte Yi Ru langsam, während er sich zurücklehnte und sich seine Stirn in Falten legte. Er schaute Wu Ying an, dann seufzte er und erhob sich. "Nun, genießt den Wein. Es ist eine Schande. Die Reise wäre mit einem Kultivator Eures Kalibers um einiges sicherer geworden, aber ich werde erst später nach Hinma reisen."

"Ich verstehe. Ich danke Euch für den Wein", sagte Wu Ying mit einer Verbeugung. Die Verbeugung erlaubte ihm, das leichte Zucken, das über seine Lippen spielte, zu verbergen, als der Händler von dem Gespräch abließ. Yi Ru war offensichtlich niemand, der verlorenen Gesprächen hinterherjagte.

"Har. So ist Yi Ru immer", erklärte Xi Rang, während er dem Mann hinterher schaute. Er grinste und schüttelte den Kopf, ehe er sich wieder Wu Ying zuwandte. "Behaltet die Pille. Ihr habt mein Leben und das Leben meiner Bediensteten gerettet. Das ist das Mindeste, was ich Euch anbieten kann."

Wu Ying hielt inne, nickte dann aber und behielt das Fläschchen bei sich. Anstatt es jetzt zu öffnen und damit den Mann zu beleidigen, packte er es weg, um den Inhalt später zu überprüfen. "Dankeschön. Es scheint, Ihr und Yi Ru seid euch wohl bekannt."

"Wir arbeiten in denselben Bezirken", erklärte Xi Rang. "Jedoch ist es in letzter Zeit viel gefährlicher geworden. Meine Frau liegt mir ständig in den Ohren, dass ich mehr Wachen anheuern soll, aber ich kam nie dazu. Denkt daran, immer auf Eure Frau zu hören!" Wu Ying bot dem älteren Mann ein angestrengtes Lächeln an, während Xi Rang fortfuhr. "Und die, die ich angestellt habe, sind alle gegangen, sobald die Gerüchte die Runde machten, dass Ji Ang und seine Leute damit aufgehört haben, die Flüsse unsicher zu machen. Diese verdammten, verräterischen Bastarde."

"Ist das so?", fragte Wu Ying. Das entsprach nicht dem, was ihm zu Ohren gekommen war.

"Seit die Händler damit angefangen haben, sich in Kolonnen zusammenzuschließen, hat sich ihre Ausbeute verringert. Sicher, bis jetzt war es nur ein Gerücht", sagte Xi Rang. "Nun müssen alle von uns, die sich auf der Straße fortbewegen, es riskieren, mit weniger Wachen unterwegs zu sein und angegriffen zu werden, oder umkehren."

Wu Ying zuckte leicht zusammen und nippte an dem Becher mit Wein, als ihn ein Hauch von Schuld ergriff. Er konnte unmöglich alle Händler beschützen. Und wenn er es versuchte, würde er zu spät kommen. Die Händler bewegten sich auf die langsamste Weise fort. Wieder einmal wurde Wu Ying seine Machtlosigkeit bewusst, sein Unvermögen, die Welt zu verändern oder das zu wählen, was sein Herz verlangte. Wieder einmal war er gezwungen, zwischen seiner eigenen Zukunft und dem Wohlergehen anderer zu wählen.

"Macht Euch keine Sorgen, junger Mann", sagte Xi Rang, der Wu Ying auf die Schulter klopfte. "Es gibt Dinge, die können wir nur unserem Schicksal überlassen."

Wu Ying schaute den lächelnden Mann an, dann nickte er. Das war leider wahr. Es gab Dinge, die nur die Himmel bestimmen konnten. Er war nicht in der Position, diese Entscheidung für Xi Rang oder einen der anderen Händler zu treffen. Er konnte nur sein Leben leben und sein Bestes tun. Seine Reise zum Wohle anderer abzubrechen, wäre ein Verrat an seinem eigenen Schicksal.

"Kommt. Lasst uns trinken und uns an unserer neuen Freundschaft, an schicksalhaften Begegnungen, und an einer strahlenderen Zukunft morgen erfreuen!", verkündete Xi Rang und winkte dem Schankwirt zu. "Ich werde einen guten Wein für uns bestellen."

Wu Ying verwarf die tiefen Gedanken und nahm Xi Rangs Worte dankbar entgegen. Ja. Heute trinken und die Sorgen auf morgen verschieben.

***

Wu Ying machte sich am nächsten Morgen früh auf den Weg, um die verlorene Zeit von gestern aufzuholen. Zum Teil war er auch besorgt darüber, dass die Banditen ihren Anführer finden würden. Obwohl er ein neues Level seiner Kultivation erreicht hatte, musste Wu Ying eingestehen, dass sein tatsächliches Können in den Kampfkünsten zu wünschen übrig ließ. Er konnte die nächste Stufe nur mit Zeit und Übung erreichen. Für einen Moment trauerte Wu Ying der Tatsache nach, dass er kein Genie war – jemand, der eine einzelne Vorführung einer Form beobachten und sie in ihren feinen Zügen verstehen konnte. Nein, Wu Ying war ein Arbeitstier, jemand, der sich nur durch Wiederholung und harte Arbeit weiterentwickeln konnte.

Während Wu Ying rannte, berührte er den Beutel in seiner Robe. Heute Morgen, hinter verschlossenen Türen, hatte Wu Ying die Zeit gefunden, sich anzusehen, was Xi Rang ihm letzte Nacht gegeben hatte. Das schlichte Siegel, das an dem Fläschchen angebracht war, hatte er sich schnell angesehen und weggesteckt. Es würde vielleicht künftig nützlich sein, wenn Wu Ying je die Hilfe des Händlers brauchen würde. Die Pille andererseits war überraschenderweise eine weitere Pille der Knochenmarksreinigung. Diese hier roch weniger erfrischend, was ein einfacher Hinweis darauf war, dass ihre Qualität schlechter war. Natürlich wusste Wu Ying, dass die wahren Hersteller solcher Pillen, die Alchemisten, bessere Methoden zur Bestimmung der Qualität hatten. Doch zu diesem Studiengebiet hatte er keinen Zugang.

Und selbst dann stand eine Tatsache fest – die Pille war ein Geschenk. Und wenn Wu Ying die Pille gekauft hätte, so hätte er für eine einzelne Pille mindestens die Beitragspunkte eines Monats ausgeben müssen. Selbst wenn die Pille nicht sehr effizient war, musste er sich genau überlegen, wie er sie am besten nutzte. Nach weiteren Gedanken und zurückgelegten Li kam Wu Ying zu einem einfachen Entschluss – er würde sie zu einem späteren Zeitpunkt verwenden. Der schwerste Moment, sich weiterzuentwickeln, befand sich für einen Kultivator nicht am Anfang, sondern während des Durchbruchs zum nächsten Level. Der Reinigungsprozess erforderte eine ausreichende Menge an Chi im Körper des Anwenders. Jedoch war der Prozess des Durchbruchs verschwenderisch und verbrauchte das angesammelte Chi im Dantian eines Kultivators wie ein trockenes Feld Wasser aufsaugte. Anstatt sie jetzt einzusetzen, wollte Wu Ying abwarten, bis er bereit war, einen weiteren Durchbruch zu versuchen. Auf diese Weise würde er seine Weiterentwicklung sichern und das Geschenk in seinem vollen Potential nutzen.

Da das Pillenproblem gelöst war, verfiel Wu Ying in einen lockereren Lauf. Nun musste er sich nur noch darum kümmern, die verlorene Strecke aufzuholen, was bedeutete, dass er eineinhalb Mal weiter laufen musste als zuvor. So könnte er sich ein Lager für die Nacht suchen und sich die Kosten eines Zimmers in einer Herberge sparen. Glücklicherweise bedeutete der Anstieg seiner Kultivation gleichzeitig auch ein Anstieg seiner physischen Stärke und Ausdauer. Daher war das schnelle Tempo für ihn machbar.

Sobald Wu Ying sich an das neue Lauftempo gewöhnt hatte, lenkte er seine Aufmerksamkeit auf seine Aura. Obwohl die verringerte Präsenz einige Nachteile mit sich brachte, hatte Wu Ying trotzdem das Gefühl, es wäre wichtig, die Kultivationsanwendung auszuüben. Während er die Kultivationsanwendung studierte, wurden Wu Ying einige weitere Auswirkungen ihrer Fähigkeit bewusst. Alle Informationen über seine Kultivation unterdrücken zu können, konnte in einem Kampf ein erheblicher Vorteil sein. Sicherlich, es blieb die leichte Beunruhigung, dass so etwas als unangemessen für einen Kultivator gelten konnte – denn auf dem höchsten Level der Anweisung war das Ziel, seine Aura komplett zu unterdrücken, um für die spirituelle Wahrnehmung unsichtbar zu werden. So etwas würde nur ein Assassine tun.

Andererseits war es für Wu Ying unvorstellbar, dass er je das höchste Verständnis in irgendeiner Kultivationsmethode erreichen konnte. Er war nur ein Reisbauer aus einem kleinen Dorf. Diese Art von Training, von Fähigkeiten, war etwas, das sich nur die Helden, die Genies und die mit Bedacht geführten Mitglieder der weisen Clans erhoffen konnten.

Doch wenigstens, so dachte Wu Ying, hatte er eine Sache, und das war Disziplin, diese abgrundtiefe Sturheit, aus der die Verwalter der Felder bestanden. Ob Dürre, Flut, Seuche oder Sonne, man beackerte den Boden. Tagein, tagaus, denn man hatte keine andere Wahl. Und so führte Wu Ying die Anwendung aus und trainierte, während er lief. Selbst wenn er nur die Hälfte oder ein Vierteil des Talents dieser von den Himmeln gesegneten Individuen besaß, konnte er noch immer weiterkommen. Und das allein reichte aus.

***

Tag. Dann Nacht. Dann wieder Tag. Wu Ying rannte, legte Li über Li zurück, seine Füße stampften über flachen Boden, abgenutzten Pflasterstein, und manchmal sogar über Holzplanken, wenn er die unzähligen Ströme und Flüsse überquerte, die das Land durchzogen. Er legte so viel Strecke zurück, wie er musste, und holte die verlorene Zeit auf. Der Moment der Erleuchtung und diese eine gute Tat hatten für Wu Ying Wunder vollbracht. Es machte die Mühen beinahe wieder gut, die ihm dadurch entstanden waren.

"Ist er das?" Der Bandit, der die Frage stellte, war überraschend klein gewachsen. Er war kaum mehr als eineinhalb Meter groß, doch bewegte sich mit einer gelenkigen Geschmeidigkeit und einer raubtierhaften Anmut, dass es Wu Ying durch Mark und Bein ging. Ihm fiel außerdem auf, dass er ein Jian mit sich führte und die Gruppe von Banditen ihm Respekt entgegenbrachte.

"Ja, Chef", sagte ein Bandit, der ihm bekannt vorkam, während er Wu Ying beäugte. Das letzte Mal, als Wu Ying diesen Banditen gesehen hatte, hatte er die Pferde des Händlers festgehalten. Der Bandit grinste Wu Ying spöttisch an, seine Lippen kräuselten sich, während sein Schnurrbart zitterte. "Er ist derjenige, der unsere Männer getötet hat."

"*Meine* Männer. Die du umsonst hast sterben lassen", entgegnete der kleine Mann. "Du hast gut daran getan, zu vermuten, dass er schon weitergegangen ist. Gute Arbeit."

"Vielen Dank, verehrter Anführer Ji Ang", sagte der ehemalige Wegelagerer mit erleichtertem Lächeln.

Der berüchtigte Bandit behielt selbst dann das Lächeln auf den Lippen, als er sich umdrehte und sein Schwert zog, ehe er es über den Hals des ehemaligen Wegelagerers zog. Das Lächeln blieb auf seinen Lippen, bis seine Nerven verkrampften und ihn die Realität einholte. Der Bandit taumelte nach hinten, während er seinen blutenden Hals umklammert hielt. Der Mund des Banditen bewegte sich so, als ob er etwas fragen wollte, doch kein Ton drang aus seiner zerfetzten Kehle.

"Aber du hast meine Männer verloren. Und das, nachdem ich dir gesagt habe, dass du sie nicht mitnehmen sollst", sagte Ji Ang. "Ein Scheitern nach Missachtung von Befehlen ist inakzeptabel."

Wu Ying beobachtete Ji Angs skrupelloses Vorgehen stumm, während sein Blick über die Gruppe wanderte, die ihn umzingelt hatte. Da waren locker zwanzig Banditen, mehr als genug, um mit einem Kultivator wie ihm fertig zu werden. Sie waren aus dem Unterholz am Wegesrand gekrochen, als er um eine Ecke gebogen war, und hatten ihn umzingelt, bevor er entkommen konnte. Nun konnte Wu Ying mit der Hand am Schwert nur abwarten und hoffen, dass er möglichst viele von ihnen erwischen konnte, wenn es zum Kampf käme, und irgendwie einen Ausweg zu finden.

"Also dann, was machen wir jetzt?" Ji Ang bewegte sich vorwärts und sein Blick glitt über Wu Yings Körper. "Nicht übel. Du bist gut gebaut. Und eine passable Kultivation hast du auch." Wu Ying verlagerte unruhig das Gewicht, er wartete. Ji Angs Grinsen wurde breiter. "Ah! Ich habe es. Gerade ist eine Stelle frei geworden. Schließ dich mir an."

Wu Yings Kiefer klappte leicht nach unten, denn das war das letzte Angebot, das er erwartet hätte. Dieser Ausweg war durchaus verlockend. Als sein Blick aber auf den Vorgänger in dieser Position fiel, verflog das bisschen Versuchung sofort wieder. Er zog es vor, an Ort und Stelle zu sterben, solange seine Ehre noch intakt war, anstatt durch die Launen eines verrückten Banditen mit einer Vorliebe für Leichen zu sterben. Selbst Wu Ying wusste, dass seine Chancen zu entkommen gering waren, wenn er sich ihnen anschloss. Es war wahrscheinlicher, dass sie ihn genau beobachten und ihn sehr bald einem "Test" unterziehen würden.

Als Wu Yings Kiefer sich lockerte und er Haltung annahm, weitete sich Ji Angs Grinsen noch mehr. "Das habe ich mir gedacht. Ihr Kultivatoren seid alle gleich. Ihr macht euch immer Sorgen um eure Ehre. Also gut. Dann stirb!"

Auf Befehl des Banditen hin schritten seine Männer zur Tat. Bögen, die auf Wu Ying gerichtet waren, wurden gespannt und schossen dem Kultivator, der sich bereits in Bewegung gesetzt hatte, drei Pfeile entgegen. Da zwei Bögen auf ihn gerichtet waren, je einer links und rechts, bewegte Wu Ying sich nach links. In der Zeit, als Ji Ang geprahlt hatte, hatte Wu Ying seine Tasche von seinen Schultern genommen, sodass er sie vor sich halten konnte, während er voraneilte. Die Tasche, die mit harten Lebensmitteln, seiner Kleidung, einer Decke und seinen Kochutensilien vollgestopft war, fing den von links kommenden Pfeil ab. Von den anderen beiden Pfeilen verfehlte einer ihn vollständig, während der andere seinen Rücken streifte und eine Blutspur hinter sich herzog.

Wu Ying blieb keine Zeit, sich darum Gedanken zu machen, und warf seine Tasche auf den ersten Banditen, der sich auf ihn stürzte. Er trat seitlich an ihm vorbei, während er den Speerstoß eines anderen Banditen mit dem Unterarm abblockte. Dies bescherte ihm einen weiteren stechenden Schmerz, da seine Haut und Kleidung aufgerissen wurde. Wu Ying weigerte sich, sein Tempo zu verlangsamen, denn er wusste, dass er keine Chance gegen sie hatte, wenn er den Durchbruch nicht schaffte. Nach dem erfolgreichen Block stieß er sein Schwert in Richtung des Gesichts des Banditen, der an ihm vorbeirannte. Er traf seinen Gegner gerade so, aber es kümmerte ihn nicht.

Ein Dao schoss schnell und brutal auf ihn herab. Wu Ying drehte seinen Körper aus dem Weg und trat nach dem Angreifer. Der Angriff brachte seinen neuen Gegner genügend aus dem Gleichgewicht, sodass Wu Ying ihn am Hals packen und ihn nach hinten schleudern konnte. Sein Schwert schlug nach der fuchtelnden Hand des Banditen und trennte seine Finger ab, wodurch er das Dao fallen ließ, während Wu Ying an den Waldrand eilte. Es mochten zwar insgesamt zwanzig Banditen sein, doch sie hatten sich in einem großen Kreis um ihn herum verteilt, daher befanden sich nur wenige von ihnen in jeder Richtung.

"Tötet ihn!", knurrte Ji Ang.

Auf sein Kommando schleuderten Speere durch die Luft. Einer traf den unglücklichen Banditen in Wu Yings Griff am Rücken, wodurch er ihm entrissen wurde. Eine Axt schlug sich in Wu Yings Seite, während eine Dolchhellebarde sein Bein traf. Wu Ying ignorierte die Verletzungen und eilte vorwärts, denn sein Fokus lag auf dem Bogenschützen vor ihm. Instinktiv riss er sein Schwert hoch und fing einen Pfeil ab, den er kaum gesehen hatte, und lenkte damit dessen Flugbahn nach oben um. Weitere Bögen wurden hinter ihm gespannt, doch ein Schmerzensschrei eines anderen Banditen machte klar, dass es für die Banditen nicht von Erfolg gekrönt war, in das Handgemenge zu schießen.

Und dann befand sich Wu Ying auch schon auf den Bäumen und rannte an einem Bogenschützen vorbei, der aus dem Weg hechtete. Hinter ihm ließen andere Bogenschützen, die nun eine freie Schussbahn auf Wu Ying hatten, weitere Pfeile fliegen.

"Du wirst uns nicht entkommen", rief Ji Ang, dessen Stimme zornerfüllt war.

Wu Ying hörte den Mann in weiter Ferne rennen. Seine stapfenden Schritte waren selbst inmitten des Waffengeklirrs, dem schweren Atmen und dem Ächzen der anderen Banditen überraschend laut.

"Ich versuche es trotzdem", murrte Wu Ying, der zwischen den Baumstämmen hin und her huschte, während er weiter eilte. Zum Glück verschaffte dasselbe Gestrüpp, das zuvor die Banditen vor ihrem Überraschungsangriff so gut verborgen hatte, Wu Ying nun einen Vorteil, da die Bogenschützen angestrengt nach dem verschwundenen Kultivator Ausschau hielten.

Als sich sein anfänglicher Adrenalinrausch legte, verspürte Wu Ying den Schmerz seiner zahlreichen Wunden. Er biss die Zähne im Lauf zusammen und spürte sein Blut auf den Boden tropfen. Mit diesen Verletzungen konnte er sie nicht alle abschütteln. Doch Wu Ying hatte keine andere Wahl und lief weiter. Hinter ihm wandelte sich das Gebrüll und Geschrei der Banditen langsam von Überraschung zu Freude, denn sie begannen, Spaß an der Sache zu finden.

"Na los, Junge. Renn!"

"Oooh, du blutest. Ziemlich stark sogar."

"Du hättest deinen Mann stehen und kämpfen sollen. Immer noch besser, als wegzurennen und erschöpft zu sterben."

"Keine Sorge, wir lassen dir einen Vorsprung."

Wu Yings Atmung wurde ungleichmäßig, als er zu ermüden begann. Der Schmerz in seinem Körper breitete sich aus und umhüllte ihn, während die Banditen hinter ihm zu ihm aufholten. Er stolperte und fiel, er griff verzweifelt nach etwas, um sich aufzufangen, als ein Pfeil über seinen Kopf hinwegschoss und in einen Baum einschlug. Wu Ying drückte sich mit all seiner Kraft hoch und taumelte vorwärts.

"Fast erwischt!"

Wu Ying wusste natürlich nicht, ob der Schuss ernst gemeint war oder ob sie ihn nur weiter verspotten wollten. Donner dröhnte in Wu Yings Ohren. Das donnernde

Klopfen seines schwer arbeitenden Herzens. Das donnernde Geräusch von Schritten, die ihn erwischen wollten. Das Donnern der Wasserfälle weiter vorne.

Wasserfälle?

Wu Ying hob den Kopf, da sich Hoffnung in ihm breitmachte. Es war verrückt. Es war das reinste Klischee. Wie viele Helden gab es, die sich Wasserfälle hinunterstürzten, nur um später wieder aufzutauchen, stärker denn je? Aber möglicherweise ... naja. Es war besser, als ziellos durch die Gegend zu hetzen. Wu Ying wurde schneller, als er in Richtung des Wasserfalls abbog. Die Banditen hinter ihm ahnten womöglich, was er vorhatte, denn sie wurden ebenfalls schneller.

Schneller. Wu Ying rannte schneller und steuerte auf den lautesten Abschnitt des Wasserfalls zu. Schneller. Er konnte bereits das Wasser fließen hören.

Eine Hand ergriff ihn an der Schulter und riss Wu Ying herum. Wu Ying reagierte automatisch und nutzte den Schwung aus, um sein Jian zu ziehen. Das leichte, zweischneidige Schwert traf den Banditen an der oberen Hälfte seines Kopfes, schnitt durch Haut und ließ ihn nach hinten fallen. Doch nicht, bevor er ein Messer in Wu Yings Bauch stieß.

Zurück.

Wu Ying ergriff den Dolch in seinem Körper mit der einen Hand, in der anderen Hand hielt er das Schwert, und drehte sich um, um weiterzurennen. Der leichtfüßige Bandit taumelte umher und stand seinen Kumpanen schreiend im Weg. Wäre Wu Yings höhere Kultivation und das vorangegangene Geplänkel nicht gewesen, hätten sie ihn schon längst erwischt. Aber Wu Ying war bewusst, dass er langsamer und langsamer wurde.

Das Wasser war Wu Yings einzige Fluchtmöglichkeit, und so rannte er. Weitere zehn Schritte, dann war er da. Am Flussbett. Am Fluss und an dem Wasserfall, der sich in ihn ergoss und das donnernde Geräusch erzeugte. Mit einem Stöhnen taumelte Wu Ying vorwärts, als ihm etwas klar wurde. Natürlich war der lauteste Ort an einem Fluss dort, wo das Wasser aufschlug.

Die Hoffnung schwand, während Wu Ying auf das Wasser starrte. Ihm war, als sähe er etwas im weißen Schaum am Fuße des Wasserfalls, direkt unter der brodelnden Wasseroberfläche. Doch ein weiterer Schrei veranlasste ihn dazu, sich zu seinen Verfolgern umzudrehen. Müde, blutend und der Hoffnung beraubt hielt Wu Ying seine Waffe nach oben. Es war besser, im Stehen zu sterben.

"Es tut mir leid. Papa, Mama."

Kapitel 14

Die Banditen drangen langsam aus dem dichten Unterholz hervor. Sie verspürten nicht mehr länger den Drang zu rennen, jetzt, da sie den blutenden Kultivator in die Ecke getrieben hatten. Wu Yings Blick wanderte langsam über die Gruppe, seine Brust hob sich, während er die Luft einsog und sein Blut sich nach und nach mit dem Wasser im Fluss vermischte.

"Du hast aufgehört, wegzulaufen, was?", sagte Ji Ang, als er zu ihm herüber schlenderte. "Ich habe dir doch gesagt, wir erwischen dich."

"Chef! Er hat meinen Bruder geblendet. Ich bitte Euch, lasst mich ihn töten", fauchte ein besonders großer und schlaksiger Bandit, der sein gekrümmtes Schwert präsentierte. "Ich werde ihn langsam dafür töten, dass er uns hat rennen lassen."

"Er ist zu stark für dich, Ko Yan", sagte Ji Ang und schüttelte seinen Kopf. "Ich werde ihn persönlich erledigen."

"Nein! Er hat meinem Bruder Schmerzen bereitet. Ich werde ihn töten", protestierte Ko Yan, der sich knurrend vorwärts bewegte.

Ji Ang verdrehte die Augen und erlaubte ihm mit einer schnellen Handbewegung, vorzutreten.

Ko Yan grinste, als er heranpirschte und Wu Ying verschmitzt anlächelte. "Ich werde dich zum Heulen bringen vor Schmerz."

"Das habt Ihr bereits erwähnt", antwortete Wu Ying sanft. "Wenigstens hat sich Euer Bruder besser dabei angestellt, die Dinge zu erledigen. Als er noch sehen konnte."

Die Stichelei zeigte Wirkung, denn Ko Yan stürmte mit erhobenem Schwert auf ihn zu. Wu Ying wartete, beobachtete, dann setzte er sich in Bewegung, sein Schwert schnellte nach vorne, als er *Die Wahrheit des Schwertes* einsetzte. Der Stoß traf Ko Yans Hals, drang durch Knorpel und Knochen und enthauptete ihn um ein Haar. Im nächsten Moment, als Wu Ying sein volles Gewicht auf sein Bein verlagerte, stolperte der Kultivator und fiel fast hin, da ihn plötzlich die Kraft verließ. Mithilfe seines Schwertes drückte er sich nach oben, ihm war schwindelig.

"Und noch einer", schnaufte Wu Ying und zeigte der Gruppe ein blutiges Grinsen.

"Ich habe ihn gewarnt", sagte Ji Ang und rollte erneut mit den Augen. Er erhob sein Jian, bevor er den Kopf schüttelte. "Lasst uns diese Farce beenden. Bogenschützen!"

Wu Ying blinzelte, richtete sich auf und versuchte, die Distanz zwischen ihm und dem Rest der Banditen abzuschätzen. Sie war zu groß. Während das Knarren der gespannten Bögen an seine Ohren drang, wägte er verzweifelt seine Optionen ab. Der Dolch. Wenn er ihn herauszog und warf, könnte er vielleicht ...

"Wer wagt es, mich zu stören?" Eine Stimme hallte am Flussbett entlang, brachte Kiesel zum Tanzen und Blätter zum Wanken.

Ein gerade gezogener Pfeil landete aus Versehen im Boden. Die Gruppe erstarrte, als ein erstickender Druck sie umgab.

"Was ... wer ist das?", faselte einer der Banditen, dessen Hände so sehr zitterten, dass er kaum seinen Speer halten konnte.

"Ältester! Ich habe Euch nicht bemerkt. Bitte entschuldigt", antwortete Ji Ang schnell und verbeugte sich vor dem Sprecher hinter Wu Ying.

Wu Ying wagte es, seinen Kopf vorsichtig zu drehen, um hinter sich zu schauen, wo er einen Blick auf den Sprecher erhaschte. Ein Mann in leuchtend blauen und weißen Roben mit einem langen, glänzenden Bart trat unter dem Wasserfall hervor. Als er sich über das aufgewühlte Wasser bewegte, stieg Dampf durch das verdampfende Wasser, das ihn umgab, an seinem Körper empor.

"Eure Mordlust hat meine Kultivation gestört. Wie könnt ihr es wagen, eure kleinlichen Streitereien hier auszutragen?", fauchte der Kultivator.

Obwohl er müde war, konnte Wu Ying spüren, dass sich die Präsenz dieses Kultivators weit über ihrer aller Präsenz befand. Er erinnerte Wu Ying an die ranghöchsten Ältesten seiner Sekte, die ihren Kern ausgeformt hatten. Anders ausgedrückt, für diesen Wasserfall-Kultivator waren sie nichts weiter als mickrige Insekten.

"Wir wussten nicht, dass Ihr diesen Wasserfall nutzt. Andernfalls hätten wir niemals gewagt, diesem Kultivator hierher zu folgen", sagte Ji Ang, der die Schuld schleunigst auf Wu Ying abwälzte.

"Ich ... ich habe versucht, zu fliehen, Ältester." Wu Ying wollte seine Stimme erheben, er wollte lauter sprechen, doch es fiel ihm schwer, überhaupt aufrecht zu stehen und bei Bewusstsein zu bleiben.

"Geht. Ihr alle. So, wie die Dinge stehen, ist er im Begriff zu sterben. Und eure Mordlust stört mich", sagte der Älteste und schaute über die Gruppe.

"Aber wir müssen ihn töten!"

Es gab keine Warnung, keinerlei Vorzeichen, nur das kurze Zucken einer Hand, und plötzlich schoss ein Wasserstrahl mit solcher Wucht zu dem Banditen, der es gewagt hatte, zu widersprechen, dass er ihn entzweiriss. Der Angriff hinterließ ein Geschmiere von Blut und zerfetzten Blättern und befleckte die Banditen, die ringsum standen, mit Blut und Eingeweiden.

"Bitte nehmt unsere Entschuldigung an, Ältester. Ihr habt Recht. Wir werden nun gehen", sagte Ji Ang und verbeugte sich, während er seine Gruppe zurückscheuchte. Er blickte Wu Ying böse an, der ihm wiederum nur ein blutiges Lächeln entgegenbrachte, bevor Ji Ang sich abwandte.

Als sie von dannen zogen, ließ Wu Ying sich auf den Boden sacken, seine Willenskraft war nun völlig erschöpft.

"Sobald Ihr diesen Dolch herausgezogen und Eure Wunden verbunden habt, würde ich an Eurer Stelle mit der Kultivation beginnen. Wenn Euch das Schicksal wohlgesonnen ist, überlebt Ihr", sagte der Kernkultivator desinteressiert.

Wu Ying drehte sich um, um auf den Mann zu starren, der zum Wasserfall zurückging. "Ich danke Euch, Ältester."

Wu Ying erhielt keine Antwort und begann den langwierigen Prozess, seine Wunden zu verbinden. Er fing mit denen an, die leicht zu erreichen waren, während er sein Möglichstes tat, um den Dolch in seinem Bauch nicht zu berühren. Als er sich endlich dem Dolch zuwandte, nachdem er seine Kleidung zu Verbänden zerrissen hatte, biss er die Zähne zusammen. Er umfasste den Dolch fest und zog ihn mit einem Ruck heraus, dann presste er den Stoff auf die nun offen liegende Wunde. Er wagte es nicht, den Ältesten zu stören, daher hatte er sich zuvor selbst geknebelt, sodass seine Aufschreie gedämpft waren. Wu Ying verlor das Bewusstsein, als er aufgrund des Schmerzes nach hinten fiel, und kam erst Minuten später wieder zu sich.

Blut. Er hatte so viel Blut verloren. Und er blutete noch immer. Noch schlimmer war, dass Wu Ying um seine inneren Verletzungen wusste – Muskeln, Venen und Innereien, die durch das Messer verletzt worden waren. Nur die Tatsache, dass das Messer überwiegend stumpf war – es war mehr ein Shiv denn ein Messer – hatte Wu Ying davor bewahrt, noch mehr Schaden davonzutragen. Dennoch wusste Wu Ying durch seine frühere Erfahrung, dass die Wunden sich bald entzünden würden.

Es gab nur eine Lösung dafür. Wenn er sich kultivierte, und zwar gut, konnte er die Unreinheiten und Infektionen aus seinem Körper drängen und ihn somit rein halten. Doch dafür würde er eine große Menge an Chi benötigen. Wu Ying griff in seine Robe und erhob sich in eine Sitzposition, dann öffnete er das Pillenfläschchen.

Nur eine Gelegenheit.

Wu Ying war erschöpft und hatte Schmerzen, außerdem war er durch den Blutverlust benommen. Selbst mit der Pille war Wu Ying bewusst, dass seine Erfolgschancen gering waren. Es gab nur einen Weg – er musste das Chi aus seinem Dantian überziehen. Er musste es vollständig verbrauchen, nicht ein bisschen durfte als Reserve übrig bleiben. Sollte das funktionieren, so würde er zum nächsten Level durchbrechen und einen nicht unbeachtlichen Teil der Verletzungen heilen. Sollte er scheitern, so würde er auf der Stelle sterben.

Wu Ying schluckte die Pille und wartete im Lotussitz. Innerhalb von Sekunden spürte er die Wärme, die von der Pille in seinen Bauch drang und die durch seinen Körper pulsierte, während sie Kraft heranzog. Die Ranken von Chi, die sie durch ihn schickte, ließen Wu Ying die Zähne zusammenbeißen, da dies an seinen Wunden zerrte. Für einen Moment verlor er die Konzentration, dann drängte Wu Ying mit seiner Willenskraft den Schmerz beiseite. Sein gesamter Fokus verlagerte sich tief in seinen Torso, in seinen Dantian, während er daran arbeitete, das Chi in seinem Körper zu sammeln.

Der erste Schritt bestand darin, das Chi zu sammeln, es nach Bedarf durch seine momentan geöffneten Meridiane fließen zu lassen, überwiegend jedoch musste er den Großteil im Inneren wirbeln lassen. Er musste mehr Kraft heranziehen, sowohl aus seiner Umgebung als auch aus der Pille. Das Wasser, das in der Nähe floss, erquickte das Chi der Umgebung kontinuierlich und verbesserte den Fluss des Chi im Prinzip auf dieselbe Weise, wie es seine bewegte Kultivation tat. Das war einer der Gründe, weshalb die Kultivation an solchen Orten üblich war.

Wu Ying zog dieses externe Chi und das Chi der Pille der Knochenmarksreinigung heran, um es um den Kern seines Dantian wirbeln zu lassen. Er spürte, wie sein Dantian strapaziert wurde, da er unter Anstrengung versuchte, all den neuen Druck zu bewältigen. Der Schmerz breitete sich von Wu Yings Wunden aus und zehrte an seinem Bewusstsein, während Wu Ying damit kämpfte, die Energie zusammen zu halten. Wu Ying wusste, dass er eine vorsichtige Gratwanderung wagte – so viel Chi wie er nur halten konnte, heranzuziehen und zu leiten, bevor er komplett die Konzentration verlor, bevor er ohnmächtig wurde. Er hielt die Augen geschlossen, Dunkelheit hüllte sein Innerstes ein, zehrte an seinem Verstand. Wu Ying fühlte, wie sein Bewusstsein langsam schwand.

Jetzt.

Er ließ die Energie frei, die in seine Meridiane donnerte. Das Chi öffnete sie gewaltsam, sie brannten sich in seine Nerven und tief in seinen Körper, da das Chi ungezügelt durch sie schoss. Er vertiefte sich tief in seinen Dantian und zwang die Energie aus diesem heraus, er drückte und zerrte an dem Pool, während er ihn leerte. Es fühlte sich an, als würde er den Pool an Chi in seinem Körper umkehren, er blockierte das zurückfließende Chi, während er die übrige Energie herausgoss. Der

Schmerz wurde stärker, als die Energie in ihrer Unfähigkeit, sich frei zu bewegen, ihn von innen heraus verbrannte.

Wu Ying hustete einmal, dann strömte wieder Blut von seinen Lippen, da seine Blutgefäße platzten. Das Blut trat aus seiner Nase aus, wo empfindliche Gefäße einrissen. Die Wunden, die bereits aufgehört hatten, zu bluten, rissen erneut auf. Schändlicher, schwarz-grüner Schlick vermischte sich mit dem Blut aus seinem Herzen. Schmerz, so viel Schmerz, dass Wu Ying Gefahr lief, gleich ohnmächtig zu werden, verzehrte ihn. Aber vielleicht war es gerade deswegen unwichtig, weil es so großartig war.

Jetzt.

Er löste den Griff um seinen Dantian und erlaubte dem Chi, wieder zu fließen. Es donnerte ins Zentrum seines Bauchs zurück und hämmerte an die Wände des Gefäßes. Und das war alles, was Wu Ying tun konnte, um es zusammenzuhalten. Als mehr Chi hineinfloss, arbeitete Wu Ying daran, das Chi nach draußen zu leiten, um den Zirkulationskreislauf wiederherzustellen. Sieben Meridiane brummten jetzt vor Kraft, doch Wu Ying konnte erkennen, dass der siebte kaum aufgebrochen war. Das Chi reichte nicht aus, um ihn anständig zu nutzen.

Doch durch die sieben geöffneten Meridiane begann sein Körper, sich mit einer Geschwindigkeit zu heilen und selbst wiederherzustellen, die zehnmal schneller als bei einem Menschen ohne Kultivation war. Entzündungen, die im Begriff waren, sich zu entwickeln, wurden verdrängt, ausgelöscht von dem Chi, das seinen Körper durchströmte, während seine Wunden allmählich vernarbten. Binnen eines Augenblickes war die Pille der Meridianöffnung verbraucht und die Akupunkturpunkte seines Körpers, die so schnell sie konnten Chi aufsaugten, geöffnet. Ohne nachzudenken, tauchte Wu Ying in den nahegelegenen Fluss und trank Wasser aus seiner zu einer Schale geformten Hand, um seinen Flüssigkeitshaushalt auszugleichen. Er führte die Bewegung vollkommen unbewusst aus, nur durch puren Instinkt getrieben.

Unter dem Wasserfall saß der Kernkultivator, wo Wasser auf seinen Körper krachte, ihn stärkte und zusätzliches Chi um ihn akkumulierte. Er öffnete ein Auge und starrte kurz auf Wu Yings stumme Silhouette, bevor er es wieder schloss. Eine schwache Spur eines leichten Lächelns huschte über das Gesicht des Kultivators.

Die beiden Kultivatoren saßen unter dem herunter donnernden Wasserfall, dem rauschenden Bach und leicht im Wind wehenden Blättern, wo sie das Chi der Welt absorbierten, während sie stärker wurden.

***

Als Wu Ying schließlich mit vollem Bewusstsein die Augen öffnete, waren Tage vergangen. Kultivation, wahre Kultivation, verging immer wie im Flug. Für mächtige Kernkultivatoren und jenen darüber konnte die Kultivation locker Monate oder Jahre andauern. Auf dieser Stufe verarbeitete ein Kultivator nicht nur zusätzliches Chi, sondern auch Erkenntnisse, diese kleinen Momente an Erleuchtung, die der Kultivator gesammelt hatte. Für diese fortgeschrittenen Kultivatoren war das Chi, das sie heranzogen, mehr als ausreichend, um ihren Organismus zu erhalten.

Wu Ying befand sich nicht einmal in der Nähe dieser Stufe, und mittlerweile hatte sein Körper alle normalen Energievorräte aufbereitet. Wenn er sich von hier aus weiter kultivierte, würde er den Heilprozess seines Körpers ernsthaft behindern, denn es würde noch mehr Ressourcen seines Körpers verbrauchen, es würde Fleisch und Nerven angreifen. Zumindest für den Moment hatte sein Körper die meisten Wunden verschlossen.

"Vielen Dank für Eure vorherige Hilfe und dafür, dass ihr mich habt hier verweilen lassen, Ältester", sagte Wu Ying, während er sich erhob. Als er mit Sprechen fertig war, verbeugte Wu Ying sich tief in Richtung des Wasserfalls.

Hätte sich dieser ranghöhere Kultivator nicht eingemischt, wäre Wu Ying ohne Zweifel gestorben. Und selbst dann hätte es ihn um ein Haar erwischt. Ein Teil von

Wu Ying fragte sich, warum er das getan hatte, doch er verwarf die Frage wieder. Egal ob es reiner Altruismus gewesen war oder ob es einen anderen Grund gegeben hatte, Wu Ying würde seine Schuld wenn nötig begleichen.

Nachdem Wu Ying die formellen Höflichkeiten eingehalten hatte, bewegte er sich weiter flussabwärts. Während seines Kampfes hatte Wu Ying sein Gepäck verloren. Seine Kleidung war zerrissen, zerfleddert und blutbefleckt. Die bürgerlichen Tuniken waren kein großer Verlust, doch ohne die Sektenroben, die sich in seinem Rucksack befanden, hatte er keine Ersatzkleidung mehr. Anstatt mit blutbefleckten Roben durch den Wald zu gehen, beschloss Wu Ying, noch ein Stück flussabwärts zu gehen, ehe er sich zu waschen begann. So würde er den Ältesten nicht stören. Oder zumindest hoffte er das.

Er zögerte natürlich noch etwas, das Revier seines einstmaligen Beschützers zu verlassen. Es gab keine Garantie dafür, dass Ji Ang nicht darauf lauerte, dass er genau dies tat. Andererseits wagte Wu Ying es auch nicht, zu lange zu verweilen, und seinen Wohltäter damit möglicherweise zu verärgern. Es war klüger, zu gehen und einen erneuten Angriff zu riskieren. Dennoch prüfte Wu Ying vorsichtig den Waldrand und die Umgebung, bevor er ins Wasser watete, sich wusch und nach Nahrung suchte.

Eine Stunde später hatte Wu Ying ein Feuer sowie etwas weniger als ein halbes Dutzend Fische, die an Stöcken brieten. Er schaute ungeduldig auf das Essen, sein Magen knurrte schon allein bei dem Gedanken an den fertig gebratenen Fisch. Glücklicherweise waren die Fische in diesem Fluss sowohl zutraulich als auch viel zu langsam, um dem Kultivator zu entkommen. Trotzdem hatte die leichte Betätigung, sein Essen zu fangen, ihn daran erinnert, dass seine Wunden immer noch Heilung benötigten. Er hatte sich zumindest in seinem Kampf auf Leben und Tod behaupten können.

Während das Fett zischte und wieder einmal ins Feuer tropfte, stupste Wu Ying den Fisch leicht mit einem geschnitzten Stock an und beobachtete, wie sich das Holz mit Leichtigkeit in das gebratene Fleisch bohrte. Sein Mund weitete sich zu einem

Grinsen und Wu Ying nahm den Fisch vom Feuer, um ihn auf einen gewaschenen, flachen Stein zu legen.

"Das riecht gut."

Die Worte ließen Wu Ying aufschrecken und eine Hand bewegte sich zu seinem Schwert, bevor er die Stimme erkannte und er sich erinnerte, zu wem sie gehörte.

"Mein Wohltäter." Wu Ying verbeugte sich vor dem älteren Kultivator und ließ von seinem Schwert ab. Es war nicht überraschend, dass es dem Kultivator gelungen war, sich an Wu Ying heranzuschleichen, auch wenn es an seinem Ego kratzte. "Es wäre mir eine Ehre, wenn Ihr mir Gesellschaft leisten würdet."

"Das werde ich", antwortete der Kultivator, setzte sich und nahm den ihm angebotenen Stock mit dem Fisch entgegen.

Die beiden aßen schweigend, Wu Yings schmerzender Magen wurde durch das zarte, weiße Fleisch jedoch nur leicht besänftigt. Es war qualvoll, dass er den Großteil des Fisches an seinen Wohltäter abgeben musste.

"Ich danke Euch für die Mahlzeit. Mein Name ist Dun Yuan Rang", sagte Yuan Rang schließlich.

"Es ist mir eine Ehre, Euch kennenzulernen, verehrter Dun. Long Wu Ying, zu Euren Diensten", sagte Wu Ying, während er seinen Kopf leicht senkte.

"Ihr habt sehr interessante Feinde, Wu Ying", bemerkte Yuan Rang.

Als Wu Ying errötete und protestieren wollte, knurrte sein Magen erneut. "Entschuldigt bitte!" Wu Ying verbeugte sich auf der Stelle.

"Es scheint, ich habe Euch um Euer Mittagessen gebracht." Yuan Rang erhob sich, dann schaute er zum Wasser, bevor er seine Hand schüttelte. Wie aus dem Nichts erschien ein Schwert darin.

Wu Yings Augen weiteten sich, als er erkannte, dass Yuan Rang einen Ring der Aufbewahrung bei sich trug – ein verzauberter Gegenstand, der Objekte an einem verborgenen Ort lagerte. Wu Ying hatte von ihnen in Legenden über Kultivatoren gehört, doch er hätte nie erwartet, je mit eigenen Augen einen solchen Ring in Aktion zu sehen.

Während sich Wu Yings Erstaunen legte, zog Yuan Rang das Schwert aus der Scheide. Mit einer ruckartigen Handbewegung schnellte das Schwert nach vorne und tauchte ins Wasser. Yuan Rang hielt seine Finger vor seinem Gesicht und ließ das Schwert für eine Weile umher wirbeln, ehe er mit den Fingern zuckte. Auf diese Bewegung hin tauchte das Schwert wieder aus dem Wasser auf, um in Yuan Rangs Hand zurückzukehren. Auf dem Schwert waren sieben große und prächtige Flusskarpfen aufgespießt, die sich noch immer wanden.

"Hier." Yuan Rang zeigte auf die Karpfen, die er auf dem Stein ablegte, den Wu Ying benutzt hatte. Er warf ebenfalls in Gedanken versunken ein kleines Päckchen auf den Boden. "Salz."

Nachdem er sich bei Yuan Rang bedankt hatte, putzte Wu Ying schnell die Fische, dann nahm er sie aus und spießte sie auf, bevor er sie um das Feuer herum aufsteckte. Yuan Rang stand in einigen Metern Entfernung und starrte regungslos auf das dahinfließende Wasser.

"Kommt", rief Yuan Rang nach Wu Ying, als dieser seine Arbeit getan hatte und seine Hände von den Innereien reingewaschen hatte.

"Ja, Ältester?", sagte Wu Ying, der gehorsam zu ihm trottete.

"Ihr übt den Jian-Stil der Familie Long aus und befindet euch auf der siebten Stufe der Körperreinigung, nicht?", fragte Yuan Rang.

"Jawohl." Es überraschte Wu Ying nicht, dass seine Geheimnisse ans Licht gekommen waren – seine Attacken, seine Kultivation, all das hatte er im Angesicht des Ältesten zur Schau gestellt.

"Gut. Dann werde ich meine Kultivation auf Eure Stufe senken", sagte Yuan Rang und entfernte sich ein Stück.

Als er sich wieder zu Wu Ying drehte, hatte er sein Jian gezogen und die Scheide verschwand in seinem Ring der Aufbewahrung. Yuan Rangs Atmung verlangsamte sich und ein unsichtbarer Druck verschwand, als seine Atmung sich einpendelte.

Selbst Wu Ying fiel auf, dass Yuan Rang seine Worte tatsächlich in die Tat umgesetzt hatte.

"Ältester?", fragte Wu Ying verwirrt. Trotzdem zog Wu Ying automatisch sein eigenes Schwert, da Yuan Rang seines auf ihn richtete. Der Schlag während des Ziehens wäre gegen solch einen starken Gegner zu langsam.

"Ich habe über einen neuen Kampfkunststil für mein Jian nachgedacht. Es wird Zeit, ihn zu testen", sagte Yuan Rang. "Versucht, nicht zu schnell zu sterben."

Wu Ying riss die Augen auf, als er sein Schwert hob, um den plötzlichen Vorstoß zu blocken. Selbst mit unterdrückter Kultivation war Yuan Rang unfassbar schnell und mit dem Angriff schloss er die Distanz zwischen ihnen in Sekundenschnelle. Wu Ying taumelte zurück, sein hinterer Fuß stob Kiesel auseinander, als er endlich seine Balance wiederfand. Er legte seine linke Hand auf die rechte, um sie zu stabilisieren und das Zittern seiner Klinge zu stoppen, während sich der Schmerz in Wu Yings Hand legte. Mit nur einem einzigen Schlag hätte Wu Ying fast sein Jian und seinen Kopf verloren.

"Nicht schlecht. Aber Ihr habt das Gespür des Schwertes noch nicht vollständig erlangt, nicht wahr?" Während er sprach, umkreiste Yuan Rang ihn, sein Schwert blitzte und wirbelte locker.

"Nein, Ältester", antwortete Wu Ying, während er sich automatisch in dieselbe Richtung wie Yuan Rang bewegte, um die Distanz mithilfe der Beinarbeit, die er sich angeeignet hatte, zu wahren. Das Gespür des Schwertes war das erste wahre Level auf dem Weg zum Verständnis des Schwertes – oder jeder anderen Waffe.

Jeder konnte ein Schwert auf dem grundlegendsten Level benutzen, indem er es in die Hand nahm. Doch auf dieser Stufe betrachteten die meisten das Schwert als ein Werkzeug – ein mächtiges, tödliches, scharfes Werkzeug. Doch sie konnten es nicht in vollem Ausmaß nutzen und handhabten ein Jian in der Folge wie ein Dao oder eine Hakenklinge oder sogar wie eine Axt.

Diejenigen, die ein Jian – oder eine andere Waffe – lange genug schwangen, entwickelten ein Gespür für diese Waffe. Nicht nur für dessen Gewicht und Reichweite, obwohl dies natürlich wichtig war, sondern es entwickelte sich auch ein Verständnis für das Jian als Waffe. Für seine Vor- und Nachteile im Vergleich mit anderen Waffen, für die gebräuchlichsten Angriffe mit dieser Waffe und ihren wahren Nutzen. Auf dieser Stufe kümmerten den Träger die minimalen Unterschiede zwischen verschiedenen Waffen nicht länger. Die nächste Stufe war das Herz des Schwertes, auf welcher der Träger das Schwert nicht länger als Waffe, als externes Werkzeug, sondern als Teil des eigenen Körpers wahrnahm. Und was die vermeintliche Seele des Schwertes betraf, so benötigte der Träger hier nicht länger ein Jian, um die Waffe nachzubilden.

"Der Jian-Stil der Familie Long. Und weiterhin irgendeine Beinarbeit." Yuan Rang summte und lächelte dann schwach. "Dann wollen wir das doch einmal herausfinden."

Erneut schloss Yuan Rang die Distanz zwischen ihnen innerhalb einer Sekunde und ließ sein Schwert aufblitzen. Wu Ying wirkte dem Angriff so schnell er konnte entgegen und kämpfte mit ganzer Kraft gegen seinen Gegner an. Doch tief im Inneren wusste Wu Ying, dass er verlieren würde. Selbst mit unterdrückter Kultivation war Yuan Rangs Körper durch Reinigung und Öffnung all seiner Hauptmeridiane beachtlich gestärkt. Und obendrein hatte Yuan Rang bereits mindestens das Herz des Schwertes erlangt. Auch sein eigener Vater hatte diese Ebene bisher nur knapp erreicht.

Nach einem halben Dutzend weiterer Schläge war sich Wu Ying absolut sicher, dass Yuan Rang sich zurückhielt. Und das nicht zu knapp. Wu Ying hatte bei seinem Kampf mit Yin Xue gewusst, dass dieser bereits das Gespür des Schwertes erlangt hatte. Trotzdem hatte Wu Ying das Gefühl gehabt, dass er ihm nur leicht unterlegen war, er war nahe genug, um ihn einholen zu können. Es war eine Stufe, die er erreichen konnte, sofern er nur hart genug trainierte.

Yuan Rang hingegen befand sich in Höhen, deren Spitze er nicht einmal erblicken konnte. Seine Fähigkeiten und sein Verständnis für das Jian, die esoterischen Bewegungen seiner Waffe und die lockere Stärke, die jedem seiner Schläge innewohnte, drängten Wu Ying weiter und weiter zurück. Diese halben Dutzend Schläge versicherten Wu Ying, dass Yuan Rang in Wirklichkeit weit außerhalb der "üblichen" Reichweite seines Stils agierte, auf die dieser sich eigentlich spezialisierte.

All das Grübeln hatte seinen Preis, wie Wu Ying schnell feststellte. Ein weiterer Block, eine schnelle Drehung des Handgelenks, und schon flog das Schwert aus seiner Hand und Yuan Rangs Jian war auf seine Kehle gerichtet.

"Acht Pässe", sagte Yuan Rang, der den Kopf schüttelte. "Erbärmlich. Hebt Euer Schwert auf. Lasst uns von vorn beginnen. Versucht, durchzuhalten, bis der Fisch fertig gebraten ist."

"Ältester." Wu Ying verbeugte sich und eilte davon, um sein Schwert aufzuheben. Er überprüfte es kurz, bevor er sich umdrehte und wieder zu seinem Wächter hinüber schaute.

"Wenn Ihr Euch nicht verbessert, kann ich meinen neuen Bewegungsablauf nicht anständig testen", sagte Yuan Rang verächtlich. "Enttäuscht mich besser nicht noch einmal."

"Ja, Ältester."

Yuan Rang antwortete nur mit einem Stoß, und die Klingen begannen erneut, auf der Lichtung zu tanzen.

***

Es war schon spät am Nachmittag, als sich der beinahe nicht endende Übungskampf dem Ende zuneigte. Wu Ying war sich sicher, dass er schon längst zusammengebrochen wäre, hätte Yuan Rang ihm nicht regelmäßig Pausen gestattet, in denen er aß und weiteren Fisch zum Braten vorbereitete. Die Kombination aus ständigem Kampfesdruck, dem schnellen Tempo des Kampfes und die unaufhörliche Routine hatten Wu Ying psychisch erschöpft und die feste Kontrolle über seine bewegte Kultivation gelöst. Ganz unbewusst hatte Wu Ying damit begonnen, sich zu kultivieren, während er sich bewegte und kämpfte. Zwar nicht viel, und es half nur, um seine Kampfkraft ein wenig zu verstärken, während er nur eine kleine Menge mehr Chi als gewöhnlich in sich aufsog. Doch dies war nicht der einzige Nutzen, den Wu Ying in den Stunden des Übungskampfes daraus gezogen hatte.

Sein Gespür des Schwertes war angestiegen und breitete sich sprunghaft aus, genauso wie sein anfangs labiles Verständnis des Gespürs des Schwertes sich geformt und entwickelt hatte. Wu Ying wusste, dass er das Schwert nun besser beherrschte und vielleicht sogar an der Meisterung des Gespürs kratzte. In der Tat konnte Wu Ying von nun an jedes Jian zur Hand nehmen und innerhalb weniger Momente die Waffe anständig nutzen – vielleicht nicht auf der Spitze der Fähigkeit, aber fast. In einem Kampf, in dem es auf Zentimeter und Millisekunden ankam, würde Wu Ying wie von selbst sowohl das Gewicht als auch die Kraft einschätzen können, die er brauchte, um die Waffe zu führen.

"Ruht Euch aus und kultiviert. Danach werden wir ein letztes Mal kämpfen", sagte Yuan Rang in strengem Ton.

Wu Ying riss die Augen auf, bevor er langsam nickte und zum Flussbett ging, um der Aufforderung nachzukommen. Während er sich kultivierte, dachte Wu Ying über Yuan Rangs Stil nach. Im Verlauf des Nachmittags hatte Yuan Rang mehr und mehr von seiner natürlichen Form preisgegeben, anstatt grundlegende Schläge zu nutzen, um Wu Ying zu bedrängen. Daher hatte Wu Ying jetzt ein besseres Verständnis für Yuan Rangs Stil. Yuan Rang kämpfte aufrecht, er stand oftmals in Reichweite seines Gegners und nutzte schnelle Bewegungen des Handgelenks, um Angriffe abzublocken und unfassbar schnelle Schläge auf die Handgelenke auszuführen. Wenn ein Gegner sich zurückzog oder eine Öffnung erkennen ließ, trat Yuan Rang mit eiligen, schnellen Ausfallschritten heran, deren Ziel sich im letzten Moment änderten. Tatsächlich war Yuan Rangs Stil dem Familienstil der Long nicht unähnlich, obgleich er weniger Beinarbeit nutzte, um eine Öffnung zu schaffen. Stattdessen stützte er sich auf flexible Bewegungen der Handgelenke und Arme sowie einem hohen Grad an Wahrnehmung.

Natürlich war Wu Ying bewusst, dass das, was er sah, nur die Oberfläche seines Stils bildete. Es war offensichtlich, dass der Stil und dessen Gebrauch sich änderte, wenn Chi in die Klinge projiziert wurde. Da Yuan Rang allerdings seine Kultivation unterdrückte, wusste Wu Ying, dass er wohl keine Gelegenheit haben würde, Zeuge dieses besonderen Teils des Stils zu werden. Und darüber war er äußerst froh.

"Bereit?"

"Ja, Ältester", antwortete Wu Ying und stand auf.

Wu Ying schaute auf sein Schwert herab und verzog leicht das Gesicht. In Wahrheit hätte er gerne noch etwas mehr Zeit gehabt, um einige der Splitter aus dem Schwert zu ziehen, damit es wieder scharf sein würde. Aber Yuan Rang fragte nicht wirklich danach, also machte Wu Ying sich auf eine weitere Übungsrunde gefasst.

In dem Moment, als ihre Schwerter aufeinander trafen, wusste Wu Ying, dass dieses Mal etwas anders war. Die Geschwindigkeit, mit der Yuan Rang sich bewegte und die Bestimmtheit seiner Angriffe wiesen darauf hin, dass er diesmal ernst machte. Zum ersten Mal hatte Wu Ying einen schwachen Schimmer, warum Yuan Rang zuvor die Zeit investiert hatte, um mit ihm zu üben. Hätte Yuan Rang am Anfang des Tages sein volles Potential genutzt, hätte Wu Ying nicht einmal drei Pässen standgehalten.

Während die beiden kämpften, wurde Wu Ying in Blut getränkt. Überraschungsangriffe und leichte Schnitte trafen seinen Körper. Seine bereits in Fetzen hängende Tunika wurde noch mehr zerfleddert, sein Hemd fiel von ihm ab und entblößte seinen schmalen, muskulösen und blutüberströmten Oberkörper. Wu Ying musste ein ums andere Mal bestimmte Areale seines Körpers leichten Schnitten aussetzen, um darauffolgende tiefere, gefährlichere Schnitte abzuwenden. Dies war Yuan Rangs Stil – seinen Gegner zu zwingen, entweder schnelle Angriffe von den Seiten zu blocken oder zu weit auszuholen, zu hart zu blocken und sich selbst einem tödlichen Schlag auszusetzen. Es gab nur die Wahl zwischen diesen beiden Optionen.

Wu Yings Atmung wurde stockend, er kniff die Augen zusammen, da seine Sinne sich so sehr beschränkten, dass er nur noch sein Jian, dessen Schneide und den Klang von Schritten auf dem Erdboden wahrzunehmen vermochte. Seine bewusste Wahrnehmung fiel aus, es gab keinen bestimmten Punkt, auf den Wu Ying sich konzentrieren konnte. Doch plötzlich kam ihm die Erkenntnis. Wu Ying ließ sich zurückfallen und hob das Schwert verzweifelt vor Brust und Gesicht, während Yuan Rang zu einem pfeilschnellen Vorstoß ansetzte. Die flache Seite des Schwertes hielt Wu Ying zu Yuan Rang gerichtet, während er nur leicht den Winkel anpasste, als Yuan Rang die Spitze seines Jian, direkt auf sein Herz zielend, auf ihn hinabfahren ließ.

Wu Ying nutzte die flache Seite der Klinge, um sein Herz vor dem Angriff zu schützen und stützte sie mit der Handfläche, während der explosive Angriff das Jian an Wu Yings Brust presste. Die beiden fielen nach hinten und überquerten den halben See, ehe die Druckwelle von Yuan Rangs Attacke abflachte und Wu Ying weiter durch die Luft schleuderte, bis er am anderen Ufer aufschlug. Der ältere Kultivator landete auf dem aufgewühlten Wasser und berührte es leicht mit dem Fuß, um rückwärts ans trockene Ufer zu fliegen. Mit einer abfälligen Handbewegung schwang Yuan Rang sein Schwert und steckte es zurück in die Scheide.

"Nur ein kleiner Erfolg. Ich habe noch einiges vor mir", murmelte Yuan Rang, die Enttäuschung stand ihm unmissverständlich ins Gesicht geschrieben. Er drehte sich weg und würdigte Wu Yings jämmerlichem Anblick keinerlei Aufmerksamkeit, ehe er über die Baumkronen hinweg verschwand.

Wu Ying lag still und regungslos am anderen Ufer, bis sich ein Husten aus seiner Brust löste. Vor Schmerz stöhnend drehte Wu Ying sich auf die Seite, wodurch die zersplitterten Überreste seines Schwertes auf den Boden fielen. Seine zitternden Finger bewegten sich auf seine Brust zu, wo sie an den Splittern von Metall zogen, die sich in seine Brust gebohrt hatten. Wu Ying starrte auf die Überreste seiner Waffe. Hätte er den Angriff nicht mit der flachen Seite des Schwertes geblockt ... Die schiere Wucht des Angriffs ...

Er war zu erschöpft, um die Folgen zu erfassen, daher ließ Wu Ying seinen Kopf auf den Boden sinken und blickte in die langsam dunkler werdende Nacht hinein. Ein tiefer Atemzug, und Wu Ying entschloss sich erneut zur Kultivation, um seine frischen Wunden zu heilen. Diese ständige Misshandlung seines Körpers, das Heilen und wieder verletzt werden, musste irgendwann Narben hinterlassen. Wieder einmal lachte Wu Ying leise. Zum Glück war er kein edler Gelehrter.

Kapitel 15

Als die Morgensonne Wu Ying zwei Tage später grüßte, erhob er sich aus seiner Kultivation. Lediglich in zerrissene Hosen und getrocknetem Blut gekleidet bahnte Wu Ying sich seinen Weg in den Fluss, um sich zu waschen und nach Frühstück zu jagen. Er brauchte nicht lange, um ein Feuer zu entfachen, denn seinen Feuerstein bewahrte er stets in seinem Münzbeutel auf. Es war eine Bauernweisheit, jedoch eine, die ihm zugute kam. Zum Glück bedeutete das sommerliche Wetter, dass selbst die Abende angenehm warm waren.

Während Wu Ying sein Frühstück einnahm, blickte er auf die Karte und stöhnte. Der Karte fehlte es an geografischen Merkmalen, doch Wu Ying vermutete, dass ihm von seinem aktuellen Standpunkt aus zwei Möglichkeiten blieben. Entweder zur Straße zurückzukehren, um ihr zu folgen, wobei er riskierte, noch einmal auf Ji Ang und seine Banditen zu stoßen. Oder sich durch die Wildnis zu schlagen. Obwohl er vermutlich so die Strecke verkürzen konnte, war der direkte Weg auch mühsamer und gefährlicher. Zwar mochten ihm vielleicht weniger Monster auflauern, doch das Hinterland beheimatete sicherlich stärkere Seelenbestien.

Darüber hinaus wusste Wu Ying, dass er in Verzug war. Nun, noch nicht ganz, doch er hatte zu viel Zeit damit verbracht, sich zu kultivieren und zu heilen. Selbst wenn er sich für die Straße entschied, würde er es nicht rechtzeitig schaffen. Trotzdem war Wu Ying fest dazu entschlossen, es wenigstens zu versuchen. Womöglich waren auch andere Käufer aufgrund der erhöhten Gefahr kurzfristig oder sogar ganz aufgehalten worden.

"Durch die Wälder", sagte Wu Ying schließlich an sich selbst gerichtet.

Es ergab wenig Sinn, die Straße zu nehmen. Er war sich fast sicher, dass Ji Ang dort auf ihn warten würde. Oder wenn nicht der Banditenanführer selbst, dann immerhin seine Männer. Es war besser, sich durchs Hinterland zu schlagen. Doch ehe er aufbrach, nahm Wu Ying sich die Zeit, um einige Bambusrohre zu fällen und mit den Überresten seines Schwertes deren Spitzen zu schärfen. Obwohl es zerbrochen war, trug Wu Ying das Schwert und dessen Bruchstücke weiterhin in seiner Schwertscheide bei sich. Vielleicht war ein versierter Schmied in der Lage, es zu reparieren.

Mit gefasstem Entschluss und nun wieder bewaffnet, wenn auch nicht angezogen, machte Wu Ying sich in einem leichten Trab durch die Wälder auf, fern abseits des Flusses. Glücklicherweise hatte er genügend Kenntnisse über das Hinterland, um in einer fast geraden Linie hindurch zu navigieren. Anhand der Windungen der umliegenden Straßen war er sich sicher, dass er auf eine andere treffen würde, wenn er in dieselbe Richtung weiterging.

Während er rannte und daran arbeitete, sein neu erlangtes Kultivationslevel zu unterdrücken, fand Wu Ying auch die Zeit, über seine neuesten Erfahrungen zu sinnieren. Yuan Rang war etwas rätselhaft. Obwohl es offenkundig gewesen war, dass er Wu Ying als Sparringpartner benutzt hatte, hätte Yuan Rang sich nicht unbedingt mit einem Anfänger wie ihm abgeben müssen. Wäre Yuan Rang gewillt gewesen, auch nur einen Tag zu warten, hätte er jede mögliche Stadt besuchen können, wo er eine Kampfkunstschule oder Arena gefunden hätte, die denselben Zweck erfüllt hätte.

Andererseits aber, so grübelte Wu Ying weiter, war Yuan Rang womöglich ein einsamer Wanderer. Das war keine Seltenheit – unabhängige Kultivatoren, die von keiner Sekte oder Schule unterstützt wurden. Man munkelte, sie wären viel zu paranoid, um ihre Kultivation und Geheimnisse der Kampfkunst anderen zu demonstrieren. Eine Arena zu nutzen oder sogar eine Schule herauszufordern wäre eine öffentliche Angelegenheit, ganz egal, was zugesichert worden wäre. Letzten Endes würden Gerüchte die Runde machen. Auf Wu Ying herumzuhacken war die sicherere Wahl gewesen. Und hätte Wu Ying sein Schwert nicht geopfert, hätte Yuan Rang sichergestellt, dass er jegliche Lästerei über seinen Stil im Kern erstickt hätte.

Was den sich wundernden Wu Ying zu der Frage führte, warum Yuan Rang sein Leben nicht beendet hatte, als der Angriff fehlgeschlagen war. Er war sich sicher, dass Yuan Rang wusste, dass er überlebt hatte. War es, wie bei seinem Gönner in der Sekte, der Glaube an das Schicksal? Sein vorangegangenes Handeln, als er Wu Ying vor Ji Ang gerettet hatte, deutete dies jedenfalls an. Dann wiederum ...

Dann wiederum war es Yuan Rang vielleicht einfach egal. Wu Ying hatte die Banditen bereits verärgert, war schlimm verletzt gewesen, und letzten Endes war er nur ein Kultivator des Körpers. Was konnte solch ein Neuling der Kultivation wie er schon von Yuan Rangs Stil, von seinem finalen Angriff, verstehen?

Mit geschürzten Lippen dachte Wu Ying über diese Frage nach und ließ den letzten Kampf gedanklich Revue passieren. Ja, was konnte er daraus lernen?

***

Die grüne Seelenschlange stieß voran, und nur ein flinker Seitwärtsschritt und ein Block seines improvisierten Speers über die Körperseite schützte Wu Ying. Smaragdfarbene Schuppen und ein gelbes, schlitzförmiges Auge von der Größe eines Esstellers schossen nur Zentimeter von Wu Ying entfernt an ihm vorbei. Die Schlange überragte ihre gewöhnlichen Artverwandten beachtlich und war fast so breit wie ein Ochse, sowie locker dreißig Fuß lang. Die Kreatur hatte versucht, Wu Ying aus dem Hinterhalt zu überfallen, hatte sich jedoch lediglich selbst auf einem Speer aufgespießt, was diesen angestrengten Kampf erst ausgelöst hatte.

Die Schlange bewegte sich zu schnell, um noch zu bremsen, und krachte in einen Baum, wodurch die Äste gerüttelt wurden und eine Kaskade von Blättern und Früchten herunterfielen. Für einen Moment hielt die Schlange benommen inne. Wu Ying knurrte, wirbelte seinen Speer und sprang hoch in die Luft, ehe er nach vorne stieß, als er fiel. Er nutzte das Gewicht kombiniert mit dem Stoß, um die geschärfte Spitze in den Körper der Schlange zu stoßen. Als sich der Speer in das feste Fleisch bohrte, spürte Wu Ying, wie der Impuls seines Falls für eine Sekunde stockte.

Aus vorherigen Schlagabtauschen mit der Schlange wusste Wu Ying bereits, dass dies der einzige Weg war, um durch die zähen Schuppen der Schlange zu dringen. Mit einem anständigen Speer hätte Wu Ying vielleicht andere Optionen nutzen können. Glücklicherweise war die Stelle, die er anvisiert hatte, nach mehrfachen Schlägen leicht aufgeschürft und erlaubte es der scharfen Spitze, sich in das Fleisch zu bohren.

Die nächsten Augenblicke bescherten Wu Ying den unheimlichsten Ritt seines Lebens, als die Schlange sich aufbäumte, wand und versuchte, Wu Ying abzuwerfen, während dieser den Speer tiefer in ihren Leib presste. Letztendlich zersplitterte der Bambus und hinterließ eine klaffende Wunde, die stark blutete, während Wu Ying abgeworfen wurde.

Danach war es nur noch eine Frage des Rennens und Versteckens, bis die Schlange sich genug langweilte und sie sich verzog. Als Wu Ying das Monster endlich wiederfand, hatte es sich zur Ruhe gelegt, wodurch es einfache Beute war. Wäre da nicht die Tatsache gewesen, dass die Schlange in dieselbe Richtung von dannen gezogen war, in die Wu Ying unterwegs war, und er einen Seelenstein sowie Fleisch fürs Abendessen wollte und brauchte, hätte er sie vermutlich gehen lassen. Immerhin hatte er bisher bereits einige andere Monster verschont.

Oder er war verschont geblieben. Es war ein Glück, dass die hochrangigeren Seelenbestien liebend gerne Schaden und Überlebenschance einkalkulierten. Mit größerer Stärke erlangten sie ebenso größeres Empfindungsvermögen und Verständnis. Sein Tod im Gegenzug für Verletzungen, die sie für andere Seelenbestien zu leichter Beute machen könnten, war ein schlechter Tausch, und so zogen sich die meisten zurück, nachdem sie ihn eingeschätzt hatten.

Sobald er mit dem Häuten der Schlange fertig war, schnitt Wu Ying eine große Portion Fleisch ab, legte es in die Haut und band die Enden zu einem Bündel zusammen. Wu Yings Blick streifte noch einmal die Bestie, bevor er ihre Fangzähne herausriss. Die grüne Schlange war nicht giftig, doch ihre Zähne würden eine gute Speerspitze für eine neue Waffe abgeben. Wu Ying erörterte die Gelegenheit kurz und schloss dann damit, dass er das Fleisch zur Seite legte und einen provisorischen Speer zusammenflickte, der mit dem Fangzahn der Schlange gespickt war. Da er seine hastige Konstruktion vollendet hatte, ersetzte Wu Ying das kaputte Schwert in der Scheide und nahm das Fleisch auf, ehe er davontrabte. Er sollte besser gehen, bevor ein Aasfresser sich dazu entschloss, mit ihm um die Überreste zu kämpfen.

Es war gut, dass die meisten mächtigen Seelenbestien wenig Interesse an Menschen zeigten und von Natur aus vorsichtig waren. Wu Ying konnte sich gut vorstellen, was für eine Katastrophe eine Seelenbestie, die einen Kern geformt hatte, über ein Dorf wie dieses bringen konnte. Ihm reichten tatsächlich schon die gelegentlich auftauchenden Erzählungen von solchen Tragödien, über die fast vollkommene Zerstörung ganzer Dörfer, ehe die örtliche Armee oder der Lord ihr ein Ende bereiteten. Egal, ob es sich um einen fünfsternigen Braunbären oder einen blutnebligen Rothirsch handelte, gaben sich diese Tiere meist damit zufrieden, zu wachsen und Erleuchtung in den Tiefen des Waldes zu suchen. Schließlich war ihr Weg zur Erleuchtung und zur Kultivation anders als beim Menschen. Ihr Dao war letzten Endes durch ihre Natur beschränkt. Und obwohl manche die Erleuchtung finden und sich zu etwas Menschenähnlichem wandeln könnten, würden nur wenige diese Grenze überschreiten, wenn sie diesem Pfad folgten. Daher war es sicherer und besser, dem Dao der Natur zu folgen.

Dies galt natürlich nicht für Dämonengeister. Unter den vielen Vorlesungen, die Wu Ying in der Sekte besucht hatte, hatte eine davon die Klassifizierung von Dämonenbestien erörtert. Auf dem einfachsten – und üblichsten – Level waren Dämonenbestien Seelenbestien, die Menschen angriffen. Dies verknüpfte natürlich unbeabsichtigt raubende Seelenbestien mit "Dämonenbestien", obwohl diese Bestien den Menschen nicht zwangsläufig feindlich gegenüberstanden. Sie würden Menschen nur jagen und essen, wenn diese ausreichend geschwächt waren, jedoch kam dies nicht öfter als bei anderen Raubtieren vor.

Wahre Dämonenbestien waren anders. Es gab zwei Hauptarten. Die erste Art umfasste gebürtige Dämonenbestien, Kreaturen, deren Kern durch Giftstoffe verdorben worden waren oder die durch den Einfluss der Dämonenebene dämonische Charakteristika erlangt hatten. In seltenen Fällen waren die stärksten

Monster auf der Suche nach Seelen und dem Dao sogar einem dämonischen Dao gefolgt. Die zweite Art umfasste tatsächliche Dämonen aus der Dämonenebene. Diese waren viel seltener, da Risse zwischen den Ebenen ein bedeutendes Ereignis waren, vor dem sich die Sekten und die Regierung in Acht nahmen.

Obwohl Angriffe im tiefsten Hinterland vorkamen, waren sie daher weniger frequentiert – wenn auch gefährlicher.

***

Fast drei Tage. Zwei davon hatte er im Hinterland verbracht, einen weiteren halben auf der gesegneten Straße, auf die Wu Ying endlich gestoßen war. Dass er es überhaupt geschafft hatte, einen der kleineren Dämonenkerne, die er gesammelt hatte, gegen Kleidung und eine Tasche einzutauschen, war aus seiner Sicht reines Glück. Selbstverständlich, auf der reinen Grundlage des Wertes war er bis in die höchsten Himmel betrogen worden, doch wenn man mit nichts weiter als einem paar zerrissener Hosen, einem Schwert, einem Münzbeutel und einer Rolle Schlangenhaut, gefüllt mit dem Fleisch einer Seelenbestie, durch die Landschaft wanderte, nun, da änderte sich der Wert.

Vielleicht war das die Wahrheit der Dinge, grübelte Wu Ying. Die Welt, die ein jeder Mensch wahrnahm, war nichts weiter als ein Schatten der Wahrheit, ein Schatten, der sich mit jeder veränderten Ausleuchtung, die die Erleuchtung mit sich brachte, änderte. Jeder Mensch war ein Seher der Schatten, ein blinder Mann, der sich seinen Weg durch einen vollständig erleuchteten Raum tastete.

Und was war dann die Erleuchtung? War sein eigenes Verständnis der Welt nichts weiter als eine Kerze im Dunkeln, eine empfindungslose Faust, die um einen Eckstein der Welt gelegt war? Vielleicht war das der Grund, weshalb niemand das Größere Dao des Universums begriff und sich bei der Suche nach Erleuchtung an die kleineren Daos klammerte. Weil es für die menschliche Seele unmöglich war, mehr als einen kleinen Teil des Universums zu verstehen. Und so suchten Kultivatoren nach den kleineren Daos des Schwertes, von Feuer und Wasser, oder der Tugenden.

Solche Gedanken waren in gewisser Weise zu früh für einen Kultivator seines Standes, der gerade erst die Startlinie verlassen hatte und dessen Ziellinie der Kultivation sich noch in so vielen Li entfernt befand. Doch auf der nächsten Stufe, wenn er eine Methode der Energiesammlung kultivierte, müsste er dies tiefergehend betrachten. Er hatte einige Legenden von Kultivatoren gehört, die einem elementaren Dao folgten und dann zu spät festgestellt hatten, dass sie sich aufgrund ihrer Kultivation nicht weiter entwickeln konnten. Einige hatten daraufhin ihre Kultivation zerschlagen und sich zum Ausgangspunkt zurückbegeben, um von neuem zu beginnen. Die meisten dieser unglücklichen Seelen fanden sich in einem gehinderten Zustand wieder, nicht in der Lage, wahrhaftig aufzusteigen.

Nein. Wenn er sich auf die Suche nach einem für ihn passenden Dao begeben musste, dann sollte er jetzt mit dem Nachdenken anfangen, beschloss Wu Ying. Nach Möglichkeit sollte er zumindest ein oder zwei Weise, und schlimmstenfalls einen Ältesten, konsultieren. Ihre Führung könnte helfen, Probleme in seiner Kultivation zuvorzukommen.

All das hing natürlich davon ab, ob Wu Ying es tatsächlich verhindern konnte, aus der Sekte geworfen zu werden. Und das sah in Anbetracht dessen, aktuell zwei Tage zu spät zum Verkauf des Pflaumenblütenweins zu kommen, nicht gut aus. Mit einem Seufzen starrte Wu Ying auf das Stadttor. In bürgerlicher Kleidung und mit unterdrückter Kultivation hatte er die letzte Stunde in der Schlange gewartet, um die Stadt zu betreten.

Hinma war eine der größten Städte, die Wu Ying je besucht hatte, und die Stadtmauern, die die Stadt umgaben, waren viermal so groß wie er. In Gesprächen mit anderen Wartenden hatte Wu Ying erfahren, dass dies die äußeren Mauern waren. Eine weitere innere, ältere Mauer trennte die Altstadt vom Rest der Stadt. Und wie zu erwarten, befanden sich in der Stadtmitte das Verwaltungszentrum und das Anwesen des Magistrats. An jeder Grenze wurde eine erneute Sicherheitsuntersuchung durchgeführt. Und selbstverständlich wurden auch Eintrittskosten erhoben.

Selbst dann noch gab es in Hinma, eine Stadt, die am Zusammenfluss zweier Flüsse erbaut worden war, mehr als genug Verkehr. Das war der Grund, weshalb Wu Ying noch immer darauf wartete, dass er an der Reihe war, einzutreten. Er wusste, dass er höchstwahrscheinlich die Schlange umgehen konnte, wenn er sein Sektenabzeichen vorzeigte, doch es kam ihm noch immer seltsam vor, dies zu tun. Ganz zu schweigen von der Tatsache, dass er die Gespräche mit den Bürgern um ihn herum wirklich genoss. Gespräche über die Stadt, vermischt mit Tratsch über Anwohner bescherten ihm nostalgischen Schmerz. Doch letztendlich hatte alles ein Ende.

"Wie viele Gruppenmitglieder?", fragte die Wache, seine Stimme war von Langeweile durchzogen.

"Nur eines, Herr", antwortete Wu Ying.

"Das macht fünf Münzen."

"Natürlich." Wu Ying nickte und übergab ihm die runden Münzen, deren Mitte eine viereckige Aussparung hatte.

Als die Wache ihn durchwinkte, ging Wu Ying unbeschwert hinein.

"Wartet!"

Wu Ying hielt an und runzelte die Stirn, als er sich dem Sprecher zuwandte. Im Inneren, die Gruppe überwachend, ließ der Leutnant der Wache seinen Blick über Wu Yings Gestalt wandern, ehe er auf der Tasche verweilte, die über der Schulter des Kultivators hängte.

"Was befindet sich in dieser Tasche?"

"In meiner Tasche? Ein paar Ersatzklamotten, mein Proviant und eine Schlafmatte." Auf das laute Schnauben des Leutnants hin schwang Wu Ying die Tasche über seine Schulter zu der Wache. Während er dies tat, fiel ihm auf, dass die

Klappe sich geöffnet hatte und sein wichtigstes Kleinod zur Schau stellte. "Ah, das ist etwas Schlangenhaut einer grünen Seelenschlange, der ich begegnet bin."

"Ich dachte mir schon, dass es das war", sagte der Leutnant der Wache und rümpfte die Nase. Seine Stimme war mit überheblicher Verachtung erfüllt, als er nach vorne trat, um Wu Yings Tasche ungefragt aufzureißen. "Die hätte ich gerne."

"Ähh ...", brachte Wu Ying nur heraus, von der plötzlichen Wandlung aufgeschreckt.

"Kommt. Zeigt mir ihre Qualität. Ich mache Euch einen guten Preis", sagte der Leutnant erneut.

"Das, ich, nun ..." Wu Ying nahm einen tiefen Atemzug, bevor er um sich gestikulierte. "Vielleicht an einem diskreteren Ort?"

Der Leutnant blickte schnell um sich, ehe er bestimmt nickte und Wu Ying anwies, das Wachhaus zu betreten. Kurz darauf lag das Bündel von Schuppen und Haut, das Wu Ying gesammelt hatte, auf dem Tisch im Inneren ausgebreitet. Die wenigen Wachen, die innen zur Pause versammelt waren, scharten sich ebenfalls um den Tisch und flüsterten untereinander.

"Schaut euch die Größe dieser Schuppen an!"

"Wunderschön. Der Schimmer ist atemberaubend."

"Perfekt. Das muss der erlesenste Schnitt sein."

"Wo ist der Rest der Haut?", fragte der Leutnant, als er auf das Bündel blickte.

Es war genug da, um eine ganze Tunika herzustellen. Darüber hinaus vielleicht sogar ein paar Handschuhe, wenn der Rüstungsmacher geschickt war und nur wenig verschwendete. Doch mit seinem geschulten Auge konnte der Leutnant die Größe der Bestie erahnen. Die Menge, die hier präsentiert lag, war unbedeutend.

"Wurde zurückgelassen", antwortete Wu Ying mit einem Schulterzucken. Der Gedanke an die Verschwendung schmerzte seinen Münzbeutel, doch für die Durchführung einer kompletten Häutung hätte er weder die Zeit gehabt, noch hätte er alles transportieren können, hätte er es dennoch geschafft.

"Was für eine Verschwendung", bemerkte der Leutnant. "Ist der Kadaver nah?"

"Nein", sagte Wu Ying mit einem Kopfschütteln. "Vermutlich wurde bereits alles verzehrt und beschädigt."

"Eine wahrhaftige Schande. Ich, Leutnant Tung Zhong Shei, werde dir dies hier für zwanzig Tael abkaufen", sagte der Leutnant, der endlich dazu kam, sich vorzustellen.

"Zwanzig!" Die anderen Soldaten japsten ob dieser opulenten Zurschaustellung seines Reichtums. Schließlich verdiente jeder von ihnen nur etwa fünf Tael pro Monat – und das musste all ihre Kosten decken.

"Das ist sehr großzügig", sagte Wu Ying, seine Hand fuhr leicht über die Haut.

Es war herausragendes Material und würde, wenn es erst einmal verarbeitet worden war, beachtliche Deckung und Schutz bieten. Die Schuppen von Seelenbestien waren hochwertiges Material und boten großen Schutz, gleichzeitig waren sie extrem flexibel. Ein Muss für einen Kampfkünstler. Es half natürlich auch, dass das Material mit seinen smaragdgrünen, sich kräuselnden Schattierungen und seiner hellgrünen Farbe an sich schön war.

Obwohl Wu Ying sich die Zeit genommen hatte, die Haut zu strecken und mit abgebrochenen Zweigen und Salz auf der Innenseite zu schützen, wäre die Haut bereits ruiniert gewesen, hätte es sich um ein normales Tier gehandelt. Zum Glück waren Seelenbestien von Chi erfüllt, ihre Körper mit eingeschlossen, was größere Eingriffe bei der Konservierung ermöglichte. Trotzdem wusste Wu Ying, dass Zhong Shei etwas verschwenderisch handelte. Doch der Familienname des Mannes war ihm wohlbekannt.

"Aber ..."

"Fünfundzwanzig." Zhong Shei hob den Preis an, ohne zu zögern.

"Es geht nicht um den Preis, verehrter Leutnant", sagte Wu Ying. "Ich bin gerade erst in der Stadt angekommen und muss mir noch Orientierung verschaffen."

"Zweifelt Ihr etwa daran, dass ich Euch einen besseren Preis biete als ein *Händler*?", sagte Zhong Shei verächtlich.

"Das wollte ich damit nicht sagen. Ich kam in die Stadt, um den berühmten Pflaumenblütenwein zu kaufen", erklärte Wu Ying hastig, bevor der Leutnant noch verärgerter wurde. Der Mann konnte die Haut mit Leichtigkeit "konfiszieren", wenn er es zu weit trieb. "Doch da ich spät dran bin, befürchte ich, dass keiner mehr übrig sein könnte. Wenn dies der Fall ist, hatte ich gehofft, diese Haut gegen jemandes Wein einzutauschen."

"Wein, Wein, Wein!" Zhong Shei schien außer sich. "Es geht immer nur um den Wein. Wisst Ihr, dass die Stadt für weitaus mehr bekannt ist, als nur für Wein? Hier gibt es mitunter die besten Keramiken im Land. Die Malereien von Meister Wu erreichen Geister belebende Höhen. Doch alles, worum ihr Kultivatoren euch schert, ist der Wein."

"Entschuldigt bitte, verehrter Leutnant, aber es ist die Bitte eines Ältesten meiner Sekte", erklärte Wu Ying, der entschieden hatte, seine Zugehörigkeit zu offenbaren. Obwohl er sie nicht nutzen wollte, um in die Stadt zu gelangen, schien dies eine gute Gelegenheit dafür zu sein, insbesondere dann, wenn sich seine anfängliche Vermutung bestätigen sollte.

"Noch so ein gieriger Ältester", sagte Zhong Shei. "Nun gut. Der Wein kostet ein Tael pro Krug. Im Moment ist er ausverkauft, und der Wiederverkaufswert liegt bei etwa fünf Tael — falls ihr jemanden findet, der seinen Wein verkauft. Ich allerdings kann für euch insgesamt drei Krüge freistellen. Wäre das ausreichend?"

Wu Ying blinzelte, die ganze Angelegenheit entwickelte sich um einiges schneller, als er erwartet hatte. Zwar hatte er anhand von Zhong Sheis Familiennamen vermutet, dass dieser mit dem Weinproduzenten in Verbindung stehen könnte, aber er hätte nie gedacht, dass Zhong Shei in der Lage sein würde, ihm den Wein direkt zu verkaufen. Wu Ying hätte allenfalls eine Bekanntmachung, die ihm eine Tür geöffnet hätte, erwartet. Nun musste er sich entscheiden, wie dringend er den Wein haben wollte. Ohne den Wein zurückzukehren, war eigentlich schon eine Garantie dafür, aus der Sekte verstoßen zu werden. Aber ... vielleicht war es gar nicht so schlecht, ein wandernder Kultivator zu sein. Oder vielleicht konnte er auch in sein Dorf zurückkehren, da er seine Kultivation verbessert hatte.

Okay, das letzte war vermutlich keine Option. Schließlich würde solch ein Vorgehen der Sekte wahrscheinlich missfallen und die Armee würde sicherlich wiederkommen. Ohne den Schutz der Sekte gegen die Einberufung wäre er wieder dort, wo alles angefangen hatte, nur diesmal etwas stärker.

Und realistisch betrachtet erhielt er den Gegenwert von Wein im Wert von fünfzehn Tael. Selbst wenn Wu Ying den Wein kaufen wollte, könnte er in die Lage kommen, keinen Anbieter zu finden, wie ihm aufgezeigt worden war.

"Also?"

"Ich entschuldige mich, verehrter Leutnant." Wu Ying verbeugte sich, als ihm auffiel, dass er stumm in Gedanken versunken gewesen war. "Ich wäre sehr dankbar, wenn Ihr mir drei Krüge zur Verfügung stellen könntet."

"Ich befinde mich noch immer im Dienst, also wartet bitte hier", befahl Zhong Shei ihm und wies um sich.

Als einer der Wachen den Mund öffnete, um zu widersprechen, reichte der scharfe Blick des Leutnants, den er ihm zuwarf, aus, um ihn zum Schweigen zu bringen. Zhong Shei schritt aus dem Wachhaus heraus, um seine Aufgaben wieder aufzunehmen, und ließ Wu Ying zurück, der die Haut zusammenrollte und sich bei den Männern im Inneren des Wachhauses entschuldigte.

"Schon gut, schon gut. Der Leutnant ist immer so", bemerkte einer der Wachen.

"Das stimmt. Da er aus einer Händlerfamilie stammt, hat er viel Geld und Privilegien. Doch manchmal vergisst er unsere Regeln."

"Aber er ist ein guter Anführer. Er stellt immer sicher, dass sich unsere Waffen und Ausrüstung auf dem neuesten Stand befinden. Und er arbeitet auch den ganzen Tag zusammen mit uns. Das ist um einiges besser als die meisten versnobten Adeligen, die den Job übernehmen." Die Wache machte eine kurze Pause, während er auf Wu Ying blickte, der ihm ein ermutigendes Nicken entgegenbrachte. Da er merkte, dass er Wu Ying nicht beleidigt hatte, fuhr er fort. "Sie stolzieren immer herum, als wären sie die bevorzugten Söhne des Himmels. Auch wenn sie nur die Stellung eines Leutnants innehaben."

"Diese unnützen dritten Söhne", sagte die erste Wache schnaubend, bevor er feststellte, dass Wu Ying fertig gepackt hatte. "Also, Herr Kultivator, Ihr stört uns hier nicht, aber wenn der Hauptmann vorbei kommt ..."

"Der Hauptmann ist ein richtiger Pedant."

"Ja. Sie ist furchtbar. Sie wird uns alle melden."

"Wenn der Herr Kultivator also gewillt wäre ..." Die Wache wies zu einem Nebenraum.

Als Wu Ying sich mit seiner Tasche dorthin bewegte, stellte er fest, dass der Raum zu den Arrestzellen führte. Und als Wu Ying zurück zu den Wachen blickte, schauten sie alle unbehaglich drein, doch Wu Ying kicherte.

"Ich werde mich dort drinnen kultivieren. Lasst mich einfach wissen, wenn es an der Zeit ist, zu gehen", sagte Wu Ying, während er sich mit seiner Tasche hinein bewegte.

Kapitel 16

Ein leises Klopfen an der Tür lenkte Wu Yings Aufmerksamkeit zurück auf die Außenwelt. Er atmete tief ein, dann atmete er langsam aus und erlaubte der trüben Luft in seiner Lunge, seinen Körper zu verlassen. Er hatte überwiegend seine Kultivation verstärkt, daher war der Schweiß und Gestank des Prozesses abgedämpft. Als Wu Ying aufstand und seinen eigenen Duft wahrnahm, verzog er das Gesicht. Zumindest der Definition nach. Ein weiteres, höfliches Klopfen holte Wu Ying zurück in die Gegenwart.

"Ich komme", rief Wu Ying.

Er streckte sich langsam und überprüfte seinen Körper, nachdem er für so lange Zeit im Schneidersitz verharrt hatte. Obwohl er die Kultivation in der Bewegung bevorzugte, brachte ihm das Umherlaufen in so einem kleinen Raum nicht mehr Vorteile als still zu sitzen. Und um ehrlich zu sein war Wu Ying von all dem Reisen auch etwas erschöpft. Manchmal war Zurückhaltung die beste Wahl. Was aus den plötzlichen Sprüngen in seiner Kultivation in den vergangenen Wochen nicht gerade deutlich wurde.

Zum Glück lief Wu Ying weniger Gefahr, sein künftiges Potential zu beschädigen, indem er seine Kultivation so schnell steigerte, da er sich auf der Stufe der Körperreinigung befand. Trotzdem würde er es, wenn möglich, bevorzugen, mehr Zeit mit der Verstärkung und Reinigung der geöffneten Meridiane zu verbringen, ehe er sich am achten Level versuchte. Dies würde ihm zumindest dabei helfen, seine Aura besser kontrollieren zu können.

"Herr Kultivator, die Schicht des Leutnants wird bald vorüber sein", sagte die Wache auf der anderen Seite der Tür, als Wu Ying diese endlich öffnete. Einen Moment darauf rümpfte er leicht die Nase. "Wir haben auch einen Waschbereich."

Wu Ying starrte auf die Wache, die unangenehm schaute, da ihr vermutlich verzögert wieder eingefallen war, dass Wu Ying eigentlich Kultivator war.

"Zeigt ihn mir bitte, wenn ich Euch darum bitten darf", sagte Wu Ying, der einen ernsten Gesichtsausdruck behielt. Er musste zugeben, dass er etwas verstimmt, zugleich aber auch amüsiert war.

Die Wache entspannte sich und führte Wu Ying rasch nach hinten, wo ein Eimer und eine Urne frischen Wassers bereitstanden. Einige Minuten später war Wu Ying sauber und erfrischt und ging nach draußen, wo er einen ungeduldigen Leutnant vorfand. Zhong Sheis angespannter Blick entspannte sich etwas, als er Wu Ying erspähte. Er wirkte beinahe anerkennend, als er feststellte, dass der zuvor staubige und schmutzige Bauer sich gewaschen hatte. Beinahe.

"Kommt. Das Haus meines Onkels liegt in dieser Richtung", sagte Zhong Shei und wies Wu Ying, ihm zu folgen.

Wu Ying eilte dem Mann hinterher, der seinen Schritt nicht verlangsamte, während er durch die Straßen schritt. Um sie herum machten die Fußgänger für den uniformierten Soldaten in Rüstung Platz und erwiesen ihm die übliche Ehre, die einer Autoritätsperson gebührte. Was nicht dem Brauch entsprach, war das rühmende und bewundernde Geflüster der Frauen, deren Blicke der Gestalt Zhong Sheis folgten.

Aus dem Augenwinkel heraus verglich Wu Ying sich im Geiste mit dem Soldaten. Gut, Zhong Sheis Haar war also etwas länger, hatte einen dunkleren Schwarzton und war viel glänzender. Und ja, auch seine Haut war heller, frei von jeglichen Pockennarben, Makeln und Narben, anders als Wu Yings vom Wetter gezeichnete Visage. Selbst mit seiner verbesserten Kultivation bestand weiterhin die Tatsache, dass Wu Ying in den letzten Wochen unter der gleißenden Sonne gerannt war. Das war alles, was die verbesserte Kultivation — auf seinem Level — ausrichten konnte. Außerdem war Zhong Shei wohl ein wenig größer. Doch Wu Yings Schultern waren breiter, seine Brust weiter, und seine Arme und Schenkel massiger!

Nun, okay. Vielleicht etwas zu massig. Wu Ying wusste, dass er stämmiger als die meisten der verweichlichten Söhne von Adeligen und Händlern war. Immerhin hatte er seine Wachstumsjahre mit der Arbeit auf den Feldern und nicht mit Faulenzen,

Bücher lesen und Tee trinken verbracht. Mit leicht getrübter Stimmung ging Wu Ying schweigend hinter Zhong Shei her. Es schien, dass er selbst als Kultivator dazu verdammt war, im Schatten von Adeligen und Händlern zu stehen.

"Wir sind da", verkündete Zhong Shei ohne Umschweife. Er zeigte auf die Türen. "Seid auf der Hut, wenn Ihr meinem Onkel begegnet. Er ist reizbar und nur schwer umgänglich, doch denkt daran, es ist sein Wein."

"Selbstverständlich. Ich bin schon dankbar über mein Glück, jemanden zu treffen, der so gut vernetzt ist."

"Das bin ich wohl, nicht?", brüstete Zhong Shei sich, als sie das Anwesen betraten. Sie bewegten sich um die Mauer herum, die die Sicht ins Haus versperrte, ehe sie auf einen Diener trafen. "Oh, Ah Kong! Ich bin mit einem Bekannten auf dem Weg in den Keller. Ihr braucht meinem Onkel nicht davon zu erzählen."

"Ja, Herr", sagte Ah Kong in der Verbeugung.

"Eigentlich ...", sagte Wu Ying zögerlich, bevor er das Siegel hervor holte, das der Älteste Xi Qi ihm gegeben hatte. "Mir wurde dies hier anvertraut, um es Eurem Onkel zu zeigen. Der Älteste Lu sagte, Euer Onkel würde es erkennen."

"Das ..." Zhong Shei kräuselte die Lippen, bevor er genervt die Luft ausstieß. "Nun gut. Ah Kong, bringt es zu meinem Onkel."

"Aber natürlich."

Ah Kong nahm das Siegel schnell an sich und machte sich auf den Weg, während Zhong Shei ohne ein Wort weiterstapfte. Wu Ying beeilte sich, ihn aufzuholen und schaute mit weit aufgerissenen Augen zu dem komfortablen Haus auf. Das Anwesen war das größte, in dem er je selbst gewesen war, vermutlich um einiges größer als das Anwesen des Lords in seinem Heimatdorf, und war U-förmig gebaut. Wu Ying vermutete, dass Zhong Shei hier lebte, da es unwahrscheinlich war, dass er bereits verheiratet war.

Obwohl das Gebäude eindeutig größer war, war dessen Grundarchitektur mit seinen halb freigelegten Holzbalken, die zwischen den Türen eingestreut waren, und seinem weiß gestrichenen Gips doch gleich wie bei den anderen Wohngebäuden. In Wu Yings Haus hatten sie selbstverständlich gestampfte Erde benutzt und sich nicht um den Anstrich der Wände gekümmert. Auch hatten sie keinerlei solcher Schriftrollen und Malereien, die auffällig im ganzen Gebäude verteilt aufgehängt waren.

"Trödelt nicht. Ich bin nicht hier, um Euch das Haus zu zeigen", blaffte Zhong Shei Wu Ying an, der aus Schuldgefühl leicht errötete.

Natürlich war er kein wirklicher Gast, daher schickte es sich nicht, die Zeit damit zu vertrödeln, die Werke hier ausgiebig zu betrachten. Das war wirklich schade, denn die Werke waren allesamt besser als alles, was Wu Ying je außerhalb der Sekte gesehen hatte.

"Da wären wir", sagte Zhong Shei. Der Lagerraum war vom Boden bis unter die Decke mit Weinkrügen gefüllt, so vollgestopft, dass die Regale beinahe überquollen. Zhong Shei trat sorglos ein und ging die unzähligen Weinkrüge durch, las sich die handschriftlichen Notizzettel durch, die an den Hälsen der Krüge hingen, ehe er drei zur Seite stellte. "Das sollte genügen."

"Vielen Dank, verehrter Tung. Hier habt Ihr Eure Schlangenhaut", sagte Wu Ying, der ihm die Haut darbot.

Die beiden vollzogen einen schnellen Austausch, der mehr Jonglierarbeit als gewollt beinhaltete, da der Raum keinen geeigneten Tisch hatte. Doch schließlich hatte Wu Ying die Weinkrüge in seiner Tasche verstaut, die in Lumpen und Heu gehüllt waren, um zu versichern, dass sie beim Transport nicht zerbrachen.

"Gut. Zeit, zu gehen", sagte Zhong Shei und winkte Wu Ying heraus.

Wu Ying blickte finster und wollte Zhong Shei an das Siegel des Ältesten erinnern, doch eine schrullige, alte Stimme unterbrach ihn.

"Du bedienst dich schon wieder an meiner persönlichen Sammlung, was? Was habe ich dir darüber gesagt?", meinte die Stimme.

Wu Ying drehte sich um, wo er einen kleinen, alten Mann erblickte, der eine Präsenz ausstrahlte, die Wu Ying nach Luft schnappen ließ. Ein Teil von ihm analysierte diese neue Präsenz und versuchte einzuordnen, wie sie sich im Vergleich mit der Präsenz der Ältesten in seiner Sekte und seines Wohltäters Dun "anfühlte". Der Rest von ihm war damit beschäftigt, sich tief zu verbeugen und innerlich ins Schwitzen zu geraten.

"Onkel[22]! Ich habe gerade nur einen Handel abgeschlossen", erklärte Zhong Shei mit einem breiten und unschuldigen Grinsen.

"Rotzbengel." Onkel Tung trat vor und verpasste Zhong Shei einen Schlag über den Scheitel. "Immer bedienst du dich an meiner Sammlung. Diese Schlangenhaut, sie ist für dieses Ong-Mädchen, oder?"

"Ja, Onkel. Sie passt sehr gut zu ihren Augen, findet Ihr nicht auch?" Zhong Sheis schnelle und schwärmerische Antwort wurde mit einem weiteren Schlag beantwortet.

"Kleiner Trottel. Ihr jagt alle demselben Mädchen hinterher." Dann drehte Onkel Tung sich zu Wu Ying, der in der Verbeugung verharrte, da er bevorzugte, seinen Kopf – wortwörtlich – unten zu halten, anstatt in diese Angelegenheit verwickelt zu werden, die nach einer Streiterei zwischen Lieblingsneffe und Onkel klang. Man sollte niemals in Familienzwiste verwickelt werden. Jeder kluge Chinese wusste das. "Ihr seid derjenige, der das hier mitgebracht hat?"

Wu Ying richtete sich auf und blickte auf das Siegel, das Onkel Tung hochhielt. "Ja, verehrter Ältester."

"Dann ist er also noch am Leben. Und ihm ist schon wieder der Wein ausgegangen. Nun gut ..." Onkel Tung bewegte sich im Raum hin und her und blieb im hinteren Teil stehen. Schließlich kam er mit einem verstaubten Weinkrug zurück.

---

[22] Der Tradition nach verwenden chinesische Familien eine viel exaktere Form der Anrede, die direkt die Beziehung zwischen zwei Individuen kennzeichnet. Hier wäre dies zum Beispiel "ältester Onkel väterlicherseits". Aufgrund einfacherer Lesbarkeit und Vertrautheit werde ich bei der "westlichen" Bezeichnung bleiben, wenn so etwas vorkommt.

Zhong Sheis Augen weiteten sich, als er auf den Krug starrte, bevor er ungläubig zwischen diesem und Wu Ying hin und her blickte. Als Wu Ying beide Hände ausstreckte, um ihn entgegenzunehmen, zog Onkel Tung ihn zurück.

"Ältester?"

"Ich habe da eine bessere Idee." Onkel Tung wandte sich Zhong Shei zu und hielt die Weinflasche vor ihn. "Du beschützt und lieferst dies für mich aus. Zusammen mit einem Brief."

"Onkel, ich habe Arbeit zu erledigen."

"Darum kümmere ich mich", sagte Onkel Tung und winkte lässig ab. "Er hier sieht nicht stark genug aus, um ihn anständig zu schützen. Jedenfalls nicht allein. Und du brauchst etwas Abhärtung. Eine gute Reise öffnet dir eventuell die Augen."

"Aber Lady Ong –"

"Wird ihre Rüstung bekommen. Sobald du zurück bist", sagte Onkel Tung ernst. "Wie lange steckst du schon auf dem achten Level fest?"

"Seit einem Jahr."

"Mit all den Seelenpillen und dem Fleisch, das du zu dir nimmst, hättest du den Durchbruch schon längst schaffen sollen", sagte Onkel Tung. "Dir fehlt es an Erfahrung. An mehr Erleuchtung. Und an Disziplin. Diese Reise wird dir gut tun."

"Aber Vater –"

"Wird mir zustimmen", erklärte Onkel Tung tonlos.

"Ich kann nicht einfach gehen ..."

"Drei Tage", sagte Onkel Tung, der Wu Ying ansah. "In drei Tagen legt eine Flotte von Schiffen ab. Ich werde einen Platz für euch beide arrangieren." Onkel Tungs Blick streifte über Wu Ying und erfasste dessen einfache Kleidung und die Tasche. "Ich werde Ah Kong mit Euch schicken, um eine Unterkunft zu finden, und er wird Euch später mitteilen, welches Schiff ihr nehmen werdet."

"Ja, verehrter Ältester", stimmte Wu Ying zu.

Da Zhong Shei über den anderen Krug wachen würde, machte Wu Ying sich keine Sorgen um ihn. Obwohl die Reise etwas unangenehm werden könnte, so, wie sein Gegenüber ihn anstarrte. Auf die abschätzige Handbewegung Onkel Tungs hin huschte Wu Ying aus dem Raum hinaus und traf auf den zuvor erwähnten Diener.

Wu Ying ging mit dem Diener, während Onkel Tungs langsam lauter werdende Stimme hinter ihnen tönte, als er seinen Neffen ausschimpfte, der weiterhin versuchte, sich vor der Reise zu drücken. Während er das Anwesen verließ, dachte Wu Ying unwillkürlich, wie vorteilhaft es war, dass seine Familie so klein war.

***

Ah Kong, der Diener, war lakonisch und still, kannte sich aber gut in der Stadt aus. Wu Yings Versuche, die Distanz zwischen ihnen aufzulösen, brachte sein Gegenüber nicht dazu, sich zwanglos mit ihm zu unterhalten, doch am Ende ihres Spaziergangs hin zu einer sauberen, preisgünstigen und komfortablen Herberge hatte Wu Ying die nötigen Informationen gesammelt. Nachdem er den Preis für eine Privatunterkunft für die nächsten Tage bezahlt hatte, ging Wu Ying den Weg zurück, um sich nach dem ihm empfohlenen Händler umzusehen.

Obwohl es angenehmer gewesen wäre, wenn er eine einzige Anlaufstelle hätte, um seine Seelensteine zu verkaufen, spielte das echte Leben anders. Daher war es wichtig, einen ehrlichen und vertrauenswürdigen Händler ausfindig zu machen. Zu seinem Glück kannte Ah Kong ein paar solcher Händler, und einer davon hatte einen Laden in der Nähe seiner Unterkunft. Zwar machte er sich Gedanken darüber, dass Ah Kong eventuell eine Provision für seine Empfehlung erhielt, doch das sollte kein Problem darstellen. Ein Diener eines solch mächtigen und berühmten Händlers nahm mit seinem eigentlichen Job locker mehr ein, als jede Provision abwarf, die jemand wie Wu Ying einbringen würde – selbst wenn der Händler ihn komplett über den Tisch zöge.

Und erfreulicherweise war Wu Ying kein Neuling im Verkauf von Bestienkernen. Während es unzählige Dinge gab, die er nicht wusste, war das gelegentliche

Auftauchen dieser Kreaturen im Umkreis von Dörfern eine Tatsache. Daher wuchsen die meisten Kinder damit auf, die Grundkalkulation solcher Gegenstände zu beobachten und zu lernen.

Im Allgemeinen hatten dämonische Bestienkerne einen signifikant geringeren Wert als Kerne gewöhnlicher Seelenbestien. Aufgrund der Verderbnis in diesen Kernen mussten Alchemisten und Ärzte sie zuerst läutern, ehe sie verwendet werden konnten. Die meisten Dämonenkerne hatten, wenn es hochkam, einen Fünftel des Wertes eines Seelenkerns desselben Typus und Größe.

Neben dem Typus machten das Ursprungstier, die Größe, das Element und das Kultivationslevel den Preis aus. Kerne von Raubtieren waren generell teurer, da sie alles in allem selten waren. Diese Art von Kernen wurde von Kultivatoren verwendet und am besten an Händler verkauft, die mit Kultivatoren handelten, da ihre Nachfrage höher war. Alchemisten und Ärzte kauften eher die Bestienkerne von Pflanzenfressern oder Beutetieren, da ihre sanftere Natur bessere Pillen und Medizin hervorbrachte.

Das alles erklärte, warum Wu Ying mit seinen Dämonenbestienkernen einen Händler statt eines Arztes aufsuchte. Schließlich stammte der Großteil der Kerne, die er in seinem Besitz hatte, von Raubtieren, die gedacht hatten, Wu Ying würde einen guten Happen abgeben.

"Guten Tag. Wie geht es Euch? Wie kann ich Ihnen heute behilflich sein?", sprach der Händler Wu Ying an, sobald dieser eintrat. Sein Blick wanderte über Wu Yings schlecht gekleidete Erscheinung, ohne zu urteilen. Nicht einmal seine Mundwinkel zuckten. Er war definitiv ein erfolgreicher Mann seiner Zunft.

"Ich würde gerne einige Dämonen- und Seelenkerne verkaufen", sagte Wu Ying, als er sich der Theke näherte.

Wu Ying begutachtete die Gegenstände im Laden. Es entsprach sehr dem, was Ah Kong ihm geschildert hatte – ein mittelgroßer Laden, dessen Hauptangebot sich an Kultivatoren richtete. Allein auf diesem Stockwerk erblickte Wu Ying Schriftrollen, die sich mit Kultivationsanleitungen, Kampfkunststilen und

Kampftechniken befassten, Schwerter und andere Waffen unterschiedlichster Qualität, ein Sortiment an Pillen und Kräutern, von denen Wu Ying die meisten nicht erkannte, und natürlich die ubiquitären, beschrifteten und aufbereiteten Seelensteine. Jeder dieser Steine war sorgfältig vorbereitet worden, sodass Kultivatoren das darin gespeicherte Chi mit seinem dazugehörigen Element und – wenn ein Kultivator Glück hatte – die Erleuchtung der Kreatur aufnehmen konnten. Natürlich konnten auch unbehandelte Steine absorbiert werden, allerdings war dieser Prozess für Kultivatoren komplizierter und weniger effizient.

"Selbstverständlich. Einen Moment bitte", sagte der Händler und ging ein Stück zur Seite, wo er unter die Theke griff.

Er zog eine schlichte Holzschale hervor, auf der ein weißes Stück Stoff lag, bevor er Wu Ying bedeutete, die Steine zu präsentieren. Nachdem sie in die Schale gekullert waren, nahm der Händler einen Stock aus der Nähe zur Hand und schob sie umher, wobei er die Steine mit raschen Bewegungen nach Farbe und Größe sortierte. Der Händler hielt eine Hand über jeden Stein und summte leise vor sich hin.

"Acht Kerne. Fünf Dämonenkerne von geringer Größe aus verschiedenen Raubtieren. Drei Kerne von Seelenbestien mittlerer Größe, einer davon gehörte einer seltenen grünen Seelenschlange", sagte der Händler lächelnd. "Ich kann Euch ... hmmm ... fünf Tael für die Dämonenkerne anbieten. Die Kerne der Seelenbestien sind je fünfeinhalb Tael wert, doch der Kern der Schlange ist selten. Diesen kann ich direkt ohne Aufbereitung weiterverkaufen. Sagen wir, sieben Tael dafür. Das Angebot gilt allerdings nur, wenn Ihr sie alle hier an mich verkauft."

Wu Ying rechnete hastig im Kopf nach. Dreiundzwanzig Tael für all seine Kerne – das war mehr, als er erwartet hatte, dafür zu bekommen. Die Einkaufspreise in der Stadt waren höher als die der fahrenden Händler, die in sein Dorf gekommen waren, was, wenn man so darüber nachdachte, Sinn ergab. Immerhin mussten diese fahrenden Händler die Kerne zu Städten oder Sekten transportieren, wobei sie das Risiko eines Überfalls auf sich nehmen mussten.

Wu Ying verzog keine Miene und dachte über die Sache nach, bevor er seinen Blick durch den Laden schweifen ließ. "Ich nehme an, dass der Kurs besser wäre, wenn wir gegen ein paar Gegenstände tauschten?"

"Natürlich." Der Händler nickte. "Wenn Ihr Euch umsehen möchtet, werde ich die Steine abdecken und sie hier hinten verstauen. Sobald Ihr fertig seid, setzt mich darüber in Kenntnis, dann können wir den Handel abschließen."

"Gut", sagte Wu Ying mit einem Lächeln.

Der Händler kam unverzüglich seinem Vorschlag nach und platzierte die Bestienkerne und die Schale hinter der Theke, während Wu Ying nachdenklich die Waren prüfte. Während er langsam umherging, dachte er darüber nach, was er brauchte.

Ein Schwert war am wichtigsten. Das Schwert, das er aktuell bei sich trug, war zerbrochen, und selbst wenn er es schaffte, es zu verkaufen oder reparieren zu lassen, würden trotzdem erhebliche Mängel bestehen bleiben. Es war klüger, das Metall zu verkaufen und ein neues, makelloses Schwert zu kaufen. Die Kultivationsanleitungen und Stile waren vermutlich zu teuer für ihn. Außerdem hatte er immer noch so viel zu lernen, dass es töricht wäre, dem bereits neue Stile hinzuzufügen. Nichtsdestotrotz wusste Wu Ying, dass er sich immer mehr dem Abschnitt der Energiesammlung seiner Kultivation näherte, daher wäre ein kurzer Blick auf die Anleitungen sinnvoll. Was die Hilfsmittel für Kultivation betraf, so waren diese wichtig. Wu Ying kam in Versuchung, sich nach einer weiteren Pille der Meridianreinigung umzusehen, obwohl ein Teil seines Bewusstseins ihn darauf hinwies, dass einige Heilpillen oder Gebräue wohl besser wären.

Die Entscheidung war gefällt, und so bewegte sich Wu Ying gezielter durch den Laden. Die Waffen waren an drei verschiedenen Orten gesammelt — es gab Waffen, die in einem Fass am Boden aufbewahrt wurden, wiederum andere waren sorgfältig in Reichweite der Kunden ausgestellt, und dann gab es solche, die hinter der Theke aufbewahrt wurden, ebenfalls sorgfältig ausgestellt, jedoch ohne Hilfe für die Kundschaft unerreichbar. Ein schneller Blick auf den Preis eines Jian in seiner

Reichweite machte Wu Ying klar, dass er sich die besseren Waffen aus dem Kopf schlagen konnte. Ein ausgestelltes Jian kostete je fünfzig Tael – mit anderen Worten, es hatte den Wert einer einzelnen guten Ernte. Selbst wenn sie dreimal im Jahr ernten konnten, floss der Erlös in die Beschaffung verschiedenster Ausrüstung für die Farm. Diese reichte von zusätzlichem Futter für das Pferd über Ackergeräte, Kleidung, Feuerholz und mehr.

Wu Ying wandte sich von diesen Schwertern ab und wühlte in dem Haufen von Schwertern, die sich in dem Fass befanden. Diese Schwerter ähnelten jenem, das Liu Tsong ihm gegeben hatte – sie bestanden aus minderwertigem Stahl oder Eisen und waren von einem Schmiedelehrling geschmiedet worden. Andererseits hatten sie den Vorteil, dass sie günstig waren. Um ehrlich zu sein überraschte es Wu Ying, dass dieses Fass hier war – immerhin mussten die meisten Kultivatoren reicher sein als er selbst, oder? Vielleicht auch nicht. Hilfsmittel für die Kultivation waren teuer. Seelenkerne waren teuer. Kultivationsanleitungen waren teuer. Und Waffen von Banditen und ähnliches gab es zuhauf und es war einfach, sie in die Finger zu bekommen, ganz besonders dann, wenn sie einen angriffen.

Dieser Gedanke brachte Wu Yings Hand zum Stocken, da er in Betracht zog, hier vielleicht gerade die Habseligkeiten eines Toten zu betatschen. Dann zuckte der praktisch veranlagte Jugendliche mit den Schultern. Es war ja nicht das erste oder letzte Mal, dass er die weggeworfene Habe von irgendjemandem verwendete. Und ...

"Das hier sieht gut aus", sagte Wu Ying, als er ein Schwert komplett aus seiner Scheide zog.

Er begutachtete die Schneide, prüfte seine Biegung, und schürzte die Lippen, als er die Kerben erblickte. Das war nichts, was eine gute Feile und ein paar Stunden Arbeit nicht richten konnten. Er schlug ein paar Mal auf die flache Seite der Klinge und beobachtete, wie die Waffe flatterte, bevor er sie auf seinem Finger balancierte, um ihren Mittelpunkt zu finden. Er lag etwas zu weit vorne und der Stahl war minderwertig, für Wu Yings Geschmack hatte er einige Sprünge zu viel. Die Scheide jedoch war zweckmäßig, das Heft war eng und sie war in gutem Zustand. Und das Beste an der Waffe war, dass sie nur neun Tael kostete.

Als nächstes widmete er sich den Kultivationsanleitungen und Stilen. Eine schnelle Lektüre der verschiedenen Namen und der Einleitungen informierte Wu Ying über die wichtigsten Fakten – nur hatte er keine ausreichenden Kenntnisse, um die Informationen zu prüfen. Er sollte wohl besser mehr Zeit mit Lernen verbringen. Als er sich gerade wegdrehte, sprang Wu Ying der Titel eines ihm bekannten Stils ins Auge.

"Der Kultivationsstil des Gelben Herrschers – die Stufe der Energiesammlung?", murmelte Wu Ying, der das Buch zur Hand nahm. Es kostete nur fünf Tael, was überraschend günstig war. Zu seiner noch größeren Überraschung lagen weitere Kopien direkt unter der Ausgabe, die er aufgenommen hatte. Er drehte sich zum Händler um. "Warum ist das hier so günstig?"

"Warum sollte es nicht so günstig sein? Es ist der Stil des Gelben Herrschers. Jede namhafte Familie hat bereits eine Kopie davon. Meine Kopie ist jedoch exakt. Garantiert. Ich habe auch die Notizen zur Kultivation von Tsifu Liu und Tsifu Teck hier."

"Sind diese noch immer frei von elementarer Behaftung?", erkundigte Wu Ying sich. Es gab zahlreiche solcher Kultivationsstile, doch nur wenige beschäftigten sich mit dem Weg der Kultivation nach der Phase der Körperreinigung. Jede Stufe, die auf die Körperreinigung folgte, konsumierte mehr und mehr Chi, Zeit und Erleuchtung. Bei einem elementfreien Stil zu verharren bedeutete, sich auf lange Sicht selbst zu behindern. Aber trotzdem ...

"Natürlich. Der Gelbe Herrscher war ein universeller Herrscher. Wie hätte er dies sein können, wenn er sich auf ein einziges Element beschränkt hätte?", antwortete der Händler prustend.

"Gibt es demnach für diesen Stil auch eine Methode zur Kernkultivation?"

"Ja. Damit erreicht er jedoch seine Grenzen. Um Eure aufkeimende Seele zu verstärken, müsst Ihr Euren eigenen Weg finden. Bekannterweise hinterließ der

Gelbe Herrscher nie eine Kultivationsanleitung dafür, denn seiner Meinung nach konnte es immer nur einen Herrscher geben."

Wu Ying nickte langsam. Es war wichtig, die aufkeimende Seele zu verstärken, da dies einem Menschen im Grund erlaubte, von Neuem zu beginnen und einen Teil von sich selbst zu entwickeln, der nicht von der Welt verdorben war. Mit einer voll ausgewachsenen, aufkeimenden Seele im Körper konnte ein Kultivator den Dao berühren und Unsterblichkeit erlangen. Wenn es eine Stufe nach dem Durchbrechen der Stufe der aufkeimenden Seele gab, so schwiegen die Götter darüber. Doch diese Information machte ihm klar, dass es ihm zwar auf kurze Sicht möglich war, darüber zu zaudern, was er für seine Kultivation tun sollte, sich das auf lange Sicht aber nicht bewähren würde. Dennoch ... Wu Ying legte die Schriftrolle neben das Schwert und ging weiter.

Tränke, Pillen und Pasten. Keine Gifte – doch solche Dinge wurden nicht in Läden von Händlern verkauft. Nur wenige Kultivatoren wollten dafür bekannt sein, Gifte zu verwenden. Was Medizin anging, so gab es zwar unzählige Arten von Medizin, die besonders nützlich für jedes erdenkliche Leiden war – Übernutzung von Chi, Heilung von Meridianen, inneren Verletzungen und mehr – aber Wu Ying war kein Arzt. Er sollte sich besser für etwas Allgemeineres entscheiden. Er nahm die Flasche mit Pillen zur Hand, die eine beschleunigte Heilung versprachen, ehe er sich den Hilfsmitteln für Kultivation zuwandte.

Die verschiedenen Hilfsmittel konnten grob in drei Kategorien unterteilt werden: Mittel, die direkt bei einzelnen Kultivationsgraden halfen, wie die Pille der Meridianreinigung. Jene, die die Entwicklung der Affinität zu einem bestimmten Element unterstützten, und jene, die bei der Erleuchtung halfen. Selbstverständlich erinnerte Wu Ying sich an den spöttischen Ton seines Vaters gegenüber denen, die die Erleuchtung mittels Drogen ersuchten. Sein Vater hatte solche Kultivatoren namhaft als sich im Dreck wälzende und Ziegen liebende Faulenzer beschrieben.

Mit diesen Worten im Hinterkopf begutachtete Wu Ying die Kultivationsverstärker. Selbst eine gewöhnliche Pille der Meridianreinigung, die von einem Alchemielehrling hergestellt worden war, kostete pro volle Flasche fast zwanzig Tael. Wu Ying stellte die Pillen beiseite und betrachtete den mannigfaltigen Jadeschmuck, der neben den Pillen angehäuft war. Sie ergaben für ihn keinen Sinn.

"Wofür sind diese Jadestücke?", fragte Wu Ying.

"Ihr wisst, dass Jade schützen und Chi bündeln kann? Die meisten davon wurden so verarbeitet, dass sie Chi aus der Umgebung bündeln. Wenn man sie am Körper trägt, beschleunigen sie die Kultivation, da sie als weitere Quelle des Chi dienen. Nach einer gewissen Zeit muss der Jade natürlich wieder aufgeladen werden", erklärte der Händler, der zu ihm hinüberkam und auf einen hellen Armreif zeigte. "Nehmen wir zum Beispiel diesen hier. Das ist Mondjade, der so verzaubert wurde, dass er Chi aus dem Mondlicht zieht. Wenn man ihn bei Vollmond nach draußen legt, nimmt er das Chi des Mondlichts auf und reinigt es. Wenn man sich das nächste Mal kultiviert, kann man dieses Chi in den Körper aufnehmen, um den Prozess zu beschleunigen. Selbstverständlich ist dies bei Kultivatoren mit Feueraspekt effektiver. Luftkultivatoren finden ihn auch sehr nützlich."

"Danke sehr. Gibt es einen, den Ihr empfehlen könnt?", sagte Wu Ying, dessen Neugier geweckt war.

"Für Euch?" Der Händler beäugte Wu Ying und die Kerne, ehe sein Blick zu der Flasche mit Heilpillen, dem Schwert und der Kultivationsanleitung in Wu Yings Händen wanderte. "Vielleicht wäre dieses Armband etwas für Euch. Es ist aspektlos und unverarbeitet, daher ist sein Effekt gering. Doch wenn Ihr einen Verzauberer oder Schmied findet, könntet Ihr einen Aspekt festlegen lassen. Die Qualität ist zumindest recht gut."

"Ich danke Euch."

Da Wu Ying keine weiteren Fragen zu haben schien, ging der Händler zurück zur Theke und fuhr damit fort, seine Waren zu putzen. Wu Ying schaute sich die Hilfsmittel für die Kultivation noch etwas länger an und betrachtete kurz die verschiedenen Schutztalismane, ehe er sie beiseitelegte und den Jadearmreif aufnahm.

Nachdem er die Flasche mit Heilpillen und das Armband auf der Theke vor dem Händler platziert hatte, hakte Wu Ying sein Schwert los. "Ich würde gerne wissen, ob ich dies hier auch eintauschen kann."

"Darf ich?", sagte der Händler mit einer Geste.

"Natürlich. Es ist zerbrochen, doch das Eisen kann möglicherweise noch verwendet werden", warnte Wu Ying.

"Ah." Der Händler zog seine Hand zurück und schüttelte den Kopf. "Es tut mir leid, aber wir handeln nicht mit zerbrochenen Waffen. Es gibt einige Schmiede, die Ihr diesbezüglich aufsuchen könnt. Über alles andere können wir aber gewiss diskutieren."

Wu Ying seufzte, nahm sein Schwert aber zurück und band es wieder an seinem Gürtel fest. Er lehnte sich nach vorne und ein Lächeln huschte über seine Lippen, als er sich bereitmachte, zu feilschen.

***

Eine halbe Stunde später verließ Wu Ying mit allem, was er haben wollte, und zusätzlichen zwei Tael den Laden. Wu Ying machte sich pfeifend auf den Weg zu dem Schmied, der ihm empfohlen worden war, wo eine weitere, kurze Zeitspanne der Verhandlung begann. Hiernach war Wu Ying um ein einfaches Gurtmesser reicher, das zum Schneiden von Brot oder Fleisch oder zum Erdolchen von Feinden nützlich sein konnte.

Da er seine Besorgungen erledigt hatte, ging Wu Ying zurück zu seiner Unterkunft, während er darüber nachdachte, wie er seine restliche freie Zeit verbringen sollte. Ein nagendes Schuldgefühl erinnerte Wu Ying daran, dass er sein Training in den letzten Tagen vernachlässigt hatte, um schnell die Stadt zu erreichen.

Ein paar Tage intensiver Übung konnten Wunder bewirken. Doch während Wu Ying sich durch die Stadt bewegte, wusste er, dass er es später bereuen würde, wenn er sich die Sehenswürdigkeiten nicht anschaute. Hier gab es palastartige Gebäude, Tempel, gepflegte Parkanlagen und Kampfkunstzentren zu entdecken. Und am wichtigsten war natürlich die lokale Küche, die probiert werden wollte.

Als Wu Ying seinen Spaziergang mit einem gebackenen und gefüllten Brötchen in der Hand fortsetzte, grübelte er über seine Möglichkeiten nach. Wie Onkel Tung aufgezeigt hatte, war die Kultivation und das Training ohne Erleuchtung eine todsichere Methode, um sich selbst aufzuhalten. Schuld war ebenfalls eine Hinderung in der Kultivation. Schuld und Bedauern würden ihn plagen, wenn er sich die Stadt nicht anschaute, doch dies traf genauso zu, wenn er nichts tat, außer seine Zeit zu verschwenden.

Wu Ying plante im Stillen seine nächsten Tage, während er das Erdgeschoss der Unterkunft betrat und sich an einen der vielen Esstische setzte. Heute Abend war Training angesagt, danach kam alles andere. Dann weiteres Training am Morgen, gefolgt von einer Stadtbesichtigung am Nachmittag. Am Nachmittag würde er auch einige Stunden für weiteres Training investieren, dann weitere Besichtigungen unternehmen, auch der kulinarischen Art, ehe er zum Abendessen in seine Unterkunft zurückkehren würde. Oder er außerhalb etwas essen würde, wenn er ein bezahlbares Lokal fände. Dann wieder Training.

Das sollte sein schlechtes Gewissen beruhigen. Und falls nicht ... nun, dann würde Wu Ying seinen Plan anpassen, bis sich das nagende Schuldgefühl und das Bedauern ausglichen. Das gehörte immerhin auch zum Leben dazu.

Kapitel 17

Einige Tage später stand Wu Ying am Bug eines Schiffes und beobachtete, wie Leutnant Tung Zhong Shei sich von Ah Kong und seinen versammelten Freunden verabschiedete. Keine Familienmitglieder, wie Wu Ying abwesend feststellte, doch es war ja nicht so, als würde Zhong Shei für immer fort sein. Es war nur eine kurze Reise, bevor er wieder zurückkam. Es war nicht überraschend, dass sich unter Zhong Sheis Freunden auch eine Schar hübscher, junger Mädchen befand – doch die Art, wie die Wache konstant die Menge absuchte, verriet, dass eine gewisse junge Dame sich nicht unter ihnen befand.

Nicht, dass Wu Ying dies besonders interessierte. Egal, ob sie schön war oder nicht, Lady Ong befand sich offensichtlich außerhalb seiner Liga. Was das betraf ... Wu Ying rieb sich die Nase und dachte nach. Über die letzten Monate hatte sein Interesse für das andere Geschlecht irgendwie abgenommen. War das eine Nebenwirkung der Kultivation? Oder vielleicht eher eine Nebenwirkung der schieren Menge an Training und Arbeit, die er bewältigen musste. Wer hatte schon die Zeit, sich um Romantik zu kümmern, wenn man den ganzen Tag Berge hinaufrannte?

"Warum lacht Ihr?", fragte Zhong Shei, als er hinüberstapfte, seine Tasche noch immer über seine Schulter gehängt.

Der Kapitän hatte ihnen noch nicht gesagt – oder hatte noch niemanden geschickt, um ihnen zu sagen – wo sie übernachten würden, und so standen die beiden Passagiere wartend am Bug des Schiffes.

"Nur ein müßiger Gedanke. Eure Freunde sind gegangen?", fragte Wu Ying. Seine Haltung war nun etwas entspannter, da sie sich weitestgehend außerhalb der Stadt befanden. Dass er ein Mitglied der Sekte war – selbst wenn es nur die äußere Sekte war – hatte seine soziale Stellung in Zhong Sheis Augen verbessert. Es war genug, damit dieser Sohn eines Händlers gewillt war, freiwillig mit ihm zu sprechen.

"Ich habe sie fortgeschickt. Der Kapitän wollte, dass ich an Bord komme", sagte Zhong Shei verstimmt. "Nun, solange Ihr nicht verrückt seid. Obwohl das fraglich ist, wenn Ihr wirklich zu Fuß von der Sekte des Sattgrünen Wassers gekommen seid."

"Woher ...? Ah Kong, oder?", fragte Wu Ying, der sich an die Einladung zum Abendessen und ihre Unterhaltung am zweiten Abend erinnerte. "Habt Ihr ihn geschickt?"

"Mein Vater", sagte Zhong Shei. "Er war ziemlich interessiert an den Neuigkeiten über die Straßen und den Banditen Ji Ang. Diese Neuigkeiten werden seinem Handelsgeschäft sehr zugute kommen. Es wird ihm das Wohlwollen jener bescheren, denen er davon erzählt, und er wird auch etwas Geld sparen."

Wu Ying nickte langsam. "Ich bin mir nicht sicher, ob Ji Ang in der Gegend verweilen wird."

"Natürlich. Wir haben bereits einige Gerüchte gehört, aber eine Bestätigung ist wichtig", sagte Zhong Shei. "Aber dieser Bandit ist ein echtes Problem. Er ist schlau. Er kultiviert einen Stil, der es ihm erlaubt, die Stärke anderer aus der Entfernung zu spüren, und er und seine Gruppe meiden Ziele, die zu stark für sie wären. Das bedeutet, dass er sich die einzelnen Händler aussucht und vor allem anderen wegrennt. Jede Gruppe, die wir aussenden ..." Zhong Shei war sichtbar frustriert, ehe er sich entspannte und den Kopf schüttelte. "Wir werden ihn erwischen. Sie halten nie lange durch."

"Selbstverständlich nicht", bestätigte Wu Ying nickend. Während er auf Zhong Sheis schmale Tasche blickte, lehnte er sich zu ihm herüber. "Ich sehe keine Flasche."

"Sie ist in meinem Ring der Aufbewahrung", sagte Zhong Shei mit einem schwachen Lächeln, als er bemerkte, wie Wu Yings Augen sich weiteten. Er grinste, bevor er die Tasche berührte. "Die ist nur für Kleidung. Und ein paar Souvenirs, um Diebe zu beschäftigen."

Wu Ying konnte nicht anders, als Zhong Shei neidisch anzuschauen. Ach, jung, gutaussehend und reich müsste man sein.

"Ihr zwei, kommt mit mir. Ich zeige euch eure Kabine."

"Kabine?", fragte Zhong Shei nach.

"Ja, Kabine. Ihr werdet euch eine teilen." Der Seemann, der geschickt wurde, um sie zu führen, machte eine erneute Geste. "Nun kommt schon."

"Verdammt, Onkel! Du zwingst mich, sie zu teilen mit ..." Zhong Shei wandte sich um und blickte auf Wu Ying. "Wehe, Ihr schnarcht!"

***

"Könnt Ihr nicht schlafen?", fragte der Seemann Wu Ying später am Abend, als der Jüngling von unter Deck nach oben kam. Da sie sich in Windrichtung und flussabwärts bewegten, waren die Segel des Schiffs vollkommen gesetzt und die Ruder lagen still, sodass es keine Arbeit für Wu Ying gab.

"Er schnarcht wie ein Baum, der im Winter knackt."

"Nun, kümmert Euch nicht um die anderen", warnte der Seemann, bevor er weiter seine Hosen im Licht der Laterne stopfte, unter der er sich niedergelassen hatte.

Es war still an Deck des Schiffes, man hörte nur das langsame Knarren des Decks und der Segel, das schwappende Wasser und hin und wieder eine erhobene Stimme von unten, die die Stille durchbrach. Wenige Seemänner waren zu dieser nächtlichen Stunde noch wach. Es waren nur die Späher, Steuermänner und einige andere wie der Seemann, der mit ihm sprach, die ihren Aufgaben nachgingen. In der Stille ging Wu Ying zum Bug, wo er eine menschenleere Stelle an Deck fand.

Wenn er schon nicht schlafen konnte, konnte er auch genauso gut trainieren. Wu Ying begab sich in eine Ruheposition, atmete tief ein und aus. Als er sich in Bewegung setzte, blitzte Licht auf, da er das Schwert schwungvoll von seiner Hüfte zog. Jede Bewegung war scharf, prägnant. Ein Wirbel, eine Drehung, das Jian, das das Licht der Laterne einfing und wie ein Glühwürmchen flackerte.

Mit jedem Schritt, mit jeder Form trainierte Wu Ying den Schwertstil, der ihm von seiner Familie vererbt worden war. Obwohl er ihn schon seit Jahren praktizierte, war da ein Impuls, ein Bedürfnis, das ihn nun antrieb. Zuvor, selbst in der Sekte, war das Wissen, dass er den Stil benötigte, um um sein Leben zu kämpfen, rein theoretisch gewesen. Nun spürte Wu Ying in seinem Fleisch, seinen Muskeln, seinen Knochen, dass er Stärke brauchte, um in dieser Welt überleben zu können.

Das Gespür des Schwertes verlieh seinen Handlungen perfekte Distanz und Timing. Doch das half nicht bei der Geschmeidigkeit seiner Bewegungen oder wie er seine Handlungen miteinander verband. Allein Übung, bewusste Übung, konnte dies tun. Während er sich bewegte, achtete Wu Ying genau auf seinen Körper, er beurteilte seine Balance und seine Gewichtsverteilung, die Geschwindigkeit seines Schwertstoßes und die Einbindung seiner Muskeln. Er hatte sich den letzten Angriff seines Wohltäters Yuan Rang wieder und wieder durch den Kopf gehen lassen, hatte jede Bewegung, jede Drehung des Körpers und jede Belastung seiner Muskeln studiert.

Wu Ying konnte die Attacke auf keinen Fall kopieren, zumindest nicht wirklich. Er kannte den Fluss des Chi und die theoretische Grundlage des Angriffs nicht. Dies war eine der grundlegenden Wahrheiten der Stile — man konnte zwar die Bewegungen kopieren, aber das Verständnis wann, wo und wie man die Bewegung einsetzen musste, blieb verborgen. Man konnte die vielfältigen Variationen eines Angriffs, die sich niemals zeigten, nicht imitieren — oder die Art, wie die Attacke bestimmte Konter aufgrund feinsinniger Positionierung abwehren konnte.

Trotz allem hatte Yuan Rang seinen Angriff auf der Kultivationsstufe der Körperreinigung ausgeführt, deren hauptsächlicher Antrieb aus dem Körper des Kultivators heraus entstand. Daher könnte Wu Ying einiges Wissen aus dem Angriff ziehen und es in sein Verständnis des Stils der Long-Familie aufnehmen, auch wenn er niemals in der Lage sein würde, den Angriff selbst zu kopieren.

Als er mit der ersten Schwertform fertig war, machte Wu Ying sich an die zweite. Die Zeit verging, während er schwitzte und sich Fragmente von Chi durch seinen

Körper bewegten, da er sie unbewusst zirkulieren ließ und sich in seiner Bewegung kultivierte. Als er schließlich fertig war, stand der Mond hoch am Himmel und die Schichten hatten gewechselt.

Wu Ying zog seine Beine wieder zueinander und starrte auf den vorbeiziehenden Nachthimmel und die Wolkenschwaden, während er über das nachdachte, was er gelernt hatte. Er stand für eine Weile nur da und ließ das Wissen auf sich wirken, ehe er sein Schwert wegsteckte.

Das war genug für heute. Vielleicht war Zhong Shei inzwischen etwas leiser.

***

"Warum seid Ihr schon auf?", fragte Zhong Shei, als er an Deck kam. Er fuhr sich mit einer Hand durch die Haare, um sicherzugehen, dass seine Frisur saß.

"Es ist zehn Uhr morgens", antwortete Wu Ying, der leicht den Kopf schüttelte, als er die Bewegung beendet hatte, in der er sich befand, als Zhong Shei ihn angesprochen hatte. Sie beinhaltete einen abgeschnittenen Tritt, gefolgt von einem Stampfen und etwas, das entweder ein Block oder ein Griff sein konnte, der in einer Hüftdrehung resultierte, welche den Gegner störte und entstabilisierte. Das hintere Bein wurde dann nach oben geführt, während das Gewicht nach vorne verlagert wurde und die Form selbst mit einem Schwung folgte. Natürlich konnte es sich hierbei auch nur um einen gewöhnlichen Tritt mit dem Fuß handeln, abhängig von Stärke und Position des Angreifers.

"Ganz genau! Wir befinden uns mitten auf einem Fluss. Es gibt keine Schicht, für die man aufstehen muss, keinen Kapitän, der sich über dein Zuspätkommen beschwert oder Patrouillen, die zu erledigen sind. Das ist Freiheit."

Wu Ying ließ sich gar nicht erst dazu herab, Zhong Shei zu antworten, während er mit seiner Übung fortfuhr. *Der Kranich reckt sich im Wasser*, gefolgt von *Wasserfallspritzer* brachte Wu Ying dazu, auf seinem fegenden Fuß zu landen und in eine tiefe Haltung zu fallen. Danach musste Wu Ying wieder zum Stehen kommen, indem er einen Axttritt mit geringer Reichweite in der Drehung ausführte. Es war eine seltsame Kombination und er verstand aktuell ihren Nutzen noch nicht. Sie schmerzte auch – sehr sogar. Sein Körper musste sich daran noch gewöhnen.

"Ich dachte, Ihr seid ein Jian-Nutzer", bemerkte Zhong Shei und unterbrach Wu Ying damit erneut.

Der Kultivator seufzte und landete sanft, er hielt die Position, damit sein Körper sie sich merkte. "Das bin ich. Aber das hier studiere ich ebenso."

"Hah", sagte Zhong Shei, der Wu Ying beobachtete, wie er sich wieder seinem Training zuwandte. Die Wache winkte ab und schlenderte davon, um sein Frühstück einzunehmen.

Eine Stunde später, als Wu Ying endlich seine tägliche Übung abgeschlossen hatte und sich einen Moment Zeit zum Entspannen nahm, ließ Zhong Shei sich mit je einem weißen Brötchen in jeder Hand neben ihm nieder. "Möchtet Ihr eines?"

"Danke", sagte Wu Ying und nahm das angebotene Essen entgegen.

Die beiden aßen für eine Weile schweigend, bevor Zhong Shei etwas sagte. "Was werdet Ihr als Nächstes tun?"

"Kultivieren."

"Ernsthaft?", sagte Zhong Shei und verdrehte die Augen. "Wir sind draußen. Frei von der Stadt. Und Ihr habt nichts Besseres zu tun, als Euch zu kultivieren?"

"Ja", antwortete Wu Ying, der sich wunderte, warum Zhong Shei überhaupt mit ihm sprach. Dann fiel ihm auf, dass die Wache niemand anderen hatte, mit dem er wirklich reden konnte. Er war derjenige, der Zhong Shei in Bezug auf seine Stellung hier an Bord am nächsten war und, was noch wichtiger war, stand er frei zur Verfügung. Auf Zhong Sheis ungeduldigen Blick hin gab er nach und erklärte es ihm. "Ich habe vor, im Wettkampf der Sekte nach Möglichkeit einen Posten innerhalb der inneren Sekte zu gewinnen. Allerwenigstens habe ich vor, nicht wieder nach Hause geschickt zu werden."

"Wo steht Ihr? Köperreinigungsstufe fünf? Sechs?"

"Sieben."

"Verdammt. Für einen einfachen Bauer ..." Zhong Shei schaute zu Wu Ying, als ihm auffiel, dass seine Überraschung beleidigend aufgefasst werden konnte. Als er sah, dass Wu Ying keine Reaktion zeigte, entspannte sich die Wache. "Ihr seid ziemlich gut. Wenn Ihr versagt, könnt Ihr jederzeit unserer Stadtwache beitreten. Zur Hölle, oder jeder anderen Wache. Eure Beinarbeit ist ganz ordentlich, und mit diesem Kultivationslevel würdet Ihr schnell zum Gruppenführer ernannt werden. Vielleicht sogar zu einem Leutnant wie ich."

"Das ist gut zu wissen", sagte Wu Ying zurückhaltend. "Wie lange seid Ihr schon Leutnant?"

"Es sind jetzt fast zwei Jahre. Ich wurde befördert, als ich die achte Öffnung schaffte", erklärte Zhong Shei, bevor sich sein Blick verfinsterte. "Nicht, dass ich mich seitdem in irgendeiner Form weiterentwickelt hätte."

"Nun, wenn Ihr möglicherweise versuchen würdet, euch mehr zu kultivieren ..."

"Aber das ist so langweilig!", beschwerte sich Zhong Shei und schüttelte den Kopf. "Es heißt immer nur kultiviert dies, übt das. Mich verlangt es nach mehr als das. Ich will Liebe. Romantik. Das Gefühl einer anständigen Frau in meinen Armen, von gutem Wein, und gehobenen Konversationen. Ich werde schon früh genug durchbrechen. Ich muss nur eine weitere Pille der Meridianreinigung kaufen, sobald mein nächster Lohn eintrifft."

Wu Ying schaute eine Weile auf diesen Sohn eines reichen Kaufmanns, während er auf seinem Brötchen kaute. Ein Teil von ihm wusste, dass er sauer oder eifersüchtig sein sollte, dass Zhong Shei so unverfänglich über den Kauf von Pillen zur Verbesserung seiner Kultivation sprach. Das war wirklich nicht der beste Weg, diese Sache anzugehen und keine Methode, auf die ein Bauernsohn je hoffen konnte. Doch Zhong Shei zeigte diesbezüglich keine Arroganz. Es war eine reine Tatsache. Er schien die Risiken zu kennen, die damit verbunden waren, und übernahm die Verantwortung bei vollem Bewusstsein. Und um ehrlich zu sein, sich daran zu stören, dass die Reichen das kaufen konnten, was die Armen sich nicht leisten konnten war ... nun ja, töricht. Oder vielleicht auch einfach nur ermüdend. Er sollte sich lieber auf das konzentrieren, was er tun konnte, anstatt ständig vor Eifersucht zu brodeln. Wu Ying erhob sich und entfernte sich von der Wache.

"Wo geht Ihr hin?"

"Ich gehe mich kultivieren", antwortete Wu Ying mit einem Lächeln und einem leichten Nicken des Kopfes. Während er zum Bug ging, schluckte er das letzte Stück des Brötchens hinunter. "Vielen Dank für den Imbiss."

***

Während der nächsten Tage wurde der Alltag auf dem Flussschiff ruhig. Wenn Wu Ying nicht gerade trainierte oder sich kultivierte, verbrachte er seine Zeit damit, an der Längsseite des Bootes zu angeln und sich mit den Seemännern zu unterhalten. Am ersten Tag hatte es drei ganze Stunden gedauert, bevor Zhong Shei, aufgrund mangelnder Unterhaltung gelangweilt, sich ihm in der stillen Kultivation und, später, beim Training anschloss. Zugegebenermaßen wäre es auch genauso wahrscheinlich gewesen, dass der Händlerssohn sich frei nahm, um sich auszuruhen, zu reden und zu essen als zu trainieren, doch Zhong Shei trainierte in der Tat.

Trotz alledem war es heute anders. Als der Morgen zur Hälfte vergangen war, wurden die Segel eingeholt und die Ruder ausgefahren. Wu Ying runzelte die Stirn, als Zhong Shei sich dem Kultivator grinsend anschloss.

"Endlich! Wir haben es nach Ping Zhu geschafft", sagte Zhong Shei. "Wir können spazieren gehen, essen und ein paar lokalen Schönheiten begegnen!"

"Wir bleiben nur einen halben Tag hier. Vielleicht auch weniger."

Das Schiff verweilte nur lange genug, um seine Fracht abzuladen und zusätzliche Ladung für die Reise weiter stromabwärts zu verladen. Sie mussten auch darauf warten, bis der Fluss frei war und sie an der Reihe waren. Der nächste Flussabschnitt war besonders turbulent und mit kleinen Stromschnellen gespickt, die die Reise stromaufwärts mit Schiffsrudern erschwerten. Daher wurde der Verkehr auf dem Fluss streng reguliert und die Schiffe mit Tauen stromaufwärts gezogen. Zum Glück kam der Großteil des Verkehrs, der dorthin wollte, bei Nacht auf, wenn die Flussufer mit Laternen beleuchtet wurden und gefährliche Felsen mit weißer Farbe markiert waren.

"Ah, aber was für ein halber Tag es wird. Ich kenne das ideale Restaurant", sagte Zhong Shei. "Es ist in der Nähe der Docks und perfekt."

"Das halte ich für keine gute Idee. Wenn wir zu spät kommen ..."

"Ich gebe dem Kapitän Bescheid, wo wir hingehen. Und ich verspreche ihm eine Mahlzeit aus dem Restaurant, wenn er uns informiert, bevor er losfahren muss. Das wird schon", erklärte Zhong Shei, der schon von dannen schlenderte, um mit dem Kapitän zu reden.

Wu Ying verdrehte die Augen, obwohl er zugeben musste, dass der Kapitän dem Angebot Zhong Sheis wahrscheinlich zustimmen würde. Immerhin waren sie nicht nur zahlende Passagiere, Zhong Shei war zudem eine wichtige Persönlichkeit. Es war unwahrscheinlich, dass der Kapitän ihn zurücklassen würde.

"Ich kann mir eine teure Mahlzeit nicht wirklich leisten", gab Wu Ying zu, als Zhong Shei endlich zurückkam. Sein Geldsäckel war recht leer, insbesondere nachdem er sein ganzes Kapital in diesem einen Laden ausgegeben hatte. Obwohl er noch etwas Geld übrig hatte – das meiste davon aus seinen ursprünglichen Anlagen – gehörte nicht alles davon ihm. Wenn möglich, wollte Wu Ying es wieder gegen Beitragspunkte eintauschen und Tou He den Anteil zurückgeben, den Wu Ying ihm schuldete.

"Das geht auf mich", bot Zhong Shei sofort an.

Wu Ying verzog etwas das Gesicht, dankte dem Mann jedoch, der eine abwinkende Handbewegung machte. Wu Ying hasste es zwar, jemandem etwas zu schulden, doch Zhong Shei hatte es ihm angeboten. Und um die Wahrheit zu sagen, wäre es herrlich, vom Schiff herunterzukommen und wieder auf trockenen Boden zu stehen. Genauso wäre Essen wunderbar, das nicht mit Salz und Sojasauce überwürzt war.

Die beiden gingen gemeinsam von Bord, als das Schiff anlegte, und machten sich auf den Weg in die Stadt. Zhong Shei ging voran, erfreut darüber, dass er seine Kenntnis über die Stadt zur Schau stellen konnte, und erzählte ihm detailreiche, kleine Fakten über den Ort. Selbstverständlich drehten sich die meisten dieser Fakten um die Wache, junge Adelige und Gelehrte, die zwischen den Beamtenprüfungen in der Stadt herumlungerten, sowie um die Jagd nach diversen Schönheiten und leckerem Essen. Wu Ying fand die Informationen überwiegend verwirrend, denn Zhong Shei war kein guter Erzähler und vergaß, sie in Kontext zu stellen oder dem Faden seiner eigenen Erzählung zu folgen.

"Ihr solltet die Ente hier probieren ... nicht sofort auf der Stelle! Wir werden Fisch und Garnelen in Onkel Mos Restaurant essen", schalt Zhong Shei mit Wu Ying. "Verderbt Euch nicht den Appetit. Wir werden etwas davon auf dem Rückweg besorgen."

"Der junge Meister Lu dort drüben ist der Drittgeborene, daher ist er genau genommen mittellos, hat aber eine heftige Spielsucht. Spielt aber niemals Mahjong mit ihm, er ist sehr gut."

"Der Reiskuchen dort ist berühmt. Als ich jünger war, habe ich immer welchen gekauft."

"Fräulein Peng! Ihr seht wie immer bezaubernd aus. Diese Ohrringe haben die perfekte Größe für Eure zierlichen Ohren. Wärt Ihr vielleicht daran interessiert, uns beim Mittagessen Gesellschaft zu leisten?"

Auf diese Weise bahnten sich Wu Ying und Zhong Shei ihren Weg zum Restaurant. Nachdem sie sich nach gut dreißig Minuten endlich dem Restaurant näherten — meist durch Zhong Sheis regelmäßige Zwischenstopps unterbrochen — erhaschte Wu Ying einen Blick auf ein bekanntes Gesicht, das in eine Seitenstraße abbog. Sein Blick verfinsterte sich, als er auf die Gestalten starrte, die ihm folgten.

"Was?"

"Banditen", sagte Wu Ying.

Nach einer kurzen Überlegung drehte Wu Ying vom Restaurant ab und bewegte sich auf die Seitenstraße zu, in die die Banditen verschwunden waren, hin und wieder reckte er den Hals auf der Suche nach weiteren Mitgliedern, die sich möglicherweise auf der Hauptstraße herumtrieben. Wu Ying konnte keine entdecken, daher beschleunigte er seine Schritte, ehe er abrupt zum Stehen kam, als Zhong Shei ihn an der Schulter packte.

"Ihr könnt nicht einfach so etwas sagen und dann verschwinden!"

"Ich habe gesehen, wie Ji Ang in diese Seitenstraße gegangen ist", sagte Wu Ying, während er seine Hand abschüttelte.

Als er um die Ecke bog, erblickte Wu Ying die letzte Gestalt, die Ji Ang in eine Bar gefolgt war. Mit ernster Miene starrte Wu Ying die Straße entlang.

"Seid Ihr sicher?", fragte Zhong Shei, als er erneut zu ihm aufgeholt hatte.

"Ziemlich", antwortete Wu Ying. Auch wenn er nur einen kurzen Blick auf ihn erhaschen konnte, war Ji Angs Gesicht schwer zu vergessen. Zumindest für Wu Ying.

"Und er läuft am helllichten Tag hier herum?" Zhong Sheis Gesichtsausdruck wurde düster. "Dann sind die Gerüchte wahr. Er hat die Wachen und den Magistrat geschmiert. Kommt."

"Wartet. Was?", sagte Wu Ying, als Zhong Shei die Straße entlang lief, die Hand auf sein Schwert gelegt. Wu Ying folgte seinem Begleiter automatisch.

"Wie viele waren es?"

"Noch sieben andere."

"Gut." Zhong Shei hielt inne, als Wu Ying seinen Arm ergriff, um ihn zum Stillstand zu bringen.

Zhong Shei, der seine Hand nicht von seinem Schwert hob, warf ihm einen kühlen Blick zu, woraufhin Wu Ying seine Hand senkte. "Was glaubt Ihr, was Ihr da tut? Sie sind zu siebt. Ihr gehört nicht einmal zur örtlichen Wache."

"Ich habe nicht vor, ihn festzunehmen."

"Noch schlimmer! Ihr könnt nicht einfach Leute töten."

"Keine Leute. Es geht um Ji Ang und seine Mannschaft. Sie sind allesamt gesuchte Banditen. Auf jeden von ihnen ist ein Kopfgeld ausgesetzt", sagte Zhong Shei. "Ich lasse sie nicht entkommen. Das Blut, das an seinen Händen klebt, könnte den Berg Tai[23] hinfort spülen! Gemeinsam können wir es mit ihnen aufnehmen. Abgesehen von ihm ist der Rest seiner Banditen unfähig."

"Dem habe ich nie zugestimmt", sagte Wu Ying, der seinen Kopf schüttelte. "Ich habe eine Aufgabe zu erfüllen, und noch einmal gegen ihn zu kämpfen zählt nicht dazu."

"Wollt Ihr denn keine Rache? Ist Euer Blut nicht in Wallung?"

"Nein", antwortete Wu Ying.

Zhong Shei schnaubte, denn er erkannte die Lüge an Wu Yings zusammengepresstem Kiefer.

Doch der Kultivator drehte sich weg und bewegte sich auf den Ausgang der Straße zu, ehe er anhielt, da ein bekanntes Trio ihm den Weg versperrte. "Wie ..."

"Ich hab' dir doch gesagt, dass ich ihn erkannt habe." Eine Stimme in seinem Rücken brachte Wu Ying dazu, sich umzudrehen, als die restliche Gruppe Ji Angs mit ihrem Anführer nach draußen trat.

"Cào[24]", fluchte Wu Ying, während er sein Schwert zog. Er schaute an den Rand der Gasse und verzog sein Gesicht noch weiter. Der Familienstil der Long drehte sich um Bewegung, daher war dies ein denkbar schlechter Ort für ihn, um seine Schwertkunst zu demonstrieren. Glücklicherweise beinhaltete der Trittstil der Nördlichen Shen, den er studiert hatte, Beinarbeit, die gut in solch engen Umgebungen funktionierte.

---

[23] Der Berg Tai ist der östliche Berg der fünf Heiligen Berge Chinas und einer der (wenn nicht der) bekanntesten unter ihnen.

[24] Hierbei handelt es sich um ein Schimpfwort, das mit einem "F" anfängt. Und ja, ich habe hier auch den Tonfall mit einbezogen.

"Ich übernehme ihn. Passt Ihr auf, was hinter Euch geschieht", sagte Zhong Shei. Von dem normalerweise unbeschwerten Händlersohn war keine Spur mehr zu sehen. Nun war der Leutnant, der Wu Ying damals am Stadttor angehalten hatte, wieder zurück, sein Gesicht streng und ernst. "Ich wünschte, ich hätte meine Rüstung mitgenommen ..."

"Tun wir das nicht alle", murmelte Wu Ying. Verdammt sei seine Neugier. Verdammt sei Zhong Shei dafür, dass er ihn aufgehalten hatte. Er hatte nur geplant, sich zu vergewissern, bevor er die Sache gemeldet hätte. "Bleibt am Leben."

Ji Ang und seine Männer schienen sich ebenfalls nicht damit zufrieden zu geben, zu reden oder sich zu positionieren, sondern stürzten sich aus allen Richtungen auf die beiden. Nur Ji Ang hielt sich zurück, zufrieden damit, sich seine Männer zuerst um die beiden kümmern zu lassen.

Wu Ying hatte gerade noch genug Zeit, einen Blick nach hinten zu werfen, als der erste Bandit, der einen verkürzten Säbel überhand hielt, ihn erreichte. Wu Ying reagierte instinktiv und ließ sich in einen stoppenden Stoß vorschnellen, womit er seinen Gegner am Hals erwischte. Wu Ying zog sich sofort wieder zurück und der Bandit fiel zu Boden. Er röchelte und umklammerte die Wunde, die Wu Ying ihm zugefügt hatte. Als das Paar hinter dem Banditen um ihren gefallenen Kollegen herumstolperte, nutzte Wu Ying seinen plötzlichen Vorteil und landete einige leichte, schneidende Schläge.

Erst als sie sich aus seiner Reichweite zurückgezogen hatten, wobei sie über ihren sterbenden Kumpanen stiegen, verharrte Wu Ying einen Moment, um nachzudenken. In der kurzzeitigen Bewegungslosigkeit begriff Wu Ying, was passiert war – der Tag des intensiven Kampfs mit Yuan Rang hatte dafür gesorgt, dass seine Kampfessinne schärfer und sein Gespür für Öffnungen sicherer geworden waren. Da die Momente, die er gehabt hatte, um einen Schlag gegen Yuan Rang zu landen, flüchtig gewesen waren, war die Entschlossenheit seiner Angriffe schärfer geworden.

Das Knurren und Klirren von Waffen hinter Wu Ying erinnerte ihn daran, dass ein noch verzweifelterer Kampf sich hinter ihm abspielte. Ji Angs Kultivationslevel war eine Stufe über Zhong Sheis, daher war dieser Kampf gefährlicher. In Anbetracht dessen, dass sich die Banditen vor ihm nicht mehr bewegten, entschied Wu Ying, dass es für ihn an der Zeit war, dem ein Ende zu bereiten.

Drachenschritte war die Grundbewegungstechnik von Wu Yings Schwertstil. Sie lehrte den Anwender, explosionsartig Strecken ohne eine abschließende oder verräterische Bewegung zurückzulegen. Im Handumdrehen sprang Wu Ying nach vorne und tauchte vor einem der Banditen auf, während er die Wahrheit des Schwertes ausführte. Der geradlinige Vorstoß zielte auf das Herz des Banditen, und nur ein Wegzucken des Banditen in letzter Sekunde erlaubte es diesem, der sofort tödlichen Attacke zu entkommen. Stattdessen bohrte sich das Schwert in den Brustkorb des Banditen, wo es seine Lunge durchstach und seine Brust ausriss. Für einen Moment steckte Wu Yings Klinge fest. Der andere Bandit nutzte diese Gelegenheit voll aus.

Der Kranich reckt sich im Wasser ließ Wu Ying nach unten sinken und sich herauswinden, womit er dem Schlag auswich, bevor sein Knie nach oben schoss und die Innenseite des Schenkels des übrig gebliebenen Banditen erwischte. Der Schlag brachte den Banditen dazu, einzuknicken, ehe Wu Ying seine Drehung fortsetzte und sich erhob, dann schlug er mit seinem Ellbogen zu, sobald sein Bein den Boden berührte. Der Bandit taumelte zurück und Wu Ying erledigte ihn mit einem einfachen Schnitt durch die Kehle.

Wu Ying bewegte sich von den Leichen – beziehungsweise den baldigen Leichen – weg und näherte sich dem Kampf zwischen Zhong Shei und Ji Ang. Zhong Shei hatte bereits einen Banditen verstümmelt und einen weiteren getötet, wurde nun aber heftig bedrängt, da Ji Ang sich dem Kampf mit dem übrigen Banditen anschloss. Der Banditenanführer strahlte Zorn über seine gefallenen Männer aus. Ein schwerer Schlag traf Zhong Sheis Jian und zwang die Wache auf die Knie, wo sich das Schwert des anderen Banditen in seine Schulter bohrte.

"Ihr verdammten Kultivatoren. Ich werde euch alle töten!", knurrte Ji Ang, als er seine Waffe über seinen Kopf hielt.

"Nein, das werdet Ihr nicht", sagte Wu Ying, der den fatalen Schlag abfing.

Er drängte Zhong Shei mit seinem Körper zurück und nutzte seine Schwertscheide, um dem anderen Banditen entschlossen quer über das Gesicht zu schlagen, während die beiden von den Banditen wegtaumelten. Hoffentlich würde Zhong Shei genug Zeit haben, um sich zu erholen.

"Ich hätte dich töten sollen, als ich die Gelegenheit dazu hatte", sagte Ji Ang, während sie kämpften. Ihre Schwerter blitzten durch die dunkle Gasse.

Mit stapfenden Schritten fand Ji Ang endlich eine Atempause, als Wu Yings anfänglicher Schwung nachließ, und holte zu einem Gegenschlag aus, der Wu Ying in die Verteidigung zurückfallen ließ. Das Paar beobachtete sich schweigend über die Spitzen ihrer Schwerter hinweg.

"Du hast dich verbessert", bemerkte Ji Ang.

"Und Ihr seid immer noch so blutdürstig wie eh und je", antwortete Wu Ying, dessen Augen sich verengt hatten.

Es war in gewisser Weise ein Kompliment. Ji Angs Mordlust und die Konzentration, die er im Kampf zeigte, waren erstaunlich. Der dezente Druck eines Gegners, der Leben beendet hatte, eines nach dem anderen, war mit nichts vergleichbar, was Wu Ying je erlebt hatte – bis auf dieses eine Mal, ganz kurz. Wäre dieser letzte Schlag von Yuan Rang nicht gewesen, wäre Wu Ying vermutlich äußerst verunsichert gewesen. Doch da er dem Tod wieder und wieder ins Auge gesehen hatte, war Wu Ying nicht länger der Novize, der er einst war. Nun war das Risiko, zu sterben, für ihn weniger beunruhigend.

Da sie sich nun gegenseitig begrüßt hatten, trafen sie erneut aufeinander. Wu Ying erkannte früh genug, dass Ji Ang, genauso wie er, sein Schwert mit Anmut und Verständnis schwang. Es war nicht überraschend, dass der ältere Bandit das Gespür des Schwertes erlangt hatte. Tatsächlich schien es, dass er kurz davorstand, das Herz des Schwertes zu finden. Doch egal wie schmal dieser Grat war, noch war er da.

Der Drache wälzt sich im Schlaf. Gruß an die aufgehende Sonne. Mit blitzenden Klingen tauschten sie einen Schlag nach dem anderen aus. Es sprühten Funken von den Schwertern, so stark war die Wucht ihres Aufpralls. Jeder Schlag hallte durch die enge Gasse und der Lärm intensivierte sich so sehr, dass es den Anschein machte, es befände sich dort eine ganze Bande. Ein kurzer Ausrutscher, eine Drehung, und schon fiel Wu Ying zurück, sein Arm blutete aus einer oberflächlichen Wunde. Auf der anderen Seite zierte ein leichter Schnitt Ji Angs Wange.

"Wu Ying! Ich bin hier", sagte Zhong Shei, als er hervorkam, nachdem er seinen letzten Gegner bezwungen hatte. Er war leicht gegen eine Wand gelehnt, einer seiner Arme hing nutzlos an seiner Seite, während seine Schulter blutete. "Lasst uns dieses Monster erledigen."

"Ihr zwei ..." Ji Angs Lippen kräuselten sich. "Der eine ein Neuling in der Kultivation. Und der andere ein verzogener, verletzter Bengel. Glaubt ihr, ihr könnt mich besiegen?"

"Ja."

"Die Gerechtigkeit wird siegen!" Die Stille, die auf Zhong Sheis Verkündung folgte, ließ ihn zwischen den anderen beiden, die ihn ungläubig anstarrten, hin und her schauen. "Was?"

"Wie alt bist du? Sechs?", fragte Wu Ying.

"Nicht einmal mein Sohn sagt so etwas", fügte Ji Ang hinzu.

"Nun, sicher würde Euer Sohn das nicht", sagte Zhong Shei.

"Wie kannst du es wagen? Meine Frau erzieht ihn zu einem aufrichtigen Bürger. Eines Tages wird er ein Gelehrter sein!", knurrte Ji Ang.

Wu Ying stand nur sprachlos da, denn sein abgeschottetes Weltbild zerbrach ein weiteres Mal. Ji Ang hob sein Schwert und stürzte auf die beiden zu, während Wu Ying sich immer noch den Kopf darüber zerbrach, dass der Bandit eine Frau und einen Sohn hatte, der ein Gelehrter werden würde. Wu Ying wurde überrascht und vollführte einen hastigen Block. Nur die schnelle Unterstützung Zhong Sheis rettete ihn. Ji Ang fluchte und sprang zurück, um Zhong Sheis Angriff auszuweichen, und blockte den darauffolgenden Schlag verächtlich ab. Die drei standen still und atmeten langsam, während sie sich gegenseitig im Auge behielten und den nächsten Angriff abwarteten.

"Naiv." Ji Ang musterte Zhong Shei und Wu Ying, ehe sein Lächeln breiter wurde. "Ich werde euch zeigen, was für Welten zwischen uns liegen. Seht meine Formlose Klinge!"

Wie aus dem Nichts führte Ji Ang seinen Angriff aus. Wu Ying kniff konzentriert die Augen zusammen, als die Klinge des Banditen zu wirbeln begann. Auf einen Schlag wurde aus der einen Klinge ein Dutzend, jede von ihnen schien zu flackern und im Schatten der Gasse zu verschwinden. Mit einem Fluch auf den Lippen schwangen Wu Ying und Zhong Shei ihre Schwerter in ihren jeweiligen Verteidigungsmustern im Versuch, das echte Schwert unter den Illusionen abzublocken.

Wieder und wieder hallte das Klirren der Schwerter durch die Gasse. Beide Kultivatoren wurden zurückgedrängt, als der Bandit sie bedrängte, und das Blut spritzte um sie herum, als die Angriffe durch ihre Verteidigung brachen. Zu ihrem Glück schützten ihre Verteidigungsmuster ihre lebenswichtigen Organe, wodurch Ji Ang dazu gezwungen war, sie langsam ausbluten zu lassen.

"Die Leichen!", rief Wu Ying, als er sich an etwas erinnerte. Mit einem kräftigen Stoß sprang er rückwärts und über die Leichen, die von ihrem vorigen Kampf am Boden lagen.

Zhong Shei landete eine Sekunde später neben ihm und die beiden hoben ihre Schwerter, während sich Ji Ang vorsichtig um die Leichen herumbewegte. In dieser Pause atmeten die beiden tief ein und fühlten die Schnitte über ihren Körpern brennen.

"Wenn wir uns nur verteidigen, können wir nicht gewinnen", sagte Zhong Shei schwach.

Ein Blick zu seinem Freund ließ Wu Ying erschrecken, da er feststellte, wie bleich Zhong Shei aufgrund des Blutverlusts geworden war. Die Wunde an seiner Schulter war tief und ein steter Fluss von Blut strömte aus ihr.

"Haltet Ihr durch?", fragte Wu Ying besorgt.

Ji Ang grinste die beiden spöttisch an und machte sich an ihrer Verteidigung zu schaffen, doch die flinken Schläge seines Schwertes wurden mit leichten Blocks abgewehrt. Wu Ying bemerkte, dass der Mann sie noch immer auf die Probe stellte und darauf wartete, dass Zhong Shei verblutete.

"Nicht mehr lange. Folgt mir", antwortete Zhong Shei.

Die Wache ließ den Worten Taten folgen, stürmte voran und schlug Ji Angs Waffe zur Seite. Seine Angriffe waren jedoch so schwach, dass sich die Lippen des Banditen noch weiter kräuselten, als dieser seine Aufmerksamkeit überwiegend auf Wu Ying und dessen Angriffe richtete. Dies sollte sich als fataler Fehler erweisen.

Zhong Shei drehte sich mit seinem nächsten Block und nutzte den Schwung aus, um seinen verletzten Arm nach oben zu ziehen. Er zwang sich, ihn trotz des Schmerzes zu bewegen. Er schleuderte Blut, das er in seiner hohlen Hand gesammelt hatte, während es an seinem Arm hinuntergelaufen war, in Ji Angs Gesicht. Abgelenkt durch diese kurzzeitige Erblindung taumelte der Bandit zurück. Direkt in die Leichen seiner Kameraden. Für einen kurzen Moment öffneten sich Ji Angs Hände in dem unterbewussten Versuch, das Gleichgewicht wiederzuerlangen.

Dieser eine Moment reichte für Wu Ying aus, um die Wahrheit des Schwertes auszuführen. Diese einzelne Attacke des Familienstils der Long war ein mächtiger Vorstoß, der alle Kraft in einen einzigen Angriff legte. Dieser hier jedoch war von Wu Ying leicht verändert worden, ein Resultat von Yuan Rangs Angriff. Der Angriff wurde noch schärfer und explosiver. In diesem Moment der Verletzlichkeit stoß Wu Yings Jian durch Ji Angs Brust, durch sein Herz, und trat auf der anderen Seite wieder heraus, bis zu Wu Yings Schwertgriff.

Wu Ying war überrascht über die Effektivität des Angriffs und stand stockstill, auf Augenhöhe mit seinem Gegner. Ji Ang starrte Wu Ying überrascht an, während Blut an seinem Gesicht hinunterlief, was ihm einen wahnsinnigen Blick verlieh. Sein Schwert fiel klirrend zu Boden und seine nun freie Hand bewegte sich, um nach Wu Ying zu greifen, der die Hand herablassend wegdrückte. Einen Augenblick später wich das Licht aus Ji Angs Augen, er brach zusammen und glitt vom Schwert herab.

Erst dann war das Geschrei von Wachen außerhalb der Gasse zu hören. Wu Ying grummelte und schaute sich in der Gasse um, bevor er Ji Angs Sachen durchwühlte. Er nahm das Geldsäckel des Banditenanführers an sich und sammelte Ji Angs Schwert und Scheide auf. Er steckte das Schwert hastig in die Scheide, ehe er sie Zhong Shei zuschob.

"Was ...?"

"Packt sie in Euren Ring der Aufbewahrung", blaffte Wu Ying. Während er dies sagte, entleerte er den Inhalt des Geldsäckels in sein eigenes, bevor er das leere, blutige Säckel zur Seite warf. Dann ließ er sein Säckel zurück in seine Roben gleiten, bevor er seine Waffe säuberte.

Die Wachen fanden ihn gebeugt, blutend und verletzt vor, wie er sein Schwert über den leblosen Körpern seiner Feinde reinigte.

"Wir werden es nicht zum Schiff schaffen, oder?", flüsterte Wu Ying, als Zhong Shei blutend und nach einer Heilungspille kramend wankte und sich mit den Wachen unterhielt.

Die einzig gute Sache war, dass Zhong Shei seinem Vorschlag nachgekommen war, das Schwert des Banditenanführers in seinem Ring der Aufbewahrung zu verstecken, bevor die Wachen sie erreichten. Wu Ying verbarg sein Lächeln, während er seine Klinge wegsteckte und stumm wartete. Er hielt sein Sektenabzeichen gut sichtbar vor sich. Hätte er gewartet, hätten die Waffen oder Geldsäckel der Leichen niemals ihren Weg zu ihm gefunden.

Kapitel 18

Wie Wu Ying erwartet hatte, resultierte der Kampf zwischen ihnen und den Banditen in ziemlichem Chaos. Das Durcheinander wäre sogar noch schlimmer gewesen, hätte Wu Ying sein Sektenabzeichen nicht großzügig genutzt und hätte Zhong Shei nicht skrupellos seine Stellung als Sohn eines wohlhabenden und bekannten Händlers und als bevorzugter Neffe eines noch berühmteren und reichen Winzers, sowie seine Stellung als Leutnant der benachbarten Stadt ausgenutzt.

So wie die Dinge standen, wurden sie zum nächsten Wachposten abgeführt, wo ein Arzt sich ihrer Wunden annahm, bevor sie getrennt einem Verhör unterzogen wurden. Wu Ying erzählte größtenteils die Wahrheit und ließ nur die Details über das Schwert und das Geldsäckel des berüchtigten Banditen aus, als er danach gefragt wurde. Nach zwei Stunden intensiven Verhörs wurden die beiden schließlich in einen Verwahrungsraum entlassen, wo sie ihr Hab und Gut, das sie auf dem Schiff zurückgelassen hatten, vorfanden. Glücklicherweise waren die wertvollen Weinkrüge unberührt – der Schutz ihrer Besitztümer durch Reichtum, Stellung und martialisches Können hielt auch trotz ihrer Abwesenheit stand.

"Sie haben nach dem Schwert gefragt. Und dem Geldsäckel", sagte Zhong Shei zu Wu Ying, der seine Kleidung und andere Besitztümer wieder verstaute.

"Das glaube ich sofort." Wu Ying schaute sich kurz um, neugierig darüber, von wo sie wohl belauscht wurden.

Zhong Shei folgte Wu Yings Blick und drehte seinen Kopf zu einem kleinen Loch, das in der Lehmwand kaum sichtbar war. "Ich habe sie nach dem Kopfgeld und den übrigen Besitztümern der Banditen gefragt, habe aber nie eine Antwort erhalten."

"Oh? Ich bin mir sicher, dass sie sich das Kopfgeld holen werden. Müssen sie nicht zuerst der zuständigen Behörde Bericht erstatten?", fragte Wu Ying. Er hatte natürlich eine Ahnung, wie das mit Kopfgeldern eigentlich ablief.

"Ja. Ich bin mir sicher, das werden sie tun." Zhong Sheis Stimme nahm einen schelmischen Ton an. "Ich bin mir allerdings sicher, dass die Banditen vermutlich all ihr Geld ausgegeben haben. Ich bezweifle, dass sie alle zusammen auch nur einen Tael übrig hatten. Darum hatte vermutlich sogar Ji Ang nichts mehr bei sich."

"Wirklich?" Als der wissende Blick des Adelssohns ihn traf, seufzte er und fügte etwas lauter und theatralischer als nötig hinzu: "Ja, da habt Ihr sicherlich recht."

Zhong Shei hielt seine Hand vor den Mund, um ein prustendes Lachen zu unterdrücken. Nach einer Weile fuhr er mit angestrengt ernstem Tonfall fort. "Und ich wette, die Waffen, die wir gefunden haben, sind von schlechter Qualität. Also wirklich, was sollen wir mit einem Haufen rostiger Schwerter anfangen? Es wäre besser, wenn sie sie uns einfach abnähmen und uns ihren Wert auszahlten, als uns diesen Müll mit uns herumschleppen zu lassen."

"Müll. Richtig", sagte Wu Ying, der versuchte, das Gesicht nicht zu sehr zu verziehen.

Er wusste, was Zhong Shei da gerade tat. Bestechungen bildeten ein unumstößliches Faktum des Lebens, und mit dieser Verleumdung des wahren Wertes der Waffen bahnten sie sich ihren Weg in die Freiheit. Und dennoch gefiel ihm der Gedanke nicht, all das Geld aufzugeben. Wu Ying war jedoch ebenfalls bewusst, wie prekär ihre Lage war. Obwohl sich nun bereits die Gerüchte über die beiden Kultivatoren verbreiteten, die gegen den berüchtigten Ji Ang gekämpft und ihn getötet hatten, konnten sie noch immer "verschwinden" oder "ihren Verletzungen erliegen", bevor sie entlassen wurden. Dies würde den Wachen erlauben, ihre und die Besitztümer der Banditen an sich zu nehmen. Keiner ihrer mächtigen Patronen war gerade zur Stelle. Es war klüger, das bisschen aufzugeben und die Gier der Wachen zu besänftigen, als selbst zu gierig zu handeln und zu verschwinden.

"Das ist gut. Ich werde mich nun kultivieren. Sagt mir Bescheid, wenn das Abendessen da ist", sagte Zhong Shei schließlich und schloss die Augen im Lotussitz.

Wu Ying beobachtete ihn, wie er sich niedersetzte und, zu seiner Überraschung, tatsächlich in die Kultivation verfiel. Kurz darauf schüttelte Wu Ying den Kopf. Warum war er so überrascht? Der Mann war verletzt. Die Kultivation ermöglichte es ihm, die Heilung zu beschleunigen.

Und vielleicht war es wichtig, sich in der bestmöglichen Verfassung zu befinden. Immerhin hatten sie die Hintermänner der Banditen noch nicht getroffen oder sich um sie gekümmert. Doch es wäre für Wu Ying keine Überraschung, wenn sie etwas unternähmen. Etwas gegen die beiden zu unternehmen, würde nichts an der Tatsache ändern, dass sie ihren Goldesel verloren hatten, worüber sie sicher nicht erfreut waren. Allerdings waren korrupte Beamte nicht gerade für ihren bescheidenen Charakter und ihr logisches Denken bekannt.

Nach einer Weile stellte Wu Ying einen Stuhl mitten vor die Tür, ehe er sich in eine Ecke des Raumes zurückzog, um sich zu kultivieren. Alles, was er tun konnte, war sich bereitzumachen und zu warten.

***

"Ich habe dir doch gesagt, dass alles gut wird", schmunzelte Zhong Shei am nächsten Morgen, als sie den Wachposten verließen.

Die ihnen versprochenen Kopfgelder würden zu Zhong Sheis Wohnsitz geschickt werden, wo schlussendlich die Hälfte davon an Wu Ying überwiesen würde – nachdem alles bestätigt worden wäre. Nach ihrem Kampf hatte Wu Ying Vertrauen in die Wache gewonnen. Ein Mann, der ungeniert während eines Kampfes "die Gerechtigkeit wird siegen" rief, würde sich unmöglich dazu erniedrigen, ihm seinen Anteil zu stehlen.

Und sollte er es doch tun ... Wu Ying zuckte mit den Schultern. Er hatte das Geld nur verdient, weil Zhong Shei ihn diese Gasse entlang gezerrt hatte. Wäre er allein gewesen, hätte Wu Ying sich umgedreht und ein nettes und ruhiges Mittagessen genossen, nachdem er seinen anfänglichen Verdacht bestätigt hätte.

"Das hast du gar nicht", sagte Wu Ying, der in die Mittagssonne blinzelte. "Also, wie kommen wir jetzt flussabwärts?"

"Überlasst das mir!", rief ein pummeliger Kaufmann. Er kam auf sie zu und schüttelte ihre Hände mit Begeisterung. "Tang Kei Chan. Ich bin ein Freund Eures Vaters, Zhong Shei, und es wäre mir eine Ehre, euch auf meinem Schiff willkommen zu heißen."

"Ich – ", wollte Wu Ying den Mann abwürgen.

"Natürlich umsonst", sagte Kei Chan, während er Wu Ying musterte. "Das ist das Mindeste, was ich für die Helden tun kann, die Ji Ang ein Ende bereitet haben. Der Bastard hat bereits eines meiner Schiffe niedergebrannt und meine Mannschaft auf einem anderen abgeschlachtet."

"Schiffe ..." Wu Ying verstummte, während Zhong Shei vortrat und sich vor Kei Chan verbeugte.

"Ah, jetzt erinnere ich mich! Es ist Onkel Tang. Ihr hattet immer diese roten Süßigkeiten dabei, als Ihr Vater zu Neujahr besucht habt", sagte Zhong Shei mit einem Lächeln. "Wir stehen in Eurer Schuld."

"Nein, nein, nein, wir stehen in eurer Schuld. Kommt. Zunächst einmal habe ich ein Festmahl für euch vorbereitet. Viele wollen den Helden der Stunde danken. Und dann bringen wir euch flussabwärts", sagte Kei Chan, der die beiden zu einer wartenden Rikscha führte.

Die zwei schauten sich wieder gegenseitig an, bevor sie einstiegen und sich dem Unausweichlichen hingaben. Es wäre ein gewaltiger Gesichtsverlust für Kei Chan, wenn sie sein Angebot ablehnten. Umso mehr, da er das alles anscheinend ganz alleine organisiert hatte. Und während Wu Ying das bei einem Feind ohne zu zögern getan hätte, wäre es bei jemandem, den Zhong Shei kannte und mit dem er gute Beziehungen hatte, einfach falsch gewesen.

***

Stunden später stand Wu Ying am Bug eines Schiffes, das aus dem Hafen gezogen wurde. Es hatte sie nur den ganzen Morgen gekostet – inklusive verschiedenster Getränke und Speisen – bis sie sich von dem Bankett losreißen konnten, das zu ihren Ehren veranstaltet worden war. Wu Ying fasste sich unbewusst an die Hand und schaute auf die größte Überraschung des Tages – ein Band aus Jade, dessen wahrer Wert hinter seiner Schlichtheit verborgen lag. Sein erster Ring der Aufbewahrung. Der Ring hatte lediglich Platz für den Inhalt einer kleinen Truhe, dennoch war es ein unbezahlbares Artefakt. Oder nun ja, nicht unbezahlbar. Nur sehr teuer.

Wu Ying projizierte erneut seinen Geist in den Ring der Aufbewahrung. Es kostete etwas Kraft, etwas Chi, doch da er sein Blut auf den Ring geträufelt und ihn so an sich gebunden hatte, erwachte er auf seinen Wunsch hin. Eine Aufstellung an Gegenständen blitzte in seinen Gedanken auf, kleine Tropfen und Partikel von Energie, von denen Wu Ying intuitiv wusste, dass es die Gegenstände waren, die er im Ring eingelagert hatte. An den groben Anhaltspunkten erkannte er sogar, wieviel Platz ihm noch blieb. Und was er nicht einlagern konnte – allem voran Lebewesen jeglicher Art.

"Eine schöne Aussicht, nicht?", sagte Zhong Shei, als er sich zu Wu Ying gesellte. "Allerdings nicht so schön wie die jungen Damen im Restaurant."

"Du hättest noch länger bleiben können", entgegnete Wu Ying.

"Und dich alleine gehen lassen? Was für ein Freund wäre ich denn dann?", fragte Zhong Shei und schnaubte.

"Freund?", fragte Wu Ying, der seinen Kopf zur Seite neigte, während er den Leutnant anstarrte. Zhong Shei schaute unbehaglich, und Wu Ying musste ein Lachen unterdrücken. Schließlich gab er nach und nickte einfach.

Zhong Shei entspannte sich und beobachtete, wie das blaugrüne Wasser dahinfloss, bevor er sich zu ihm beugte und flüsterte: "Also. Magst du Frauen einfach nicht?"

"Wieso fragst du das?", fragte Wu Ying leicht genervt. Nicht, dass etwas falsch daran war, eine Vorliebe für Männer zu haben, aber das war nicht sein Ding[25]. Gewisse Sekten waren sogar durchaus bekannt dafür, dass sie solche Praktiken unter ihren Mitgliedern förderten, um die Bindung untereinander zu stärken.

"Du wirktest beim Bankett nicht allzu interessiert. Die Frauen – besonders Lady Pai – haben sich auf dich gestürzt. Und du warst nur da, mucksmäuschenstill."

"Oh. Oh ..." Wu Ying verstummte. Schließlich schaute er Zhong Shei an und sagte ihm die Wahrheit. "Es war mir unangenehm und ich habe versucht, mich nicht zu blamieren. Und die Persönlichkeiten, von denen sie sprachen – ich kannte nicht einmal die Hälfte der Musikstücke und literarischen Werke."

"Nicht? Aber ..." Zhong Shei nickte. "Aber natürlich. Du hast eine andere Ausbildung genossen als wir. Ich wette, du hast zuvor auch noch nie in solch einem Restaurant gegessen, oder?"

"Nein." Wu Yings Lippen zuckten. "Das Essen war ziemlich gut."

"Ziemlich gut? Das war das beste Restaurant der Stadt."

"Tatsächlich?" Wu Ying rieb sich beschämt die Nase. "Meine Mutter kocht besser."

"Ach, deine Mutter. Natürlich tut sie das", sagte Zhong Shei und verdrehte die Augen. Er widersprach Wu Ying jedoch nicht direkt. Das wäre eine ungeheuerliche Beleidigung, die stark genug wäre, um ihre neu geformte Verbindung wahrscheinlich zu zerstören. "Jedenfalls habe ich einige dieser Bücher bei mir, falls du daran interessiert bist."

"Das wäre toll", sagte Wu Ying.

Zhong Shei lächelte und griff nach der Reling. Er ließ einen kleinen Stapel Bücher erscheinen, ehe er noch ein ihm bekanntes Schwert hinzufügte.

---

[25] Für die Neugierigen unter euch: Vor Beginn der Ming-Dynastie wurde Homosexualität im antiken China nicht als verwerflich betrachtet und die meisten Religionen und philosophischen Schulen waren diesem Thema gegenüber "neutral" eingestellt. Erst ab der Ming-Dynastie nahm die Ablehnung von Homosexualität zu.

"Das hätte ich fast vergessen." Wu Ying ließ die Bücher in seinem eigenen Ring der Aufbewahrung verschwinden. Er nahm das Schwert in die Hand und zog daran, nur um festzustellen, dass es feststeckte. "Verdammt. Das Blut davon abzuwischen wird mühsam werden."

"Nun, lass mal sehen. Immerhin haben wir die Wachen belogen, um es behalten zu können", sagte Zhong Shei ungeduldig.

Wu Ying kicherte und wandte mehr Kraft auf, um das feststeckende Schwert herauszuziehen. Die zwei bewunderten die Waffe. Man konnte immerhin behaupten, dass Ji Ang einen guten Geschmack für Jian gehabt hatte. Dieses hier war etwas länger als jenes, das Wu Ying führte, und auch ein klein wenig schmaler. Anstatt der üblichen rautenförmigen Kanten war das Schwert mit oktogonalen Schneiden gefertigt, was seine Dicke und Stärke erhöhte. Ein Wasserfallmuster zog sich über die gesamte Klinge – das Zeichen eines hoch komplizierten Schmiedeprozesses.

"Wǒ kào[26]."

Wu Ying konnte lediglich nicken, als er das Schwert genau betrachtete. Aus dem Kampf wusste er, dass die Waffe gut war – sogar herausragend. Aber das, das war mehr, als er erwartet hatte. Es war die Art von Waffe, die man hinter der Theke aufbewahrte, außer Reichweite von schmierigen Händen. Es war die Art von Waffe, mit denen Kämpfe begonnen wurden – oder die sie beendete.

Wu Ying schaute zu den Seemännern zurück, die sich an Deck bewegten, und steckte das Schwert schleunigst zurück in die Scheide und ließ das komplette Ding verschwinden. Zunächst war Zhong Shei erschrocken, doch als er den besorgten Blick Wu Yings sah und bemerkte, wie er zu den anderen starrte, nickte er.

"Ich bin müde. Ich will irgendwo schlafen, wo es ruhig ist. Und du?", fragte Zhong Shei raffiniert.

"Eine gute Idee."

---

[26] Das bedeutet im Grunde "heilige Scheiße".

Die beiden schlenderten die Treppe hinunter und gaben ihr Bestes, um möglichst unauffällig zu wirken, bis sie ihre Kabinen erreichten. Zhong Shei wies zu seiner und Wu Ying nickte. Zhong Shei hielt im Inneren eine Hand hoch und überprüfte kurz den Korridor, ehe er die Tür vorsichtig schloss und ebenfalls nickte.

Das Schwert trat noch einmal zutage und sie inspizierten es ausgiebig und bewunderten es. Die zwei brüteten schweigend über dem Schwert, prüften dessen Form und die Scheide. Doch aus welchem Winkel sie es auch betrachteten, blieb das Schwert so teuer und tödlich wie auf den ersten Blick. Mit ihren ungeschulten Blicken konnten sie keinerlei Mängel feststellen. Wu Ying zeigte auf eine kleine Markierung am Griff der Klinge und lenkte Zhong Sheis Aufmerksamkeit darauf.

"Ich erkenne es nicht wieder", sagte Zhong Shei.

"Ich ebenfalls nicht", stimmte Wu Ying mit einem Seufzer zu. Das Gefühl der Furcht, das seine Eingeweide zugeschnürt hatte, als er zum ersten Mal realisiert hatte, was sie da in den Händen hielten, war stärker geworden, genährt von dem Grauen des "was wäre, wenn". "Ich hatte gehofft, dass du so etwas schon einmal in der Stadt gesehen hast."

"Darauf habe ich nie geachtet", gab Zhong Shei zu. "Aber ich glaube nicht, dass es irgendjemand aus der Stadt hergestellt hat. Niemand dort stellt solch ein Werk her. Das weiß selbst ich."

"Was machen wir also?", fragte Wu Ying. "Das ist nichts, was Ji Ang einfach so gehabt hätte. Er muss es jemandem abgenommen haben. Jemand wichtigem."

"Nun, niemand weiß, dass es in unserem Besitz ist." Auf Wu Yings stumpfen, ungläubigen Blick hin schniefte Zhong Shei. "Also gut. Wir sind die Hauptverdächtigen. Aber ich will es nicht aufgeben ..."

"Ich genauso wenig", sagte Wu Ying, dann blinzelte er, da ihm ein weiteres Problem auffiel.

Zhong Shei bemerkte es zur gleichen Zeit, und sie schauten sich beunruhigt an. Es war nur ein Jian – und beide wollten die Waffe für sich behalten.

Zhong Shei löste die verfahrene Situation auf, indem er mit zwei Fingern das Schwert berührte und es zu Wu Ying schob. "Du hast ihn getötet. Es gehört dir."

"Ich hätte das nie geschafft, wenn du ihn nicht abgelenkt hättest. Außerdem war es deine Idee, ihnen nachzugehen. Und du wurdest verletzt", sagte Wu Ying und schob es zurück.

"Ich kann es nicht annehmen. Das ist zu viel", sagte Zhong Shei und schüttelte seinen Kopf.

"Denkst du, ich kann das? Dieses Schwert ist mehr wert als die gesamte Ernte meiner Familie, die seit meiner Geburt eingeholt wurde! Ich könnte nicht einmal schlafen, würde ich es behalten."

"Deine Vorstellung vom Leben jener, die reicher sind als du, ist wahrlich verdreht", erklärte Zhong Shei, der wieder seinen Kopf schüttelte und auf das Schwert tippte. "Dieses Schwert befindet sich so weit außerhalb meines Erfahrungsbereichs, dass ich genauso gut du sein könnte."

"Wir sind beide schwer beeindruckt. Dennoch solltest du es nehmen. Ich habe schon das Geld genommen. Dir steht etwas von ihm zu." Als Zhong Shei seinen Mund öffnete, um zu widersprechen, fuhr Wu Ying fort. "Und egal, was du denkst, ich bin noch immer ein gewöhnlicher Bürger. Zwar ein gewöhnlicher Bürger der äußeren Sekte, aber dennoch. Wenn der Besitzer – oder wer auch immer das Schwert haben möchte – kommt, wirst du eine bessere Chance haben, ihn davon abzuhalten, dich ohne Umschweife zu töten."

"Denkst du, ich sollte es ihm überlassen?", fragte Zhong Shei mit weit aufgerissenen Augen.

"Wenn es um dein Leben oder das Schwert geht? Auf jeden Fall."

Wu Ying machte große Augen, als Zhong Shei den Eindruck machte, dass er tatsächlich darüber nachdenken musste. So sehr der Wachmann auch dachte, die Unterschiede zwischen ihnen wären nicht allzu groß, wusste Wu Ying, dass in solchen Situationen die Unterschiede so gewaltig wie Himmel und Erde waren. Kein Farmer würde irgendetwas über sein Leben stellen. Das Wetter, die Regierung, die

Armee – sie alle beraubten das einfache Volk tagtäglich. Doch solange ihr Leben und ihre Würde unberührt blieben, konnte alles andere zurückerlangt werden.

"Vielleicht sollte ich es behalten", erklärte Wu Ying, als er Zhong Sheis anhaltendes Zögern, vernünftig zu handeln, bemerkte.

"Nein." Zhong Shei schnappte nach dem Schwert und ließ es in seinem Ring der Aufbewahrung verschwinden. "Ich werde es aufgeben. Versprochen. Aber ich werde es nehmen."

"Gut." Wu Ying kam nicht umhin, einen leichten Schmerz im Herzen zu fühlen, da er die Waffe weggeben musste. Doch bei seiner Stärke war eine Waffe solchen Wertes mehr Unheil als Glück. Er hatte nicht die Kraft, es zu schwingen, nicht in der Öffentlichkeit. Und wenn er es nicht nutzen konnte, worin lag dann der Sinn? Ein Pferd, das das ganze Jahr über zum Grasen draußen gelassen wurde, war ja auch völlig für die Katz. "Gut. Ich werde mich nun kultivieren."

"Das werde ich auch", sagte Zhong Shei, der scheinbar motiviert durch Wu Yings Worte war. Nachdem Wu Ying den Raum verlassen hatte, rief Zhong Shei ihm, kurz bevor er die Tür schloss, zu: "Danke. Bruder."

Wu Ying schaute zu Zhong Shei zurück und nickte. Diese Reaktion brachte Zhong Shei zum Lächeln, ehe Wu Ying die Tür schloss und zu seiner eigenen Kabine ging, um sich zu kultivieren. Ein Teil von ihm fragte sich, ob Zhong Shei sich wohl wirklich kultivierte.

Vermutlich. Fast vor Langeweile umzukommen hatte schließlich einen höchst motivierenden Effekt. Mit einem schiefen Lächeln nahm Wu Ying auf seinem Bett Platz und schloss die Augen.

Sehr motivierend.

Kapitel 19

"Das ist sie? Die Sekte des Sattgrünen Wassers?", fragte ihn Zhong Shei.

Wu Ying wollte schon die Augen verdrehen, ließ sich letztendlich aber zu einem Nicken herab. Als hätte das Schiff je ein anderes Ziel gehabt, ganz abgesehen von der Tatsache, dass Zhong Shei diese Frage nur wenige Stunden zuvor bereits gestellt hatte.

Trotzdem drängte Wu Ying seine Verärgerung zurück. Sie hatte weniger mit Zhong Shei als mit seiner eigenen Unsicherheit zu tun. Er war so lange weg gewesen – nach all den Verzögerungen, der Warterei und den Kämpfen waren fast eineinhalb Monate seit seinem Aufbruch vergangen. Und obwohl die Aufgabe keinem zeitlichen Limit unterlag, erinnerte Wu Ying sich unwillkürlich daran, dass der Älteste Mo sie ihm nicht gerade mit Wohlwollen übertragen hatte.

"Froh, wieder Zuhause zu sein?", fragte Zhong Shei.

"Das ist nicht mein Zuhause", korrigierte Wu Ying ihn automatisch. "Aber es ist gut, die Aufgabe erfüllt zu haben." Wu Ying klopfte geistesabwesend auf die Tasche auf seinem Rücken. Anstatt seinen neu gewonnenen Reichtum zur Schau zu stellen, hatte Wu Ying die Krüge und seine Kleidung in die Tasche umgeräumt. Die restlichen kostbaren Geschenke – teure Kleidung, Weine, ein paar ordentliche Jian und ein Dao – sowie den Großteil seines Geldes befanden sich in seinem Ring der Aufbewahrung. "Wie sehen deine Pläne nach der Auslieferung aus?"

"Nun, ich hatte gehofft, dass ich mir die Sekte ein wenig ansehen kann. Ich habe gehört, die Frauen hier sind unwiderstehlich."

Sein lüsterner Freund brachte Wu Ying dazu, mit den Augen zu rollen. Durch diese Bewegung mit den Augen fiel sein Blick auf ein nahegelegenes Schiff, von dem ihm wohlbekannte Säcke abgeladen wurden. Wu Yings Mundwinkel zuckten und er drehte sich zu Zhong Shei, als er diesen unschuldig fragte: "Hey. Du wolltest doch wissen, was ich in der Sekte so mache, oder?"

"Natürlich. Aber du hast mir gesagt, dass es etwas sehr Langweiliges sei."

"Sicher, sicher. Aber warum zeige ich es dir nicht? So kannst du einen Ausschnitt aus dem Leben eines Mitglieds der äußeren Sekte erleben."

"Ist das erlaubt? Ich möchte keinen Ärger verursachen."

"Keinen Ärger, absolut keinen Ärger. Nennen wir es Teil deines Erlebnistrainings."

"Wenn du das sagst."

Wu Ying war sehr stolz auf sich selbst, dass er nicht auf der Stelle loskicherte.

***

"Du. Bist. Noch. Verabscheuungswürdiger. Als Ji Ang", keuchte Zhong Shei, während sie den Berg erklommen.

"Ach, komm schon. Das sind nur drei Säcke!", sagte Wu Ying, als er vor Zhong Shei hertrabte. Er trug vier Säcke und seine eigene Tasche auf seinen Schultern. "Das ist ein Sonntagsspaziergang."

"Du huài dàn[27]."

Zhong Shei wurde still, als er sich selbst antrieb, Wu Ying zu folgen. Die letzten Wochen über hatten die zwei viel trainiert, um sich die Zeit zu vertreiben. Selbst jetzt noch fühlte Zhong Shei den aufgewühlten Sumpf von Chi in seinem Dantian, der jeden Moment bereit war, in seine Meridiane auszuströmen. Nachdem er so lange auf dem achten Level festgesteckt hatte, war er bereit, einen neuen Meridian zu öffnen. Es war all dem Training zu verdanken, dass Zhong Shei die Kraft dazu fand, mit Wu Ying mitzuhalten, der die Stufen gleich einer Bergziege hinaufging.

Allerdings würde es dem huài dàn nicht schaden, ein bisschen ins Schwitzen zu kommen.

---

[27] Ein recht schwaches Schimpfwort. Es bedeutete wörtlich "faules Ei" oder "niederträchtig". Ja, ich habe Spaß daran, chinesische Schimpfwörter einzubringen.

***

"Ältester Lu", grüßte Wu Ying den Torhüter, als die beiden sich endlich ihren Weg zur Bergspitze gebahnt hatten. Er verbeugte sich tief vor dem Ältesten, während er die Taschen auf seinem Rücken behielt, er selbst und seine Taschen in perfekter Balance.

Hinter ihm war Zhong Shei auf die Knie zusammengebrochen und atmete schwer die dünne Luft ein.

"Ihr habt die Technik der Auraverstärkung trainiert", sagte der Älteste Lu mit Anerkennung. "Und Eure Kultivation habt Ihr ebenfalls verbessert."

"Nicht im nötigen Ausmaß", entgegnete Wu Ying mit einer Spur Enttäuschung in seiner Stimme, als er sich erhob. Er hatte gehofft, den Anstieg in seiner Kultivation für eine gewisse Weile verborgen zu halten.

"Ihr habt noch immer undichte Stellen, acht an der Niere, elf am Herzen ..." Der Älteste Lu fuhr damit fort, die übrigen Lecks in Wu Yings Aura aufzuzählen.

Wu Ying merkte sich rasch die Punkte und verschloss sogar einige an Ort und Stelle. Er fühlte sofort, wie sich die Membran, die seine Aura zurückhielt, verstärkte.

Der Älteste Lu blickte auf den nun erholten Zhong Shei. "Und wer ist das?"

"Dies ist Tung Zhong Shei, Ältester Lu. Er wurde geschickt, um Euren Weinkrug zu beschützen", erklärte Wu Ying.

"Ich, Tung der Jüngere, grüße Euch, Ältester Lu", sagte Zhong Shei, als er aufstand und sich tief verbeugte. Dann trat er vor und zuckte mit der Hand, womit er den Weinkrug hervorrief, um Xi Qi das Geschenk darzubieten. "Mein Onkel übersendet seine Grüße und einen Brief. Er bittet auch darum, dass Ihr in Betracht zieht, das nächste Mal einen Brief anstelle eines Sektenmitglieds zu schicken."

Xi Qi winkte den letzten Satz ab und nahm den Brief und den Weinkrug entgegen. Kurz darauf hatte er den Krug verstaut und den Brief geöffnet. Die Falte zwischen seinen Augenbrauen vertiefte sich, je länger er las. Schließlich klappte er den Brief zu und schaute Zhong Shei an. "Ihr dürft die Sekte betreten. Bitte fühlt

Euch als Gast. Wu Ying, bringt ihn zur Eingangshalle. Sagt ihnen, dass ich seinen Aufenthalt als Gast genehmige."

"Ja, Ältester", sagte Wu Ying und verbeugte sich erneut.

Auf diese Entlassung hin führte Wu Ying sie beide zur Küche, um die Säcke abzuladen. Wu Ying lächelte ein wenig, selbst im Wissen, dafür wahrscheinlich keine Beitragspunkte zu erhalten, da er sich noch nicht zurückgemeldet hatte. Zhong Shei keuchend den Hügel hinaufgehen zu sehen war Belohnung genug.

"Na los, melden wir dich an. Dann sollte ich diese Aufgabe abschließen", sagte Wu Ying. Es wäre besser, seinen Freund so schnell wie möglich anzumelden – es war unwahrscheinlich, dass es Zhong Shei erlaubt sein würde, die inneren Regionen der Sekte einfach zu betreten.

Zu Wu Yings Glück waren die Angestellten in der Eingangshalle liebend gerne dazu bereit, sich Zhong Sheis anzunehmen, als ihnen dieser als Gast vorgestellt wurde. Die beiden vereinbarten, sich später am Tag zum Abendessen wiederzutreffen, ehe Wu Ying sich verabschiedete und sich zu seinem Zimmer aufmachte. Er legte alles bis auf die Weinkrüge, die er in seiner Tasche ließ, beiseite und nahm sich die Zeit, den Schmutz und Schweiß von der Reise abzuwaschen. Glücklicherweise besaß er ein zusätzliches Paar Sektenroben, womit Wu Ying sich angemessen kleiden konnte.

Sauber und in frische Kleider gehüllt war Wu Ying so bereit wie er nur sein konnte, um sich mit dem Ältesten Mo auseinanderzusetzen. Die Verwaltungshalle war so geschäftig wie eh und je, Sektenmitglieder schwärmten in das Gebäude hinein und wieder hinaus. Wu Ying nahm als Mitglied der äußeren Sekte seinen Platz in der langen Schlange ein und wartete geduldig darauf, dass er an der Reihe war. Als es endlich so weit war, trat er vor, während er das Auftragsdokument hervorholte und seine Nervosität hinunterschluckte.

"Adept Long Wu Ying meldet die Erfüllung seines Auftrags", sagte Wu Ying bestimmt. "Ich habe die Weinkrüge hier."

"Wu Ying?" Der Angestellte runzelte die Stirn, ganz offensichtlich erinnerte er sich an diesen Namen. Einen kurzen Moment später weiteten sich seine Augen und er betrachtete Wu Ying näher, als würde er einem zweiköpfigen Ungetüm gegenüberstehen. "Wartet bitte. Ich muss einen Ranghöheren hinzuziehen, um die Authentizität des Weins zu bestätigen. Stellt sie währenddessen bitte auf die Theke."

Als der Angestellte davonhuschte, seufzte Wu Ying. Natürlich würde es nicht so einfach sein. Wu Ying holte die Krüge schweigend aus der Tasche, stellte sie beiseite und überprüfte sie erneut auf Risse. Wu Ying war erleichtert darüber, dass sie nach wie vor in Ordnung waren und trat einen Schritt zurück, um zu warten. Er musste nicht lange warten, bis der Älteste Mo höchstpersönlich mit den Händen hinter dem Rücken herausschritt.

"Ihr seid endlich zurück. Und Ihr behauptet, den Wein bei Euch zu haben?", sagte der Älteste Mo mit einem Schnauben. "Obwohl der Verkauf schon seit langem beendet sein sollte und alle Krüge von anderen Leuten gekauft wurden. Haltet Ihr uns zum Narren?"

"Nein, Ältester", sagte Wu Ying mit tiefer Verbeugung. "Das sind wirklich die Krüge mit Pflaumenwein."

Der Älteste Mo fixierte ihn mit seinem Blick, ehe er vortrat und die Weinkrüge betrachtete. Sein Blick streifte einen Augenblick darüber und verweilte auf den Etiketten und den Siegeln, bevor er einen Krug hochhob. Er runzelte die Stirn und inspizierte den Krug, ehe er ihn mit einem dumpfen Schlag wieder abstellte.

"Nun, diese Fälschungen sind ziemlich gut. Doch es gibt nur einen Weg, um sicherzugehen." Der Älteste Mo winkte dem Angestellten von vorhin zu, der gewartet hatte. "Bringt einen Becher."

Wieder einmal wartete Wu Ying, als der Angestellte seinen Posten verließ.

Der Älteste Mo hingegen fixierte Wu Ying mit seinem Blick. "Eine Aufgabe nicht zu erfüllen ist schmachvoll und führt zu Eurer Verbannung. Der Versuch jedoch, die Auftragshalle hinters Licht zu führen, wird in der Stilllegung Eurer Kultivation enden. Wagt Ihr es noch immer, zu behaupten, dass dies der Pflaumenwein der Familie Tung ist?"

"Das tue ich, Ältester", antwortete Wu Ying.

Wieder fühlte Wu Ying die Blicke der anderen Sektenmitglieder auf sich und dem Ältesten, die erfreut darüber waren, etwas Unterhaltung in ihrem Leben genießen zu können. Der Älteste Mo schnaubte und beließ die Unterhaltung dabei, bis der Angestellte zurück war.

Als der Älteste den angebotenen Becher nahm und nach dem Krug griff, entschied Wu Ying sich, erneut das Wort zu ergreifen. "Ältester, wenn der Krug von Euch geöffnet wird und es tatsächlich der Pflaumenwein sein sollte, werde ich nicht in der Lage sein, den Auftrag abzuschließen. Ihr habt sie bisher noch nicht angenommen."

"Macht Euch darum keine Sorgen. Sollte dies der Pflaumenblütenwein sein, so werde ich die Konsequenzen tragen, ihn geöffnet zu haben", sagte der Älteste Mo abweisend. Mit einem Fingerschnipsen entfernte er den Korken. Just in dem Moment, in dem er geöffnet wurde, breitete sich das betörende Aroma des Pflaumenblütenweins in der Halle aus. Gemeinsam mit dem Geruch strömte das Chi, das der Wein enthalten hatte, heraus und erweckte die Sinne der Kultivatoren und erweiterte ihr Bewusstsein.

"Ein guter Tropfen."

"Dieser Geruch erinnert mich an Pflaumen und den Frühling."

"Ein sehr guter Wein."

"Könnte das wirklich der Echte sein?"

"Unmöglich. Dieser Auftrag wurde bereits vor zwei Jahren aufgegeben. Allein in die Halle der Händler zu kommen, ist schwierig. Alle, die sich zuvor an diesem Auftrag versucht haben, wurden von den Leuten der anderen Verkäufer verprügelt, als sie versucht haben, hineinzugelangen."

"Das ist also der Grund, warum der Älteste Mo ihn damit beauftragt hat."

Das Durcheinander in Wu Yings Rücken erleuchtete ihn. Etwas zu spät, dachte Wu Ying, aber wenigstens verstand er die Dinge nun besser. Und dabei dachte er, dass die einzigen Hindernisse Ji Ang und das Zeitfenster gewesen waren. Es schien, als hätte es noch mehr Fallen im Verborgenen gegeben.

Nachdem er sich selbst aus dem Staunen gerissen hatte, in das der Geruch in versetzt hatte, goss der Älteste Mo den Wein in den Becher. Noch immer war sein Handeln etwas zögerlich, als der Älteste finster auf den Wein blickte. Für einen Ältesten wie er es war, war es so einfach wie das Atmen selbst, um zu begreifen, dass der Wein in seiner Hand kein simpler Trunk war. Es war meisterhafte Arbeit, die unterschiedliche Gerüche übereinander lagerte.

Der Älteste Mo führte den vollen Becher in Richtung Mund, schwenkte den Wein und setzte das Aroma nahe seiner Nase frei. Seine Augen verengten sich erneut, als der unverwechselbare Geruch von Pflaumenblüten den Raum erfüllte und seinen anfänglichen Eindruck verstärkte. Der Älteste zögerte nicht länger und kippte den Wein in seinen Mund. Er erstarrte. Als er sich endlich wieder bewegte, knallte er den Becher kraftvoll auf die Theke und stieß einen Atemzug aus, der einen Schwall trüben Chis mit sich brachte.

"Guter Wein. Sehr guter Wein!", sagte der Älteste Mo, der sich noch ein Glas einschenkte.

"Dann habe ich die Aufgabe also erfüllt?", fragte Wu Ying sichtlich erleichtert. Doch diese Erleichterung wurde durch die nächste Äußerung zerschlagen.

"Guter Wein. Doch es ist nicht der Pflaumenblütenwein der Familie Tung. Dieser hier ist zu gut." Der Älteste Mo nippte nunmehr mit mehr Bedacht an dem Wein. "Ihr Wein war noch nie so gut."

"Ältester Mo –"

Der Älteste Mo nahm einen Schluck aus dem Becher, als er Wu Ying anstarrte. Er tippte an sein Kinn und bot Wu Ying großmütig an: "Sagt mir, wo Ihr diesen Wein herhabt, dann werde ich die Stilllegung schnell vollziehen."

"Das ist Pflaumenblütenwein der Tung. Ich habe ihn persönlich direkt vom Winzer bekommen." Es folgte eine kurze Pause, dann fügte Wu Ying hinzu: "Nun, aus dessen Lagerraum von seinem Neffen. Aber Onkel Tung weiß davon."

"Ach wirklich? Das ist die Art von Geschichte, die Kinder sich ausdenken", sagte der Älteste Mo und schüttelte den Kopf. Mit einem Zucken seiner Finger wurde Wu Ying durch eine Kraftwelle auf die Knie gezwungen. "Macht einen Kotau[28] und bittet um Vergebung für Eure ausgedachten Lügen."

Ärger brannte in Wu Yings Brust, als er sich gewaltvoll mit tauben Beinen aufrichtete. Der Älteste Mo machte erneut eine Handbewegung und Wu Ying knallte auf den Boden. Er fing sich mit einer Hand ab, während der Älteste mit der Zunge schnalzte. Die Konversationen um sie herum verstummten, als alle beobachteten, wie Wu Ying gezüchtigt wurde.

"Ihr wagt es, diese Farce weiterzuführen? Ihr habt keine Ahnung, wie gewaltig die Himmel sind, oder?"

"Ich habe nichts Falsches getan", sagte Wu Ying, als er versuchte, sich zu erheben. Doch es gelang ihm nicht, da eine unsichtbare Kraft seinen Körper nach unten drückte.

Diejenigen in seiner Nähe fühlten es ebenfalls und das eingesetzte Chi bedrängte auch sie. Wu Ying kämpfte, um sich aufrecht zu halten, weitestgehend durch Sturköpfigkeit, während er fühlte, wie der Druck seine Muskeln strapazierte und seine Knochen zum Knacken brachte. Als sich der Blick des Ältesten Mo weiter verfinsterte, durchbrach ein Räuspern die tiefe Stille in der Auftragshalle. Die Sektenmitglieder blinzelten und drehten die Köpfe, um einen jungen Ältesten mit dunklen Haaren und einem leichten Lächeln auf den Lippen zu erblicken.

"Ältester Cheng!", rief Wu Ying überrascht über den Anblick seines Gönners, den er seit Monaten nicht gesehen hatte, aus. Für einen Moment keimte Hoffnung

---

[28] Eine traditionelle Art der Verbeugung, bei der man kniet und dann den Kopf auf den Boden legt. Es ist eine sehr unterwürfige Form der Ehrerbietung.

in ihm auf – dann fiel ihm Liu Tsongs Bemerkung wieder ein. Der Älteste Cheng war unmöglich gekommen, um ihm beizustehen.

"Sind das die Krüge, um die ich gebeten habe?", fragte der Älteste Cheng Zhao Wan. Er bewegte sich vorwärts und sog die Luft ein. "Das riecht großartig. Aber warum ist ein Krug geöffnet?"

"Ältester Cheng." Der Älteste Mo schaute den Ältesten Cheng an und schüttelte den Kopf. "Es tut mir leid, dass Ihr Euch um so etwas kümmern müsst. Diese widerwärtige Person hat versucht, diesen Wein zur Erfüllung Eures Auftrags abzugeben. Doch obwohl es guter Wein ist, handelt es sich nicht um den Pflaumenblütenwein, den Ihr einst mit uns allen geteilt habt."

Der Älteste Cheng runzelte die Stirn, während er zu ihnen herüberkam und den Kopf zur Seite neigte. Als er sich der Gruppe näherte, weiteten sich seine Augen, als er Wu Ying endlich erkannte, dann lenkte er seine Aufmerksamkeit wieder auf den selbstzufriedenen Ältesten. "Dieser Wein riecht allerdings sehr vertraut. Darf ich?"

"Aber natürlich." Der Älteste Mo winkte einem der Angestellten.

Als Wu Ying versuchte, wieder aufzustehen, schüttelte Zhao Wan seinen Kopf und Wu Ying blieb, wo er war, auf ein Knie gestützt und mit zusammengekniffenen Zähnen, während die unsichtbare Kraft des Ältesten Mo auf ihn drückte. Kurze Zeit später war der Angestellte mit einem sauberen Becher zurück. Der Älteste Mo schenkte Zhao Wan ein.

Der Älteste Cheng wiederholte die Gesten des Ältesten Mo, das Schnüffeln, Schmecken, und schließlich das Schlagen des Bechers auf den Tisch. Seine Augen weiteten sich, bevor auch er einen trüben Atemzug ausstieß. "Guter Wein. Er bringt das Chi in meinem Kern zum Singen. Ich kann spüren, wie mein Chi gereinigt wird."

"Das ist wahr. Doch es ist nicht der Pflaumenblütenwein der Tung", sagte der Älteste Mo mit zusammengepressten Lippen.

"Er ist es", knurrte Wu Ying.

Ein erneutes Zucken mit den Fingern warf Wu Ying nach hinten, sein Gesicht schmerzte von dem unsichtbaren, von Chi getriebenen Schlag.

"Räudiger Hund. Ihr wagt es, zu sprechen, wenn Eure Vorgesetzten reden?" Der Älteste Mo erhob die Hand, um erneut zuzuschlagen, doch der Älteste Cheng ergriff das Wort.

"Adept Long hat allerdings Recht. Dies ist der Pflaumenwein der Tung", sagte der Älteste Cheng.

"Was? Nein. Dieser hier ist viel stärker als der, den wir zuvor hatten", widersprach der Älteste Mo und schüttelte den Kopf. "Ältester Cheng, Ihr versucht doch nicht etwa, Euren Schützling zu verteidigen?"

"Habe ich das je getan?", entgegnete der Älteste Cheng und hob eine Augenbraue.

Das Gesicht des Ältesten Mo verkrampfte sich, während er langsam in Anerkennung der wohlbekannten Neigungen des Ältesten Cheng den Kopf schüttelte.

"Dies ist der Pflaumenblütenwein der Tung, er stammt jedoch aus der privaten Sammlung der Familie. Sie verkaufen der Öffentlichkeit nur den Weintrub. Den Ausschuss. Und selbst dieser ist, wie Ihr wisst, selten genug. Das ist viel mehr wert. Es ist jedoch kein Wunder, dass der Älteste Mo den Geschmack nicht erkennt – nur wenige außerhalb der Familie haben ihn je verköstigt. Mich würde interessieren, wie Adept Long es geschafft hat, drei solcher Krüge in seinen Besitz zu bringen. Selbst der eine Krug, den ich kosten durfte, war schwer zu bekommen."

"Private Sammlung?" Der Älteste Mo erblich, als ihm die unglaubwürdige Geschichte, die Wu Ying erzählt hatte, wieder einfiel. Mit einem Blick auf den blutenden Wu Ying rümpfte er die Nase. "Nun. Es scheint, dass Ihr die Aufgabe abgeschlossen habt."

Wu Ying sprang wieder auf die Beine, doch diesmal beraubte ihn kein unsichtbarer Druck oder Schlag seines Standes. Wu Ying griff in seine Tasche und holte sein Sektenabzeichen hervor, um es dem Angestellten zu reichen, der es gegen seinen Siegelstein klopfte. Der schwitzende Angestellte händigte ihm sein Sektenabzeichen mit der als vollständig markierten Aufgabe wieder aus.

"Also, geht. Es sei denn, Ihr wollt noch eine Aufgabe annehmen?", sagte der Älteste Mo.

Die Halle erwachte langsam wieder zum Leben, da die meisten die kostenlose Vorführung für beendet erklärten.

"Nein, Ältester. Ich gebe mich mit meiner Zuordnung zum Ältesten Huang zufrieden, sofern diese immer noch offensteht", antwortete Wu Ying, der seinen Kopf gesenkt hielt. Er brodelte vor Wut über die Ungerechtigkeit der Anklage, über die Schläge, die er einstecken musste, konnte aber nichts dagegen unternehmen. Der Rangunterschied zwischen ihnen war zu groß. Jedwede Respektlosigkeit würde seinen eigenen Rang gefährden.

"Das tut sie. Geht."

Wu Ying drehte sich gerade um, als der Älteste Cheng ihn zurückhielt. "Wartet."

"Ja, Ältester?" Wu Ying drehte sich um.

"Gebt mir Euer Abzeichen." Wu Ying runzelte die Stirn, gab es jedoch dem Ältesten Cheng, der sein eigenes Abzeichen darüber hielt, bevor er Wu Yings Abzeichen zurückwarf. "Es ist üblich, für Arbeit, die über die Vorgaben hinaus erfüllt wurde, ein höheres Honorar zu vergeben. Und dies hier liegt weit über dem, was ich beantragt habe." Zhao Wan lächelte und schaute ihn behutsam von oben bis unten an. "Anscheinend lag ich richtig und Ihr habt tatsächlich einen Teil Eures Schicksals mit mir gemein."

"Ältester." Wu Ying verbeugte sich, nachdem er sein Abzeichen verstaut hatte, unsicher, was er nun sagen sollte. Es war wohl das Beste, höflich zu sein und nichts zu sagen.

"Nun denn, Ältester Mo, ich meine gehört zu haben, dass Ihr für den geöffneten Krug aufkommen werdet", sagte der Älteste Cheng, seine Augen blitzten tückisch. "Dieser Krug kann nicht mehr eingelagert werden. Und Ihr wisst, dass ich immer drei dieser Krüge zum Herbstfest ausschenke. Wie soll ich das nun mit einem geöffneten Krug tun?"

Der Blick des Ältesten Mo verengte sich, während er auf das weit grinsende Gesicht des Ältesten Cheng und dann zu Wu Ying schaute, der sich langsam entfernte. Der Älteste Mo grinste spöttisch, ehe er sich wieder beherrschte und zurück zu Zhao Wan lächelte.

"Nun, Ältester Cheng, ich hätte nie erwartet, dass so etwas vorfallen würde ..."

Kaum hatte er sich weit genug entfernt, beschleunigte Wu Ying seine Schritte. Es war ihm lieber, nicht gesehen zu werden, während der Älteste Cheng den größtmöglichen Nutzen aus dem Fehler des Ältesten Mo zog. Es war für Wu Ying offensichtlich, dass der Älteste Cheng lange genug anwesend gewesen sein musste, um alles mitgehört zu haben und der Farce ein Ende bereiten zu können. Wu Ying rieb sich das Gesicht und merkte sich, dass man besser kein Vertrauen in irgendeinen der Ältesten steckte. Sie spielten alle ihre politischen Spielchen, und niedere Sektenmitglieder wie er waren unbedeutend.

Kapitel 20

Später am Abend, nachdem er mit seinen einzigen Freunden in der Sekte – Liu Tsong, Tou He, und Zhong Shei – zu Abend gegessen hatte, stolperte Wu Ying nach einer heiteren Feier leicht angeheitert zu seinem Zimmer zurück. An der Eingangstür angekommen stockte er kurz, da er bemerkte, dass die Tür, die er zuvor verschlossen hatte, nun nicht mehr abgeschlossen war. Wu Ying zog sein Schwert und machte sich bereit, hineinzustürmen.

"Tretet ein, Wu Ying", rief ihm der Älteste Cheng von drinnen zu.

"Ältester", sagte Wu Ying, der sein Schwert wegsteckte und eintrat. Wenn der Älteste Cheng ihn tot sehen wollte, hätte er es nicht nötig, dafür in sein Zimmer einzubrechen.

Kurz darauf war Wu Ying damit beschäftigt, von seinen Abenteuern zu erzählen, während der Älteste Cheng, der auf dem einzigen Stuhl in dem kleinen Zimmer Platz genommen hatte, teilnahmslos zuhörte.

"So. Ihr habt Eure Reise also überlebt. Und habt Euch mit dem Neffen angefreundet. Einen berüchtigten Banditen getötet. Ihr habt es geschafft, Eure Aufgabe zu erfüllen. Und habt mir dabei geholfen, einen wichtigen Gefallen vom Ältesten Mo einfordern zu können", sagte der Älteste Cheng, während er durch seinen Bart strich.

"Ja, Ältester."

"Das war ein sehr geschäftiges halbes Jahr." Ohne ein weiteres Wort stand der Älteste Cheng auf und ging zur Tür. Wu Ying trat automatisch zur Seite, um den Mann vorbeizulassen. Erst als der Älteste Cheng um die Tür abgebogen war, sprach er erneut. "Kommt Ihr?"

"Ja, Ältester!"

Wu Ying eilte aus dem Zimmer und verschloss die Tür, ehe er seinem Vorgesetzten folgte. Während er in einen Trab verfiel, um mit dem schnellen Ältesten mithalten zu können, spürte er, wie er wieder nüchtern wurde. Zu Wu Yings Überraschung führte der Älteste Cheng ihn auf den Berg, viel höher, als er es je gewesen war, bevor sie einen privaten Hof betraten. Bis Wu Ying hineintaumelte, hatte der Älteste Cheng sich in der Mitte des sorgfältig gepflegten Hofes platziert und wartete, eine Hand hinter dem Rücken verborgen.

"Ältester?", fragte Wu Ying.

"Zeigt mir Eure Kultivation."

Wu Ying löste die Siegel um seine Aura und erlaubte es dem Chi, wie es seiner Natur entsprach, auszutreten.

Der Älteste Cheng beobachtete ihn für einen kurzen Moment, ehe er zu Wu Yings Gürtel wies, an dem sein Schwert hing. "Zeigt es mir."

"Wo?", fragte Wu Ying und schaute sich auf dem Hof nach einem Ziel um. Oder meinte er etwa seine Formen?

"Gegen mich. Beeilt Euch."

Wu Ying blinzelte, dann zog er sein Schwert, während er seinen Kopf aufgrund dieser Flut an Befehlen schüttelte. Doch als er zum Ältesten Cheng starrte, lief ihm ein leichter Schauder über den Rücken. Etwas, ein tiefer Instinkt, sagte Wu Ying, dass er die Demonstration nicht auf die leichte Schulter nehmen sollte.

Wu Ying richtete sich kerzengerade auf und schaute den Ältesten Cheng ein letztes Mal an, dann pirschte er voran. Als er sich in Reichweite befand, fing er mit leichten, schnellen Stößen an. Der Älteste Cheng schwankte leicht und wich den Angriffen aus. Der Älteste musste nicht einmal ein Wort sagen, um seiner Enttäuschung Ausdruck zu verleihen. Mit zusammengekniffenen Augen wurde Wu Ying schneller und ließ die einfachen, prüfenden Angriffe sein und gab sich dem Kampf hin.

Erst dann bewegte der Älteste Cheng seine führende Hand. Seltsamerweise umgab diese ein schwaches Leuchten, komprimiertes Chi, das er wie ein Schwert schwang, um Wu Yings Attacken abzublocken. Wieder und wieder umkreiste Wu Ying den Ältesten, der sich drehte, blockte und von den Angriffen weg lehnte, während er sich niemals von seinem Ausgangspunkt wegbewegte. Hin und wieder griff er Wu Ying müßig an, in seinen Angriffen lag eine Wucht, die Wu Ying zurücktaumeln ließ, sobald er sie abblockte.

Wu Ying verfiel in den Rhythmus des Übungskampfes und seine anfängliche Zurückhaltung verschwand. Er beschleunigte, als er alles einsetzte, was er geübt hatte, alles, was er in seinem Kampf gegen den wandernden Kultivator Yuan Rang und den Kämpfen auf Leben und Tod, denen er sich stellen musste, gelernt hatte. Seine Klinge wurde schnittiger und seine Angriffe schärfer, als die Tötungsabsicht hinter seinen Schlägen größer wurde.

Wu Ying versuchte alles, von geradlinigen Vorstößen über Schnitte am Handgelenk bis hin zu angetäuschten Schlägen, die zu richtigen Schlägen wurden, die die verschiedensten Formen des Familienstils der Long nutzten. Als all dies scheiterte, den Ältesten Cheng zur Bewegung zu zwingen oder einen Schlag zu landen, verengte er den Kreis und kämpfte näher an ihm. Er brachte nun auch Tritte des Shen-Stils ein, um den Ältesten Cheng zu verwirren und zu behindern. Den meisten davon wich er beiläufig aus, andere blockte er, indem er sein Bein leicht anhob oder den Arm drehte. Ganz gleich, was Wu Ying tat, er konnte ihn nicht dazu bringen, sich vom Fleck zu bewegen. Und dennoch kämpfte Wu Ying weiter, während er auf den richtigen Moment wartete.

Da.

Ein Sekundenbruchteil, eine Öffnung, als der Älteste Cheng einen Tritt abwehrte und sich dann von einem darauffolgenden Schnitt nach hinten lehnte, was ihn leicht aus dem Gleichgewicht brachte. Wu Ying stürzte voran und nutzte die Situation voll aus. *Die Wahrheit des Schwertes* – dieser täuschend einfache Vorstoß, der überhaupt nicht so einfach war. Der Schlag flitzte schräg zu seinem Körper auf die Kehle des Ältesten Cheng zu, in der Absicht, ihre Seite aufzureißen. Zum ersten Mal bewegte sich der Älteste und machte einen einzelnen Schritt zurück. Er senkte fast träge die Hand und schlug die Klinge nach unten, als sie das Ende ihres Schwungs erreichte. Der Angriff sandte Schockwellen durch Wu Yings Hand.

"Nicht übel." Der Älteste Cheng senkte seine Hand und das Chi-Schwert verschwand, als er die Energie zerstreuen ließ. Wu Ying ließ langsam sein Schwert sinken. Er atmete schwer. "Damit können wir arbeiten."

"Damit arbeiten ...?" Wu Ying riss die Augen auf, als er zu verstehen begann. "Werdet Ihr mich trainieren?" Er fügte das "endlich", das ihm auf der Zunge lag, nicht hinzu.

"Ja. Ich muss mich für Eure Hilfe erkenntlich zeigen. Das wird unser Karma ausgleichen. Und Ihr werdet es ebenfalls brauchen, wenn Ihr den Zorn des Ältesten Mo überleben wollt."

Wu Ying zuckte zusammen, da er wusste, dass die Worte des Ältesten Cheng wahr waren. Der Älteste Mo konnte vielleicht dem Ältesten Cheng nicht viel anhaben, doch Wu Ying gab das perfekte Ziel ab.

"Sorgt Euch jetzt noch nicht darum. Ihr seid sicher, bis die Sektenprüfungen vorüber sind. Es war bereits ungewöhnlich, ein Mitglied der äußeren Sekte auf eine Mission außerhalb zu schicken. Jemanden zweimal auszusenden wäre für die Sekte viel mehr, als sie noch ignorieren könnte." Der Älteste Cheng schätzte Wu Yings Verfassung ein, dann forderte er ihn mit einer Geste dazu auf, das Schwert zu heben. "Also. Versucht es nochmal. Und reduziert Eure Bewegungen diesmal noch mehr. Ihr verschwendet Zeit mit zu vielen Bewegungen."

Wu Ying unterdrückte ein Ächzen und hob sein Schwert wie befohlen. Er wusste irgendwie, dass diese Übungseinheit noch lange dauern würde.

***

Einige Stunden später schlurfte Wu Ying erschöpft und schmerzerfüllt nach Hause. Trotz des Schubs, den seine erhöhte Kultivation ihm bescherte, und der Freisetzung seines Chi aus seinem Dantian schmerzte Wu Yings Körper. Und anders als bei seiner Trainingseinheit mit Yuan Rang hatte der Älteste Cheng nie direkt Hand an ihn gelegt. Doch das bedeutete nicht, dass der Älteste ihn nicht angreifen wollte, dachte Wu Ying, als er seine rechte Hand hob und seine Finger beobachtete, wie sie unkontrolliert zitterten.

Und dennoch war das Training des Ältesten Cheng genauso gut wie das Yuan Rangs. In manchen Aspekten sogar besser. Es enthielt mehr Führung, denn Wu Ying bemerkte, dass der Älteste seine Verteidigung auf eine bestimmte Anzahl und gewisse Arten von Formen begrenzt hatte. Sobald Wu Ying sich dieses Faktums bewusst geworden war und eine Lösung entwickelt hatte, um die Verteidigung des Ältesten Cheng zu umgehen, hatte dieser sein Muster geändert, sodass Wu Ying dazu gezwungen gewesen war, von Neuem darüber nachzudenken. Es war ermüdend gewesen, sowohl physisch als auch psychisch, denn der Älteste Cheng hatte Wu Ying nach wie vor gezwungen, sich ununterbrochen mit voller Geschwindigkeit zu bewegen. Doch dem Training fehlte es auch an einem gewissen "Schliff", einem Biss, den Yuan Rangs brutale Methoden enthielten.

Das Training würde die Hölle werden, das war Wu Ying bewusst. Der Älteste Cheng beabsichtigte, dass Wu Ying in jeder dritten Nacht zu ihm zurückkam und weiter trainierte. Für die nächsten vier Monate – die Zeit bis zum Ende des Herbstes, wenn das Sektenfest abgehalten wurde – würde der Älteste Cheng ihn trainieren. Sobald die Fee Yuan zurückkehrte, würde sie das Training übernehmen.

In der Zwischenzeit wurden Wu Ying bestimmte Punkte aufgezeigt, die er in seinem Training der Kampfkünste anwenden sollte. Er würde sich Hilfe von anderen holen müssen, da die meisten davon Ausweichen, Timing und Übungen zur Bewegung beinhalteten – nichts, bei dem die ständige Wiederholung von Formen von Nutzen sein würde.

Zum Glück gab es ein paar Leute, die er hinzuziehen konnte. Wu Ying schmunzelte.

✳✳✳

Die Beine gespreizt, der Körper leicht gesenkt. Die Hände in die Seiten gestemmt, doch noch immer eine gewisse Spannung in ihnen. Wu Ying stand da, den Fokus auf Zhong Sheis Körper gerichtet. Diesmal kam der Schlag, eine geschwungene Überhandflanke, von links. Wu Ying verlagerte sein Gewicht und drehte sich, ohne seine Füße zu bewegen, als ein Schlag direkt darauffolgte. Die nächsten Minuten lang duckte und schlängelte Wu Ying sich, so gut er konnte, und fügte Formen und Einschätzungen sowie sein Gespür zusammen, während er auswich. Dem Ausweichen lag eine Kunst und Wissenschaft zugrunde – sich unter einem Arm weg zu ducken, der einem entgegenschlug. Der nächste Schlag konnte nur aus gewissen wenigen Winkeln erfolgen. Die Formen, die er studierte, wiesen ihn zu der nächsten Bewegung hin, zum besten Winkel, in den er sich begeben konnte, um die Möglichkeit, getroffen zu werden, so gering wie möglich zu halten. Jedoch verringerten sie diese Möglichkeit nur – und genau da kamen Wahrnehmung und Intuition ins Spiel.

Als ein gemeiner Schnitt nach oben Wu Ying auf kaltem Fuß erwischte, taumelte er zurück und rieb sich das Kinn. Er schaute auf den hämisch grinsenden Zhong Shei.

Sobald die beiden ihre Atmung reguliert hatten, lächelte Wu Ying. "Du bist an der Reihe."

"Ich hasse dich", beschwerte sich Zhong Shei, während er sich in Stellung begab.

Dieses Mal würde Wu Ying eine Gelegenheit bekommen, um Kombinationen auszuführen, die Zhong Shei treffen würden. Selbstverständlich nur leicht, doch seine Aufgabe war es, Bewegungsmuster zu studieren, Winkel zu verstehen und zu lernen, wie Angriffe zu kombinieren waren.

Die beiden tauschten noch drei weitere Schläge aus, ehe sie mit Ausweichmanövern fortfuhren, die durch die Nutzung eines scharfen Schwertes "gefördert" wurden. Nicht sehr scharf, doch scharf genug, um sie zum Bluten zu bringen.

Ausweichen. Eine der ersten Fähigkeiten, die er verbessern sollte.

***

Der Speer schoss auf sein Gesicht zu und wurde nur durch einen Block aus dem Handgelenk abgewehrt. Mit dem Jian vor sich drehte Wu Ying sich zu Tou He und beobachtete, wie der Speer blitzschnell zurückgezogen wurde, bevor er wiederum nach vorne gestoßen wurde. Die Speerspitze senkte sich im letzten Moment in einem Täuschungsmanöver. Wu Ying blockte den Angriff ab, doch diesmal wurde der Speer nicht vollständig zurückgezogen, sondern hieb vorwärts nach oben und hinterließ eine dünne Blutspur auf Wu Yings blockendem Arm.

"Verdammt", fauchte Wu Ying.

"Du drehst dein Handgelenk immer zu weit ein, wenn du blockst", bemerkte Tou He.

"Ich weiß. Ich habe dich gebeten, darauf zu achten", nörgelte Wu Ying, der seine Hand ausschüttelte. Das Chi in seinem Körper hatte sich bereits an der Wunde gesammelt und unterstützte die Blutgerinnung.

"Bereit?"

"Los."

Der Speer schoss ihm erneut entgegen, diesmal in einem Überhandhieb. Wu Ying brachte sich in Position, um den Hieb mit so wenig Kontakt wie möglich zu blocken.

Defensives Training. Eine weitere Fertigkeit, an der er arbeiten musste.

***

"Du musst mich erwischen, wenn ich mich nach hinten bewege", sagte Liu Tsong mit einem Grinsen, während sie die Reisschüssel senkrecht zu ihrem Körper hielt.

"Das. Versuche ich", sagte Wu Ying, während er mit seinem hinteren Beim zum Sprung ansetzte, dann stieß er voran und holte mit dem hinteren Bein zu einem Tritt aus. Danach verlagerte er sein Gewicht auf das ausgestreckte Bein, um der sich wegduckenden Liu Tsong hinterher zu jagen.

"Nein, du greifst mich nur an. Denk daran, dies hier ist eine Timing-Übung", sagte Liu Tsong.

"Solch eine Übung gibt es nicht!", heulte Wu Ying mit knurrendem Magen.

"Nun, das sollte es aber."

Liu Tsong fuhr lachend damit fort, Wu Ying zu necken und ihn zum Versuch zu bewegen, sie zu fangen, während sie ihn mit seinem Essen provozierte. Die anderen beiden schauten lachend dabei zu. Die Herausforderung war ungemein unfair, wenn man bedachte, dass Liu Tsongs Kultivation als Mitglied der inneren Sekte nicht nur eine Stufe über seiner eigenen lag, sondern sie auch talentierter war. Andererseits bedeutete gutes Training immer, dass man sich einem stärkeren Gegner stellte. Und Liu Tsong hielt bewusst hin und wieder inne, um Wu Ying die Gelegenheit zu bieten, sie zu fangen, solange sie sich erholte – sofern er diese Pausen anständig einschätzen und ausnutzen konnte.

***

Eine weitere Nacht, in der Wu Ying dem Ältesten Cheng gegenüberstand. Der Kultivator drehte langsam auf einem Fuß und machte einen Ausfallschritt mit gekreuztem Körperblock, um sich zu erholen, bevor einige Schnitte aus dem Handgelenk folgten. Auch bekannt unter dem Namen *Der Drache fängt den Regenbogen*. Gerade, als er die Schnitte vollendet hatte, drehte Wu Ying sich auf seinem Fuß und wiederholte das Ganze, während er sich langsam im Kreis bewegte.

"Konzentriert Euch auf diese Schnitte. Sie sollten nur aus dem Handgelenk erfolgen. Bewegt Euren Ellenbogen nicht!"

"Fallen lassen. Fallen lassen. Lasst die Erde Euch aufnehmen. Erzwingt es nicht."

"Schneller! Ihr müsst Euer hinteres Bein sofort wieder einziehen."

"Verlagert Euren Schwerpunkt nach unten. Beugt die Knie und entspannt den Bauch. Denkt immer daran, Euer Gewicht um Euren Dantian herum zu konzentrieren."

Wieder und wieder. Jede Wiederholung war eine Verbesserung, die auf die vorherige aufbaute. Manchmal trainierte der Älteste Cheng mit ihm. Und zu anderen Zeiten ging es um die Arbeit an seinen Formen oder Übungen, die sich auf eine bestimmte Verbesserung fokussierten. Immer wieder.

***

So vergingen die Tage und der Sommer zog vorüber, um dem kalten Herbstwind Platz zu machen. Wu Yings Freunde trainierten ebenso viel wie er selbst. Es schien, als wäre die gesamte Sekte dem Trainingsfieber verfallen. Jeden Tag füllten sich die Höfe mit Sektenmitgliedern, jeder von ihnen feilte an seinen Kampfkünsten oder seiner Kultivation in der verzweifelten Anstrengung, ihre Stellung zu verbessern. Es waren nicht nur die Neulinge; selbst diejenigen, die schon länger dabei waren, trainierten hart. Schließlich waren auch diejenigen Sektenmitglieder in Gefahr, die keinen jährlichen Fortschritt vorweisen konnten – und wenn die Sekte auch nur die Ressourcen verringern würde, die sie ihnen zur Verfügung stellte.

In der Bibliothek wurde es geschäftiger, als die Sektenmitglieder die Bücher nach schnellen Lösungen durchstöberten. Ein Wundermittel, das ihnen im Wettkampf einen Vorteil verschaffen würde. Auch in der Auftragshalle herrschte reger Verkehr, denn einige Sektenmitglieder hatten den Gedanken aufgegeben, einen ordentlichen Platz im Wettkampf zu gewinnen, und wollten ihre Stellung durch Beiträge stützen. Aufträge zur Unterwerfung von Dämonen waren schnell vergriffen, da das empirische Training und die zusätzliche Vergütung dieser Aufgaben unheimlich beliebt waren.

Zum zweiten Mal in seiner Zeit in der Sekte gab Wu Ying sich der Routine von Training und Kultivation hin. Im Handumdrehen verfärbten sich die Blätter an den Bäumen und fielen ab, was den Beginn einer längeren, kälteren Jahreszeit ankündigte. Allein die gelegentlichen Briefe von Zuhause, die ihn über Händler erreichten, unterbrachen seinen monotonen Alltag.

Diese Briefe und seine Freunde. Zu seiner Überraschung blieb Zhong Shei in der Sekte und verbrachte die verstreichenden Monate mit Training und Kultivation. Ob es nun an der Atmosphäre oder seiner neu gewonnenen Entschlossenheit nach ihrem Kampf mit Ji Ang lag, Zhong Sheis Kultivation und kämpferisches Können stieg und öffnete zwei Meridiane. Natürlich besuchte Zhong Shei trotz dieser neu gewonnenen Disziplin regelmäßig Bordelle und Gasthäuser am Fuße des Berges.

Zwei Tage vor Beginn des Sektenturniers öffnete Wu Ying, der in seinem Zimmer war, seine Augen und stieß trüben Atem aus. Er rümpfte die Nase, als er aufstand, und war dankbar über seine Voraussicht, frische Kleidung und Eimer mit Wasser zu besorgen. Einige Minuten später hatte Wu Ying sich vom Schmutz und den grauen Unreinheiten, die seinen Körper überzogen hatten, reingewaschen.

Körperreinigungsstufe 8. Noch vier weitere Meridiane, ehe er dazu bereit war, auf das nächste Level aufzusteigen. Für jemanden, der sich vor gerade einmal acht Monaten auf Körperreinigungsstufe 2 befunden hatte, war dies eine erstaunliche Entwicklung. Natürlich wusste Wu Ying, dass dies genauso einigen glücklichen Begegnungen und der Unterstützung seiner Freunde zu verdanken war. Obwohl es möglich war, sich weiterzuentwickeln und erleuchtet zu werden, während man nichts weiter tat, als sich sein ganzes Leben lang an ein und demselben Ort aufzuhalten, brauchten die meisten Leute – und vermutlich insbesondere er selbst – einen Impuls. Anstöße. Erfahrungen.

Wu Ying rieb sich das Kinn, zog eine Grimasse und griff nach seinem Messer. Er sollte sich besser herausputzen, während er darüber grübelte, ob er womöglich den Anfang seines Dao gefunden hatte. Das Dao der Rastlosen Füße? Das Dao der Unglücklichen Umstände? Das Dao des Unkultivierten Wandernden Bauern?

Mit einem Lachen schnitt sich Wu Ying ins Kinn und musste innehalten, um die Wunde abzutupfen, bis die Blutung gestillt war. Dennoch konnte er ein gelegentliches, leises Kichern nicht unterdrücken, während er sich ankleidete. Mit einem Blick aus dem offenen Fenster überprüfte Wu Ying den Stand der Sonne. Es war an der Zeit, aufzubrechen, wenn er nicht zu spät kommen wollte.

Ein Teil von Wu Ying fragte sich, wie es Yin Xue wohl ergangen war. Der Adelssohn hatte sich vor ihrer Ankunft auf Körperreinigungsstufe 4 befunden. Als sie sich zuletzt getroffen hatten, hatte er die Körperreinigungsstufe 6 erreicht. Ob er sich noch weiter entwickelt hatte? Mit der Hilfe seines Vaters und der Sekte – mit Leichtigkeit.

Körperreinigungsstufe 8. Wu Ying atmete erschöpft aus. Das reichte nicht aus, um einen Platz in der inneren Sekte zu ergattern. Die meisten, die in die innere Sekte aufgenommen wurden, waren über Stufe 10, wenn nicht sogar auf der Stufe der Energiesammlung, sobald ihnen diese Ehre endlich zuteil wurde. Nun, da das Turnier nur noch wenige Tage entfernt war, musste Wu Ying sich der Tatsache seiner Bestrebung stellen. So sehr sich Wu Ying auch anderes wünschte, er konnte nur darauf hoffen, für ein weiteres Jahr in der Sekte bleiben zu können.

Vielleicht hatte Tou He recht. Wu Ying seufzte. Vielleicht war diese ganze Anstrengung umsonst. Doch wenn man sich nicht bemühte, sich selbst zu verbessern, wofür war man dann gut? Selbst Bauern wollten jedes Jahr eine bessere Ernte oder ein größeres Feld. Das Streben war ein wesentlicher Bestandteil der menschlichen Existenz – das Abdämpfen des Strebens jedoch war der Weg der Weisen.

Wu Ying verwarf die verdrießlichen Gedanken und schloss die Tür zu seinem Zimmer. Er sollte sich besser beeilen, sonst würde er zu spät zum Training kommen. Wenn er nur dafür sorgen konnte, dass er bleiben durfte, dann war dies eben alles, was er tun konnte.

Kapitel 21

Einmal im Jahr wurde die Hauptglocke der Sekte geläutet. Einmal im Jahr, um den Mitgliedern der äußeren Sekte den Zeitpunkt anzugeben, zu dem sie sich versammeln sollten, und ein weiteres Mal, um den Beginn des jährlichen Wettkampfs der Sekte des Sattgrünen Wassers zu verkünden. Der Wettkampf wurde immer am Ende des Herbstes abgehalten, wenn das Wetter winterlich wurde, jedoch noch vor dem ersten Schneefall. Es war die perfekte Zeit, um auf die Probe zu stellen, was die Schüler im Laufe des geschäftigen Jahres gelernt hatten – zumindest war es das, was die Sekte festlegte. In Wahrheit, so glaubte Wu Ying, ging es darum, die Kosten der Sekte für die Winterrationen zu reduzieren – aber vielleicht sprach da der zynische Bauer aus ihm. Schließlich musste man sich immer um die Ernte und die Winterlager Gedanken machen.

In beiden Fällen wurden die Mitglieder der Sekte auf einem Hof, der sich weiter oben auf dem Berg befand, versammelt. Dieser Hof war locker dreimal so groß wie die Felder von Wu Yings Familie. Und selbst dann noch waren sie wie Schafe zusammengepfercht, denn der Platz reichte kaum für alle Mitglieder der äußeren Sekte aus. Glücklicherweise waren die Mitglieder der inneren Sekte auf den Hängen und Gebäuden ringsum verstreut, von wo aus sie das Geschehen beobachteten. Zunächst würden die Mitglieder der äußeren Sekte kämpfen. Die meisten hatten sich versammelt, um eine gute Vorführung zu genießen und die Gelegenheit zu nutzen, die aufstrebenden Talente der Sekte zu Gesicht zu bekommen. Jene Talente, die die Mitglieder ersetzen würden, die in Ungnade gefallen waren oder die Sekte verlassen hatten.

Selbstverständlich nahm die Zahl der Mitglieder der inneren Sekte jedes Jahr auf natürliche Weise ab. Ein Kultivator zu sein war eine gefährliche Aufgabe, und die verschiedenen Aufträge außerhalb der Sekte forderten ihren Tribut durch Tod, Verletzung und vermisste Mitglieder. Dies war die harte Realität des Lebens in der Sekte. Manchmal verließen die Mitglieder der inneren Sekte die Sekte für mehrjährige Aufträge oder empirisches Training, wodurch Plätze frei wurden. Es oblag der Entscheidung des Meisters der Inneren Halle, wie viele Plätze in diesem Jahr zur Verfügung standen – unter Berücksichtigung von Verlusten, von Mitgliedern, die sich auf empirischer Trainingsreise oder in abgeschotteter Kultivation befanden, und der wenigen Talentierten – oder Reichen – deren Stellung direkt angehoben wurde.

Wu Ying, inmitten der Menge, reckte seinen Hals und suchte verzweifelt nach Tou He. Er wusste, dass Liu Tsong und Zhong Shei oben waren, um das Geschehen gemütlich zu verfolgen. Somit blieben natürlich nur Wu Ying und Tou He – doch keiner von beiden hatte daran gedacht, ein Treffen vor Beginn zu vereinbaren. Wu Ying zwängte sich mit gelegentlichem Schieben und Entschuldigungen durch die Menge, grummelte frustriert und dachte darüber nach, die Suche erfolglos aufzugeben.

"Na, sieh mal einer an, wer da überlebt hat", erklang eine nur allzu bekannte und spöttische Stimme.

Wu Ying drehte sich um und erblickte Yin Xue und sein übliches Gefolge. Das Gefolge bestand aus fünf Personen, zwei davon waren gewöhnliche Bürger wie Wu Ying. Wu Ying schämte sich leicht für solche wie sie, die so schnell das Bedürfnis verspürt hatten, sich an den Rockzipfel eines anderen zu hängen. Selbstverständlich wurde Yin Xue von zwei Söhnen von Adeligen flankiert, die Teil des Gefolges, der "Hauptakteure", waren. Soweit sich Wu Ying an die zwei erinnern konnte, hatte jeder von ihnen weder das Talent noch die Disziplin, um aus eigener Kraft aus der äußeren Sekte aufzusteigen. Was, so sehr Wu Ying auch hasste, es zugeben zu müssen, Yin Xue gelingen würde.

"Yin Xue", grüßte Wu Ying ihn so höflich wie möglich.

"Du wagst es, Lord Wens Namen in den Mund zu nehmen. Wie kannst du nur!" Einer von Yin Xues kläffenden Hunden trat knurrend vor.

Wu Ying schaute ihn an und erweiterte die Sinne, die er geschärft hatte und seufzte. Er war vermutlich nicht besser als Körperreinigungsstufe 4. Vielleicht eine klägliche 5. Seine Handlung erinnerte Wu Ying wieder an eine seiner neueren

Enttäuschungen. Er hatte all die Zeit damit verbracht, die Kultivation anderer Menschen anhand ihrer Präsenz einzuschätzen, nur um zu lernen, dass die Sekte dies Tou He und den anderen Mitgliedern der äußeren Sekte während seiner Abwesenheit beigebracht hatte. Es war äußerst frustrierend, obwohl seine eigene Erforschung dieser Fähigkeit ihm ein besseres "Gespür" verschaffte, als es die meisten hatten. Nur wenige Mitglieder der äußeren Sekte konnten zwischen mehr als "geringen, mittleren und hohen" Leveln auf jeder Stufe unterscheiden.

"Was. Hast du nichts zu sagen?", knurrte der Hund, und Wu Ying verdrehte die Augen.

"Nicht zu einem Hund, wie Ihr es seid." Wu Ying drehte sich zu Yin Xue und nickte ihm zu, ehe er sich umwandte, um weiter nach seinem Freund zu suchen.

"Beachtet den Bauern nicht. Wir kümmern uns später um ihn", sagte Yin Xue etwas lauter als nötig hinter Wu Yings Rücken.

Wu Ying schüttelte den Kopf, während er sich entfernte. Verdammter Idiot. Nach all der Zeit schien er noch immer etwas gegen Wu Ying zu haben. Was Wu Ying auf gewisse Weise wirklich verwirrte. War Yin Xues Ego so gering, dass er es für nötig hielt, selbst jetzt noch auf Wu Ying herumzuhacken? War er sich seines Platzes in der Sekte so unsicher und seiner selbst so ungewiss, dass die Existenz eines einfachen Bürgers, den er kannte, für ihn als Beleidigung seines Egos galt?

Vielleicht. Doch was es auch war, Wu Ying konnte ihm nicht helfen. Alles, was er tun konnte, war, nach seinem Freund zu suchen und sein Bestes in der Prüfung zu geben. Doch nach einer halben Stunde ergebnislosen Suchens nach Tou He fand sich Wu Ying verloren in der Menge wieder. Das einzige Ergebnis war ein leicht verschwitzter Rücken. Wu Ying atmete erschöpft aus und schaute nach oben, als die Hauptglocke der Sekte zum wiederholten Mal ertönte.

Nun war es zu spät. Die Menge verstummte und alle Mitglieder der äußeren Sekte wandten sich dem Hauptpodest zu, wo der Meister der Äußeren Halle vorgetreten war. Dies war das erste Mal, dass Wu Ying die erhabene Persönlichkeit des Ältesten Khoo Yang Min zu Gesicht bekam.

"Sektenmitglieder, wir heißen euch zum Herbstturnier willkommen. Hier werdet ihr mit euren Mit-Kultivatoren wetteifern, um euch eurer Stellung in der Sekte zu vergewissern. Während kämpferisches Können nur einer der Faktoren bildet, der über eure weitere Anwesenheit in der Sekte entscheiden wird, steht die Sekte des Sattgrünen Wassers allzeit zu ihren Verpflichtungen gegenüber des Staates der Shen. Wir sind die Wächter des Staates, die ihn vor anderen Sekten schützen, wir sind das scharfe Jian und das unbeugsame Dao seiner Verteidigung. Daher wird eure Stellung in diesem Turnier eure allgemeine Stellung innerhalb der Sekte stark beeinflussen." Die Stimme des Ältesten Khoo breitete sich mühelos über den Hof aus, verstärkt durch sein Chi, sodass alle auf dem Hof und auf den Zuschauerrängen ihn hören konnten.

Mit den Armen hinter dem Rücken schaute der langhaarige, weißbärtige Älteste mit durchdringendem Blick über seine lange, gebogene Nase auf die Menge. "Trotz alledem haben wir keinen Grund, jeden einzelnen von euch individuell zu beurteilen. Dies haben eure Sektentrainer im Laufe des Jahres bereits übernommen. Wenn ihr nun auf euer Sektenabzeichen blickt, wird eure aktuelle Stellung in der Sekte angezeigt. Diejenigen unter euch, die mit ihrer Stellung zufrieden sind, mögen den Hof verlassen. Diejenigen, die unzufrieden sind, sollen bleiben."

Wu Ying nickte bedächtig und kramte sein Sektenabzeichen aus seiner Robe. Bei etwas mehr als zweitausend Mitgliedern der äußeren Sekte würden die untersten zehn Prozent nach Hause geschickt werden. Das waren mehr als zweihundert Mitglieder. Wu Ying holte sein Sektenabzeichen hervor und starrte auf die strahlenden Zeilen an Informationen, die von dem im Abzeichen enthaltenen Chi erleuchtet wurden.

"Eintausend, neunhundert, drei!", rief Wu Ying mit aufsteigendem Ärger und errötendem Gesicht. "Was im Namen der tausend Höllen?"

"Was für Abschaum seid Ihr, dass Ihr solch einen niedrigen Rang habt?", verspottete ihn ein Kultivator in der Nähe, der zu Wu Ying blickte. Der Mann stand mit gespreizten Beinen da, seine Arme schauten aus einer Robe hervor, die aus irgendeinem Grund keine Ärmel mehr hatte.

"Ich bin kein Abschaum."

"Das sagen sie alle." Der Kultivator lächelte Wu Ying spöttisch an, welcher lediglich knurrte.

Während die zwei sich stritten, setzten sich einige Sektenmitglieder auf dem Hof in Bewegung. Ein paar, die zufrieden mit ihrer Platzierung waren, entschlossen sich, den Hof zu verlassen. Andere blieben. Sie zogen es vor, das Turnier zu riskieren, anstatt sofort verstoßen zu werden.

"Ihr geht nicht, Abschaum? Denkt Ihr, Ihr könnt Euch beweisen?"

"Alles ist besser als diese falsche Platzierung", sagte Wu Ying.

Er schaute auf und drehte den Kopf zur Seite. Er erblickte den Ältesten Mo, der in der Nähe des Meisters der Äußeren Sekte stand und ihn unverhohlen und mit einem Lächeln anstarrte. Wu Ying fletschte die Zähne bevor er nach unten schaute, da er sich dem Ältesten nicht entgegenstellen wollte. Zumindest noch nicht. Alles, was er gegen den Ältesten ausrichten konnte, wäre wie die Beschwerde eines Kleinkinds über einen Erwachsenen – viel Wind um nichts und ohne irgendeine Wirkung.

"Hah! Alle Narren, die sich überschätzen, sagen das. Dann werde ich Euer erster Gegner sein." Der Kultivator grinste und ließ erneut die Muskeln spielen.

"Wirklich?", fragte Wu Ying und rollte mit den Augen. Idiot. Selbst Wu Ying konnte insbesondere an seiner schmalen Taille und seinen dünnen Beinen erkennen, dass der Kultivator all seine Zeit damit verbracht hatte, seinen Oberkörper zu trainieren. Vor langer Zeit war ein Karawanenwächter vorbeigekommen, der diesem Kultivator sehr ähnelte – er hatte geprahlt und war stolz darauf, wie stark er war. Dann hatte er den Alten Yi herausgefordert, der nach seiner Rückenverletzung etwas dick geworden war. Die beiden hatten die folgende Stunde mit Holzhacken verbracht, um herauszufinden, wer stärker und fitter war. Zunächst hatte der Wächter sich gut geschlagen und die Hölzer mit einem einzigen Schlag gespalten. Doch schon bald hatte seine Kraft nachgelassen, während der Alte Yi weitermachte und einen Stamm nach dem anderen spaltete. Die schlichte Tatsache war, dass der Alte Yi aus langjähriger Erfahrung wusste, wie man Hölzer spaltete und seinen gesamten Körper nutzte. "Wenn wir so viel Glück haben, werde ich die Herausforderung annehmen."

"Gut. Es macht den Anschein, dass alle, die mit ihrer Platzierung zufrieden sind, gegangen sind", verkündete der Älteste Khoo und schnitt jede weitere Diskussion ab. "Alle, die geblieben sind, lobe ich. Ein Kultivator sollte sich nicht mit seiner Platzierung zufriedengeben. Wir fordern die Götter schon allein mit unseren Taten heraus. Nachzulassen ist nichts für uns!"

Obwohl der Älteste Khoo das sagte, wusste Wu Ying, dass die menschliche Natur die meisten mit Freuden dazu brachte, "nachzulassen". An einem gewissen Punkt war Widerstand die Mühe nicht wert – ganz besonders dann, wenn man bereits durch sein Talent eingeschränkt war. Dennoch war Wu Ying hier und wartete, wegen der List des Ältesten Mo genauso wie aus jedem anderen Verlangen, seinen Status zu verbessern.

"Also, da es diesmal mehr als gewöhnlich zu sein scheinen, werden wir eine schnelle Vorausscheidung durchführen. Kämpft ehrenvoll und mit Bedacht. Denkt daran, dass dies nach wie vor eure Sektenkollegen sind. Jemanden vorsätzlich zu töten ist nicht erlaubt. Nun sucht euch eure Partner aus."

Der ärmellose Kultivator grinste Wu Ying an, der an seinem Gegenüber auf und ab blickte, ehe er das Nicken erwiderte. Wu Ying fasste für einen Moment nach dem Schwert an seiner Seite – ein Übungsschwert, das er nur zu diesem Anlass herausgenommen hatte. Dank des Gespürs des Schwertes hatte er glücklicherweise nicht stundenlang im Vorfeld üben müssen, um sich an die Waffe zu gewöhnen.

"Hey! Keine Waffen", sagte der muskulöse Kultivator, dessen Augen aufgrund von Wu Yings Bewegung hervortraten.

"Weshalb?" Wu Ying legte den Kopf auf die Seite, während er auf das Startsignal des Ältesten wartete.

Anders als sie beide schienen andere Probleme zu haben, einen passenden Partner zu finden.

"Das ist unmännlich", antwortete der Kultivator, obwohl die nervösen Blicke, die er auf Wu Yings Waffe warf, etwas anderes sagten.

"Das ist ein gutes Argument", sagte Wu Ying, der sich entspannte und seine Hand vom Griff seines Schwertes nahm.

In diesem Augenblick ertönte der Gong, der den Beginn des Kampfes verkündete. Der muskulöse Kultivator setzte sich in Bewegung und machte einen weiten Satz, während er mit der Hand ausholte, um zu einem kraftvollen Schlag anzusetzen. Wu Ying trat nach vorne und seine Hand fiel auf sein Schwert, während seine andere Hand die Scheide neigte, um das schnelle Ziehen zu ermöglichen, das zum Long-Familienstil gehörte. *Der Drache fährt die Klauen aus.*

Der Schlag zog sich über den Körper des Kultivators, brach Rippen und verletzte Muskeln, während Wu Ying die Form zu Ende führte und sich wegdrehte. Ein schneller Schnitt über den Rücken gab dem zuckenden, viel zu muskulösen Kultivator den Rest, bevor Wu Ying sein Schwert in die Scheide steckte.

"Aber das ist mir egal."

Kapitel 22

"Tou He!", rief Wu Ying, der seinen Freund sitzend vorfand, nachdem er fast den gesamten Hof umrundet hatte.

Nach seinem ersten Kampf hatte Wu Ying die anderen Kämpfe beobachtet, da er erwartet hatte, dass sogleich die nächste Phase beginnen würde. Diese Erwartung wurde zerschlagen, daher hatte er die freie Zeit genutzt, um nach seinem Freund zu suchen. Tou He winkte Wu Ying zu und wies auf ein freies Stück Boden, auf das Wu Ying sich dankbar niederließ.

"Danke!", sagte Wu Ying, während er ein gedämpftes Brötchen mit Fleisch von Tou He entgegennahm. "Du hast Essen mitgebracht, was?"

"Du nicht?", fragte Tou He, und Wu Ying schüttelte den Kopf. Unter all seinen Vorbereitungen war Essen nicht gerade oben auf der Liste gewesen.

"Ich dachte, dass wir vielleicht eine Gelegenheit zum Essen haben würden. Oder das Essen gebracht würde", erklärte Wu Ying.

"Das stimmt wohl. Ich bezweifle, dass irgendjemand so etwas erwartet hat", sagte Tou He mit geneigtem Kopf.

Wu Ying folgte seinem Blick, der auf zwei Giganten unter den Mitgliedern der äußeren Sekte gerichtet war, die noch immer kämpften. Sie waren der Grund für das aktuelle Dilemma. Es war bereits eine halbe Stunde verstrichen, doch beide Wettkämpfer weigerten sich, nachzugeben. Sie waren sich so ebenbürtig und hatten eine ausreichend hohe Kultivation, um dafür zu sorgen, dass ihr festgefahrener Ringkampf die gesamte Veranstaltung unterbrochen hatte.

"Ich frage mich, warum sie nicht einfach weitermachen. Oder es für beendet erklären. Ich bin mir sicher, wir wurden schon ausreichend dezimiert", sagte Wu Ying. Von den mehreren hunderten Teilnehmern zu Beginn waren inzwischen weniger als hundert auf dem Hof übriggeblieben. Sie konnten jetzt sicher mit den einfachen Ausscheidungsrunden beginnen.

"Oh, das liegt daran, dass die Ältesten auf den Ausgang gewettet haben", erklärte Tou He.

Wu Ying blinzelte, denn davon hatte er nichts mitbekommen. Andererseits hatte Tou He mehr Freunde als Wu Ying gewonnen, da er weder einem Ältesten direkt auf die Nerven gegangen war, noch hatte er die Sekte wie er für eineinhalb Monate verlassen. Tatsächlich hatte ein ehemaliger Mönch zwar wohl einen niedrigeren Rang als Adelige, war aber noch immer höhergestellt als ein Bauer.

"Hey, wieso bist du eigentlich hier? Ich dachte, du willst es ruhig angehen lassen", sagte Wu Ying, der sich an Tou Hes erklärte Ziele erinnerte.

Tou He lachte reuevoll und kratzte sich am Kopf. "Nun, es scheint, der Älteste, der mein Gönner ist, hat von meinen Plänen Wind bekommen. Er wurde ziemlich wütend. Er hat mir mit dem Rauswurf gedroht, wenn ich nicht am Turnier teilnehme und gut abschneide."

Wu Ying nahm einen weiteren Bissen von seinem Brötchen, um sein Lächeln zu verbergen. Das geschah ihm Recht. Der verdammte Ex-Mönch war allgemein zu begabt und zufrieden. Selbst jetzt, unter all den besorgten, aufgeregten und nervösen Mitgliedern, saß er einfach nur da und aß gelassen ein gedämpftes Brötchen. Nur jemand, der so sorgenfrei war, konnte in solch einem Moment ans Essen denken.

Ein lautes Knacken lenkte die Aufmerksamkeit der beiden auf den Ringkampf zurück. Irgendwie, irgendwo war ihr Patt gebrochen worden. Genauso wie ein Arm. Der Verlierer wiegte stöhnend seinen Arm, während der Gewinner ihm aufhalf und seinem Gegner grinsend auf die Schulter klopfte.

"Gut. Nun können wir beginnen", erklang die Stimme des Ältesten Khoo, was aller Aufmerksamkeit auf ihn lenkte.

Auf die Geste des Ältesten hin erschien eine Gruppe von Mitgliedern der inneren Sekte, die die Treppe herunterkamen. Innerhalb weniger Minuten hatten die Mitglieder der inneren Sekte die Turnierteilnehmer in fünf fast gleich große Gruppen aufgeteilt. Zusammen mit Tou He befanden sich in Wu Yings Gruppe einundzwanzig andere, etwas mehr als ein Drittel davon schienen gewöhnliche Bürger zu sein. In Wahrheit schätzte Wu Ying nur, das war ihm bewusst – da alle

Sektenroben trugen, war dies abgesehen von bestimmten Unterschieden in der Haltung, der Hauttönung und den Waffen, die sie bei sich trugen, schwer festzustellen. Bürgerliche wie er nutzten oftmals Speere, wenn sie denn überhaupt irgendeine Waffe gebrauchten. Immerhin hatte jede Familie mindestens einen, wenn nicht mehrere Speere zu Hause.

"Ihr werdet innerhalb eurer Gruppe Paare bilden. Nach dem ersten Wettkampf werdet ihr euch mit jenen zusammenfinden, die gleich viele Siege errungen haben, was uns erlauben wird, euer Können besser einzuschätzen", erklärte der Älteste Khoo, der seinen Blick über die Sektenmitglieder schweifen ließ. "Obwohl wir jene unter euch bewundern, die nach Großem streben, müsst ihr euch auch eurer Grenzen bewusst sein. Diejenigen unter euch, die keine guten Resultate erzielen, haben eine weitaus höhere Chance, aus der Sekte verbannt zu werden.

Mögen die Himmel auf euch herablächeln."

***

Selbstverständlich begannen die Wettkämpfe nicht sofort. Zunächst einmal musste genug Platz freigemacht werden, damit die ausgewählten Gegner kämpfen konnten. Glücklicherweise waren die Mitglieder der inneren Sekte, denen diese Aufgabe oblag, sehr effizient, und so waren die Paare schnell gebildet. Wu Ying fand sich im Kreis um das ausgewählte Paar wieder und schaute mit regem Interesse zu, während er seine potentiellen Gegner einschätzte.

Nach vier Kämpfen wurden Wu Ying die wesentlichen Unterschiede in den Fähigkeiten klar, die sich bei den Turnierteilnehmern zeigten. Ein Teil jener, die sich auf dem Hof befanden, sei es durch Glück oder Sturheit, gehörten zu den unteren zehn Prozent, und das spiegelte sich in ihren Kampfkunststilen wider. Nur wenige hielten mehr als ein paar Schläge der oberen zehn Prozent aus, die in der Hoffnung geblieben waren, dass sie dem Ältesten der Inneren Sekte ihr Talent demonstrieren konnten.

"Wu Ying. Yin Tse."

Wu Ying schob die Gedanken beiseite und bewegte sich zur Mitte des Kreises. Er drehte den Kopf, um sich seinen Gegner anzusehen. Sein Blick verfinsterte sich etwas, als er das schlanke, weibliche Wesen vor sich erblickte, das ein schweres Dao mit drei Ringen[29] führte.

Mit übereinander gelegten Händen verbeugte Wu Ying sich vor Yin Tse, die es ihm gleichtat. Auf das Signal des Aufsehers hin machten sie sich bereit. Das kleine Mädchen nahm einen angepassten Stand mit nach hinten verlagertem Gewicht an und hielt den Säbel drohend über dem Kopf. Wu Ying legte den Kopf auf die Seite, während er sein eigenes Schwert zog. Er war versucht, den Kampf hinauszuzögern, da diese spezielle Haltung ihren Arm ermüden ließ. Andererseits schien sie sich mindestens auf Körperreinigungsstufe 9, vielleicht sogar 10, zu befinden. Das würde der schlanken Dame viel größere Stärke verleihen, als auf den ersten Blick ersichtlich war.

Die längste Zeit umkreiste Wu Ying sie und hielt sich gerade so außerhalb ihrer Reichweite auf. Anstatt ihre Position leicht zu verschieben, um sich zu Wu Ying auszurichten, schien sie sich damit zufrieden zu geben, zu warten.

"Langweilig!"

"Keine Zeit schinden. Wir haben heute noch eine Menge Kämpfe durchzuführen. Wenn ihr zwei nicht bald aktiv werdet, werde ich eine Niederlage auf beiden Seiten erklären", schnauzte der Kampfrichter, der genug von ihnen hatte.

"Verdammt", fluchte Wu Ying.

Der kurze Moment der Ablenkung auf Wu Yings Seite verschaffte der weiblichen Kultivatorin eine Öffnung, die sie ausnutzte und voranstürzte. Sie hielt ihr Schwert bis zum letzten Moment still, ehe sie es herumwirbelte und so schnell zuschlug, dass Wu Ying Illusionen des Schwertes wahrnahm. Die Technik der Schwertillusion

---

[29] Das Dao mit drei Ringen ist ein Säbel, an dessen Hinterseite sich drei Eisenringe befinden. Dies macht die Waffe schwerer und ermöglicht das Blocken und Festsetzen von Waffen, wird jedoch allgemein als grobe Waffe betrachtet.

wurde nicht nur durch die Geschwindigkeit der Bewegung, sondern auch durch die Winkel erzeugt. Jeder Schlag erfolgte in einer zuvor festgelegten Reihenfolge, um den falschen Eindruck einer Kette unerschütterlicher Angriffe zu vermitteln. Wu Ying konnte nur mit weit aufgerissenen Augen sein Schwert hochhalten und dem nur einer Reihe von Blocks entgegenbringen, um selbst nicht getroffen zu werden.

Das Aufeinandertreffen von Jian und Dao, von Schwert und Säbel, hallte in einem ansteigenden Crescendo durch den Hof. Nach dem dritten Schlag zitterte Wu Yings Hand, die Erschütterung, die beim Abblocken der schweren Waffe entstand, breitete sich in seiner Hand aus. Der vierte Schlag gelangte durch Wu Yings verzweifelte Verteidigung und hinterließ eine oberflächliche Wunde auf seinem Arm. Den fünften blockte er ab, der sechste verfehlte ihn. Die Angriffe der jungen Kultivatorin schwollen an, weiter und weiter, und wurden mit jeder Sekunde stärker. Was ihn besonders beunruhigte, war, dass sein Gegner, anders als er, sich nicht dazu entschieden hatte, eine stumpfe Waffe zu benutzen. Stattdessen verließ sie sich auf ihre Technik, um sicherzustellen, dass sie ihn nicht tötete.

Wu Ying realisierte, in welcher Gefahr er sich befand, und stürzte sich frontal in ihren Angriff. Vor seinen kürzlichen Abenteuern wäre er dieses Risiko nicht eingegangen, doch jetzt verstand er – im Kampf gab es keine Zurückhaltung. Es hieß gewinnen oder sterben. Im Auge des Sturms floss Blut, doch Wu Ying begab sich in Reichweite ihrer Angriffe, während er seine lebenswichtigen Organe schützte. So plötzlich, wie der Säbelsturm ausgebrochen war, verging er auch wieder.

Für einen Moment starrte die ganze Gruppe auf die Szene vor ihnen. Wu Ying hielt den Arm der Kultivatorin in der einen Hand und hielt damit ihren Säbel auf. Die andere Hand presste sein Jian gegen ihren Unterkörper, bereit, sie auszuweiden.

"Der Gewinner ist – Wu Ying", stimmte der Kampfrichter tonlos an.

Als er bemerkte, dass die Kultivatorin sich entspannte, ließ Wu Ying ihre Hand los, trat zurück und begab sich außer Reichweite, ehe er ihre Verbeugung erwiderte.

"Vielen Dank für Eure Leitung", rezitierten beide die rituellen Worte, bevor sie zur Seite gingen und dem nächsten Paar Platz machten.

"Da hast du mir aber ganz schön Angst eingejagt", sagte Tou He, als er Verbände aus seinem Hüftbeutel holte. "Wirst du weitermachen können?"

"Ja. Es sind fast nur oberflächliche Verletzungen", antwortete Wu Ying. Fast. Ein Schnitt an seiner Seite war tief genug gewesen, um einige Muskeln zu durchtrennen.

Mit langsamer Atmung ließ Wu Ying sein Chi zirkulieren, um die Heilung zu beschleunigen und die Blutung zu stoppen, während er die anderen Kämpfe beobachtete. Er nahm auch eine Heilpille, um den Schaden so gering wie möglich zu halten. Nach seinem Kampf mit der Säbelschwingerin konnte Wu Ying sich nur einer Sache sicher sein – es würde nicht leicht werden, zu gewinnen.

***

"Wu Ying, geht zu Gruppe drei."

Wu Ying stand auf und nickte dem Kampfrichter zu, dann machte er sich zu der zugewiesenen Gruppe auf. Dort hatte er die Gelegenheit, zwei weitere Kämpfe zu beobachten. Der zweite Kampf öffnete ihm ganz besonders die Augen.

Die Kämpfer führten ein Jian und eine Axt und beide befanden sich auf der Stufe der Energiesammlung. Während ihres Kampfes huschten sie von einem Ende des Rings zum anderen und jeder ihrer Schläge war so stark und scharf, dass sie einen Windzug verursachten. Trotz ihrer Schnelligkeit war Wu Ying überrascht, als sie wie auf einen stummen Befehl hin begannen, wahrhaftig zu kämpfen.

Zuerst stieg der Druck, als die beiden die Siegel um ihre Dantian lösten. Ihre geöffneten Energiemeridiane pulsierten vor Kraft, während sie das gerade freigesetzte Chi in ihre Meridiane schickten, was ihnen noch mehr Stärke und Schnelligkeit verlieh. Der erhöhte Druck war, selbstverständlich, eine Nebenwirkung des angestiegenen Chi-Flusses. Wu Ying war teilweise belustigt, da er den plötzlichen Druckanstieg mehr als Versagen in der Kultivation denn als Einschüchterungstaktik wahrnahm. Aber ...

Danach folgte die Kuppel. Die Kampfrichterin, die den sich anbahnenden Kampf erkannte, hob ihre Hände und formte eine durchsichtige Kuppel zwischen den Zuschauern und den Kämpfern. Und das keinen Moment zu früh, denn die zwei stürzten sich aufeinander und Klingen aus verdichtetem Chi, die nur durch die Schläge ihres Gegners durchbrochen wurden, schossen aus den Spitzen ihrer Waffen, während sie kämpften. Doch entgegen all der Rage dauerte der Kampf nicht lange an. Die beiden verbrauchten ihre Chi-Speicher binnen Sekunden und einer der Kultivatoren fand sich auf eine Axt starrend wieder, die über seinem Gesicht schwebte.

Als die zwei von dannen humpelten, um sich zu erholen und weiteres Chi zu sammeln, und die anderen Kultivatoren den Kampf auf sich wirken ließen, wurde Wu Ying in den nun freien Ring gerufen. Diesmal führte Wu Yings Gegner ein Ji. Das Ji war eine einfache Stangenwaffe, an dessen Ende sich eine Speerspitze und eine Axtklinge befanden. Genau wie der Speer war diese Waffe bei gewöhnlichen Bürgern beliebt – was überwiegend daran lag, dass sie auch eine in der Armee übliche Waffe war. In der Tat bestanden ganze Regimente aus Ji-Nutzern, die einen effektiven Konter gegen Schwertkämpfer in schwerer Rüstung oder vereinzelte, besonders hartnäckige Speerregimente boten.

"Bereit?"

Beide nickten der Kampfrichterin zu, da sie sich gegenseitig bereits ihren Respekt bezeugt hatten. Wu Ying trat zurück, um sich selbst mehr Raum zu verschaffen, anstatt gerade so außerhalb der Reichweite der längeren Waffe zu verweilen, während er seinen Gegner einschätzte.

Vermutlich ein Militärbengel, teils Gelehrter, teils Soldat. Breite Schultern, die die Waffe schwangen, als wäre er dafür geschaffen worden. Noch jemand, der das Gespür der Waffe erlangt hatte. Stark, schnell, scharfsinnig, mit unterdrückter Mordlust. Das war jemand, der schon mehr gesehen hatte als reine Übungskämpfe im Ring. Mit angespanntem Gesicht schnellte Wu Ying mit erhobenem Schwert vor, bereit zu blocken.

Das Ji schoss schnell vor, nur um vom *Gruß des Drachen an die Morgensonne* umgelenkt zu werden. Als Wu Ying einen weiteren Schritt auf ihn zu machte, zog sein Gegner die Klinge zurück an seinen Körper und wirbelte das Ji mit schwingendem Axtkopf umher. Ein überkreuzter Körperblock – *die durch den Schwanz verdeckten Wolken* – schützte Wu Ying vor dem Angriff, ließ ihn jedoch nach hinten schlittern, als er die Schockwelle absorbierte.

Innerhalb von Sekunden befand sich Wu Ying wieder außerhalb der Reichweite seines Gegners. Ji und Jian stießen aufeinander, als sein Gegner seinen Vorteil ausnutzte und seine Waffe gleich einer Schwalbe vorstoßen ließ. Wu Yings Atmung wurde schneller, er drehte sein Handgelenk und windete sich ununterbrochen, während er versuchte, das Momentum des Kampfes zurückzugewinnen.

"Jetzt." Wu Ying schnellte mit der *Katze, die sich am Morgen streckt* nach unten und ließ die Klinge direkt über seinem Kopf vorüber gleiten. Er erholte sich mit *Drachenschritte*, im Versuch, die Distanz zwischen ihnen zu schließen, wurde jedoch vom Griff des Ji getroffen und landete stattdessen ausgestreckt am Boden.

Während Wu Ying sich wieder aufrappelte, erholte sein Gegner sich von seinem eigenen hastigen Rückzug und seiner Verteidigung.

Große Reichweite. Ausgefeiltere Kultivation. Das Gespür des Ji und präzise Tötungsabsicht. Wu Ying starrte seinen Gegner an und schätzte in Gedanken seine Möglichkeiten ein, bevor er seufzte.

"Ich gebe auf."

Stille breitete sich aus, als alle realisierten, was Wu Ying gerade gesagt hatte. Der Griff seines Gegners lockerte sich etwas, umso mehr, als Wu Ying sein Schwert in die Scheide steckte und sich der Kampfrichterin zuwandte.

"Das ist doch erlaubt, oder?", fragte Wu Ying.

"Ja. Es ist jedoch sehr unüblich", antwortete die Kampfrichterin und drehte ihren Kopf zu seinem Gegenüber. "Aber es ist zulässig. Seid Ihr sicher?"

"Ich habe es doch bereits gesagt, oder etwa nicht?", sagte Wu Ying.

"Dann erkläre ich diesen Kampf für beendet. Bitte kehrt zu eurer ursprünglichen Gruppe zurück, um Details zu eurem nächsten Kampf zu erhalten."

Wu Ying verbeugte sich vor der Kampfrichterin und ignorierte die spöttischen Kommentare, die sich ausbreiteten, als den Zuschauern bewusst wurde, dass er es ernst meinte. Während er sich entfernte, reckte Wu Ying seinen Hals, um die angespannten Muskeln zu lockern. Ein Sieg, eine Niederlage. Nicht besonders gut, doch es könnte schlimmer sein.

"Hey."

"Ja?" Wu Ying drehte sich um und erblickte seinen Gegner von eben, der zu ihm herüber trottete.

"Warum habt Ihr das getan?"

"Weil ich so oder so verloren hätte. Ihr hattet die bessere Reichweite sowie eine genauso gute – wenn nicht bessere – Form als ich. Und Ihr habt die bessere Kultivation."

"In einem Gefecht ist nichts gewiss. Jeder kann in einem Kampf gewinnen!" Sein Gegner bellte die Worte heraus und hielt seine Waffe fest umklammert. "Man sollte in einer Schlacht niemals aufgeben!"

"Aber das war keine Schlacht, richtig?", entgegnete Wu Ying und fixierte ihn mit seinem Blick. "Es war nur ein Übungskampf. Und hiernach stehen uns noch drei weitere Kämpfe bevor. Wenn ich mit all meiner Kraft gegen Euch gekämpft hätte, egal ob ich gewonnen oder verloren hätte, hätte ich mir noch mehr Verletzungen zugezogen. Ich kann meinen Körper nicht immer für einen einzelnen Punkt opfern, ansonsten werde ich letztendlich verlieren. In einer wahren Schlacht muss man alles riskieren, um zu siegen, doch das ist keine wahre Schlacht. Meine Chancen auf Gewinn waren gering, daher habe ich lieber aufgegeben und meine Kraft für den nächsten Kampf aufgespart."

Sein Gegner verstummte und starrte Wu Ying an, um dessen Worte und seinen Blick abzuwägen. Nach einer Weile fing er an zu grinsen. "Ihr habt bereits reale Gefechte hinter Euch, habe ich Recht?"

Wu Ying nickte stumm, während der Mann sich umwandte und ihm zum Abschied winkte.

"Habt einen erfolgreichen Kampf. Lasst Euch nicht aus der Sekte werfen, denn wir brauchen jene, deren Schwerter Blut geleckt haben!"

"Sicher ...", antwortete Wu Ying skeptisch und schüttelte seinen Kopf, als er sich entfernte.

Militärbengel konnten bisweilen wirklich seltsam sein. Doch sie betrachteten einander wohl besser als Freunde denn als Feinde.

***

Auf seinem Weg zurück fiel Wu Ying auf, dass er schneller als sonst fertig war. Als er sich umsah, erblickte er Tou He, wie er mit seinem Stab über der Schulter in den Ring trat. Der ehemalige Mönch lächelte seinen Gegner an, der mit zwei Säbeln kämpfte, und sagte etwas zu ihm, das Wu Ying nicht hören konnte. Anstatt den Kampf zu verpassen, gesellte Wu Ying sich von Neugier gepackt zur Gruppe.

Nachdem der Aufseher den Kampf eröffnet hatte, stürzte Tou Hes Gegner voran. Der ehemalige Mönch schwang verteidigend seinen Stab und nutzte beide Enden der Waffe, um beide Waffen seines Gegners beschäftigt zu halten. Er verrückte seine Füße kaum merklich und begab sich gelegentlich in eine bessere Position, während er kämpfte. Aus seiner vorhergehenden Erfahrung wusste Wu Ying, dass dies ein Kennzeichen von Tou Hes Stil war – *Der Standhafte Berg*. Eine unverrückbare Verteidigung, die nur wenig Änderung in der Beinarbeit, jedoch sehr flexible Hände und Arme verlangte, da der Stab in der Verteidigung um seinen Körper herumgewirbelt wurde. Es war nicht überraschend, dass Tou He das Gespür des Stabs erlangt hatte. Tatsächlich war Wu Ying der Meinung, dass Tou He vielleicht sogar im Begriff war, das Herz zu erreichen.

Doch wie sein Gegner sich bewegte, war nicht weniger beeindruckend. Das Gespür nicht nur mit einer, sondern gleich beiden Händen erreicht zu haben, und in der Lage zu sein, beide Waffen mit ebenbürtiger Kenntnis zu schwingen, war verblüffend.

Innerhalb kürzester Zeit hatte der Kampf zwischen diesen beiden Mitgliedern der äußeren Sekte die Aufmerksamkeit aller in ihrer Nähe auf sich gezogen. Ein schneller Blick um sich verriet Wu Ying, dass selbst die Ältesten auf die Kämpfenden zeigten und den Kampf beobachteten, während die beiden Gegner damit fortfuhren, in einer Pattsituation zu kämpfen. Ein ums andere Mal warf sich der zweihändig kämpfende Gegner auf Tou He, doch seine Angriffe prallten jedes Mal am Stab ab und letztendlich verlor sein Schwung jegliche Kraft. An diesem Punkt sprang er zurück und wich gerade so dem Schlag Tou Hes aus.

"Los, Tou He!", feuerte Wu Ying ihn leise an.

Doch etwas kam ihm seltsam vor. Nun, es war etwas anderes als die gelassene Art, mit der Tou He die ganze Sache anging und sich kaum die Mühe machte, etwas mehr zu tun als hin und wieder zu kontern. Es brauchte einige weitere Pässe, bis Wu Ying klar wurde, was es war.

Tou Hes Stab begann abzuraspeln und zu brechen. Selbst wenn Tou He die Angriffe abblockte, indem er die niederfahrenden Schnittflächen wegdrückte, war es nicht genug, um den Angriffen vollständig ihren Impuls und ihre Schärfe zu nehmen. Mit jedem Block wurde sein Stab instabiler. Als der schwertschwingende Kultivator erneut heranstürmte, zerbrach der Stab schließlich in der Mitte entzwei. Tou He schwankte zur Seite und wich dem umgeleiteten Schlag aus, dann hüpfte er nach hinten und starrte mit geschürzten Lippen auf die zwei Teile seines Stabs.

"Gebt auf", sagte sein Gegner, der sein Schwert hob, während er darauf wartete, dass Tou He seine Niederlage eingestand.

"Wagt es ja nicht, sonst werde ich Euch eigenhändig hinauswerfen!", erklang eine laute Stimme auf dem Platz, ehe Tou He antworten konnte.

Aller Augen richteten sich auf eine ältere Frau, die gebeugt und auf ihren Gehstock gestützt dastand, als sie Tou He anblickte.

"Ja, Älteste", sagte Tou He und verbeugte sich leicht vor ihr.

Mit dieser Bewegung wandte sich sein Blickfeld von seinem Gegner ab, der nach vorne sprang, um seinen Angriff zu Ende zu führen. Fast schon verächtlich hob Tou He einen Teil seines zerbrochenen Stabes an, um den Angriff abzuwehren, wirbelte die Klinge herum und verkeilte sie mit seinem Ellbogen und dem Stock, ehe er sich nach vorne schob und seinen Gegner festsetzte.

Tou He drehte sich um seinen Gegner herum und warf ihn aus dem Gleichgewicht, während er einem Schnitt auswich. Dann, sein Körper war beinahe parallel zu seinem Gegner, schlug Tou He mit dem anderen Stück seines Stabs seinem Gegner auf die Schläfe. Sein Gegner fiel lautlos zu Boden, denn der präzise Angriff ließ ihn in sich zusammensacken.

"Der Gewinner ist Tou He!"

Wu Ying atmete auf und schüttelte seinen Kopf, als Tou He sich im Angesicht seines plötzlichen Sieges verlegen umsah. Nach all der gemeinsamen Zeit wusste Wu Ying, dass es keine gute Idee war, Tou He die Zeit zu geben, ihn Timing und Taktik seines Gegenübers erkennen zu lassen. Dieses verdammte Wunderkind schuf sich gedanklich eine Bibliothek der Attacken anderer und nutzte sie dann gegen sie.

✳✳✳

"Seid Ihr sicher, dass Ihr nicht aufgeben wollt?", fragte Wu Ying, während er den Speerstoß mit Leichtigkeit zur Seite stieß.

Als sein Gegner erneut nach ihm stieß, packte Wu Ying die Stange des Speers und hielt sie fest. Wie sehr der andere Kultivator auch daran zog, war er nicht in der Lage, den Speer aus Wu Yings Griff zu befreien.

"Nein! Ich werde ... nicht versagen!" Der Kultivator fuhr mit Anspannung damit fort, am Speer zu ziehen.

"Ihr habt Eure Kultivation kaum verbessert, seit wir hier sind", sagte Wu Ying, dann drehte er seinen Körper mit einer Rotation aus der Hüfte, während er seinen Gegner zu sich zog, ehe er ihm das Heft seines Schwertes ins Gesicht rammte. Der Schlag – präzise gelenkt – ließ seinen Gegner, der seine gebrochene Nase hielt, zurücktaumeln. "Ihr habt nicht einmal gelernt, wie Ihr Eure Hüften zum Einsatz bringt. Was zur Hölle habt Ihr Euch dabei gedacht?"

Der geckenhafte Kultivator stöhnte und hielt sich noch immer die Nase. Als Wu Ying zur Kampfrichterin schaute, blickte diese zwischen den beiden hin und her, bevor sie nickte.

"Wu Ying ist der Gewinner!"

"Vielen Dank", sagte Wu Ying, ehe er den Speer auf den Boden warf und sich entfernte.

Urgh. Und so jemand hatte es geschafft, einen Kampf zu gewinnen. Wer war erbärmlich genug, um gegen ihn zu verlieren?

***

Sein nächster Gegner kämpfte ebenfalls mit einem Jian. Wu Ying atmete aus, als er seine Waffe zog und seine Haltung einnahm. Das könnte interessant werden. Mit einer Niederlage und zwei Siegen galt die Person vor ihm insgesamt als überdurchschnittlich gut. Er war definitiv kein kompletter Versager. Nach so vielen Kämpfen waren diejenigen, die mehr als einen Kampf gewonnen hatten, für gewöhnlich besser als der Rest. Jedoch war keiner von ihnen so herausragend wie die wenigen, die nur Siege verzeichnen konnten.

"Wu Ying. Stil der Familie Long", sagte der Schwertkämpfer, der sein Jian geistesabwesend herumwirbelte, vor ihm. "Ich wollte schon immer Euren Familienstil auf die Probe stellen. Er zählte einst zu den fünf großen Stilen der Shen. Eine Schande, dass Eure Familie es nie weit gebracht hat."

Wu Ying knirschte mit den Zähnen, denn die Beleidigung verletzte seinen Stolz tief. Obwohl der Schöpfer ihres Stils ein großartiger Kampfkünstler gewesen war, entsprach es der Wahrheit, dass nur wenige seiner Ahnen je wieder diese Größe erreicht hatten. Und noch schlimmer, da der Abstand zwischen jedem namhaften Ahnen oftmals groß war, war seine Familie immer tiefer und tiefer gesunken, bis sie nichts weiter als Bauern waren. Doch selbst dann bewahrten sie sich ihren Stil, trainierten ihn.

"Der Schwertstil des Roten Lotus", sagte Wu Ying sanft, als er sich an die Vorstellung seines Gegenübers erinnerte, und schwang locker sein Schwert, bevor er nickte. "Ist das nicht ein Stil für Frauen?"

"Du hún dàn!" Der Kultivator stürzte sich erzürnt auf Wu Ying.

Wu Ying versuchte nicht, sein Grinsen zu verstecken, und setzte sich in Bewegung. Er nutzte die Beinarbeit des Familienstils der Long, um mit dem plötzlichen Ansturm fertig zu werden. Der Stil des Roten Lotus war ein seltsamer Schwertstil, von dem Wu Ying nur wegen dessen berüchtigter Begründerin gehört hatte. Sie war eine der seltenen, weiblichen Gelehrten gewesen, die von Hakka abstammte, und war bekannt für ihr heißes Temperament und ihr Talent in den Kampfkünsten. Eines glücklichen Tages hatte die Dame Erleuchtung erfahren und den Stil auf einem Feld mit weißem Lotus begründet, das vom Blut ihrer Feinde rot gefärbt war. Ihr Stil hatte den Ruf, mit ihrem Temperament infiziert zu sein und alle, die ihren Stil praktizierten, waren dafür bekannt, in gewisser Weise impulsiv zu sein.

Schnell. Rasend. Nie endende Richtungswechsel und ein konstantes Wirbeln und Drehen des Schwertes. In dem Stil drehte sich alles um vorwärts gerichtete Impulse und stete Dynamik, die Absicht der Attacken war, unaufhörlich zu schneiden, um den Gegner zum Bluten zu bringen. Einige beschrieben das Jian in den Händen der Anwender als Pinsel und das Blut der Feinde als Farbe.

Um dagegen anzukämpfen, nutzte Wu Ying *Drachenschritte*, die sich auf schnelle, drehende Bewegungen fokussierten, um zu gewährleisten, dass sich der Gegner immer im optimalen Angriffsradius befand. Schnelle Schläge gegen die Knie und kurze Stöße, die nicht auf den Körper, sondern auf die Arme gerichtet waren. Wu Ying drehte sich und kämpfte und die beiden tanzten immer schneller werdend im Ring, das Klingen ihrer Waffen war eine metallische Symphonie des Todes.

Ein Treffer, dann ein weiterer. Das Problem war nur, dass Wu Ying eine stumpfe Klinge führte und sein erzürnter Gegner nahm Schläge hin, die ihn mit einer scharfen Klinge gelähmt hätten. Wu Ying presste die Lippen zusammen, während er sich erneut aus dem Weg drehte. Ein scharfer Stoß landete quer über seiner Schulter. Es war gefährlich, sich hier aufzuhalten, solange sein Gegner keine Anzeichen machte, langsamer zu werden.

Dann ...

Mit dem *Drachen, der sich am Morgen reckt* ließ Wu Ying sich in einen niedrigen Vorstoß gleiten und duckte sich unter einer Attacke hinweg, um plötzlich hinter der Verteidigung des voranstürmenden Kultivators aufzutauchen. Der Trittstil der Shen, ein schneller Griff nach den Handgelenken und umstoßen, dann ein Tritt, um sich über die Hüfte zu werfen. Nach einem Augenblick hielt Wu Ying den freien Arm seines Gegners blockiert, da er sein Bein darum gewickelt hatte, und streckte sich, während er Druck auf sein Ellbogen- und Schultergelenk ausübte.

"Ergebt Euch", befahl Wu Ying.

"Niemals!"

"Gebt auf oder ich breche Euch Ellenbogen und Schulter."

"Ich werde Euch Staub fressen lassen, Ihr hun dan."

Wu Ying blickte zur Kampfrichterin. Auf ihr leichtes Nicken hin seufzte Wu Ying und streckte sein Bein vollständig aus, während er seinen Körper drehte. Es folgte ein lautes Knacken, zusammen mit einem gedämpften Knall, den Wu Ying im

Körper des anderen fühlte, als dessen Schulter nachgab. Wu Ying trat knurrend von dem fuchtelnden Schwert und dem verletzten Kultivator weg.

"Der Prolet hat ihn verletzt", meldete sich einer der anderen Adeligen zu Wort und zeigte auf Wu Ying. "Er sollte disqualifiziert werden. Der Älteste der äußeren Sekte hat uns angewiesen, uns nicht gegenseitig zu verletzen."

"Das hat er." Wu Ying spannte sich an, ehe die Kampfrichterin auf den stöhnenden Kultivator zeigte, dem auf die Füße geholfen wurde. "Allerdings wurde seinem Gegner die Gelegenheit geboten, sich zu ergeben, was er abgelehnt hat. Da er keine andere Möglichkeit gehabt hatte, um den Kampf zu beenden, ist sein Handeln zulässig. Respekt muss auf beiden Seiten erfolgen. Wenn man sich weigert, sich geschlagen zu geben, obwohl man verloren hat, bringt man seinem Gegner keinen Respekt entgegen. Erwartet nicht, dass euer Gegner euch daraufhin noch respektiert."

Den Worten der Kampfrichterin folgte betretenes Schweigen.

Als niemand widersprach oder protestierte, wandte sich die Kampfrichterin zu Wu Ying und verwies ihn zurück zu seiner ursprünglichen Gruppe. "Ihr dürft gehen."

Wu Ying verbeugte sich vor der Kampfrichterin und steckte sein Schwert in die Scheide, bevor er sich seinen Weg durch die Menge bahnte und ertrug, dass sie ihm die kalte Schulter zeigten. Es war offensichtlich trotzdem inakzeptabel, dass ein gewöhnlicher Bürger ihresgleichen verletzte, selbst wenn es nur gerecht und fair war. Als er zurück humpelte, rieb er die Prellungen an seinem Körper, die immer mehr wurden. Drei von vier war gut genug, oder?

***

"Warum wollt Ihr nicht aufgeben?", blaffte der andere Kultivator, dessen zwei Schilde an seinen Armen Wu Ying erneut abblockten und auf der Brust trafen.

Ein Schwall von Blut und Spucke schoss aus Wu Yings Mund und hüllte seinen Gegner in Innereien und Ekel, während Wu Ying zurücktaumelte. Mit der einen Hand auf der verletzten Brust spürte Wu Ying das Kratzen gebrochener Knochen beim Atmen und nahm erneut seine Verteidigungshaltung ein, während er seinen Gegner fixierte. Die gute Nachricht – die Ränder der Schilde waren nicht geschliffen. Die schlechte Nachricht – es war anstrengend, durch beidhändig geführte Schilde zu brechen. Es war das erste Mal, dass Wu Ying je gegen solch eine Kombination kämpfte, und die Schildkrötenabwehr war lästig.

"Ihr stellt eine gute Übung dar", antwortete Wu Ying.

Kein Grund, sich zurückzuhalten. Wenn er diesen Kampf verlieren würde, könnte er noch immer verwiesen werden. Sollte er gewinnen, so war er sich sicher, dass nicht einmal der Älteste Mo ihm irgendetwas anhaben könnte. Und danach ... nun, darum würde er sich Gedanken machen, nachdem er gesiegt hatte. Und anders als vorhin war Wu Ying sich seiner Siegeschancen hier sicher. Es war vielleicht eine geringe Chance, doch selbst das war ausreichend.

"Ihr!" Der Kultivator schnellte knurrend voran, ein Schild vor ihm und das andere leicht dahinter und angewinkelt, um seinen Körper zu schützen oder um bei Bedarf auszuschlagen.

Die zwei trafen wieder aufeinander und Wu Ying gab sein Bestes, um außerhalb der Reichweite seines Gegners zu bleiben, während dieser immer näher kam. Finten und Drohgebärden waren bei zwei Schilden schwer durchzusetzen, denn der Bereich an freiliegenden Körperstellen war ziemlich klein. Mit nur einem einzigen Schwert wurden Wu Yings Angriffe oft von einem Schild verhindert, während er mit dem anderen bedroht wurde, wodurch Wu Ying gezwungen war, stets in Bewegung zu bleiben. Nur konnte Wu Ying innerhalb der Grenzen des Kampfringes nicht weit fliehen. Als er wiederum in die Ecke gedrängt worden war, senkte Wu Ying seinen Körper.

"Diesmal nicht", sagte der Kultivator mit den Schilden und freute sich hämisch, als er sich ebenfalls sinken ließ, da er bereits gesehen hatte, wie Wu Ying diese Form benutzte.

Noch während sein Gegner sich absenkte, streckte Wu Ying die angewinkelten Beine durch und schoss nach oben und über den nun kleineren Kultivator. Das reflexartige Anheben eines Schildes erlaubte es Wu Ying, nach dessen Rand zu greifen, wodurch er einen Drehpunkt mitten in der Luft fand. Der Schmerz schoss durch seinen Körper, als seine verletzten Brust- und Schultermuskeln durch die plötzlichen Drehungen und Wendungen strapaziert wurden. Doch die Bewegung brachte den Schildträger aus dem Gleichgewicht und krümmte seinen Rücken. Als Wu Ying landete, schlug er mit seinem Schwert aus und rammte die Schwertspitze in den freigelegten Arm seines Gegners, wodurch er betäubt wurde. Mit einer weiteren Drehung des Schildes durch seinen Körper wurde der Gegner erneut aus dem Gleichgewicht gebracht, ehe er in den ungeschützten Bereich stieß. Der Schlag traf den Dantian des Kämpfers.

Als der Schildkultivator endlich sein Schild frei gehebelt hatte, drehte sich Wu Ying mit voller Kraft und trat seitlich direkt auf das Schild. Sein Gegner, der auf kaltem Fuß erwischt wurde, wurde zurückgeschleudert, während der Impuls ihn ins Zentrum des Rings beförderte.

"Habe ich Euch", sagte Wu Ying grinsend, dann griff er sich an die Brust, als der Schmerz ihn schließlich überwältigte. Ein ersticktes Stöhnen verließ seine Lippen, während er eilig sein Chi durch seinen Brustbereich fließen ließ, um seine rasenden Nerven zu heilen und zu blockieren.

Sein Gegner stand auf, seine Nase war blutig und ein Arm war schwer verletzt. "Es ist noch nicht vorbei."

"Natürlich nicht", sagte Wu Ying verzweifelt.

Starrköpfiger Idiot. Wu Ying hob sein Jian und bewegte sich vorwärts. Wenigstens hatte er so langsam den Stil seines Gegners verstanden. Nun musste er sein Verständnis nur noch einsetzen.

***

"Der Gewinner: Wu Ying!", verkündete der Kampfrichter und blickte zu den beiden erschöpften, blutenden und mit blauen Flecken übersäten Kultivatoren.

Wu Ying brach dankbar zusammen und hielt sich sein verletztes Bein, das bereits anschwoll. Dieser letzte Tritt mit dem bereits angebrochenen Schienbein war schmerzvoll, aber nötig gewesen. Es war die einzige Gelegenheit gewesen, die er sich verschaffen konnte.

"Ich hätte wissen müssen, dass Ihr auf mein Bein schlagt", sagte Wu Ying, als er langsam mehr Chi in sein Bein schickte. Das half, die Schwellung etwas zu lindern und, was ebenso wichtig war, erlaubte es ihm, das ganze Ausmaß der Verletzung zu erfassen. Wu Ying griff in seine Robe, holte ein Pillenfläschchen hervor und schluckte eine der Pillen. Er ließ sein Chi durch seinen Bauch zirkulieren, um die Aufnahme des Medikaments zu beschleunigen.

"Ich kann nicht fassen, dass Ihr mich mit diesem Bein getreten habt." Der Schildkultivator setzte sich auf und redete freundlich mit Wu Ying.

Da dies der letzte Kampf gewesen war, mussten die Ergebnisse nun alle gezählt werden, bevor die nächste Stufe angekündigt werden würde, daher wurde ihr kleiner Kampfring nicht länger benötigt. Um sie herum lösten sich die Gruppen an Kultivatoren auf, einige waren verzweifelt, während andere ihre Hoffnungen kaum verbergen konnten.

"Warum nicht?", fragte Wu Ying. "Ich musste gewinnen."

"Ja, doch Ihr habt nicht einmal gezögert. Wenn Ihr das getan hättet ..."

"Dann hättet Ihr Euer Schild wieder in Position gebracht und mein Knie gebrochen", beendete Wu Ying den Satz und ließ die letzten Momente ihre Kampfs Revue passieren. "Daher habe ich nicht gezögert."

"Für jemanden, der bereits nach einem einzigen Schlagabtausch aufgegeben hat, seid Ihr anders, als ich erwartet hatte", sagte sein ehemaliger Gegner und schaute Wu Ying mit verwirrtem Blick an.

Einige seiner Freunde versammelten sich mit Wasser um ihn und nickten zustimmend. Wu Ying konnte nicht anders, als die Augen über die Tatsache zu verdrehen, wie schnell sich der Tratsch verbreitet hatte.

"Euch ist bewusst, dass er mein zweiter Gegner war?", fragte Wu Ying nach, während er langsam aufstand und sein Bein prüfte. Er sollte sich besser zur Heilstation begeben, wo weitere Pillen, Wickel und Akupunkturnadeln ihn erwarteten. Das könnte seine Heilung vielleicht sogar noch weiter beschleunigen. "Hätte ich gegen ihn gekämpft, wie ich gegen Euch gekämpft habe, wäre ich zu verletzt gewesen, um weiterzumachen."

Nach dieser Erklärung Wu Yings runzelten ein paar Kultivatoren noch immer die Stirn, während andere sich entspannten, da das Mysterium gelöst war. Wu Ying ignorierte sie alle und humpelte zur Heilstation hinüber, um einen Arzt aufzusuchen. Er fuhr damit fort, sein Chi durch seinen Körper zu schicken, während er Chi aus der Umgebung absorbierte. Wu Yings Blick verfinsterte sich etwas, als er spürte, wie erstickt das umliegende Chi war — was vermutlich daran lag, dass so viele Kultivatoren dasselbe wie er taten. Hoffentlich würde die Ruhephase verlängert werden, bevor sie mit der nächsten Stufe fortfahren würden.

Vier Siege. Das sollte genügen. Selbst der Älteste Mo könnte ihn jetzt nicht mehr aus der Sekte verbannen. Wu Ying, der sein erstes Ziel erreicht hatte, fiel auf, dass er mit dem Gedanken, ein "ausreichendes" Ergebnis erreicht zu haben, unzufrieden war. Nein. Er war so weit gekommen. Vielleicht war die Chance zu gewinnen, die

Chance, einen Platz in der inneren Sekte zu erlangen, unmöglich – dennoch würde er es versuchen. Das war er sich selbst schuldig.

***

"Vielen Dank für eure Geduld", sagte der Älteste Khoo, der seinen Blick über die Teilnehmer gleiten ließ.

Wu Ying schaute zu ihm hoch, als die Stimme des Ältesten die Luft durchdrang. Er teilte seine Aufmerksamkeit auf, um ihm zuzuhören, während er damit fortfuhr, sich zu kultivieren und zu heilen.

"Die Siege und Anmerkungen wurden zusammengezählt. Diejenigen von euch, die ausgewählt wurden, um eine Gelegenheit zu erhalten, einen Platz in der inneren Sekte zu gewinnen, werden persönlich darüber in Kenntnis gesetzt.

Die nächste Stufe des Wettkampfes beginnt jetzt!"

Kapitel 23

"Long Wu Ying?"

"Ja?", antwortete Wu Ying zögerlich und drehte sich zu der Aufseherin um. Vermutlich war es an der Zeit, das Feld zu räumen, doch er wunderte sich, dass man ihm das direkt mitteilen musste.

"Bitte begebt Euch auf die Stirnseite des Hofes", sagte die Aufseherin und gestikulierte in die Richtung, in die er gehen sollte. Wu Ying nickte und ein Teil von ihm fragte sich, warum sie ihm so bekannt vorkam. "Bitte sehr, Adept."

"Ja. Selbstverständlich", antwortete Wu Ying, während er aufstand und zusammenzuckte, als der Schmerz ihn erfüllte. Ein angebrochenes Schienbein, zwei gebrochene Rippen, gerissene und gezerrte Muskeln im linken Arm und so viele Prellungen, dass er sie nicht einmal zählen konnte. Ganz zu schweigen von den Schnitten, die er zuvor in seinem ersten Kampf davongetragen hatte.

"Adept Long? Bitte tauscht Eure Waffe gegen eine richtige aus", fügte die Aufseherin hinzu.

Als Wu Ying die Augen angesichts dieser Regeländerung zu scharfen Waffen weitete, brachte die Aufseherin ihm nur ein leichtes, bemitleidendes Lächeln entgegen.

"Jawohl."

"Gut." Sie drehte sich von ihm weg und hielt nach ihrem nächsten Opfer Ausschau. Ehe sie sich entfernte, lächelte sie Wu Ying kurz an. "Viel Glück, Adept Long."

Dieses Lächeln. Wu Ying erkannte, dass die weibliche Aufseherin diejenige war, die ihn zuvor bedient hatte, als der Älteste Mo zum ersten Mal sein Missfallen kundgetan hatte. Wu Ying schüttelte den Kopf und machte sich zu den Waffenständern auf, die vorübergehend über den Hof verteilt aufgestellt worden waren, und brachte sein Übungs-Jian zurück. Er ging rasch an den verschiedenen anderen Waffen vorbei, bis er den Ständer fand, auf dem sich die verfügbaren Jian befanden. Wu Ying prüfte eine Waffe nach der anderen in der Hoffnung, ein Jian besserer Qualität zu finden. Letztendlich gab Wu Ying unter dem missbilligenden Blick des Aufsehers auf und wählte eine dünnere und etwas längere Klinge, dann gesellte er sich zu den anderen "Auserwählten".

Wu Ying ließ seinen Blick über die kleine Gruppe an Menschen gleiten, die sich versammelt hatten. Er kannte nur wenige von ihnen. Die meisten Teilnehmer waren mit Schrammen übersät und leicht schmutzig, bei einigen hing sogar die Kleidung in Fetzen oder waren mit Prellungen und Bandagen übersät. Dennoch hatten sich die meisten die Zeit genommen, um sich zu säubern, und ein paar hatten sogar ihre Kleidung gewechselt. Nach seiner ersten Einschätzung fiel Wu Ying auf, dass nicht ein einziger Teilnehmer so geschunden wie er selbst aussah.

Wu Ying bemerkte, dass Tou He unter den Versammelten fehlte, doch überraschenderweise war Yin Xue aufgestiegen. Mit zusammengekniffenen Augen erweiterte Wu Ying seine Sinne und tastete nach Yin Xues Präsenz. Das Ergebnis verschlug ihm den Atem. Körperreinigungsstufe *10*? Wie? Warum? Ihm drehte sich der Kopf und Wu Ying wurde von Yin Xue selbst dabei ertappt, wie er ihn anstarrte, und er grinste spöttisch.

"Wirklich? Sie haben selbst einen Hund wie dich so weit kommen lassen?", spottete Yin Xue.

Seine Worte lenkten die Aufmerksamkeit anderer auf Wu Yings ramponierte und blutige Gestalt und ihre Blicke wanderten über seine ungepflegte Kleidung, bevor sie seine Kultivation prüften. Mehr als einer von ihnen grinste so höhnisch wie Yin Xue. Wu Ying wusste, dass er mit seiner Kleidung, den Verletzungen und der schwachen Präsenz, die er ausstrahlte, keinen imposanten Anblick bot, besonders im Vergleich zu den Kultivatoren der Energiesammlung, die sich unter ihnen befanden.

"Genauso, wie sie Euch weiter gelassen haben", entgegnete Wu Ying.

"Ich habe vier meiner Kämpfe gewonnen", sagte Yin Xue zähnefletschend und berührte seinen Schwertgriff. Von der Bewegung geleitet blinzelte Wu Ying, als ihm auffiel, dass Yin Xue eine neue Waffe trug. "Ganz recht. Mein Vater hat das Familienschwert an mich weitergegeben."

Wu Ying kannte als Dorfbewohner die Geschichten. Es war ein sagenumwobenes Schwert – zumindest in ihrem Dorf. Man sagte sich, es sei scharf genug, um durch einen fallenden Seidenschal zu schneiden, leicht genug, damit ein Kind es schwingen konnte, und widerstandsfähig genug, um nicht zu zerbrechen. Natürlich waren viele dieser Eigenschaften Kindermärchen, doch es war ohne Zweifel eine sehr gute Waffe.

"Das ist ... schön", antwortete Wu Ying, der sich anstrengte, die Flamme der Eifersucht und des Ärgers zu unterdrücken. Eifersucht darüber, dass die edle Waffe von einem rücksichtslosen, privilegierten Kind geführt wurde, und Ärger darüber, dass seine eigenen Eltern nicht in der Lage waren, ihm solch ein Geschenk zu machen. Es war irrational, doch so waren Gefühle nun mal.

"Bete, dass du nicht auf mich triffst", spottete Yin Xue weiter.

"Das gleiche könnte ich Euch sagen", sagte Wu Ying und biss sich dann auf die Zunge. Verdammt. Warum benahm er sich so kindisch?

Wu Ying drehte sich kopfschüttelnd von Yin Xue weg. Er ignorierte das höhnische Gelächter hinter sich und presste die Lippen zusammen, während er auf die nächste Ankündigung wartete. Bevor diese jedoch erfolgen konnte, brach Tumult am Rande der Gruppe aus, als eine Aufseherin aus der Menge trat und einen widerwilligen Tou He am Ohr hinter sich her zog.

"Autsch! Autsch! Autsch! Hört bitte auf. Bitte!", klagte Tou He.

Als die weibliche Aufseherin sich schließlich weitestgehend ihren Weg auf den Hof gebahnt hatte, zog sie Tou He vor sich, ehe sie ihn den Rest des Weges mit einem gezielten Tritt wegstieß. Der Mönch flog nach vorne und beugte sich in eine perfekte Rolle, um zusammengekauert und das Ohr umklammernd zu landen. Er jammerte noch immer.

"Tou He?", sagte Wu Ying, während er zu seinem Freund starrte.

"Hi!" Tou He winkte und rieb sich noch immer das Ohr, während er zu ihm herüberkam.

"Was ist passiert? Warum bist du hier?" Wu Ying war sich sicher, dass Tou He erzählt hatte, dass er seinen anderen Kampf verloren hatte, daher musste er bereits zwei verloren haben. Er konnte unmöglich Teil dieser Gruppe sein.

"Ich wurde hinzugefügt." Tou He verzog das Gesicht. Als Wu Ying ihn anstarrte, senkte der ehemalige Mönch seine Stimme, als er sagte: "Ich glaube, ihnen ist aufgefallen, dass ich meinen zweiten Kampf mit Absicht verloren habe."

"Du ..." Wu Ying verschloss den Mund, bevor er etwas weiteres sagte. Verdammt sei dieser Mönch. In Wu Ying flammte erneut leichter Zorn auf, während er seinen Freund, den begabten Kampfkünstler, vor sich betrachtete. Wäre er doch nur nicht so unempfänglich gegenüber harter Arbeit ...

Stille legte sich über die Gruppe. Die beiden drehten sich gemeinsam zur Treppe, wo, anstatt des Ältesten Khoo, ein anderer Ältester stand, dessen Präsenz einen Schauder durch den Hof sandte. Diesen Ältesten kannte Wu Ying nur von Gerüchten – der Meister der Inneren Halle, das Pendant zum Ältesten Khoo. Selbstverständlich war der Älteste Shin von höherem Rang als der Älteste Khoo und seine Stellung war sicherer. Doch der kalte Blick, den er über die versammelten und hoffnungsvollen Mitglieder der äußeren Sekte gleiten ließ, brachte selbst die mutigsten unter ihnen zum Schweigen.

Als die Totenstille schließlich anhielt, ergriff der Älteste Shin das Wort. "Ihr, die ihr hier steht, habt einen Funken Hoffnung, hochrangige Sektenmitglieder zu werden, stärkere Techniken zu lernen, eure Kultivation voranzutreiben, und Zugang zu den bedeutenden Geheimnissen unserer Sekte zu erhalten. Doch es gibt eine große Nachfrage nach dieser Gelegenheit. Dieses Jahr haben wir lediglich acht Plätze zu vergeben."

Die Worte des Ältesten schockierten die Gruppe, denn die freien Plätze waren weniger als üblich. Wu Ying schaute sich in der nun angespannten Gruppe um und zählte rasch durch. Es waren knapp über zwanzig hoffnungsvolle Anwärter und die meisten von ihnen waren stärker als er.

"Um es einfacher zu gestalten, unter euch befinden sich sieben, die keinen einzigen Kampf verloren haben. Tretet vor", befahl der Älteste Shin.

Die sieben stolzierten aus der Gruppe hervor und blickten die Zurückgebliebenen mit einem Grinsen an.

Der Älteste schaute in die Gruppe und sein Blick fiel auf Wu Ying. Ein leichtes Lächeln spielte über seine Lippen. "Und Ihr, Wu Ying, sollt der Achte sein."

Wu Ying zuckte, denn die böse Absicht des Ältesten Shin war deutlich. Dennoch blieb dem Kultivator keine Wahl. Er trat vor und schloss sich der Gruppe an und versuchte nicht auf die geflüsterten Bemerkungen um ihn herum zu hören.

"Er? Warum er?"

"Er hat keinen Sinn für Anstand. Er hat sich nicht einmal gewaschen!"

"Wisst ihr es nicht? Die Gruppe des Ältesten Mo will ihn loswerden."

"Er ist *dieser* Kultivator? Er ist eine Schande."

Wu Ying presste die Lippen zusammen, während er mit dem Rücken zur Gruppe gewandt dastand und zum Ältesten Shin starrte, der keine Anstalten machte, sie verstummen zu lassen. Der Älteste Shin fuhr erst dann fort, als die anderen Ältesten sich leicht hin und her bewegten und aufgrund der Verzögerung unruhig wurden.

"Die acht hier versammelten Personen haben sich einen Platz in der inneren Sekte verdient", verkündete der Älteste Shin. Als die gebündelten Kommentare der Teilnehmer und Zuschauer nachließen, fuhr er mit kaum verborgener Schadenfreude fort. "Doch jeder der anderen Teilnehmer darf einen der acht zum Kampf herausfordern."

Alle übrigen Teilnehmer fokussierten sich auf der Stelle auf Wu Ying und ihre Blicke bohrten sich in den verletzten und ungepflegten Kultivator.

"Der Gewinner erhält, natürlich, den Platz des Verlierers. Bitte beachtet, dass ihr nur eine Gelegenheit zum Sieg eures Kampfes haben werdet. Wählt euren Gegner weise."

Wu Ying atmete tief ein. Die Worte des Ältesten Shin zogen ihn noch weiter herunter und der Druck ließ seine Knie beinahe umknicken. Doch er erinnerte sich an das Schwert, das auf seine Brust zugeflogen war, und Wu Ying richtete sich auf und begegnete den erwartungsvollen Blicken um ihn mit einem halbherzigen Lächeln. War irgendjemand von ihnen gefährlicher als das, was er erlebt hatte? Er war dem Tode bereits zweimal von der Schippe gesprungen. Und das hier – das war nur ein Übungskampf.

"Ältester Shin." Eine Stimme, die Wu Ying erkannte. Er schaute in ihre Richtung und war überrascht, den Ältesten Ko aus der Bibliothek zu erblicken, der das Wort ergriffen hatte. "Dieser Test scheint mir möglicherweise fehlerhaft."

"Ältester Ko", sagte der Älteste Shin, die Unzufriedenheit verfärbte seine Stimme. Trotzdem starrte er zunächst zum anderen Ältesten, ehe er den Kopf neigte. "Nur um das klarzustellen. Kein Kultivator darf mehr als zweimal herausgefordert werden."

Der Älteste Ko zog sich ins Gedränge zurück. Wu Ying blickte ein letztes Mal zur Gruppe, bevor er sich wieder dem Ältesten Shin zuwandte, der weitere Regeln erläuterte, kleinere Erklärungen zum bevorstehenden Kampf. In der Zwischenzeit ließ er sein Chi zirkulieren und wartete. Zwei Kämpfe. Und dann würde er siegen.

Wenigstens, so beschwichtigte Wu Ying sich selbst, waren diejenigen, gegen die er kämpfen würde, wie er – sie hatten einen Kampf zuvor verloren. Anders als die brillanten Genies, die neben ihm standen. Daher ... Er hatte eine Chance. Vielleicht.

✳✳✳

"Natürlich seid Ihr es", sagte Wu Ying, als die Rede endlich beendet war und er sich umdrehte. Wäre er ein Glücksspieler gewesen, so hätte Wu Ying einiges an Geld gewinnen können. Nun, wenn überhaupt jemand bereit dazu war, sein Geld anzunehmen.

Gegenüber von Wu Ying stand ein grinsender Yin Xue. "Nun, ich schätze, du hattest keine Chance, mir zu entkommen."

"Nein, die hatte ich nicht", sagte Wu Ying, der seine Hand auf das geborgte Schwert legte. Wu Ying ertappte sich dabei, wie er aus Zufriedenheit leicht lächelte. Wenn er schon gegen jemanden kämpfen musste, war Yin Xue eine gute Wahl. Es würde Wu Ying nicht um den Schlaf bringen, den Sohn des Lords zu verletzen, egal ob mit oder ohne Absicht.

Wu Ying war überrascht, aus den Augenwinkeln zu sehen, wie Tou He sich einem schmalen Kerl entgegenstellte, der zwei Hakenschwerter führte. Tou He selbst führte einen Stab bei sich, den er auf eine Schulter stützte, und er schien viel zu lässig angesichts des bevorstehenden Kampfes zu sein.

"Wir könnten einfach ein paar Schläge austauschen und dann meine Niederlage verkünden", versuchte Tou He, seinen Gegner zu beschwatzen, dieser starrte ihn aber nur teilnahmslos an.

Wu Yings Aufmerksamkeit wurde auf seinen eigenen Bereich zurückgelenkt, wo ein anderer Kultivator aufgetaucht war, der auf Yin Xue hinabblickte. Der neue Kultivator war wie die anderen gekleidet, doch statt eine gewöhnlichere Waffe zu führen, steckten in seinem Gürtel ein Paar Tonfa. Die schlichten Holzwaffen waren im Prinzip ein Stock mit einem Griff, der sich am Drittel der breiteren Seite befand und es dem Kampfkünstler ermöglichte, die Waffe zu halten und zu führen. Es war eine interessante Waffe, gegen die Wu Ying noch nie wirklich gekämpft hatte. Wu Ying legte den Kopf neugierig zur Seite, um der Unterhaltung zwischen den beiden Kultivatoren zu lauschen.

"Verehrter Lin Tsui, ich war zuerst hier", wimmerte Yin Xue.

"Und mich interessiert das nicht. Ihr könnt bleiben und nach mir leiden, oder Ihr könnt gehen", antwortete Lin Tsui, der Yin Xue direkt und furchtlos anstarrte.

Yin Xue erblasste etwas und schaute zwischen Lin Tsui und dem Kampfrichter, der nicht helfend einschritt, hin und her. Schließlich schüttelte Yin Xue seinen Kopf und zog sich zurück, um dem anderen Kultivator zu erlauben, seinen Platz auf der Plattform einzunehmen. Wu Ying beobachtete den Vorfall schweigend, die Belustigung blitzte in seinen Augen. Yin Xue fauchte leise, die Hand um den Schwertgriff gekrallt, als er Wu Yings Lächeln bemerkte, doch dann schüttelte er den Kopf.

Der Kampfrichter schaute zwischen dem Paar, das auf der Kampfbühne zurückblieb, hin und her. "Seid ihr bereit?"

***

Wu Ying spuckte zur Seite aus, um seinen Mund von Blut und abgerissener Haut zu befreien, während er Lin Tsui fixierte, der sich ebenfalls langsam erhob. Er verlagerte sein Gewicht mehr auf den linken Knöchel. Die beiden Gegner umkreisten sich noch einmal, und Wu Ying untersuchte vorsichtig Lin Tsuis Verteidigung. Da sein Gegner zwei Waffen führte, die sich beim Blocken hervortaten, stellte Wu Ying natürlich sicher, es nicht überzustrapazieren. Lin Tsui seinerseits untersuchte Wu Yings Beinarbeit und Verteidigung im Versuch, den passenden Zeitpunkt zu erwischen, um in Wu Yings Rhythmus zu fallen. Wegen Wu Yings Reichweite und seiner Fähigkeit, mit *Drachenschritten* dahinzuschwinden, musste Lin Tsui sein Timing entsprechend ausloten. Schließlich war das Voranstürzen für ihn am gefährlichsten.

All das – und Lin Tsuis Kampfstil mit den Tonfa – war hart erarbeitetes Wissen, das er mit schweren Prellungen, einem neu gebrochenen Paar Rippen und einem geschwollenen Auge bezahlt hatte. Die verdammten Tonfa waren schnell, höchst manipulierbar und perfekt für den Nahkampf geeignet. Wenn Lin Tsui es schaffte, in Wu Yings Rhythmus zu fallen, war Wu Yings einzige Chance, sich so schnell wie möglich zurückzuziehen.

"Warum habt Ihr überhaupt den Stil der Shen erlernt?", fragte Lin Tsui im Plauderton, seine Augen waren verengt, während er ein schnelles Vortasten des Schwertes locker zur Seite schlug.

"Für Leute wie Euch."

Wu Ying musste etwas lächeln. Dieser letzte Feger hatte exakt die Wirkung erzielt, die er vorgesehen hatte – er hatte seinen Gegner verletzt und ihn zurückgedrängt. Der Trittstil der Shen, in seinen Long Familienstil eingebaut, war eine echte Überraschung gewesen und war der einzige Grund, warum Wu Ying noch immer kämpfen konnte. Jedes Mal, wenn Lin Tsui sich ihm näherte, musste er damit rechnen, gepackt und weggetreten zu werden. Wobei Wu Yings letzter Angriff Lin Tsui nicht davon abgehalten hatte, ihm mit seinem Tonfa quer übers Gesicht zu schlagen, was zu der schnell anwachsenden Schwellung und seinem blutenden Mund geführt hatte.

"Clever", merkte Lin Tsui an. "Die meisten versuchen, ihre Stärken hervorzuheben, ohne jemals ihre Schwächen auszubessern."

"Danke sehr."

Wu Ying hielt für einen Moment an, dann änderte er die Richtung in dem Versuch, Lin Tsuis Verteidigungslinie zu durchbrechen. Wu Ying versagte erneut, sein schneller Stoß wurde mit Leichtigkeit abgewehrt. Jedoch wartete Lin Tsui, anstatt nach vorne zu stürzen. Während der nächsten Minuten teilten sie Finten aus und parierten. Gelegentlich trat einer von ihnen vor, um einen schwereren Angriff zu wagen. Diese Versuche waren wirkungslos, bis auf die Tatsache, dass sie sie erschöpften.

Wu Ying bemerkte beiläufig, dass die anderen Kämpfe um sie herum zu Ende waren. Einige der anderen Teilnehmer hatten sich dazu entschieden, einen der Gewinner herauszufordern, weshalb nur wenige Teilnehmer warteten. Die meisten davon hatten sich um sein Kampfareal versammelt und beäugten die beiden.

"Wie stellt Ihr Euch vor, zu gewinnen, so verletzt wie Ihr seid?", fragte Lin Tsui.

Wu Ying stand gerade so außerhalb seiner Reichweite. Er verschnaufte und ließ sein Chi fließen, um langsam seine Wunden zu schließen. Für den Fall, dass er unterbrochen wurde, wagte Wu Ying es nicht, zu viel Chi auszusenden, doch selbst das bisschen half dabei, den Schmerz zu lindern.

"Es ist schon beeindruckend genug, dass jemand mit solch einem niedrigen Kultivationslevel so weit gekommen ist, doch Ihr könnt nicht erwarten, zu siegen. Ich bin mindestens ein halbes Dutzend Level über Euch."

Wu Ying runzelte die Stirn, sein erschöpfter Verstand war nicht fähig, zu verstehen, warum Lin Tsui glaubte, dass es so eine große Diskrepanz gäbe. Sicher, er war auf Körperreinigungsstufe 8, doch Lin Tsui war nur auf Stufe 11. Vielleicht auch 12. Darüber gab es keine Level mehr – nicht, ohne die Energiespeicherung zu betreten. Und wenn er es geschafft hätte, diese zu erreichen, wäre der Kampf schon längst vorüber.

Während das Paar einen weiteren, müden Austausch vollzog, erkannte Wu Ying den Grund. Obwohl er sich kultivierte, Energie in seinen Körper absorbierte und sie durch ermüdete Muskeln schickte, um stärker und schneller zu werden, um sich zu heilen und der Erschöpfung vorzubeugen, verbarg seine verstärkte Aura seine Kultivation. Es war wahrscheinlich, dass der zusätzliche Stress der Kultivation und des Kämpfens die Menge vergrößert hatte, die nach außen drang, was Lin Tsui eine bessere Vorstellung gab – es war jedoch nicht genug.

Könnte er das zu seinem Vorteil nutzen? Wu Ying legte nach einem Sprung zur Seite eine sanfte Landung hin und schwang sein Schwert in einem Schnitt, dann kehrte er den Rückstoß um, um seinen Gegner zu bedrohen. Als er sich zurückzog, fühlte Wu Ying, wie sein Oberschenkel nachgeben wollte, da die Erschöpfung und die Verletzung ihn übermannten. Nur, dass Wu Ying sich diesmal instinktiv kollabieren ließ.

Als hätte er darauf gewartet, schnellte Lin Tsui nach vorne. Selbst der verletzte Knöchel schien seine Bewegung nicht länger einzuschränken. Wu Ying sah Lin Tsui auf ihn zusteuern, sein Haupttonfa fegte auf seinen Kopf zu und das andere hielt er gebeugt und nah am Körper, bereit, sein Schwert abzublocken. Nur dass Wu Ying diesmal sein Jian ignorierte und fallen ließ, um nach Lin Tsuis Armen zu greifen. Obwohl der andere Kultivator dank seiner Kultivation stärker und schneller war, überraschte Lin Tsui der unerwartete Wechsel völlig. Umso mehr, als Wu Ying Lin Tsuis Schwung nutzte, um sie beide nach hinten rollen zu lassen und seinen Gegner festsetzte.

Für einen kurzen Moment fiel Wu Ying auf, dass er nicht darüber nachgedacht hatte, was er als nächstes tun sollte. Er hatte Lin Tsui fixiert, seine Hände auf seinen beiden Armen. Seine Schulter pochte von einem ausgerutschten Block. Doch da seine beiden Hände damit beschäftigt waren, seinen Gegner unten zu halten, blieben Wu Ying keine anderen Waffen. Wu Ying hielt für eine Sekunde inne. Dann kamen die Erinnerungen zurück, wie er sich im Dreck gewälzt hatte, als er mit seinen Freunden im Dorf gekämpft und gerungen hatte.

Wu Ying bäumte sich auf und rammte seine Stirn in das überraschte Gesicht des Adeligen, wodurch Blut aus seiner gebrochenen Nase spritzte. Sein Kopf pulsierte leicht aufgrund des plötzlichen Aufschlags, doch es hielt Wu Ying nicht davon ab, den Angriff zu wiederholen. Und wieder. Und noch einmal, ehe der Kampfrichter ihn von dem schwächlich zappelnden Adeligen, der in Blut getränkt war, herunterzog.

"Was sollte das?", fauchte der Kampfrichter und zeigte auf den verletzten Adeligen.

"Ich gewinne", antwortete Wu Ying benebelt und schenkte dem Kampfrichter ein halbherziges Lächeln, während er schwankte.

Als der Kampfrichter knurrte, zuckte Wu Ying nur mit den Schultern und wischte sich das Blut aus dem Gesicht. Ein Glück waren keine der Schnitte, die er sich zugezogen hatte, tief oder bluteten zu stark. Anders als die aufgeplatzten Lippen, die Nase und die Orbita seines Gegners. Nachdem der Kampfrichter den

Kampf für beendet erklärt hatte, trat Wu Ying zur Seite und Kultivatoren trugen seinen Gegner aus dem Ring.

"Das war ungewöhnlich", bemerkte Tou He, der Wu Ying einen Wasserschlauch reichte. "Etwas weniger elegant als dein üblicher Stil."

"Es hat funktioniert, oder?", sagte Wu Ying, der etwas Wasser auf ein Stück Stoff träufelte, um seine Wunden zu säubern. Er nahm einen tiefen Atemzug und zwang sich, trotz der Schmerzen in seinen Rippen zu atmen, während er sein Chi durch seinen Körper lenkte. Selbst mit dessen Hilfe brachte die tief sitzende Erschöpfung ihn leicht zum Schwanken. "Hast du verloren?"

"Eigentlich habe ich gewonnen", sagte Tou He und zog eine Grimasse. "Man hat mir gesagt, ich solle kämpfen. Dann hat mein Gegner versucht, mich aufzuschlitzen, als ich versucht habe, aufzugeben. Das führte dazu, dass ich ihn aus Versehen geschlagen habe."

"Du hast deinen Gegner *aus Versehen* geschlagen."

"Ja."

"Ich hasse dich", sagte Wu Ying ruhig. Er war zu fertig, um sich um den ehemaligen Mönch zu scheren.

Während die Bühne geräumt und das Blut hastig aufgewischt wurde, erblickte Wu Ying Yin Xue, der bereits ungeduldig auf der Bühne wartete. Er drängte die Aufseher dazu, schneller zu machen, in der Absicht, Wu Ying so wenig Pause wie möglich zu gönnen.

"Verliere bloß nicht. Ich will nicht der einzige in der inneren Sekte sein", sagte Tou He zu Wu Ying, als der Kampfrichter diesen anwies, seinen Platz einzunehmen.

"Genau darum mache ich mir Sorgen", antwortete Wu Ying, der mit den Augen rollte. Dennoch zauberten die Worte ihm ein leichtes Lächeln ins Gesicht und lenkten seine Aufmerksamkeit vom bevorstehenden Kampf ab. Ein passables Ergebnis.

Während er auf seinen Platz humpelte, warf Wu Ying einen letzten Blick über den Hof. Der Hof wurde in einen rosaroten Schein gehüllt, als die Sonne unterging, was ihm einen leicht unwirklichen Eindruck verlieh, während die Ältesten und wartenden Kultivatoren ihre Aufmerksamkeit auf die Bühne richteten. Es waren nicht viele Kultivatoren geblieben — nur jene, die besonders gelangweilt oder neugierig waren. Die anderen waren zuvor gegangen, ihre Aufmerksamkeit zerronnen wie der Sonnenuntergang. Schließlich hatte der bevorstehende Kampf wenig mit ihnen zu tun.

Wu Ying nahm einen weiteren schmerzerfüllten Atem und wägte seine Optionen ab, während er auf Yin Xue starrte, der ihn angrinste. Wu Ying war müde, verletzt, und hatte eine geringere Kultivation als dieser Adelige. Sein Gegner hatte Zeit gehabt, sich zu erholen, seine Bewegungen zu studieren und seinen Angriff zu planen. Dieser Kampf würde binnen einer Sekunde vorüber sein.

***

"Seid ihr bereit?"

Die Stimme des Kampfrichters drang durch Wu Yings Erschöpfung und lenkte seine Aufmerksamkeit zurück auf seine aktuelle Situation. Wu Ying nickte dem Kampfrichter mit gezogenem Schwert zu. Da Yin Xue bereits seine Anerkennung dargeboten hatte, begann der Kampf beinahe auf der Stelle.

Anstatt darauf zu warten, dass Wu Ying sich für einen Fernkampf positionierte, schnellte Yin Xue nach vorne und schloss die Distanz zwischen ihnen. Wu Yings Atmung wurde schneller und sein Zeitgefühl verlangsamte sich, als Adrenalin und Chi durch seinen Körper schossen und ihn wachrüttelten. Während dieses ausgedehnten Augenblicks fand Wu Ying alle Zeit der Welt, um den Spott sowie das fanatische Verlangen, ihm Schmerzen zuzufügen, in Yin Xues Augen zu erkennen, als dieser seine Waffe nach vorne stieß. Wu Ying hatte alle Zeit der Welt, um zu bemerken, dass die Schwertspitze auf sein Herz gerichtet war, die Hand dahinter verzog sich jedoch bereits nach oben.

Eine Finte auf sein Herz.

Wu Ying verstand sofort. Yin Xue erwartete, dass Wu Ying *Der Drache reckt sich am Morgen* nutzte, um dem Schlag auszuweichen. Es war Wu Yings Reaktion – die Reaktion der Familie Long – auf einen plötzlichen Ansturm, den Körper unter dem Angriff hinweg zu ducken, während sich das eigene Schwert in den Körper des Gegners grub. Dies war die eingefleischte Reaktion.

In seinem Moment der Klarheit wurde Wu Ying all das bewusst und in ihm regte sich etwas. Er verstand, und da er verstand, konnte er reagieren. Anstatt des *Drachenreckens* machte Wu Ying einen Ausfallschritt zur Seite, die Vorstufe für einen Tritt, der die Unterseite von Yin Xues bereits absinkende Schwertspitze traf. *Fallende Felsen im Regenschauer.*

Selbst als Yin Xue den Fuß umklammerte, der auf seine Brust traf, die sich aufgrund des Impulses beider Kultivatoren verformte, bewegte Wu Ying sich weiter. Denn die Form bestand nicht nur aus einem einzelnen Tritt, sondern einer Reihe leichter Angriffe mit Handflächen, Ellbogen, Knien, und endete schließlich in einem weiteren Axttritt aus dem ganzen Körper. Ein Regen aus Schlägen, gefolgt von einem herabfallenden Felsen.

Yin Xue, der auf dem falschen Fuß erwischt wurde und taumelte, musste den Großteil der Schläge einstecken. Blut floss aus seiner gebrochenen Nase und bildete die einzige Farbquelle in seinem ansonsten aschfahlen Gesicht. Nur ein hastiger Block mit seiner freien Hand verhinderte, dass Wu Yings finaler Tritt sein Schulterblatt brach. Yin Xue fuchtelte mit seiner Waffe um sich und drängte Wu Ying zurück. Als Wu Ying seine Waffe hob, bereit, den Kampf zu beenden, griff der Kampfrichter ein.

"Wen Yin Xue, könnt Ihr fortfahren?", fragte der Kampfrichter, dessen schmale Gestalt Wu Ying von seinem Gegner trennte.

Als er keine Antwort erhielt, wartete der Kampfrichter weiter, während Wu Ying versuchte, sich um ihn herum zu schlängeln, um einen Blick auf seinen Gegner zu erhaschen. Es war wenig überraschend, dass Yin Xue sich die Brust rieb und nur sporadisch atmete, während er versuchte, seine Brust wieder in Ordnung zu bringen.

"Wen Yin Xue. Ich frage Euch noch einmal. Könnt Ihr fortfahren?"

"Er kann Euch nicht antworten. Er ist ganz offensichtlich verletzt. Lasst es mich zu Ende bringen oder verkündet meinen Sieg", sagte Wu Ying, der mit dem Schwert auf Yin Xue wies, während er mit dem Kampfrichter sprach.

"Long Wu Ying, unterlasst den Versuch, den Kampfrichter zu beeinflussen. Macht das noch einmal und ich verkünde Eure Niederlage", antwortete der Kampfrichter.

Wu Ying verschlug es überrascht den Atem, ehe er seine Augen zusammenkniff. Natürlich. Schlank. Versnobt. Ein weiterer verdammter Adelssohn.

"Wen Yin Xue?"

"Ich kann. Weitermachen.", presste Yin Xue die Worte schließlich heraus.

"Wohlan, Wettkämpfer, zurück auf eure Ausgangspositionen", befahl der Kampfrichter den beiden.

Wu Ying mit einem leichten Grummeln eilte auf seinen Platz, erst recht, als der Kampfrichter nicht auf den sich langsam bewegenden Yin Xue reagierte. Bis Yin Xue es geschafft hatte, zu seinem Platz zurückzukehren, hatte sein Gesicht fast komplett wieder an Farbe gewonnen und er war zu Atem gekommen.

"Beginnt."

Diesmal stürmte Yin Xue nicht voran. Wu Ying überbrückte die Distanz zwischen ihnen auf der Stelle und hielt erst knapp außerhalb von Yin Xues Reichweite an. Sein angetäuschter Ansturm provozierte jedoch keine überanstrengte oder überstürzte Reaktion, wodurch Wu Ying seinen Plan aufgeben musste.

Wu Ying stellte sich auf einen längeren Kampf ein und stellte Yin Xues Verteidigung mit einfachen Angriffen auf die Probe. Er wechselte zwischen verschiedenen Haltungen, während er sich auf den Kern des Familienstils der Long konzentrierte. Fernangriffe, sondierende Schläge auf die Handgelenke und Stiche mit voller Wucht, die seinen Gegner dazu zwangen, unaufhörlich auszuweichen und sich mit seiner Waffe zu beschäftigen. Abrupte und schnelle Bewegungen mit den Füßen, um neue Chancen und Angriffslinien zu schaffen. In einem Pass nach dem anderen wirbelten die beiden umher und duellierten sich, während sich der Schweiß über Wu Yings Augenbrauen sammelte. Mit fortdauerndem Kampf wurde Wu Yings Fokus schärfer und exakter und der nagende Schmerz seiner Verletzungen rückte in den Hintergrund.

Yin Xue war schneller als er, wenn auch nur knapp, doch in seinen Bewegungen erkannte Wu Ying eine gewisse Ruckartigkeit, so als hätte er sich noch nicht vollständig an die angewachsene Stärke und Schnelligkeit seines Körpers gewöhnt. Dies wurde besonders dann deutlich, wenn Yin Xue von einer Technik zur nächsten wechselte, aber es trat auch zutage, wenn er schnellen Richtungswechseln ausgesetzt war.

Irgendetwas. Wu Ying wusste, dass irgendetwas anders war, irgendetwas hatte sich geändert. Es nagte an ihm, während er einen Stoß abblockte und dann konterte. Es lenkte ihn ab, als er seinen Körper zur Seite drehte und sein Schwert blitzartig vorschnellen ließ, um Yin Xue zurückzudrängen. Es verwirrte ihn, während er seinen Gegner umkreiste. Und dann wusste er es.

"Ihr habt Angst", sagte Wu Ying, als er sich aus Yin Xues Bereich zurückzog und seine Hand ausschüttelte. Die Angriffe seines Gegners waren stärker, härter geworden. Mit jedem Block schmerzte seine Hand, denn die stärkere Waffe und die höhere Kultivation seines Gegners jagte ruckartige Schockwellen durch seinen Körper, was an seiner Ausdauer zehrte.

"Blödsinn", fauchte Yin Xue.

Er schnellte plötzlich voran und stach zu, um seinen Worten Nachdruck zu verleihen, doch Wu Ying machte sich nicht einmal die Mühe, den Angriff abzublocken, stattdessen nutzte er die Gelegenheit, um einen Schritt zur Seite zu machen und in Yin Xues Arm zu schneiden. Das schmerzerfüllte Zischen und die jähe Blutung an Yin Xues Arm brachten Wu Ying ein wenig zum Lächeln. Aber es war nicht genug. Noch nicht.

"Ich fürchte mich nicht vor einem einfachen Bürger wie dir. Du hast erst kürzlich das Gespür deines Schwertes erlangt. Und das selbst in Anbetracht deiner rühmlichen Abstammung", sagte Yin Xue mit einem Grinsen, als er seinen Arm umklammert hielt, um einige der Blutgefäße mit seinem Chi und verschiedenen Akupressurpunkten zu verschließen.

Wu Ying blinzelte, überrascht über Yin Xues unerwartetes Wissen, doch dann überprüfte er nochmals die Distanz zwischen ihnen beiden. Nur für den Fall. Das Wissen über Akupunktur bedeutete, dass Yin Xue womöglich dazu in der Lage war, Akupunkturattacken auszuführen. Diese waren gefährlich – denn solche Angriffe konnten seine Bewegungen einfrieren und verhindern. Doch sie aufgrund solch einer kleinen Wunde an sich selbst anzuwenden ... das war töricht. Eine Überreaktion.

"Doch, Ihr habt Angst", widersprach Wu Ying, sein Ton wurde selbstsicherer. "Weil Ihr nur eine Chance habt. Und ich am Gewinnen bin." Es folgte eine Reaktion darauf, jedoch keine heftige. Also. Das war es nicht. "Ihr wollt nicht noch einmal verletzt werden. Ihr mögt den Schmerz nicht." Ein Zucken, nur ein leichtes Absinken der Schwertspitze, ehe sie sofort wieder hochschnellte. Yin Xue schüttelte seinen Kopf, um Wu Yings Worte zu verneinen, doch Wu Ying war das Senken aufgefallen. "Ihr habt Angst vor den Schmerzen."

"*Nein*!", brüllte Yin Xue und sein Gesicht errötete, als er sich nach vorne warf. Er verfiel in verzweifelte Eile, um die Distanz zu überbrücken, um zu hacken, zu hieben, zu schneiden.

Doch der Long Familienstil drehte sich allein um die Wahrung der Distanz und darum, an den äußeren Rändern mit rückwärtsgewandten Ausfallschritten und schnellen Drehungen zu kämpfen. Ein voranstürmender Gegner war genau das, worauf Wu Ying sich sein ganzes Leben lang durch sein Training vorbereitet hatte.

Zuerst *Drachenschritte*, um sich umzudrehen. *Die Wolken mit dem Schwanz verdecken*, um anzugreifen, während er sich zurückzog. Und dann, als die Wunden durch die Schnitte und Stiche erblühten, als Yin Xues verzweifelter Ansturm fehlschlug, als ihn wieder die Furcht ergriff, die Wahrheit des Schwertes. Ein einziger Vorstoß, der mehr Distanz überwand als ein einzelner Angriff je überwinden sollte – der die komplette Absicht bündelte, das ganze Wissen und die ganze Kraft eines mit Chi verstärkten Körpers in einen Angriff legte. Innerhalb einer Sekunde, dieses einen unendlichen Moments während eines Kampfes, sah Wu Ying, wie sein Schwert durch die wirkungslose, instabile Verteidigung seines Gegners drang. Zeit, dies zu beenden. Zeit, all dem Hohn, all dem Zorn, all den Zweifeln ein Ende zu bereiten.

Ein Zucken seines Schwertes in letzter Sekunde lenkte die Klinge von Yin Xues Herzen weg und zu seiner Schulter, wo die Klinge tief eindrang und den Kultivator nach hinten drückte. Wu Yings Klinge trat aus Yin Xues Rücken wieder aus. Als der Moment endlich vorüber war, hielt Wu Ying inne, richtete sich auf und zog sein Schwert mit einem Ruck und einer schnellen Bewegung seines Handgelenks heraus. Wu Ying entfernte sich schnellen Schrittes aus der Reichweite der Waffe seines Gegners, und erst dann bemerkte er, dass diese fallen gelassen worden war.

Dann kehrten die Geräusche zurück. Oder um es genauer auszudrücken, eher seine Wahrnehmung für die Geräusche um ihn herum. Das Japsen, die Rufe des Entsetzens und der Überraschung, das Schreien und Weinen Yin Xues. Das Trommeln seines Herzens in seinen Ohren. Wu Ying drehte sich um und starrte zum Kampfrichter, dessen Mund zuschnappte, bevor er nach medizinischer Hilfe rief.

"Adept Long, Ihr habt Euren Gegner mit Absicht verletzt!", schalt der Kampfrichter, der auf Yin Xue zeigte, wie er von der Bühne geführt wurde. "Ihr habt den Ältesten gehört. Sektenkameraden sollen keine Verletzungen zugefügt werden. Diese Attacke hätte Lord Wen lähmen können! Ich werde Euren Verstoß unverzüglich melden!"

Wu Ying blinzelte langsam, als sich sein von Adrenalin vernebelter Verstand langsam klärte. Er fletschte seine Zähne und trat auf den Kampfrichter zu, während er seine Hand um sein blutüberströmtes Schwert klammerte. "Nur zu. Und während Ihr dies tut, werde ich meine Beschwerde darüber einreichen, dass Ihr unseren Kampf unterbrochen habt, um ihm Zeit zum Heilen zu verschaffen. Der Kampf wäre schon früher vorbei gewesen, mit weniger Verletzungen, wenn Ihr dies nicht getan hättet."

"Ihr wagt es, einem Ranghöheren zu drohen! Ihr habt keinen Respekt vor der rechten Ordnung der Dinge!"

"Falsch. Ich habe großen Respekt vor den Regeln und der Moral unserer Gesellschaft. Wenn sie gebrochen werden, habe ich keinen Respekt für jene, die sie brechen", antwortete Wu Ying und seine Lippen verzogen sich zu einem bestialischen Grinsen. Seine Sinne waren von Schmerz und Adrenalin beherrscht und beraubten ihn seiner üblichen Vorsicht. Selbst in diesem Moment schwankte er von Seite zu Seite, während er stillstand.

"Ihr wagt es!"

Der Kampfrichter zitterte vor Zorn, ehe Wu Ying seinen Kopf schüttelte und sich zur Seite drehte, um sich umzusehen. Er erblickte den Ältesten Shin, wie er auf ihn starrte, seine Lippen waren leicht zusammengepresst, aber der Älteste machte keine Anstalten, die Auseinandersetzung zu beenden. Wu Ying drehte sich von ihm weg, um nach dem Ältesten Khoo zu suchen. Er fand ihn. Ihre Blicke trafen sich, und Wu Ying lenkte seinen Blick wieder zum Kampfrichter zurück, der mit seiner Tirade fortfuhr, um stumm zu Flehen. Der Älteste Khoo blickte zwischen beiden hin und her, bevor er sich dem Ältesten Shin zuwandte und eine Augenbraue hob.

"Genug. Long Wu Ying hat den Kampf gewonnen." Die Lippen des Ältesten Shin verzogen sich verächtlich. "Beide Kämpfe. Zwar wenig anmutig oder ehrenwert, aber was kann man von einem gewöhnlichen Bauern schon erwarten?"

Wu Ying atmete erleichtert aus, schüttelte sein Schwert und riss ein weiteres Stück Stoff von seiner Robe ab, um mit dem anstrengenden Prozess, das Blut abzuwischen, zu beginnen. Er schaffte es, fast ganz von der Bühne zu verschwinden, ehe der Adrenalinschub schließlich nachließ und seine Kontrolle über seine Kultivation und seinen Körper zusammenbrach. Er ächzte, als sein Chi ungezügelt durch seinen Körper schoss, wodurch Wu Ying stolperte und fiel.

"Ruh dich aus, Freund. Du hast hart gekämpft." Tou Hes starke Arme fingen den erschöpften Kultivator auf und er half seinem Freund nach unten, während die Adeligen und die Ältesten sie beobachteten. Und sie sich beide ins Gedächtnis einbrannten.

Kapitel 24

Einige Tage später saß Wu Ying im Schneidersitz im Hof seiner neuen Villa. Sein neues Heiligtum war die kleinste, schäbigste und am wenigsten begehrteste Unterkunft, die den Mitgliedern der inneren Sekte angeboten wurde. Ebenso war es dreimal so groß wie das Heim, in dem Wu Ying mit seinen Eltern im Dorf gelebt hatte und mindestens zehnmal so luxuriös. Das Gebäude war mit Möbeln aus Perlmutt, Marmorböden und wunderschönem Rollwerk gefüllt und stand dort einfach nur, als wäre nicht jedes einzelne Stück mehr wert als alle Besitztümer seiner Eltern.

Daher empfand Wu Ying den Innenhof seiner neuen Residenz am angenehmsten. Nachdem er die paar Steinbänke verrückt hatte, war der Mittelpunkt des Hofes bis auf die Trainingspuppen, die Kieselsteine und das weiche Gras leer. Selbst sein gut ausgestattetes Schlafzimmer war zu üppig, als dass Wu Ying sich dort ohne Probleme erholen könnte.

Während er sich kultivierte, gingen Wu Ying die Ereignisse der letzten Tage durch den Kopf. Die Tage der Erholung im Bett, unterstützt von den schlechtesten Heilpillen der Sekte. Zhong Shei, der zu ihm kam, um ihm zu seinen Siegen zu gratulieren und sich dann verabschiedete, um nach Hause zurückzukehren, seine Augen erfüllt von neuer Motivation. Die Turnierkämpfe hatten die Flammen des Ehrgeizes in der Wache entfacht, was Zhong Shei einen neuen Weg und ein Ziel aufzeigte.

Liu Tsong und Tou He hatten beide Zeit mit dem gebrechlichen Wu Ying verbracht. Die eine schalt ihn, dass er sich selbst zu viel abverlangt hatte, und der andere betrauerte seinen neuen Status innerhalb der Sekte. Auch Tou He hatte sich vor erst einem Tag verabschiedet – er war von seinem Gönner dazu gezwungen worden, an einer Sektenexpedition teilzunehmen, um "ihn dazu zu bringen, die Dinge ernster zu nehmen". Der einzige Lichtblick des ehemaligen Mönchs war die

Aussicht darauf, etwas von dem spirituellen Fleisch zu essen, dass sie wahrscheinlich während der Expedition erbeuten würden.

Liu Tsong war ebenfalls beschäftigt und arbeitete an ihrem eigenen Fortschritt. Die Kultivatorin war eine Alchemistin, die das Kombinieren alchemistischer Tränke mit gewöhnlichem Kochen erforschte. Ihr Endziel war es, den Geschmack von Tränken zu verbessern, um zu ermöglichen, dass man Hilfsmittel zur Kultivation als Teil einer täglichen Mahlzeit zu sich nehmen konnte. Dies würde eine schonende Verbesserung der Kultivation eines Individuums ermöglichen. Das war der Grund gewesen, weshalb Liu Tsong bei ihrem ersten Treffen in den Küchen gewesen war. Da Wu Ying verletzt war, hatte Liu Tsong den gebrechlichen Kultivator als Versuchskaninchen für ihre Rezepte benutzt, was dabei geholfen hatte, dass Wu Yings beschädigten Meridiane vollständig geheilt worden waren.

Das Chi aus der Umgebung drang in ihn. Die sauberere Höhenluft, in Verbindung mit der Struktur der Villa, die das Chi leicht sammelte, machte die Kultivation signifikant einfacher. Tatsächlich fühlte Wu Ying sich, als würde er bereits kurz vor seinem Durchbruch zum nächsten Level stehen.

Ein Klopfen an seiner Eingangstür unterbrach Wu Yings meditative Kultivation und brachte ihn dazu, die Augen zu öffnen. Ein schwacher Atemzug trug trübe Luft mit sich, die mit der Korruption und dem Gift der materiellen Welt erfüllt war. Wu Ying stand rasch auf und griff nach den bereit gelegten Handtüchern, um sich abzutrocknen und den Großteil des übelriechenden Schweißes abzuwischen, der sich auf seinem Körper angesammelt hatte. Mit einem flüchtigen Blick nach unten sah er, dass schwarzes Blut aus seinen Wunden drang, was die weißen Verbände erneut trübte.

Wu Yings Dienerin erschien am Eingang zum Hof und durchschritt die Barriere, die ihn verbarg. "Verehrter Long, Ältester Cheng und Ältester Yang sind hier."

Die Dienerin war eine weitere Ergänzung, eine alte Dame, die niemand um sich haben wollte. Doch Wu Ying empfand große Dankbarkeit für ihre Anwesenheit. Ohne sie müsste er selbst sauber machen und die gemeinschaftlichen Speisesäle besuchen, um zu essen. Dies waren Unannehmlichkeiten, für die er noch mehr Zeit, die für seine Kultivation gedacht war, opfern müsste.

"Ich danke Euch. Lasst sie wissen, dass ich in ein paar Minuten bei ihnen sein werde."

Als sich die Dienerin verbeugte und sich aufmachte, um seine Worte auszurichten, trat der Älteste Cheng ein, der jeglichen Anstand ignorierte. Hinter ihm folgte fromm die Älteste Yang – die erst kürzlich beförderte Fee Yang. Die Älteste sah in ihren neuen Roben prächtig aus und ihr neu geformter Kern übte dezenten Druck auf Wu Ying aus, während dieser sich vor den beiden verbeugte.

"Ältester Cheng. Älteste Yang."

Erst auf die Geste des Ältesten Cheng hin wagte Wu Ying es, seinen Kopf zu heben. Anders als bei den Mitgliedern der äußeren Sekte waren die Regeln und Formalitäten, an die sich die innere Sekte zu halten hatte, strenger.

"Ich meine, ich hätte Euch ausrichten lassen, dass Ihr euch erholen, und nicht kultivieren, sollt. Warum habt Ihr meine Warnung ignoriert?"

"Mir ... mir ... mir war langweilig, Ältester. Und ich wollte keine Zeit verschwenden."

"Es ist keine Zeitverschwendung, wenn Ihr Eure Zeit damit verbringt, einfach Eure Anleitungen zu studieren. Sich selbst zu fordern ist gut. Sich zu fordern, bis man sich aufgrund seiner Starrköpfigkeit verletzt, ist töricht. Lernt den Unterschied zu erkennen."

"Jawohl, Ältester."

"Gut", sagte der Älteste Cheng und bewegte sich vorwärts. "Ich wollte Euch persönlich gratulieren. Euer Sieg kam unerwartet und war ungewöhnlich in seiner Methodik."

"Ich danke Euch, Ältester."

"Aber Euch ist klar, was Ihr getan habt, richtig? Ihr seid der Bürger, der nicht nur seine adeligen Kameraden geschlagen hat, sondern dies obendrein auf eine unansehnliche und würdelose Weise tat. Ihr habt wieder einmal bewiesen, dass jene mit Disziplin, Talent und Willenskraft vorankommen. Eure Anwesenheit ist für die unverbesserlichen Adeligen eine Beleidigung, eine Erinnerung daran, dass sie verwöhnte Kinder sind", erklärte der Älteste Cheng, dessen scharfer Blick sich in Wu Ying bohrte. "Sie werden Euch nicht einfach so davonkommen lassen. Euch nicht, und auch die, die Euch nahestehen, nicht." Wu Ying verzog das Gesicht, und als der Älteste Cheng seine Reaktion bemerkte, sagte er: "Sprecht frei heraus."

"Warum lässt die Sekte sie gewähren? Es ist offensichtlich, dass sie sich nicht weiter entwickeln werden, wenn sie ihre Studien nicht ernst nehmen. Wenn sie uns unterdrücken –"

"Uns, damit meint Ihr die Bürgerlichen?" Der Älteste Cheng schüttelte seinen Kopf. "Die Politik behindert alles. Es gibt Gruppierungen, die glauben, dass Bürgerliche gleichbehandelt werden sollten, dass man ihnen die gleichen Chancen geben muss. Und dann gibt es Adelige, die sich selbst über allen anderen sehen. Das ist unwichtig. Jene, denen es in diesem Leben bestimmt ist, aufzusteigen, werden dies auch tun."

Wu Ying starrte den Ältesten Cheng mit zusammengekniffenen Augen an. Natürlich. Der Älteste Cheng gehörte zu jenen, die an Karma und Schicksal glaubten. Dies schien besonders absurd in den Augen jener, die nicht so sehr daran glaubten. Selbst wenn das Karma und die Fäden des Schicksals, die jede Seele in den Kreis der Reinkarnation einbanden, bekannte Tatsachen waren, waren Personen, die so stark an diesen Glauben festhielten und zuließen, dass dieser ihren Alltag beeinflusste, eine Seltenheit.

"Ich bin gekommen, um meine Gratulation und eine Warnung auszurichten. Euer Alltag in der inneren Sekte wird sich weitaus schwieriger gestalten. Besonders, da ich bald gehen muss, um mein eigenes Training voranzutreiben. Die Älteste Yang wird hier zurückbleiben. Sie wird Euch nach ihrem Ermessen zusätzliche Hilfe gewähren."

Wu Ying seufzte leicht. In Wahrheit war er sich nicht sicher, wie schwer das Leben noch werden könnte – der Älteste hatte ihm zu Beginn nicht wirklich viel Hilfe entgegengebracht. Doch Wu Ying musste sich eingestehen, dass der Mann ihn in seinem Training unterstützt hatte. Ohne die intensiven Stunden des Trainings über die letzten Monate hinweg hätte Wu Ying die Kämpfe niemals gewonnen.

Ehe Wu Ying noch irgendetwas sagen konnte, brach der Älteste auf und seine stumme Schülerin folgte ihm auf dem Fuße. In der Stille, die nach ihrem Aufbruch zurückblieb, blieb Wu Ying in seiner neuen Residenz, opulent und dekadent, von Feinden umringt zurück. Für den Moment ließen sie ihn in Ruhe, aber Wu Ying wusste, dass in den kommenden Monaten weitere Herausforderungen auf ihn warteten.

Dennoch konnte Wu Ying nur lächeln, während er in seinem eigenen Heim stand und auf die von Nebel überzogenen Berge blickte. Sie sollten ihn nur herausfordern. Er hatte es so weit geschafft. Und er würde noch weiter gehen. Der Pfad zur Unsterblichkeit war eine Reise über ein Tausend Li, und er hatte erst einige Schritte getan. Ob Himmel oder Hölle, er würde sich nicht beugen.

Ende

Das Ende von Der erste Schritt. Buch 1 der Ein Tausend Li Reihe.

Hinweis des Autors

Vielen Dank, dass ihr Der erste Schritt, das erste Buch der Ein Tausend Li Reihe, gelesen habt. Wie es in der Redensart heißt, beginnt die Reise über ein Tausend Li mit einem einzigen Schritt und dies ist der erste Schritt für Wu Ying und auch für mich, der nun einen Roman in einem Genre schreibt, das ich seit meiner Kindheit liebe. Ich wuchs mit Filmen wie Die schwarzen Tiger von Hongkong, The Swordsman, Return of the Condor Heroes, Stormriders und vielen anderen auf. In letzter Zeit habe ich die neuen Werke von Netzautoren gelesen, die aus dem Chinesischen übersetzt wurden, und war von der teilweisen Albernheit (Library of Heaven´s Path) und dem Umfang (I Shall Seal the Heavens) der Autoren beeindruckt. All das hat mich dazu inspiriert, mich an einer eigenen *xianxia*-Erzählung zu versuchen.

Ich hoffe, dass ihr bisher das Buch so sehr genießen konntet, wie ich das Schreiben an ihm genossen habe. Wu Yings Reise hat gerade erst begonnen, und ich hoffe, dass ich mithilfe eurer Unterstützung weitere Romane über ihn schreiben kann. Wenn euch das Buch gefallen hat, bitte lasst eine Rezension und eine Bewertung da. Das bestärkt nicht nur mein Ego, sondern kurbelt auch den Verkauf an und wird mich davon überzeugen, noch weitere Bücher der Reihe zu schreiben! Folgt auch weiterhin Wu Yings Abenteuern in:

- Ein Tausend Li: Der erste Halt (Ein Tausend Li Buch 2)
  https://books2read.com/der-erste-halt

Bitte schaue dir auch meine anderen Serien an, die System-Apocalypse (eine post-apokalyptische LitRPG), Ein Tausend Li (eine Wuxia-Kultivation Story), Abenteuers in Brad (traditionellere LitRPG-Fantasy), und die Hidden Wishes (ein Urban Fantasy GameLit) Buchserien geschrieben:

- Das Leben im Norden (System-Apokalypse Buch 1)

  https://books2read.com/das-leben-im-norden

- Das Geschenk eines Heilers (Abenteuer in Brad Buch 1)

  https://books2read.com/das-geschenk-eines-heilers

- Eines Gamers Wunsch (Verborgene Wünsche Buch 1)

  https://books2read.com/eines-gamers-wunsch

Bitte schau dir auch andere Serien/Bücher an, an denen ich mitgeschrieben habe:

- Leveled up Love! von Tao Wong & A. G. Marshall

  https://books2read.com/leveled-up-love

- A Fist Full of Credits von Tao Wong & Craig Hamilton (System Apocalypse: Relentless Buch 1)

  https://readerlinks.com/l/2202673

- Town Under von Tao Wong & K.T. Hanna (System Apocalypse: Australia Buch 1)

  https://readerlinks.com/l/2202672

Sie können mich über mein Patreon-Konto direkt unterstützen:

  https://www.patreon.com/taowong

Ich leite ebenfalls eine Facebook-Gruppe zu den Themen Wuxia, Xianxia und insbesondere zum Thema Kultivationsromane. Wir würden uns freuen, wenn du uns beitrittst:

- https://www.facebook.com/groups/kultivationsundlitrpgromane/
- https://www.facebook.com/groups/cultivationnovels/

Weitere tolle Informationen über LitRPG-Serien findest du in den Facebook-Gruppen:

- Deutschsprachige LitRPG

  https://www.facebook.com/groups/deutsche.litrpg/

- Progression Fantasy-, Kultivations- und LitRPG-Romane auf Deutsch

  https://www.facebook.com/groups/891113055086052

Über den Autor

Tao Wong ist ein begeisterter Leser von Fantasy und Science Fiction, der im Norden Kanadas wohnt und dort schreibt. Er hat viel zu viele Jahre damit verbracht, alle möglichen Kampfsportarten zu trainieren. Da sich dabei zu oft verletzt hat, verbringt er nun seine Zeit mit der Erschaffung von Fantasy-Welten. Informationen über diese Serie und andere Bücher von Tao Wong (sowie besondere Kurzgeschichten) finden Sie auf der Website des Autors: http://www.mylifemytao.com

https://www.mylifemytao.com/foreign-language-editions/german/

Abonnenten von Taos Mailingliste erhalten exklusiven Zugriff auf Kurzgeschichten in den fiktionalen Universen Thousand Li und System-Apokalypse.

Oder besuchen Sie seine Facebook-Seite:
https://www.facebook.com/taowongauthor/

Über den Verlag

Tao Wong ist der alleinige Eigentümer und Betreiber von Starlit Publishing. Dieser Verlag für Science Fiction und Fantasy konzentriert sich auf die Genres LitRPG & „Cultivation". Er will neue, vielversprechende Autoren in diesen Genres fördern, deren Texte die existierenden Stereotypen herausfordern, dabei aber dennoch ein fantastisches Lesevergnügen bieten.

Weitere Informationen über Starlit Publishing finden Sie auf unserer Website! https://www.starlitpublishing.com/

Sie können sich auch bei der Mailingliste von Starlit Publishing anmelden, um über neue, aufregende Autoren und Bücher informiert zu werden.

Glossar

Körperreinigung – Die erste Stufe der Kultivation, in der der Kultivator seinen Körper von angesammelten Verunreinigungen reinigen muss. Insgesamt hat sie zwölf Stufen.

Cao – Fuck

Kätti – Eine Gewichtseinheit. Ein Kätti entspricht etwa eineinhalb Pfund oder 604 Gramm. Ein Tael ist 1/16tel eines Kättis.

Chi (oder Qi) – Ich benutze hier das kantonesische Pinyin anstelle des üblicheren Mandarin-Pinyin. Chi ist Lebenskraft/-energie und durchdringt alle Dinge im Universum, ganz besonders fließt es durch Lebewesen.

Chipunkte (auch bekannt als Akupunkturpunkte) – Stellen im Körper, die, wenn sie getroffen, gedrückt oder anderweitig berührt werden, den Fluss des Chi beeinflussen können. Die traditionelle Akupunktur nutzt diese Punkte im positiven Sinne.

Kernformung – Die dritte Stufe der Kultivation. Wenn der Kultivator genügend Chi angesammelt hat, muss er einen "Kern" aus komprimiertem Chi bilden. Die einzelnen Stufen der Kernformung reinigen und stärken den Kern.

Dao – Ein chinesischer Säbel. Es ähnelt mehr einem westlichen Kavalleriesäbel, ist aber dicker und oftmals einschneidig. Es ist an seinem Ende gebogen, wo es dicker wird, was der Waffe zusätzliche Effizienz beim Schneiden verleiht.

Dantian – Der menschliche Körper hat insgesamt drei Dantian. Der bekannteste ist der untere Dantian, der direkt über der Blase und ein Zoll tief im Körper liegt.

Die anderen beiden befinden sich hinter der Brust und der Stirn, diese werden allerdings weniger oft genutzt. Man sagt, der Dantian ist das Zentrum des Chi.

Energiespeicherung – Die zweite Stufe der Kultivation, bei der die kreisenden Meridiane der Energiespeicherung geöffnet werden. Diese Stufe erlaubt es Kultivatoren, ihr Chi zu projizieren, wobei die Menge des gespeicherten Chi und die projizierte Menge vom Level abhängig ist. Es gibt insgesamt acht Level.

Huài dàn – faules Ei

Hún dàn – Bastard

Jian – Ein geradliniges, zweischneidiges Schwert. In der Moderne als "Taichi-Schwert" bekannt. Es wird zumeist als Stichwaffe verwendet, obwohl es auch als Schnittwaffe verwendet werden kann.

Li – Ein Li entspricht in etwa eineinhalb Kilometer. Eine traditionelle chinesische Maßeinheit zur Distanzmessung.

Der Jian-Stil der Familie Long – Eine Schwertform, die in Wu Yings Familie weitergegeben wird. Sie besteht aus vielen Schnitten, dem Kämpfen im vollen Maße und schnellen Richtungsänderungen.

Meridiane – In den traditionellen chinesischen Kampfkünsten und der Medizin sind die Meridiane die Flussbahnen des Chi durch den Körper. In der Traditionellen Chinesischen Medizin gibt es zwölf primäre Meridianflussbahnen und acht sekundäre Energieflüsse. Ich habe diese Meridiane für die ersten beiden Stufen der Kultivation eingesetzt.

Der Trittstil der nördlichen Shen – Eine Trittform, die Wu Ying in der Bibliothek der Sekte erlernt hat. Es ist sowohl ein Griff- als auch Trittstil für den Nahkampf.

Qinggong – Wörtlich "leichte Fähigkeit". Es stammt aus dem Baguazhang und ist im Prinzip wire fu – auf Wasser rennen, auf Bäume klettern, auf Bambus entlanggleiten etc.

Sekte – Eine Gruppe gleichgesinnter Kampfkünstler oder Kultivatoren. Generell herrscht innerhalb der Sekten eine Hierarchie. In einer Sekte teilen sich die Schüler oftmals in zentrale, innere und äußere Schüler auf, mit den Sektenältesten über ihnen und den Patriarchen der Sekte über allen.

Faust der Sieben Diamanten – Die fundamentalste Faustform der Sekte des Sattgrünen Wassers, die den Mitgliedern der äußeren Sekte beigebracht wird.

Der Staat der Shen – Der Staat, in dem das erste Buch spielt. Er wird von einem König und lokal von Lords regiert. Der Staat der Shen besteht aus unzähligen Grafschaften, die von lokalen Lords beherrscht werden und von Ministern verwaltet werden. Es ist ein gemäßigtes Königreich mit starken Regenfällen und einer Vielzahl an Flüssen, die durch Kanäle miteinander verbunden sind.

Der Staat der Wei – Das feindliche Königreich, das an den Staat der Shen grenzt. Die beiden Staaten befinden sich im Krieg miteinander.

Tael – Eine Währung. Eintausend Kupfermünzen entsprechen einem Tael.

Tai Kor – älterer Bruder

Die Sekte des Sattgrünen Wassers – Die mächtigste Sekte im Staat der Shen. Die Sekte, der Wu Ying derzeit angehört.

Vorschau zu meiner anderen Reihe: Die Systemapokalypse

Das Leben im Norden (Buch 1)
Kapitel 1

Guten Morgen, Bürger. Da eine friedliche und organisierte Aufnahme in den Galaxis-Rat (nach umfangreichen und schwierigen Untersuchungen, wie wir betonen müssen) abgelehnt wurde, ist deine Welt nun ein Dungeon. Danke. Die vorherigen 12 Welten wurden ohnehin allmählich langweilig.

Allerdings kann die Entwicklung einer Dungeonwelt für die jetzigen Bewohner mit Schwierigkeiten verbunden sein. Wir empfehlen, den Planeten bis zum Ende der Umwandlung in 373 Tagen, 2 Stunden, 14 Minuten und 12 Sekunden zu verlassen.

Alle, die den Planeten nicht verlassen können oder wollen, sollten sich bewusst sein, dass im Verlauf des Integrationsprozesses in unregelmäßigen Abständen neue Dungeons und wandernde Monster spawnen. Sämtliche neuen Dungeons und Zonen werden empfohlene Minimal-Levels erhalten. Allerdings ist während der Übergangsphase mit beträchtlichen Abweichungen von Levels und Monsterarten in den jeweiligen Dungeons und Zonen zu rechnen.

Da er eine neue Dungeonwelt darstellt, wurde dein Planet zur Einwanderung freigegeben. Nicht entwickelte Welten des Galaxis-Rats dürfen diese neuen Einwanderungsrichtlinien nutzen. Begrüßt die neuen Besucher aber bitte nicht so, wie ihr unseren Botschafter empfangen habt, denn ihr Menschen könntet wirklich ein paar Freunde gebrauchen.

Während der Übergangsphase haben alle vernunftbegabten Wesen Zugriff auf neue Klassen und Fähigkeiten sowie das vom Galaxis-Rat im Jahr 119 gewählte traditionelle Interface.

Vielen Dank für die Zusammenarbeit und viel Glück! Wir sehen unserem baldigen Treffen freudig entgegen.

Zeit bis zum Systemstart: 59 Minuten 23 Sekunden

Ich stöhne und strecke meine Hand gerade weit genug aus, um nach dem blauen Feld vor meinem Gesicht zu schlagen, während ich mühsam die Augen öffne. Seltsamer Traum. So viel hatte ich eigentlich gar nicht getrunken, nur ein paar Gläser Whiskey vor dem Schlafengehen. Fast sofort nach dem Verschwinden des Felds erscheint ein weiteres und verschleiert das kleine Zweimannzelt, in dem ich schlafe.

Herzlichen Glückwunsch! Du befindest dich nun in der Zone Kluane National Park (Level 110+).
Du hast 7.500 EP erhalten (verzögert).

Laut Dungeonwelt-Entwicklungsplan 124.3.2.1 erhalten Einwohner einer Region mit einem Level, der ihren eigenen um 25 oder mehr Stufen übersteigt, einen geringfügigen Bonus.

Laut Dungeonwelt-Entwicklungsplan 124.3.2.2 erhalten Einwohner einer Region mit einem Level, der ihren eigenen um 50 oder mehr Stufen übersteigt, einen mittleren Bonus.

Laut Dungeonwelt-Entwicklungsplan 124.3.2.3 erhalten Einwohner einer Region mit einem Level, der ihren eigenen um 75 oder mehr Stufen übersteigt, einen hohen Bonus.

Laut Dungeonwelt-Entwicklungsplan 124.3.2.4 erhalten Einwohner einer Region mit einem Level, der ihren eigenen um 100 oder mehr Stufen übersteigt, einen extrem hohen Bonus.

Was zum Teufel? Ich richte mich mit einer ruckartigen Bewegung auf und falle sofort darauf wieder hin, da ich mich im Schlafsack verheddert habe. Ich krieche ins

Freie, bringe meinen einszweiundsiebzig großen Körper in eine sitzende Position und wische mir die schwarzen Haare aus den Augen, während ich die provozierende blaue Nachricht anstarre. Na gut, ich bin also wach und das hier ist kein Traum.

Aber so etwas kann eigentlich nicht passieren. Ich meine, es spielt sich jetzt gerade ab, trotzdem ist es unmöglich. Es muss einfach ein Traum sein, weil solche Dinge im echten Leben nicht vorkommen. Wenn ich allerdings die ziemlich realistischen Schmerzen am ganzen Körper in Betracht ziehe, die von meiner gestrigen Wanderung stammen, dann ist es kein Traum. Trotzdem kann nichts davon wahr sein.

Als ich versuche, den eigentlichen Bildschirm zu berühren, geschieht nichts, bis ich meine Hand bewege. Nun scheint der Schirm daran zu ‚kleben' und bewegt sich mit mir mit. Er sieht aus wie ein Fenster auf einem Touchscreen, was absolut keinen Sinn ergibt. Schließlich ist das die echte Welt und ich habe hier kein Tablet. Aber da ich mich nun darauf konzentriere, spüre ich, dass der Bildschirm mir die Andeutung eines haptischen Gefühls vermittelt. Etwa so, als ob man eine zu straff gespannte Plastikfolie berührt, aber mit einem Kribbeln statischer Elektrizität. Ich starre meine Hand und das Fenster an und wische sie dann zur Seite. Das Fenster schrumpft in sich zusammen. Auch das ergibt keinen Sinn.

Erst gestern habe ich mit meiner Ausrüstung den King's Throne Peak bestiegen, um oberhalb des Sees zu zelten. Im Yukon ist der Gipfel Anfang April noch schneebedeckt, aber darauf war ich vorbereitet. Allerdings gestalteten sich die letzten paar Kilometer anstrengender als erwartet. Wenigstens lenkte mich der Aufenthalt in der Natur davon ab, wie miserabel es mir seit meinem Umzug nach Whitehorse gegangen ist. Ich war arbeitslos und konnte kaum das Geld für die nächste Monatsmiete zusammenkratzen. Als dann auch noch die Beziehung zu meiner Freundin in die Brüche ging, beschloss ich am Dienstag, ein Ausflug mit meiner alten Klapperkiste wäre genau das Richtige. Obwohl ich mich hundeelend fühlte, war ich nicht so kurz vor dem Überschnappen, dass ich von einem Tag auf den anderen halluzinieren würde.

Ich schließe die Augen und zähle bis drei, bevor ich sie wieder öffne. Das blaue Feld ist immer noch da, und seine Realität scheint mich zu verspotten. Ich spüre, wie meine Atmung sich beschleunigt und meine Gedanken in tausend verschiedene Richtungen davonrasen, während ich versuche, diese Ereignisse zu verstehen.

Stopp.

Ich schließe die Augen erneut und mein vergangenes Training und alte Gewohnheiten erwachen wieder. Ich unterdrücke die Panik, die mein Bewusstsein zu überwältigen droht. Bringe meine wirbelnden Gedanken unter Kontrolle und spalte meine Gefühle von mir ab. Das ist weder der Zeitpunkt noch der Ort für Gefühlskram. Ich schiebe alles in eine Schachtel und schließe den Deckel, unterdrücke meine Emotionen, bis sich eine beruhigende, vertraute Betäubung in mir ausbreitet.

Ein Therapeut sagte mir einst, dass meine emotionale Distanzierung einen erlernten Abwehrmechanismus darstellt, der mir während meiner Jugend nützlich war. Jetzt aber, da ich als Erwachsener eine größere Kontrolle über meine Umgebung habe, brauche ich ihn nicht mehr. Meine Freundin, meine Ex-Freundin, nannte mich ein gefühlloses Arschloch. Man hat mir bessere Methoden beigebracht, mit Problemen umzugehen. Im Ernstfall greife ich aber immer noch auf die zurück, die funktionieren. Wenn es eine Umgebung gäbe, die sich meiner Kontrolle entzieht, würden schwebende blaue Felder in der realen Welt sicher dazugehören.

Nachdem ich mich etwas beruhigt habe, öffne ich die Augen und lese mir den Text durch. Erste Regel – was ist, das ist. Schluss mit Argumenten oder Geschrei oder der Beschäftigung mit dem Warum. Der Frage, ob ich verrückt geworden bin. Was ist, das ist. Also. Ich habe Boni. Und es existiert ein System, das den jeweiligen Bonus verteilt und Level zuweist. Dungeons und Monster wird es ebenfalls geben. Anscheinend befinde ich mich in einem gottverdammten MMO ohne ein beschissenes Handbuch, was bedeutet, dass zumindest ein Teil meiner verschwendeten Jugend sich als nützlich erweisen wird. Ich frage mich, was mein Vater dazu sagen würde. Sobald ich an ihn denke, muss ich meine allzu vertraute Wut unterdrücken und fasse den Entschluss, mich stattdessen auf meine jetzigen Probleme zu konzentrieren.

Zuerst muss ich an Informationen kommen. Oder eine Dokumentation, was noch besser wäre. Momentan folge ich meinem Instinkt und tue das, was sich richtig anfühlt anstelle von dem, was ich für richtig halte. Schließlich hat sich der vernunftbegabte Teil meines Bewusstseins soeben die Finger in die Ohren gesteckt und singt "na-na-na-na-na".

"Status?", frage ich, und ein neuer Bildschirm erscheint.

Statusmonitor			
Name	John Lee	Klasse	Keine
Volk	Mensch (M)	Level	0
Titel			
Keine			
Gesundheit	100	Ausdauer	100
Mana	100		
Status			
Verstauter Knöchel (-5% Tempo) Sehnenentzündung (-10% manuelle Beweglichkeit)			
Attribute			
Stärke	11	Beweglichkeit	10
Konstitution	11	Wahrnehmung	14
Intelligenz	16	Willenskraft	18
Charisma	8	Glück	7
Fertigkeiten			
Keine			
Klassen-Fertigkeiten			
Keine			

Zaubersprüche
Keine

Nicht zugewiesene Attribute:

1 geringfügiger, 1 mittlerer, 1 hoher, 1 extrem hoher Bonus

Möchtest du diese Attribute zuweisen? (J/N)

Das zweite Fenster erscheint fast augenblicklich über dem ersten. Ich wünsche mir mehr Zeit, um meinen Status zu analysieren, aber die Informationen scheinen größtenteils für sich zu sprechen. Es wäre besser, die Angelegenheit hinter mich zu bringen. Schließlich habe ich nicht viel Zeit. Nachdem ich diesen Gedanken gefasst habe, wird das J angeklickt und eine ellenlange Bonusliste erscheint.

Dafür habe ich **garantiert** keine Zeit. Ich kann mir nicht leisten, während der Charaktererstellung steckenzubleiben. Halte ich mich nach dem Systemstart in einer Zone auf, die meinen Level um ein Vielfaches übersteigt, werde ich zum leckeren Appetithappen für Monster. Ich kann nicht einmal damit beginnen, die lange Bonusliste durchzugehen, auch aus dem Grund, weil manche Namen keinen Sinn ergeben. Was zum Teufel soll etwa eine adaptive Färbung darstellen? Das System scheint also durch Gedanken gesteuert zu werden. Es reagiert darauf, was in meinem Kopf vorgeht. Also gelingt es mir vielleicht, die Liste nach Bonustyp zu sortieren, mich auf kleine Boni für eine Art Fremdenführer oder Begleiter zu konzentrieren?

Kurz nach diesem Gedanken blinkt das System auf und nur das Wort "Begleiter" wird noch angezeigt. Ich nicke mir kaum merklich zu. Weitere Details erscheinen und bieten mir zwei Optionen.

KI   *Geist*

Ich wähle KI, aber nun blinkt eine neue Meldung auf.

__KI-Option nicht verfügbar. Minimalanforderungen:__

Mark-IV-Prozessor (nicht vorhanden)

Ich grunze. Ja, im Ernst. Natürlich habe ich keinen Computer bei mir. Oder ... in mir? Keine Cyberpunkwelt für mich. Zumindest noch nicht, obwohl es cool wäre, einen Computer als Gehirn und metallische Arme zu haben, die nicht schmerzen, wenn man zu lange am Computer hockt. Aber dafür ist es jetzt gerade der falsche Zeitpunkt, also wähle ich "Geist" und bestätige die Auswahl.

__System-Begleitergeist erhalten__

Herzlichen Glückwunsch! Vierter in der Welt. Du bist die vierte Person, die einen Begleitergeist erhalten hat, und dein Begleiter ist nun (Verbunden). Verbundene Begleiter wachsen und entwickeln sich mit dir.

Nach dem Löschen dieser Meldung entdecke ich rechts von mir ein Licht, das nun aufzuleuchten beginnt. Ich drehe mich um und frage mich, wer oder was mein neuer Begleiter sein wird.

***

"Fliehen, verstecken oder kämpfen. Die Entscheidung ist leicht, Junge."

Na ja, sexbesessen bin ich ja nicht gerade. Ich brauche keine süße, schöne Fee als System-Begleitergeist. Klar, irgendwie hatte ich darauf gehofft. Ich bin nun einmal ein ganzer Kerl, der gerne mal ein hübsches Ding anstarrt. Aber praktisch gesehen wäre mir ein geschlechtsloser Automat, der meine Fragen effizient und ohne freche Bemerkungen beantwortet, auch ganz recht gewesen. Stattdessen bekomme ich ... ihn.

Ich starre meinen neuen Begleiter an und muss innerlich seufzen. Er ist keine dreißig Zentimeter groß und so breitschultrig wie ein Footballspieler, ausgestattet mit einem vollen, braunen Kräuselbart. Braune Haare, braune Augen und olivfarbene Haut in einem knappen, orangefarbenen Overall, der sich über all den falschen Stellen zu eng spannt, komplettieren die Erscheinung. Mein neuer Begleiter namens Ali ist gerade erst 10 Minuten hier und dabei, mir eine Einführung zu liefern, las ich meine Wahl bereits teilweise bereue.

Nur teilweise, denn trotz seiner unablässigen Nörgeleien ist er eigentlich ganz nützlich.

"Fliehen", entscheide ich schließlich, breche den Schokoriegel entzwei und beiße hinein. Ein Kampf wäre sinnlos, denn laut Ali kann ich im Shop nichts benutzen, das einem Level-110-Monster etwas anhaben würde. Und obwohl es keine Garantie dafür gibt, dass eines dieser Monster sofort hier auftauchen wird, wären sogar die schwächeren Monster, von denen es sich ernährt, viel zu stark für mich.

Ein Versteckspiel würde alles nur hinauszögern. Also muss ich so schnell wie möglich raus aus diesem Park, was eigentlich nicht allzu schwierig sein dürfte. Ich habe einen halben Tag und eine ziemlich anstrengende Wanderung gebraucht, um vom Parkplatz so hoch auf den Berg zu gelangen. Der Parkplatz befindet sich gerade noch innerhalb der neuen Zone. Wenn ich flott vorankomme, dürfte ich in einigen Stunden dort unten ankommen. Wenn ich die Dinge richtig verstehe, bedeutet das, dass nicht allzu viele Monster unterwegs sind. Draußen angekommen kann ich Whitehorse erreichen. Anscheinend gibt es dort eine sichere Zone. Dort hätte ich die Möglichkeit, eine Pause einzulegen und herauszufinden, was zum Geier eigentlich los ist.

"Wird aber auch höchste Zeit", schimpft Ali. Er bewegt die Hände und vor mir erscheinen einige neue Fenster. Kurz nach seiner Ankunft verlangte Ali vollen Zugriff auf mein System, was es ihm erlaubt, die Informationen zu beeinflussen, die ich sehe und empfange. Auf diese Weise werden wir schneller vorankommen, da er mir die Informationen einfach zusendet, so dass ich sie nur durchlese, während er detaillierte Suchanfragen stellt. Die neuen blauen Felder - ihm zufolge

Systemmeldungen - sind die Optionen, die er als mittleren und hohen Bonus ausgewählt hat.

Wunderkind: Täuschung

Du bist ein geborener Spion. Jeder Geheimdienst würde dich sofort einstellen.

Wirkung: Alle Täuschungsfertigkeiten werden um 100% schneller erworben: +50% Level für sämtliche Täuschungsfertigkeiten.

"Warum das?" Ich verziehe das Gesicht und tippe die Täuschungsseite an. Ich bin nicht gerade ein Spionagetyp und im sozialen Umgang eher direkt. Ich hatte nie das Verlangen, den Leuten allzu viele Lügen aufzutischen und kann mir nicht vorstellen, herumzuschleichen und in Gebäude einzubrechen.

"Skills, die mit Verstohlenheit verbunden sind. Es gewährt allen davon einen direkten Bonus, wodurch du sie schneller erwerben wirst. Mit einem kleinen Bonus könnten wir die grundlegende Verstohlenheit direkt beeinflussen, aber auf diesem Level müssen wir in die Hauptkategorie gehen." Ali fährt fort: "Wenn du es schaffst, zu überleben, dürfte es sich auch in Zukunft noch als nützlich erweisen."

Quanten-Status-Manipulator (QSM)

QSM ermöglicht es dem Benutzer, eine Phasenverschiebung durchzuführen und sich neben der aktuellen Dimension zu platzieren.

Wirkung: Solange der QSM aktiv ist, ist der Benutzer unsichtbar und kann weder durch normale noch durch magische Methoden entdeckt werden. Er kann feste Objekte durchdringen, aber dadurch wird die Ladung schneller verbraucht. Unter normalen Umständen reicht sie für 5 Minuten.

"Wie kann ich den QSM aufladen?"

"Er verwendet einen Typ-III-Kristallmanipulator. Der Kristall nutzt räumliche und linienspezifische ..." Ali starrt mir einen Moment lang ins Gesicht und macht dann eine Handbewegung. "Er lädt sich automatisch wieder auf. Unter normalen Bedingungen erreicht er nach einem Tag die volle Ladung."

"Gibt es dabei keine Levelanforderungen?"

"Absolut keine."

Ich habe Ali gewählt, weil er sich mit dem System besser auskennt als ich. Also akzeptiere ich entweder seine Erläuterungen oder mache alles selber. Anders gesagt bleibt mir kaum eine Wahl. Aber wie bereits erwähnt ist die Nützlichkeit dieses Täuschungsbonus für mich begrenzt. Andererseits wäre jeder Bonus toll, mit dem ich außer Sicht bleibe und es wäre großartig, sofort nach meiner Entdeckung mit dem QSM zu fliehen. Somit ist nur noch mein extrem hoher Bonus übrig.

Fortgeschrittene Klasse: Erethra-Ehrengarde

Die Erethra-Ehrengarde stellt die Elite er Streitkräfte von Erethra dar.

Klassenfähigkeiten: +2 pro Level in Stärke. +4 pro Level in Konstitution und Beweglichkeit.

+3 pro Level in Intelligenz und Willenskraft. Zusätzlich 3 Gratis-Attribute pro Level.

+90% Geistiger Widerstand. +40% Elementarwiderstand

Darf die persönliche Waffe bestimmen. Persönliche Waffe ist seelengebunden und ermöglicht Upgrades.

Mitglieder der Ehrengarde können bis zu 4 Hardware-Links besitzen, bevor die Essenz-Strafpunkte einsetzen.

Warnung! Minimale Attribut-Anforderungen für die Klasse Erethra-Ehrengarde nicht erfüllt.

Klassen-Fertigkeiten gesperrt, bis die minimalen Anforderungen erfüllt werden.

Fortgeschrittene Klasse: Drachenritter

Die schon vor der Geburt für ihre Rolle bestimmten Drachenritter sind die Elitekrieger des Königreichs Xylargh.

Klassenfähigkeiten: +3 pro Level in Stärke und Beweglichkeit. +4 pro Level in Konstitution. +3 pro Level in Intelligenz und Willenskraft. +1 in Charisma. Zusätzlich 2 Gratis-Attribute pro Level.

+80% Geistiger Widerstand. +50% Elementarwiderstand

Erhalte eine extrem hohe und eine geringfügige Elementar-Affinität.

Warnung! Minimale Attribut-Anforderungen für die Klasse Drachenritter nicht erfüllt. Klassen-Fertigkeiten gesperrt, bis die minimalen Anforderungen erfüllt werden.

"Ist das alles?"

"Nein. Der hier wäre auch noch eine Option."

Klasse: Halbgott

Du sexy aussehender Mensch wirst ein Halbgott. Intelligent, stark, attraktiv. Was will man denn mehr?

Klassenfähigkeiten: +100 auf alle Attribute

Alle höheren Affinitäten erhalten

Merkmal: Super-Sexy

"Diese Option gibt es überhaupt nicht."

"Nein, damit hast du recht", sagt Ali grinsend, wedelt mit der Hand und der letzte Bildschirm verschwindet. "Du wolltest eine Klasse, die dir das Überleben erleichtert? Das bedeutet mentalen Widerstand. Ansonsten machst du dir in deine hübsche kleine Pac-Man-Unterhose, sobald du ein Level-50-Monster siehst. Möchtest du etwas für die Endphase des Spiels? Die Ehrengardisten sind knallharte Kämpfer. Sie kombinieren Magie und Technologie, was sie zu einer der vielseitigsten Gruppen macht. Und ihre Meister-Klassenfortschritte sind echt unheimlich. Die Drachenritter bekämpfen Drachen. Im Einzelkampf, und gelegentlich gewinnen sie sogar. Oh, und keine dieser Optionen, und ich zitiere ‚macht mich zu einem Monster.'"

"Wenn das die fortgeschrittenen Klassen sind, welche Klassen gibt es sonst noch?" Ich schubse Ali an und zögere. Diese Entscheidung erscheint mir wichtig.

"Einfach, Erweitert, Meister, Heroisch, Legendär", listet Ali auf und zuckt mit den Schultern. "Ich könnte dir eine Meisterklasse mit deinem Bonus besorgen, aber dann wärst du für immer aus deinen Klassen-Fertigkeiten ausgesperrt. Für den Levelaufstieg würdest du auch ewig lange brauchen, da die minimalen Erfahrungspunkte pro Level höher sind. Stattdessen habe ich dir eine seltene fortgeschrittene Klasse besorgt - dadurch erhältst du einen besseren Grundwertzuwachs pro Level und musst nicht ewig warten, bis du auf deine Klassen-Fertigkeiten zugreifen kannst. Eine einfache Klasse, selbst eine seltenere einfache Klasse, wäre eine Verschwendung des extrem hohen Bonus. Was soll es also sein?"

Auch wenn es cool wäre, einem Drachen so richtig in die Fresse zu hauen, kenne ich meinen Weg, sobald dieser aufgerufen wurde. In Gedanken wähle ich die Garde, und Licht erfüllt mich. Anfangs muss ich deswegen nur die Augen zusammenkneifen. Dann aber verstärkt sich der Effekt, gräbt sich in meinen Körper und Geist und packt meine Zellen mit glühend heißen elektrischen Klauen. Der Schmerz ist schlimmer als alles, was ich je erlebt habe, und ich habe mir in der Vergangenheit Knochen und Rippen gebrochen und mir sogar einen Stromschlag eingefangen. Ich bin mir bewusst, dass ich laut schreie. Aber der Schmerz lässt nicht nach, rollt über mich hinweg und zerrt an meinem Verstand, meiner Beherrschung. Glücklicherweise empfängt mich die Dunkelheit, bevor ich den Verstand verliere.

Lest mehr über das Leben im Norden

https://books2read.com/das-leben-im-norden

9 781990 491207